DARK SHADES WITHIN YOUR LOVE

DARK SHADES WITHIN REIHE - BAND 2

S. H. ROXX

Dark Shades Within Your Love

Romantikthriller, Band 2

Das Buch erschien bereits 2018 unter dem Titel „Among The Shades Of Love: Pain & War"

ISBN: 978-3-7583-2931-9

Verlag: BoD • Books on Demand GmbH, In de Tarpen 42, 22848 Norderstedt
Druck: Libri Plureos GmbH, Friedensallee 273, 22763 Hamburg

Covergestaltung: © S. H. Roxx unter der Verwendung von canva.com

Bildmaterialien: © canva.com

Korrektorat: Meike Friedrich

Kontakt: shroxx.autor@gmail.com, www.shroxx.com; Impressumsanschrift siehe Buchende

Anmerkung der Autorin:
Die Geschichte erschien bereits 2018 unter dem Titel „Among
The Shades Of Love: Pain & War". Es handelt sich hierbei um
eine überarbeitete Neuauflage und den zweiten Band der ‚Dark
Shades Within'-Reihe. Mit diesem Band ist die Reihe
abgeschlossen.

KAPITEL 1

ALEXANDER

Es ist so leicht, zu lügen, und so schwer, zu verzeihen. Ich bin zu beidem fähig – wenn auch ein besserer Lügner als ein Mensch, der tatsächlich verzeiht.

Ich habe die Frau, mit der ich wochenlang mein Bett teilte, mehr als nur einmal angelogen. Um genau zu sein, log ich sie von Anfang an über meine Beweggründe unseres Zusammenseins an. Der Vertrag, den ich extra aufsetzen ließ, um sie an mich zu binden, war nur eine Sicherheit, um festzuhalten, auf welcher Ebene unsere vorgetäuschte Beziehung basiert. Und diese Sicherheit ließ nicht zu, dass sie Fragen stellte, deren Antworten sie nichts angingen. Wenn sie es doch tat, log ich oder unterband das Gespräch auf uncharmante Weise, wie es nun mal meine Art ist. Es muss sie regelrecht aufgefressen haben, nicht zu wissen, warum ein Mann wie ich jemanden dafür bezahlen muss, in der Öffentlichkeit seine Partnerin zu spielen.

Natürlich muss ich das nicht. Ich besitze mehr Geld, als ich ausgeben kann, bin attraktiv und durch meinen Ruf in der ganzen Stadt heiß begehrt. Die Frauen lagen mir schon immer zu Füßen und genau das machte sie alle so uninteressant. Aber ich hielt es für die beste Lösung, eine an mich zu binden, um an meinem Vorhaben zu arbeiten und es schließlich in die Realität umsetzen zu können.

Samantha Woods – mein Alibi.

Als meine Auserwählte mir offenbarte, sie wolle den Vertrag zwischen uns auflösen und unsere vorgetäuschte Beziehung in eine wahrhaftige verwandeln, verlor ich diese Sicherheit. Und ich verlor sie endgültig, als ich diese Frau ungünstigerweise in mein Herz schloss. Ich wusste, der Tag würde kommen, an dem sie mein wahres Ich kennenlernt. Schließlich konnte ich sie nicht für immer von den Menschen, die mich besser kennen als sie, abschotten, oder sie in meinem Penthouse einsperren, um sie von all den Gerüchten fernzuhalten. Sie ist außerdem viel zu widerspenstig. *Ich liebe und hasse es zur selben Zeit.*

Mein Versuch, sie zu unterwerfen, hat nur zur Hälfte geklappt – im Bett, oder wo auch immer ich sie mir nehmen wollte, überlässt sie mir stets die Kontrolle. Im alltäglichen Leben ist sie jedoch viel zu stur und eigensinnig, um sich mir komplett unterzuordnen. Sie hat es mir schwer gemacht.

Vielleicht will ich sie deswegen so sehr. Nicht nur mein Schwanz zuckt, wenn er ihre langen schwarzen Haare und gemeißelten Kurven sieht, sondern auch mein Herz macht sich auf eine seltsame Weise bemerkbar, wie es zuvor noch nie der Fall war. Diese Frau hat mich voll und ganz im Griff, bloß weiß sie das nicht. Und sie wird es nie wirklich wissen.

Das mit dem Verzeihen ist allerdings so eine Sache – vergibt man zu oft, verliert man im Leben. Menschen werden immer auf einem herumtrampeln. Vergeben ist eine Form von Schwäche, die ich mir eigentlich nicht erlaube.

Trotzdem bin ich fähig, zu verzeihen. Jemand anderer wäre mit Sicherheit ein wenig beleidigt aufgrund der Tatsache, dass die Frau, von der man dachte, man hätte sie völlig in der Hand, zuerst vor einem flüchtet und dann obendrein noch mit einer Waffe auf einen schießt, aber ich bin es nicht. Ich respektiere sie dafür sogar noch mehr. Sie hat Angst, weil sie denkt, ich hätte sie aufgespürt, um ihr wehzutun oder sie zum Schweigen zu bringen. Sie täuscht sich. Tief in mir mag ein Monster schlummern, aber für sie käme es niemals ans Tageslicht.

Tatsächlich ist es mir wichtig, ihr zu erklären, was sie in dem Geheimfach in meinem Penthouse gefunden hat und was es mit den ganzen Menschen, deren Akten ich wie ein Hamster horte, auf sich hat. *Mit meinen Feinden.* Aber mich ihr dermaßen zu öffnen und sie in mein Vorhaben einzuweihen, erfordert bedingungslose Loyalität ihrerseits und eine große Menge Vertrauen meinerseits. Ich muss mir ihrer erst sicher sein, um diesen gewaltigen Schritt gehen zu können.

Dass ich es überhaupt in Erwägung ziehe, verblüfft mich. Es könnte alles ruinieren.

Sie könnte alles ruinieren.

Als ich auf dem Weg vom Büro zu ihr ins Penthouse war, las ich ihre Nachricht. Sie wollte etwas zu essen für uns besorgen, was ich süß fand. Bestimmt wollte sie danach zusammen einen Film sehen. Sie liebt diese traditionelle und langweilige Beziehungsscheiße.

Ich rief sie an, aber sie meldete sich nicht. Kaum war ich in meinem Zuhause angekommen, wusste ich, was los war. Die Mappen waren überall auf dem Fußboden verstreut, Fotos der Menschen, die ich verachte, lagen wie wild herum. Und ihre Mappe war komplett aufgeschlagen.

Ich musste sie sofort finden.

Samantha war nicht mit ihrem Audi, sondern meinem geflohen. Das war in zweierlei Hinsicht gut – ich wusste, ich würde sie finden, weil an dem Auto ein GPS-Tracker angebracht ist, den ich nahezu auf den Zentimeter genau verfolgen kann, und weil sie im Besitz meiner Waffe ist, wodurch sie sich schützen kann. Ich öffnete die App auf meinem Smartphone und ortete sie in Oregon, kurz vor Portland. Unvermeidlich schossen mir unzählige Gedanken durch den Kopf und bereiteten mir unendlichen Kopfschmerz. Ich betete für sie und für mich, dass sie dort keinen

Mann oder eine alte Bekanntschaft besuchen, sondern lediglich ein Hotel aufsuchen würde, um einen Zwischenstopp auf ihrer unorganisierten Flucht einzulegen.

Das erwies sich als die Wahrheit. Als ich vor dem abgelegenen Motel parkte, in dem ich sie geortet hatte, war die Rezeption längst geschlossen. Ich rief einen meiner Männer an – einen Hacker, der seit Jahren für mich arbeitet – und befahl ihm, sich in das System des Motels einzuschleusen, um herauszufinden, welche Zimmernummer man ihr zugeteilt hatte. Es war die 019. Bevor ich mich auf die Suche danach machte, warf ich einen Blick in den Audi, den sie direkt am Anfang des Parkplatzes abgestellt hatte. Alles schien normal zu sein, also wanderte ich zur Rückseite des Motels und das Zimmer mit der 019 fiel mir direkt ins Auge.

Die Gegend hier ist viel zu ablegen und einladend für Psychopathen. Ich weiß nicht, warum sie so dumm ist, sich hier niederzulassen. Das macht mich wütend und lässt mich vergessen, dass sie mich wahrscheinlich selbst für einen Psychopathen hält.

Die Vorhänge des Zimmers waren komplett zugezogen. Ich konnte nicht einmal einen Blick hineinwerfen, also wagte ich den Schritt und öffnete das erbärmliche Zimmerschloss mit einer Haarklammer. *Klischeehaft und viel zu einfach.* Ich konnte nur hoffen, dass mein Hacker mir die richtige Information gab und Samantha sich auch wirklich in diesem Zimmer aufhielt.

Bereits als ich einen Blick auf das Bett erhaschte, wusste ich, dass dem so ist. Niemand anderer schläft mit dem Körper zusammengerollt wie ein Embryo und macht dabei kurze, leise Atemstöße, die verraten, wie schnell ihr kleines Herz schlägt, während sie unruhig vor sich hindöst. Sie bemerkte mein Eindringen nicht, was mich nur noch wütender machte. Jeder Vergewaltiger hätte sich Zugang verschaffen und sie überrumpeln können.

Ich schlich zum Bett und richtete das gedimmte Licht meines Handys auf sie. Als würde sie meine Anwesenheit förmlich spüren können, zog sie leicht die Luft ein und wand sich hin und her. Währenddessen steckte ich eine Hand unter das Kopfkissen und fand dort wie vermutet meine Waffe. Ob sie überhaupt mit einer

Waffe umgehen kann, bezweifelte ich, doch spätestens, als sie auf mich schoss – oder es versuchte – war ich positiv überrascht. Natürlich hatte ich die Waffe zuvor entladen, während ich ihr noch ein paar Minuten schweigend beim Schlafen zugesehen hatte. Ich bin weder naiv noch ein Optimist. Und als Samantha dann endlich zu sich kam ... Fuck, ich hätte sie mir gerne hier und jetzt genommen. Ich wollte ihr meinen Schwanz in den Mund schieben und sie danach in ihren süßen Arsch ficken. Ich wollte hören, wie sie meinen Namen schreit, und ich wollte, dass sie mir sagt, dass sie noch immer mir gehört. Einzig und allein meins ist.

Doch dafür muss ich zwingenderweise zunächst für Klarheit sorgen. Ich kann nur hoffen, dass sie danach freiwillig bei mir bleibt.

Wenn nicht, werde ich sie einfach zwingen.

Jetzt habe ich sie wieder zurück und werde sie nicht mehr gehen lassen. So viel steht fest.

Sie hat keine Wahl – die wird sie nie wieder haben.

KAPITEL 2

SAMANTHA

Man könnte meinen Herzschlag von einer anderen Stadt aus hören. Er wummert wie mein hektischer Atem in meinen Ohren. *Oh Gott. Ich habe auf ihn geschossen.*

Ich habe tatsächlich auf Alexander Black geschossen – zweimal sogar, wenn man es genau nimmt.

Ich wollte einen Menschen erschießen, und er ist nur noch am Leben, weil die Waffe entladen war. Was wäre passiert, hätte er zuvor keine Sicherheitsmaßnahmen getroffen? Hätte er mir vertraut und gedacht, ich würde ihn niemals verletzen, um mich selbst zu beschützen? Dann wäre er jetzt tot und ich eine verdammte Mörderin.

Tausend Fragen schießen mir durch den Kopf. Was hätte ich mit der Leiche gemacht? Was, wenn jemand aus einem der anderen Hotelzimmer den Schuss gehört hätte? Was hätte ich der Polizei erzählt?

Es war Notwehr. Zwar habe mich der Mann zuvor weder bedroht noch mich verletzt, aber es war Notwehr, Herr Officer. Warum ich Angst vor ihm hatte? Na ja, er hatte merkwürdige

Akten von mir unbekannten Personen in seinem Penthouse ... und dann hat mir eine Verflossene von ihm erklärt, er sei gefährlich. Woher ich seine Waffe hatte? Gestohlen. Woher ich sein Auto hatte? Gestohlen.

Gott! Ich würde wie eine verdammte Irre rüberkommen, die geplant hat, den begehrtesten Mann Manhattans abzuknallen. Wahrscheinlich die Racheaktion einer zurückgewiesenen Geliebten – ja, das würde man denken. Ich sehe die Schlagzeilen schon vor mir: *Einflussreichster Mann Manhattans tot aufgefunden – ehemalige Geliebte konnte keine Zurückweisung ertragen.*

Aber was noch viel schlimmer ist als die Tatsache, dass ich tatsächlich auf ihn geschossen habe, ist, dass er noch hier ist und lebt. Er lebt und weiß, dass ich wollte, dass es anders ist. Und noch schlimmer ist, dass er mich durch die Dunkelheit hindurch mit seinem tödlichen Blick anstarrt, als würde er derjenige sein, der mir gleich eine Kugel in den Körper jagen will.

Ich bin ziemlich am Arsch.

Warum sagt oder tut er denn nichts? Lediglich sein Schatten, der sich über mir aufbaut, bewegt sich leicht. Ob er überlegt, wie er mich am besten erledigen soll? Wo er meine Leiche vergräbt? Ob er daran denkt, sie zu verbrennen? Bestimmt. Alexander würde niemals so voreilig und ohne einen gut durchdachten Plan handeln. Er ist nicht wie ich. Er ist so viel strategischer und klüger, und genau das beunruhigt mich am meisten.

Stopp! Vor meinem Tod möchte ich wirklich nicht darüber nachdenken, was nach meinem Tod mit mir passiert. Während ich also den bedrohlichen Schatten vor mir anstarre, versuche ich mir schöne Erinnerungen ins Gedächtnis zu rufen. Laut Studien von Leuten mit Nahtoderfahrungen schießen einem unmittelbar vor dem Tod Bilder von Erlebnissen, die einen geprägt haben, und von Gesichtern der Menschen, die einem das Leben verschönert haben, durch den Kopf. Da das bei mir nicht der Fall ist, verhelfe ich mir selbst dazu und gebe meinem Hirn einen kleinen Denkanstoß.

Meine Mutter. Okay, nein. Da fallen mir nicht viele allzu schöne Dinge ein, also lenke ich meine Gedanken auf meine Kindheit und somit unumgänglich auf meinen Vater. Die Gedanken sind noch viel schlimmer als die, was nach meinem Tod mit meiner Leiche passieren könnte, also schlage ich mir auch diese schleunigst wieder aus dem Kopf.

Claire und Aiden ... die Verräter. Ob sie mich überhaupt vermissen würden, jetzt wo sie sich gefunden haben? Wahrscheinlich nicht.

Fuck! Wie erbärmlich ist das denn, bitte? Mir fällt partout nichts Schönes aus meinem bisherigen Leben ein! So kann ich doch nicht draufgehen! Ich muss mir doch wenigstens irgendetwas Gutes aus meinem Leben ins Gedächtnis rufen können, aber offenbar ist das eine Sache der Unmöglichkeit.

Ich fange an, hysterisch zu weinen. Die Panik und das zerreißende Gefühl der Angst, gemischt mit der erbärmlichen Erkenntnis, dass mein Leben bisher ziemlich trostlos war, geben mir den Rest.

»Ich brauche mehr Zeit! Bitte!«, schluchze ich und sacke auf dem Bett zusammen. Ich ziehe meine Knie an den Körper und lasse den Kopf hängen. »Bitte bring mich nicht um! Ich -«

»Ich werde dich nicht umbringen, Samantha.«

Beim Klang seiner tiefen Stimme erschaudere ich. Zu meiner Überraschung klingt er weder wütend noch rachsüchtig, lediglich ein wenig ... überrascht? Wahrscheinlich wäre es von Vorteil, wenn er meine bemitleidenswerten Gedanken lesen könnte, damit er meinen hysterischen Anfall nachvollziehen kann.

»Ich sage es noch einmal. Ich werde dich nicht umbringen«, höre ich seine Stimme erneut. Sie klingt kraftvoll und durchdringend.

Ich hechele weiterhin wie ein Hund, während ich lautstark schluchze. »Aber ... aber du ... Und ich habe ...«

»Samantha«, stößt er ruhig hervor. »Beruhige dich.«

Mich beruhigen? Hat er innerhalb der letzten fünf Minuten schon vergessen, dass ich auf ihn geschossen habe? Und warum ist er derjenige, der sich völlig unter Kontrolle hat, während ich diejenige bin, die gerade einen Nervenzusammenbruch erleidet?

Der Schatten kommt näher und ich weiche panisch zurück, sodass ich beinahe von der Bettkante falle. »Komm ja nicht näher!«, kreische ich und fuchtele wie wild in der Dunkelheit mit meinen Händen herum, was leider gar nichts bringt.

Denn er kommt trotzdem näher. Sein männlicher Geruch steigt mir in die Nase und die Hitze, die sein Körper ausstrahlt, überträgt sich unwillkürlich auf meinen. Trotzdem spüre ich Kaltschweiß, der meine Stirn benetzt.

»Wie fühlt es sich an?«, will er leise wissen. Ich kann seinen Tonfall nicht mehr deuten, was mich über alle Maße beunruhigt. Ist er doch wütend? Ist das nur die Ruhe vor dem Sturm?

»W-w-was?«, stottere ich ängstlich.

Alexander tastet mit einer Hand die Matratze neben mir ab; als er mein Bein leicht streift, zucke ich zusammen und er verharrt dort. Er stützt sich direkt neben meinem Bein auf der Matratze ab und bückt sich leicht zu mir nach unten. Sein heißer Atem streift mein Gesicht und ich halte die Luft an.

»Zu wissen, dass du mich vielleicht getötet hättest, wäre ich nicht so klug gewesen, die Waffe zuvor zu entladen?«

Mein Atem stockt. Ist das eine Fangfrage? Was für ein krankes Spiel spielt dieser Irre hier mit mir? Und wieder erinnert mich mein Unterbewusstsein daran, dass ich gar nicht weiß, ob er tatsächlich einer ist. Ein Irrer, ein Soziopath, ein psychisch instabiler Mann, ein Mörder …

Ich habe so verdammt viele Fragen, aber das Recht, sie zu stellen, habe ich mir selbst genommen, als ich seinem Leben ein Ende setzen wollte.

»Bitte«, winsele ich verzweifelt. »Bitte, Alexander. Ich wollte dich nicht umbringen, ich -«

»Lüg mich nicht an«, unterbricht er mich hart. »Du weißt, wie sehr ich es hasse, belogen zu werden, Samantha.«

Aus irgendeinem absonderlichen Grund werde ich wütend. Ich vergesse für einen klitzekleinen Augenblick, in welch fataler

Situation ich mich befinde, und lasse den Zorn in mir an die Oberfläche kehren.

»*Du* hasst es, belogen zu werden?«, fahre ich hoch. Plötzlich breche ich in lautes Gelächter aus, das sich wie das einer psychisch kranken Frau anhört. »*Du* bist hier der Lügner! Du! Du bist ... Du -«

»Samantha«, unterbricht er mich warnend. Dann klingt sein Tonfall versöhnlicher. »Ich weiß, dass wir Probleme haben. Wir werden sie lösen.«

Probleme? Lösen?

Ich springe vom Bett auf und laufe blind durch das dunkle Zimmer. Als ich an einer Wand abpralle, taste ich mich hektisch an der Mauer vorwärts und versuche zur Badezimmertür zu gelangen. Scheiße, es ist so finster, dass ich absolut nichts sehen kann. Die Panik bricht erneut in mir aus.

Als ich endlich den Türgriff der Badezimmertür zu fassen bekomme, zerre ich grob daran und schlage zugleich nach dem Lichtschalter, da packt mich eine Hand am Ellenbogen.

»Wir sollten darüber sprechen«, presst Alexander mit ruhiger Stimme hervor.

Ich versuche, mich aus seinem Griff zu befreien, aber er ist wie immer viel zu stark und hält mich mühelos an Ort und Stelle fest. »Worüber sprechen? Du bist ein Psychopath! Ich weiß alles, Alexander!«

Er lässt mich los und schaltet das Licht im Badezimmer ein. »Du weißt gar nichts, Samantha.«

Unsere Blicke treffen sich. In seine wunderschönen und zugleich verlogenen Augen zu sehen, versetzt mir einen heftigen Stich. Diese blaugrauen Ozeane funkeln mich an, wie sie es immer getan haben. So als wäre nie etwas passiert.

»Setz dich«, verlangt er, während er mich mit seinem fesselnden Blick durchbohrt. »Jetzt.«

In einem Anflug von Mut stoße ich ihn an der Brust von mir und laufe ins Badezimmer. Gerade, als ich die Tür hinter mir zuziehen will, drängt sich sein Arm dazwischen und packt mich am Handgelenk.

»Du sollst dich setzen«, knurrt er. Sein Ton gibt mir zu verstehen, dass er keinen Widerspruch duldet.

Ich atme tief ein und unterdrücke das Bedürfnis, die Tür auf seinen ausgestreckten Arm zu schlagen. Das würde ohnehin nichts bringen, außer ihn nur noch mehr gegen mich aufzubringen. Also verlasse ich das Badezimmer, ohne ihn dabei anzusehen, und kehre widerwillig zurück zum Bett. Das Licht im Badezimmer erhellt auch den kleinen Schlafraum ein wenig, sodass ich Alexander nun gegen meinen Willen mühelos betrachten kann. Während ich mich aufgelöst auf dem Bett niederlasse, hockt er sich direkt vor mir auf den Boden und starrt mich durchdringend an. Er trägt schlichte schwarze Jeans, einen dunkelblauen Pullover und Sneakers. Ein ziemlicher Kontrast zu seinen sonst so formellen Outfits. Ob er auf seinen Missionen immer Freizeitklamotten trägt?

Sein Anblick lässt meinen Körper ungewollt erbeben. Ich kann nicht leugnen, dass seine Nähe mich mehr als nur auf einer Ebene nervös werden lässt. Es ist nicht nur die Angst, die ich vor ihm habe, sondern auch etwas anderes … Etwas viel Stärkeres, das sich nicht kontrollieren oder verdrängen lässt. Mein Körper sehnt sich immer noch nach diesem Mann, obwohl mein Verstand vor ihm flüchten will.

Ich kann seinem Blick nicht standhalten, also blicke ich auf meine zitternden Hände, die ich auf meinem Schoß zusammengefaltet habe.

»Zunächst einmal sollten wir darüber sprechen, dass du auf mich geschossen hast. Oder es zumindest wolltest«, meint er, ohne anklagend dabei zu klingen. »Das war zwar nicht sehr nett, aber ich kann es nachvollziehen.«

»Du kannst es nachvollziehen?«, frage ich ungläubig und starre ihn entgeistert an.

Er nickt. Wie immer wirkt er durch und durch kontrolliert, trägt seine unergründliche Maske wie ein Meister. Sie macht es einem unmöglich, ihn zu durchschauen. Ich habe weder eine Ahnung, was er empfindet, wenn er mich ansieht, noch was er sich in seinen kranken Gedanken ausmalt, als Nächstes mit mir zu tun.

»Du hast Angst vor mir«, schlussfolgert er richtig. »Aber die brauchst du nicht zu haben.« Ich runzele die Stirn und betrachte die Waffe, die immer noch auf dem Fußboden vor dem Bett liegt. Als er meinem Blick folgt, lächelt er ein wenig. »Ja, ich besitze eine Waffe. Deshalb brauchst du aber noch lange keine Angst vor mir zu haben.«

Diese Worte beruhigen mich kein bisschen. »Warum besitzt du eine Waffe?«

»Warum besitzen Menschen Waffen, Samantha?«, umgeht er meine Frage gekonnt.

Ich schlucke. »Um Menschen zu töten?«

»Nicht ausschließlich«, meint er amüsiert. »Auch zu ihrem Schutz. Aber das trägt jetzt nichts zur Sache bei. Wichtig ist, dass du weißt, dass ich diese Waffe niemals auf dich richten würde. Nicht so, wie du es getan hast.«

Aha ... Ich bemühe mich wirklich, dieses Gespräch zu führen, um meinen Tod hinauszuzögern, aber der Kloß in meinem Hals wird immer größer, sodass ich kaum noch schlucken, geschweige denn sprechen kann.

»Ich verzeihe dir, dass du versucht hast, mich zu verletzen«, lässt er mich emotionslos wissen. »Dennoch müssen wir darüber sprechen, warum du denkst, ich würde dir etwas antun wollen.«

Als er sich erhebt und mir annähert, verdoppelt sich mein Herzschlag. Ich weiche instinktiv zurück, als er sich seitlich von meinem Körper mit den Armen auf der Matratze abstützt, weswegen er seufzt.

»Könntest du endlich damit aufhören?«

»Womit?«, platzt es aus mir hervor.

»Damit, dich so zu verhalten, als würde ich dich gleich fressen«, meint er genervt. »Denkst du wirklich, ich wäre fähig, dir etwas

anzutun?« Ich nicke zögerlich, obwohl ich mir nicht sicher bin.
»Warum?«

»Ist das nicht offensichtlich?«, meine ich verwirrt und lehne mich noch weiter zurück, um mehr Abstand zwischen uns zu bringen. Er schüttelt den Kopf. »Es ist offensichtlich, warum du die Flucht vor mir ergriffen hast. Ich habe dich angelogen und es gibt Dinge, die du nicht verstehst. Aber warum du denkst, ich würde dich verletzen wollen, ist mir unklar.«

Ich senke meinen Kopf und schließe die Augen. »Ich bin in deinen Akten, Alexander.«

Plötzlich berührt er mich am Kinn. Diesmal ist es ein sanfter Griff. Er hebt meinen Kopf an und zwingt mich so, ihn anzusehen. »Weil ich Dinge über dich erfahren musste. Ich musste wissen, wer du bist, bevor ich mich auf einen Deal mit dir einlasse.«

Mein Gesicht verzieht sich wütend. »Du kanntest mich bereits, als wir uns das erste Mal begegnet sind! Und nicht nur wegen des verdammten Werbespots!«

Er lächelt kaum merklich, als wäre er stolz auf mich, weil ich diese Lüge eigenständig aufdecken konnte. »Das stimmt, Baby. Aber in dem Werbespot bist du mir das erste Mal aufgefallen.«

»Und dann? Hast du mich beschatten lassen und dir Informationen über mich eingeholt? Wie so ein kranker Stalker? Bist du das? Gehst du deswegen zur Therapie? Zu *Amanda?*«

Als ich den letzten Teil des Satzes ausspreche, verändert sich sein Gesichtsausdruck mit einem Mal. Der Griff um mein Kinn wird fester und sein Gesicht sieht wie versteinert aus. »Woher weißt du davon?« Anscheinend passt es ihm nicht, dass ich mehr über ihn weiß, als er denkt. Denn was er nicht weiß, kann er nicht kontrollieren. »Antworte mir.«

Trotzig schweige ich. Immerhin ist er mir Antworten schuldig und nicht umgekehrt.

»Samantha«, presst er zwischen zusammen gebissenen Zähnen hervor. Mein Name klingt wie eine Drohung aus seinem Mund.

»Widersetz dich mir nicht immer, verdammt. Kannst du mir ein einziges Mal gehorchen? Nur ein verdammtes Mal?«

»Das entspricht nicht meinem Naturell«, reize ich ihn. »Also, du Stalker, was willst du jetzt von mir?«

Endlich finde ich meine gewohnt freche Art wieder. Ich fühle mich um einiges besser, wenn ich aufmüpfig und nicht erbärmlich verängstigt klinge. Außerdem erinnern mich seine Worte an vergangene Zeiten, was mich augenblicklich wieder auf andere Gedanken bringt.

Heiße Gedanken.

Der Jacuzzi. Der Blowjob in seinem Arbeitszimmer. Das erste Mal, als er meinen Hintern genommen hat. Unser Fick in seinem Büro. Als er mich in seiner Limousine geliebt hat ... *Hilfe! Stopp!*

Alexander lässt mein Kinn los und setzt sich neben mich auf das Bett. Sein harter Blick hilft mir unbewusst dabei, mir die sinnlosen Erinnerungen aus dem Gedächtnis zu vertreiben.

»Ich verstehe. Du willst erst Antworten von mir haben«, meint er unzufrieden.

»Worauf wartest du dann noch?«, dränge ich ungehalten. »Erklär es mir, verdammt! Du sagst, du würdest mir nichts antun wollen, bist mir aber sofort hierher gefolgt! Wie hast du mich überhaupt gefunden? Lässt du mich überwachen? Hast du deine *Männer* auf mich angesetzt? Was willst du von mir, Alexander?«

Die Fragen entgleiten meinen Lippen ohne, dass ich Einfluss darauf habe. Mein Hirn kämpft gegen meinen Verstand an, es will Klarheit und vor allem eines: die Wahrheit. Mein Verstand hingegen rät mir, ihn nicht dazu zu bringen, sich mir zu öffnen. Er warnt mich vor dem, was danach passieren könnte. Wenn ich erst einmal alles weiß, gibt es kein Zurück mehr.

Aber ich *will* alles wissen. Ich will wissen, was es mit den vielen Akten auf sich hat, ob und warum er an diesen Menschen Rache nehmen will, was Amanda für ihn zu bedeuten hat und was ihm fehlt, dass er beschlossen hat, eine Psychiaterin aufzusuchen. Außerdem will ich unbedingt wissen, warum *ich*. Er hätte jede Frau haben können, aber er hat sich für mich entschieden.

War es meine Geldnot? Waren es meine familiären Probleme? Hat ihn mein junges Alter angezogen, meine Naivität?

Gott, die Fragen häufen sich in meinem Kopf. Er steht kurz vor dem Explodieren.

Alexander legt den Kopf schief und betrachtet mich amüsiert. Scheinbar entgeht ihm nicht, wie überfordert mein Hirn mit dieser Situation ist. »Ich werde dich einweihen, Samantha. Du wirst mit der Zeit alles erfahren, was du wissen musst. Aber jetzt ist nicht der richtige Zeitpunkt dafür.«

»Jetzt ist der einzige Zeitpunkt dafür!«, halte ich dagegen. »Du denkst doch nicht etwa, dass ich tun werde, als wäre nie etwas passiert? Dass ich einfach so mit dir zurück nach Manhattan fahre und wir weiterhin eine Beziehung führen, falls wir das überhaupt jemals getan haben?«

Das bringt ihn zum Grinsen. Es ist ein überlegenes, irgendwie teuflisches Grinsen, von dem meine Brust unwillkürlich eng wird. Seine Augen funkeln mich dunkel und wild entschlossen an, als wollten sie mir etwas zu verstehen geben.

»Baby«, flüstert er fast amüsiert. »Das zu entscheiden, liegt nicht in deiner Macht. Hier mache ich die Regeln, nicht du. Aber das weißt du doch längst.«

KAPITEL 3

ALEXANDER

Sie starrt mich mit ihren großen Rehaugen an, als wäre ich ein Löwe und sie mein Abendessen. Ihr Mund steht vor Schock offen, was mich ungewollt auf falsche Gedanken bringt. Diese Lippen … so voll und perfekt geformt. Ich vermisse ihren köstlichen Geschmack. Noch mehr aber den ihrer feuchten Pussy.

Ich versuche mich wieder ins Hier und Jetzt zu begeben und schiebe die Gedanken für später beiseite. Wir haben noch genug Zeit. Ich kann mir später immer noch holen, was mir zusteht.

»Du willst mich zwingen, mit dir zusammen zu sein?«, fragt sie fassungslos.

Es überrascht mich, dass sie diese Tatsache so verwunderlich findet. Was hatte sie denn erwartet? Sie weiß, dass sie mir gehört. Sie hat mir ihr Versprechen gegeben. Mehrmals.

»Du wusstest, worauf du dich einlässt«, erinnere ich sie. »Es hat sich nichts geändert.«

All die Panik verschwindet aus ihrem Gesicht, jetzt sieht es nur noch irritiert und leicht verstört aus. Sogar wenn sie diese angestrengte Grimasse zieht, die verrät, dass sie keinen blassen

Schimmer hat, welche Argumente sie liefern soll, sieht sie wunderschön aus. Ihre bernsteinfarbenen Augen sind die schönsten, die ich jemals gesehen habe. Sie glitzern immer, egal ob sich Angst oder Lust dahinter verbirgt. Sogar wenn sie zornig ist, funkeln sie mich begierig an, was ihr wahrscheinlich gar nicht bewusst ist.

»Es hat sich einiges verändert«, erwidert sie bissig. Sie versucht vom Bett zu krabbeln, aber ich habe den erneuten Fluchtversuch vorhergesehen und halte sie nicht grob, aber fest genug an ihrem Bein fest. Sie seufzt. »Bitte. Ich verstehe das alles nicht, Alexander.«

»Du wirst es verstehen«, meine ich gelassen. »Mit der Zeit.«

Sie legt ihre Hand auf meine, um sie beiseitezuschieben, verharrt jedoch eine Sekunde zu lang auf ihr, sodass ich meine Finger mit den ihren verschränke. Wieder starrt sie mich überfordert an, was mich zum Schmunzeln bringt. Ich liebe diese naive Unschuld, die sie an den Tag legt. Es ist erfrischend und wahnsinnig anziehend.

»Ich brauche Antworten. Wenigstens ein paar«, gibt sie sich allmählich geschlagen.

Dass sie ihre Hand nicht wegzieht oder mich beschimpft, beruhigt mich innerlich ein wenig. Das bedeutet, dass sie noch lange nicht immun gegen meine Wirkung auf sie ist, und das auch jetzt nicht, jetzt wo sie ein paar meiner Geheimnisse gelüftet hat – oder zumindest denkt, dass sie das hat.

»Okay«, räume ich schließlich widerwillig ein. Sie ist zu stur, um nachzugeben, also gewähre ich ihr einen kleinen Triumph. »Du darfst mir drei Fragen stellen. Ich werde sie wahrheitsgemäß beantworten.«

Natürlich weiß ich, dass sie ihre Unsicherheit dazu bringen wird, mir mehr als drei Fragen zu stellen, aber ihr Versuch wird scheitern, egal wie sie es anstellt.

Sie kaut nachdenklich auf ihrer Unterlippe, doch als sie meinen hungrigen Blick bemerkt, hört sie prompt damit auf. Nach langem Zögern nickt sie. »Drei Fragen«, murmelt sie vor sich hin. Ich kann ihr Gehirn auf Hochtouren laufen hören. »Wirst du mir etwas antun? Und hattest du jemals vor, mir wehzutun?«

Ich lächele. »Das sind zwei Fragen. Bist du dir sicher, dass du sie beide stellen möchtest?«

»Nein«, erwidert sie wie aus der Pistole geschossen. »Ich will nur eine davon stellen.«

Ich nicke. »Entscheide dich dann für eine.«

Wenn sie klug ist, wählt sie die erste. Die zweite wäre von keiner Bedeutung, die erste allerdings könnte ihr ihre unnötige Angst vor mir nehmen. Wobei ... Ich habe ihr schon deutlich zu verstehen gegeben, dass sie keine zu haben braucht, da ich sie nicht verletzen werde. Aber so sind Frauen nun mal, sie wollen ständig dieselben Dinge von uns Männern hören, auch wenn sie die Antwort tief in ihrem Inneren bereits kennen. Eine Logik, die ich als Mann nicht wirklich nachvollziehen kann.

»Wirst du mir etwas antun?«, fragt sie nervös.

Gute Wahl, kluges Mädchen. »Nein.«

Sie entspannt sich augenblicklich und verändert endlich die verkrampfte Position, in der sie bisher auf dem Bett gesessen ist. Zwar kommt sie mir nicht allzu nahe, aber sie sitzt nun im Schneidersitz vor mir und schafft es mich anzusehen, ohne dass sie zittert und blinzelt, als hätte sie einen Anfall.

»Frag weiter«, fordere ich ungeduldig.

Ich hasse jede Art von Verhör und gewähre ihr bloß, mir diese Fragen zu stellen, damit sie später keine zu großen Anstalten macht, wenn ich sie mit zurück nach Manhattan bringe.

»Gehöre ich in irgendeiner Form zu deinem Rachefeldzug? Also ... Ich meine, ist das der Grund, warum ich auch eine Akte habe? Willst du dich überhaupt an diesen Personen rächen oder habe ich das falsch verstanden?«

Ich zeige mit den Fingern die Zahl *zwei*, woraufhin sie leicht die Augen verdreht. Was mich noch mehr als das zur Weißglut treibt, ist die Frage, woher sie so viel weiß. Sie weiß von meinen Männern. Sie weiß von Amanda, meiner Therapeutin, und sie weiß, dass sie eine ist. Das habe ich ihr bewusst nie erzählt und es ist ziemlich unwahrscheinlich, dass sie das nur zufällig herausgefunden hat. Außerdem kann man aus den vielen Akten nicht wirklich den Schluss ziehen, dass ich mich an diesen Personen rächen möchte. Man könnte denken, es seien Personalakten.

Nun gut, die Fotos, die ich von meinem Privatermittler machen ließ, deuten auf etwas anderes hin, aber daraus kann man trotzdem noch lange nicht schließen, dass es sich hierbei um meine Erzfeinde handelt.

»Ich nehme eine Frage zurück«, beschließt sie kurzerhand. »Ich will vorerst nur wissen, ob du dich in irgendeiner Form an mir oder meiner Familie oder meinen Freunden rächen willst.«

»Warum sollte ich?«, frage ich belustigt. Das denkt sie doch nicht etwa wirklich, oder?

Sie zuckt mit den Schultern und zieht beide Augenbrauen verärgert zusammen. »Das war keine Antwort, sondern eine Gegenfrage.«

Punkt für sie. »Nein, Samantha. Ich möchte mich in keiner Form an dir oder deiner Familie oder deinen Freunden rächen.«

Ich höre sie erleichtert ausatmen, auch wenn sie es versucht zu verbergen. Es ist unbestreitbar, dass sie sich um einiges wohler in meiner Nähe fühlt, seit wir begonnen haben, dieses Gespräch zu führen.

»Die letzte Frage«, sage ich. »Wähle sie sorgfältig aus.«

»Wie lange wirst du mir danach keine Antworten liefern?«, platzt es nervös aus ihr heraus.

Ich verschränke die Arme vor der Brust und werfe ihr einen amüsierten Blick zu. »Ist das die dritte und letzte Frage?«

Sie schüttelt augenblicklich den Kopf und wendet den Blick von mir ab. Er schweift im Raum umher, während sie sorgfältig darüber nachdenkt, was sie noch Dringendes von mir wissen möchte. Dann treffen sich unsere Blicke erneut. Ihrer wirkt entschlossen und überraschend kalt.

»Hast du Merissa die Ehe versprochen, nur um sie ins Bett zu bekommen?«

Meine Nackenhaare stellen sich augenblicklich auf. Heiße Wut kocht in mir hoch. Die Frage verschlägt mir beinahe die Sprache und das kommt wahrlich selten vor.

Merissa war es also, diese Schlampe. Sie war es, die Samantha mit all diesen Informationen versorgt hat. Wann ist das passiert? Erst vor wenigen Stunden statteten ihr meine Männer einen Besuch ab, wann also hat sie mit ihr gesprochen? Davor? Danach? Davor wäre fast unmöglich, da wir auf der Hochzeit ihrer besten Freundin in Detroit waren. Die Schlampe hat sie also danach aufgesucht.

Nun, das wird sie mir büßen.

Samantha beobachtet meine Reaktion prüfend und zuckt leicht zusammen, als sie sieht, wie zornig mein Blick wird.

»Das habe ich«, gestehe ich reuelos. »Die Fragenrunde ist hiermit beendet.«

»Aber wie konntest du -«

»Samantha«, warne ich sie eindringlich. Meine Stimme hat ungewollt an Schärfe zugelegt, weswegen sie hart schluckt und schweigt. »Ich sagte doch bereits, dass du alles andere noch früh genug erfahren wirst«, wiederhole ich angestrengt. »Zurzeit ist nur wichtig, dass du keine Angst mehr vor mir hast. Das möchte ich nicht und es gibt keinen Grund dafür.«

Sie nickt zögernd, als Zeichen, dass sie verstanden hat. Ich entnehme ihrem Blick jedoch, dass sie im Grunde keine Ahnung hat, wie es jetzt weitergehen soll.

»Und jetzt?«, will sie wie erwartet wissen.

Ich lächele und streichele ihr mit einer Hand durch das dichte Haar. Sie sieht aus wie eine südländische Prinzessin, obwohl sie beides nicht ist. »Jetzt können wir da weitermachen, wo wir aufgehört haben.«

KAPITEL 4

SAMANTHA

Jetzt können wir da weitermachen, wo wir aufgehört haben.
Was, zum Teufel, soll das heißen? Und wie stellt er sich das bitte vor? Nach seinen vagen Antworten fühle ich mich zwar um einiges sicherer, da ich jetzt weiß, dass er mir nichts antun wird, und er sich aufrichtig angehört hat, aber das hat nur noch mehr Fragen bei mir aufgeworfen. Warum will er sie mir nicht beantworten?

»Ich verstehe nicht, warum du mir gefolgt bist«, gebe ich leise zu. »Du willst für Klarheit sorgen, aber nicht jetzt. Was erwartest du denn nun von mir?«

Er nimmt die Hand von meinem Hinterkopf und mein verräterischer Unterleib beschwert sich augenblicklich. Seine Berührung war wohltuend, obwohl sie das wahrscheinlich nicht sein dürfte. Ich sollte ihn verachten oder wenigstens nicht mehr wollen, nach all den Lügen und Geheimnissen, die er immer noch vor mir hat, aber aus irgendeinem unverständlichen Grund tue ich das nicht. Stattdessen will ich alles wissen und ihn verstehen.

Und ihn als Mann will ich immer noch.

»Weil ich dich nicht gehen lassen werde«, eröffnet er mir entschieden. »Ich kann und will es nicht.«

Ich schlucke. »Warum?«

»So viele Fragen …«, seufzt er, lächelt aber dabei. »Du weißt doch bereits, warum.«

Ich verschränke die Arme vor der Brust und starre ihn auffordernd an. Wenn es einen triftigen Grund gibt, wie zum Beispiel, dass er ebenso für mich empfindet wie ich für ihn, dann soll er das jetzt sagen. Als ich ihm sagte, dass ich ihn liebe, erwiderte er das auf seine übliche Art – körperlich. Mit Worten schlägt er sich für gewöhnlich nicht viel herum. Dennoch wäre es in unserer Situation angebracht, zu seinen Gefühlen zu stehen und mir wenigstens den kleinen Finger hinzuhalten, wenn er mir schon nicht die ganze Hand reichen will.

»Willst du mir damit sagen, du möchtest nicht mehr bei mir sein?«, fragt er stattdessen.

Die Frage treibt mich in die Enge, weswegen ich mich hilfesuchend im Raum umsehe. Es wäre gelogen, würde ich behaupten, ich möchte ihn nicht bei mir haben oder nicht mehr bei ihm sein. Verdammt, ich habe mich in dieses Rätsel verliebt und ich will es mehr denn je lösen! Egal wie schrecklich es vielleicht auch ausgehen mag.

»Denk nicht mal daran, zu lügen«, fügt er eilig hinzu, als er meinen inneren Kampf bemerkt.

»Alexander …«, flüstere ich schwach. »Du weißt, was ich für dich empfunden habe. Aber -«

»Empfunden habe?«, hinterfragt er unzufrieden. »Jetzt ist es anders?« Er richtet sich kerzengerade auf und wirft mir einen düsteren Blick zu.

»Ich kann doch nicht einfach so tun, als hättest du nicht ein Dutzend Geheimnisse vor mir!«, keife ich ihn an. »Du musst mir einen guten Grund geben, weshalb ich das tun sollte! Wenn du mir schon keine guten Antworten liefern kannst …«

Alexander hadert mit sich selbst, was ich an seinem missmutigen Blick bemerke. Er blinzelt abwechselnd zu mir und der

Wand hinter mir, dann holt er tief Luft und legt mir eine Hand aufs Knie. Bei der Berührung bekomme ich verräterische Gänsehaut an den Beinen. *Mein Körper stellt sich echt permanent gegen mich!*

»Hör zu … Was zählt ist doch, dass wir uns etwas aufgebaut haben, bevor alles in dieser Tragödie endete.« Er streichelt quälend langsam über mein Knie und beobachtet meine Reaktion. »Und da meine Geheimnisse nichts mit dir zu tun haben, hat sich zwischen uns auch nichts geändert.«

»Was ist denn das zwischen uns?«, frage ich und versuche zu verdrängen, dass seine Hand ihren Weg meinen Schenkel entlang nach oben findet.

Er stößt einen kurzen Lacher hervor. »Eine Beziehung, oder wie du es so gerne nennst.«

Jetzt macht er sich also auch noch über mich lustig? Ich werde unumgänglich wieder sauer. Warum schaffe ich es jedoch nicht, meine Wut auf ihn zu projizieren, während seine Finger kleine Kreise auf meiner Haut bilden?

»Findest du das alles witzig? Ich meine, bist du dir dessen bewusst, wie krank das alles eigentlich ist?«, fahre ich ihn an und rutsche – wenn auch widerwillig – ein Stück weit zurück, sodass seine Hand auf die Matratze fällt.

Er zieht eine Augenbraue in die Höhe. »Was? Unsere Beziehung?«

Gott, das hier ist so haarsträubend! Dieser Mann versteht einfach nicht, worum es mir geht, Gefühle hin oder her; da steht etwas Mächtiges zwischen uns und er will es einfach so stehen lassen. Oder *umgehen*. Das ist doch … das ist gestört. Er ist ein Psychopath und ein notorischer Lügner. Ich sollte gar nicht erst mit ihm sprechen und seine Beweggründe sollten mir scheißegal sein.

Jetzt muss ich es bloß schaffen, mir das selbst einzureden.

»Ich kenne diesen Blick«, presst er angestrengt hervor. »Wage es ja nicht, wieder –«

Zu spät. Ich springe bereits vom Bett auf und flüchte erneut ins Badezimmer. Diesmal bin ich schneller als er und schaffe es, die Tür zuzuziehen, bevor er seinen Arm hindurch stecken kann. Als ich abschließe, überrollt mich ein Gefühl der Erleichterung, nur um mich kurz darauf zu *überrollen*.

Ich sitze fest. Hier gibt es weder ein Fenster noch einen Ausgang. Was dachte ich mir bloß dabei?

»Dieser Schachzug war unüberlegt, Baby«, höre ich ihn amüsiert durch die geschlossene Tür hindurch sagen. »Ich werde einfach warten, bis du dich wieder gefangen hast. Schlaf schön.«

Schlafen? An Schlaf ist nicht zu denken, auch wenn es mitten in der Nacht ist.

»Und träum süß«, fügt er nach kurzer Stille hinzu.

Ich fluche vor mich hin.

Die eiskalten Fliesen lassen meinen Körper frieren. Obwohl wir Sommer haben, fühlt es sich in diesem Raum an, als wäre es tiefster Winter. Meine nackten Beine zittern und meine Lippen bibbern, während ich auf dem nicht gerade sauberen Boden liege und vor mich hindöse.

Zuerst wollte ich mich sofort geschlagen geben und wieder aus dem Raum und direkt in Alexanders Arme laufen, aber dann hat mich mein Stolz dazu bewegt, hier zu bleiben. Ein paar Stunden, in denen ich reichlich Zeit habe, um nachzudenken, sind schon nicht so tragisch. Und in der Zwischenzeit habe ich gehofft, dass Alexander einfach aufgeben und gehen würde. Aber tief in meinem Inneren – ein winziger, dummer Teil in mir – wünsche ich mir, dass er mich nicht aufgeben wird. Warum? Keine Ahnung. Vielleicht sollte ich demnächst auch Amanda einen Besuch abstatten.

»Scheiße«, murmele ich vor mich hin und erhebe mich verkrampft vom Fußboden.

Mein Rücken schmerzt und mein Körper schreit nach Bewegung. Oder einem richtigen Bett. Also gebe ich mich geschlagen, schleife mich widerwillig zur Tür und schließe seufzend auf. Ich erwarte eigentlich, dass Alexander sie unmittelbar aufreißt, um mich abzufangen, aber es passiert nichts.

Verwirrt öffne ich sie einen Spalt weit und lausche. Es herrscht Stille. Vielleicht schläft er? Ich reibe mir über die müden Augen und frage mich, wie spät es eigentlich ist und wie lange ich hier drin war.

Als ich meinen Kopf misstrauisch durch den Türspalt stecke, kann ich es kaum fassen. Er ist weg! Ich weiß nicht, ob es Erleichterung oder Enttäuschung ist, die ich verspüre, wahrscheinlich eine Mischung aus beidem. Ich handele impulsiv und stürme aus dem Zimmer.

Ich reiße meinen Rucksack an mich und sehe mich nach der Waffe um, doch wie zu erwarten war, hat er sie mitgenommen. Schnell steige ich in meine Klamotten von gestern und stolpere beinahe über das Bett, so eilig habe ich es, hier wegzukommen. Während ich meine Hose schließe, krame ich mit der anderen Hand in meinem Rucksack.

Der Autoschlüssel ist weg. *Scheiße!* Wenn er mich einfach hier zurückgelassen hat, warum zur Hölle nimmt er mir auch den Wagenschlüssel weg? Zugegebenermaßen gehört der Wagen ihm, schon klar, aber wie soll ich hier wegkommen? Wenn er mich sowieso satthat, könnte er mir wenigstens eine Möglichkeit zu verschwinden lassen.

Seufzend sehe ich mich in dem kleinen Raum um und gehe in Richtung der Tür, nachdem ich festgestellt habe, all meine Habseligkeiten bei mir zu haben.

Die Tür ist verschlossen. Das kann doch nicht wahr sein! Mein Blick schweift über jeden Tisch und jedes Nachtkästchen, aber der Zimmerschlüssel ist nirgendwo zu entdecken. Alexander muss ihn mitgenommen und mich eingesperrt haben. Also hat er vor, zurückzukommen.

Plötzlich fühle ich mich besser, regelrecht bestätigt. Ich bin ihm also tatsächlich nicht egal und er hatte auch nicht vor, mich hier zurückzulassen. Aber sollte es mich überhaupt interessieren? Vermutlich nicht.

Ich zögere damit, einen Weg aus diesem Zimmer zu finden und somit weg von Alexander. Dieser Mann ist so erdrückend wie vereinnahmend. Es schmerzt. Seine Besitzansprüche sind höher, als sie sein sollten, und er ist nicht gewillt, mich an seinem Leben teilhaben zu lassen. Zumindest nicht so, wie ich es brauche und verdient hätte.

Aber er will mich, und das erfüllt mein Herz mit einem unbändigen Glücksgefühl. Ich hatte gehofft, dass dieses starke Gefühl von Zuneigung und diese mächtige Verbindung zwischen uns erloschen sind, nachdem ich nun von seinen Geheimnissen weiß, aber dem ist nicht so. Ich kann mich gegen seine Anziehung nicht wehren. Mir wird klar, dass es längst zu spät ist, mich gegen ihn zu entscheiden. Er besitzt mich schon lange. All die Geheimnisse und Lügen, die ihn umgeben, machen ihn auf eine verquere Art und Weise noch interessanter für mich. Dass dieser Mann mich will, war schon immer ein großes Rätsel für mich. Noch größer als das Rätsel um ihn selbst. Er spielt nach wie vor in einer anderen Liga und wir leben in völlig unterschiedlichen Welten. Es ist wie im Märchen, wenn der wundervolle Prinz sich in das arme Mädchen verliebt. Ein Mädchen, das seiner gar nicht würdig ist.

Pfui, hör auf! Ich ekele mich vor mir selbst bei meinen selbstzerstörerischen Gedanken und meinem fehlenden Selbstbewusstsein, sodass mir der Hals von der hochsteigenden Magensäure brennt. Habe ich denn gar keinen Funken Stolz mehr in mir? Ich muss hier weg.

Weg von ihm.

Ich krame in dem Rucksack nach einer Haarspange, um das Schloss zu knacken. Zwar habe ich keine Ahnung, ob das in der Realität wirklich funktioniert, aber im Film tut es das jedenfalls. Als ich in einem kleinen Seitenfach ein paar Haarbänder und Bobby Pins entdecke, seufze ich erleichtert. Ich spreize die Spange und stecke einen Draht in die Öffnung des Schlosses, danach

34

drehe ich ihn nach links und rechts und stochere unkontrolliert im Schlüsselloch herum.

Plötzlich ertönt ein Geräusch – ein Klicken. Mit geweiteten Augen starre ich die Türschnalle an, dann drücke ich sie ungläubig nach unten und die Tür öffnet sich tatsächlich. Nicht zu fassen! Nichts wie weg von hier.

Auf dem Parkplatz angekommen ziehe ich den Reißverschluss meiner Lederjacke zu und laufe los. Ich passiere alle geparkten Autos und laufe geradewegs auf die befahrene Straße zu. Der Feldweg, der sich neben der Autostraße befindet, eignet sich nicht gerade als Fußgängerweg, aber ich versuche, so gut es geht, auf dem unebenen Boden durch das hohe Gras zu laufen, ohne dabei auf die Schnauze zu fallen. Mein Puls schießt schon nach wenigen Metern in die Höhe und ich bekomme Seitenstechen, was mich dazu zwingt, für eine Atempause anzuhalten.

Oh Gott, nein! Plötzlich sehe ich einen sich mir annähernden schwarzen Audi und weiß sofort, wer hinter dem Steuer sitzt. Der Wagen rast auf mich zu und ich sprinte ohne zu zögern los. Trotz meines Versuches, so schnell wie möglich wegzukommen, holt mich der Audi in wenigen Sekunden ein und hält ein paar Meter vor mir.

»Steig sofort ein«, ruft mir Alexander zu, als er aus dem Wagen springt.

Ich keuche auf und blicke zurück zum Motel. Kurz bevor Alexander mich erreicht, laufe ich erneut los, diesmal in die entgegengesetzte Richtung.

»Samantha!«, knurrt er drohend. Ich höre seine Schritte dicht hinter mir. Scheiße, er ist so viel schneller als ich!

»Lass mich in Ruhe!«, kreische ich atemlos.

Da packen mich seine starken Hände auch schon von hinten und schlingen sich um meinen Oberkörper. Als er mich hochhebt und umdreht, versuche ich mich aus seinem Griff zu befreien, zucke aber ängstlich zusammen, als ich seinen wutentbrannten Blick wahrnehme. Kopfschüttelnd hebt er mich hoch und wirft mich mühelos über seine Schulter. Danach wandert er seelenruhig zurück zu seinem Wagen, während ich wie wild mit den Beinen strampele und schreie.

»So widerspenstig …«, seufzt er. »Du hast Glück, dass ich das so anziehend an dir finde.«

»Glück?« Ich schlage mit beiden Fäusten auf seinen Rücken ein und überlege mir ernsthaft, ihn in die Schulter zu beißen. »Lass mich runter, verdammt!«

»Okay«, meint er ruhig, setzt mich auf dem Boden ab und presst mich mit dem Körper gegen den Wagen. Er stützt sich links und rechts von mir ab, sodass ich wie immer umzingelt von ihm bin. »Ich habe dir Zeit gelassen, um dich zu beruhigen, aber anscheinend hat es sich nichts gebracht. Also spielen wir das Spiel jetzt anders, Samantha.«

Ich presse mich impulsiv noch stärker gegen den Wagen, aber er lässt keine Distanz zwischen uns zu. Sein Körper aus Stahl engt mich unmittelbar noch mehr ein, weshalb ich hektisch nach Luft schnappe.

»Also«, beginnt er ernst und entschlossen. »Wir fahren jetzt zurück zum Motel. Wir werden so lange dort bleiben, bis du dich nicht mehr wie ein trotziges Kind verhältst. Und ich rate dir, nicht noch einmal wegzulaufen. Du willst mich nicht richtig wütend erleben. Haben wir uns verstanden?«

Mein Herzschlag setzt aus. Seine Stimme ist so hart und befehlshaberisch. Sie katapultiert mich direkt wieder in die Ausgangssituation zurück. Ich, verängstigt, verunsichert und verwirrt.

Also nicke ich lediglich und bewege mich keinen Zentimeter weit. Alexander stößt sich von dem Wagen ab, schiebt mich beiseite und öffnet mir die Hintertür. Ohne Aufforderung steige ich in den Wagen und wende den Blick von ihm ab. Als er sich hinter das Steuer setzt, richtet er seinen Rückspiegel so, dass er mich genau sehen kann, und während wir die wenigen Meter zurück zum Motel fahren, lässt er mich keine Sekunde lang aus den Augen.

Game over.

KAPITEL 5

ALEXANDER

Ich war mir des Risikos bewusst, dass sie versuchen könnte, wegzulaufen, während ich ihr etwas zu essen besorge. Trotzdem erstaunt es mich, wie schnell sie das Schloss des Hotelzimmers geknackt hat. Noch mehr aber, dass sie überhaupt das Badezimmer verlassen hat, in dem sie sich verkrochen hatte.

»Steig aus und verhalte dich unauffällig«, warne ich sie, kurz bevor ich selbst aus dem Wagen steige.

Auf dem Parkplatz befinden sich neue Besucher des Motels, die offenbar gerade angekommen sind. Sie ziehen ihre schweren Koffer über den Kies und werfen Samantha und mir einen neugierigen Blick zu. Ihr hübsches Gesicht ist kreidebleich, während sie konsequent zu Boden schaut. Ich lege ihr eine Hand aufs Kreuz und schiebe sie unauffällig vorwärts.

»Wirst du mich jetzt dafür bestrafen?«, fragt sie leise, als wir vor unserem Zimmer stehen bleiben.

Ich öffne die Tür und schiebe sie in den kleinen Raum hinein.

»Nur, wenn du das willst.« Ihre Frage lässt unanständige Gedanken in mir aufkeimen.

Samantha scheint andere Gedanken zu haben. Sie wirkt wieder ängstlich und überfordert. Offensichtlich muss sie sich erstmal von dem Schock erholen. Ich habe ihr vorhin bewusst gedroht, als ich sie mir geschnappt habe, und ich war mir auch dessen bewusst, dass ihr meine Drohung wieder Angst bereiten wird. Aber ich kann nicht mehr riskieren, dass sie es wagt, davonzulaufen. Ich habe keine Zeit und keine Nerven für diesen Spaß.

Ich stelle die Tüte mit den Muffins und ihrem heißgeliebten Kaffee auf den hölzernen Tisch neben dem Eingang und nicke ihr zu. »Setz dich hin und iss.«

Sie gehorcht ohne Widerrede, schnappt sich einen Muffin und den extra starken Kaffee, den ich ihr von einer Raststätte geholt habe, und lässt sich auf der dreckigen Couch nieder. Ich beobachte sie dabei, wie sie den Muffin in kleine Stücke zerteilt und sich diese langsam und Stück für Stück in den Mund steckt. Sie kaut ewig darauf herum, ihr Blick nachdenklich und verloren zu Boden gerichtet.

Nun tut mir meine grobe Art doch ein wenig leid. »Samantha, ich -«

Plötzlich klopft es. Wir starren beide unmittelbar zur Tür, wobei ich eher genervt von dem Störenfried bin und sie sichtlich glücklich über die Störung ist.

Ich werfe ihr einen warnenden Blick zu. »Du sagst kein Wort.«

Widerwillig nickt sie, danach nippt sie mit trotzigem Blick an ihrem Kaffee. Mit langsamen Schritten nähere ich mich der Tür an und öffne sie einen Spalt weit. Der Kerl von der Rezeption, bei dem ich vorhin unseren Aufenthalt verlängert habe, blinzelt mich gut gelaunt an.

»Sie haben vorhin vergessen, das Formular zu unterschreiben, Sir«, erklärt er höflich und wedelt mit einem Blatt Papier in der Luft herum. »Den Kreditkartenbeleg.«

»Das tut mir leid«, meine ich emotionslos und nehme ihm das Dokument ab. Er streckt mir einen Stift entgegen, mit dem ich dem Beleg meine Unterschrift verleihe. Danach reiche ich ihm ausdruckslos das Dokument samt dem Stift und drücke die Tür umgehend zu.

»Sir«, murmelt er eilig. Seufzend öffne ich die Tür einen Spalt weit und starre ihn ungeduldig an. »Der Zimmerservice … Ähm, normalerweise wird das Zimmer gegen dreizehn Uhr gereinigt.« Mit einer hochgezogenen Augenbraue werfe ich einen Blick auf meine siebentausend Dollar teure Uhr, die mir meine Mutter vor einigen Jahren geschenkt hat. Es ist 13:05 Uhr.

»Das wird nicht nötig sein, danke.« Ich starre ihn so lange an, bis er endlich den Rückzug antritt, doch plötzlich bemerke ich Samantha dicht hinter mir. Noch bevor ich es verhindern kann, wedelt sie mit ihrem Arm durch den Türspalt, woraufhin der Kerl erneut stehen bleibt.

»Hilfe! Ich werde hier gegen meinen Willen festgehalten!«, kreischt sie drauf los.

Der Kerl mit dem fettigen Haaransatz runzelt verwirrt die Stirn. Er betrachtet mich, als wäre ich ein Serienmörder, danach sieht er Samantha an, als wäre sie eine Irre. Scheinbar kann er sich nicht entscheiden, wen von uns beiden er für verrückt halten soll.

Ich bleibe seelenruhig vor ihm stehen und lächele charmant, was ihn nur noch mehr zu verwirren scheint. »Beachten sie meine Freundin nicht. Sie neigt dazu, etwas theatralisch zu werden, wenn sie nicht das bekommt, was sie will.«

Samantha versteift sich neben mir. Ich spüre ihren wutentbrannten Blick von der Seite. »Das ist nicht wahr! Er hält mich hier fest!« Sie versucht, sich an mir vorbeizuschieben. »Bitte! Helfen Sie mir doch!«

»Aber Sie haben doch freiwillig hier eingecheckt«, stößt der Kerl mit irritierter Grimasse hervor. »Und er hatte ihren Zimmerschlüssel, als er die Reservierung verlängert hat.«

Sie zieht erschrocken die Luft ein. »Verlängert?«

Danach schlägt sie mir mit der Faust auf den Rücken, was mich nicht im Mindesten beeindruckt. Stattdessen gebe ich ihr einen leichten, unauffälligen Stoß und trete ein Stück beiseite, damit mein Körper sie komplett verdeckt. Ich hole meine Edelmetall-Klammer aus der Hosentasche und zähle die Geldscheine, die sich darin befinden. Sechshundert Dollar sollten reichen, um den Mann vergessen zu lassen, was er gehört hat.

»Verzeihen Sie die Unannehmlichkeiten«, bringe ich freundlich hervor und stecke ihm die Dollarscheine zusammengefaltet in die Brusttasche seines dreckigen Hemdes. »Kaufen Sie Ihrer Frau oder Ihren Kindern etwas Schönes.«

Seine Augen wandern wie in Zeitlupe zu seiner Brusttasche. Anschließend lächelt er ungläubig und nickt mehrmals. »Ja, ja … Danke, Sir! Schönen Aufenthalt noch.«

»Nein!«, schreit Samantha hinter mir. »Hallo? Gehen Sie nicht weg, verdammt!« Sie ist so süß, wenn sie hilflos ist. Hilflos und mir ausgeliefert – das erfüllt all meine Fantasien.

Sobald ich die Tür schließe, tritt sie automatisch zwei große Schritte von mir zurück. All die Hoffnung weicht aus ihrem entsetzten Blick, als sie sich eingesteht, dass ihr Rettungsversuch kläglich gescheitert ist. So gerne ich ihr auch unter die Nase reiben würde, dass sie nichts unternehmen kann, um mich aufzuhalten, stört mich der Fakt, dass sie immer noch von mir wegkommen möchte, zugegebenermaßen sehr.

Ich hebe meinen Pullover an, ziehe die Waffe aus meinem Hosenbund und hole die Munition aus meiner Hosentasche. Ihr Gesicht wird augenblicklich blass, sodass man es kaum noch von der Wand hinter ihr unterscheiden kann. Ich stecke Kugel für Kugel in die Pistole, entsichere sie danach und knalle sie auf den hölzernen Tisch neben mir.

»Was … Bitte …«, stottert sie.

Ich seufze. Herrgott, wann begreift diese Frau endlich, dass ich nicht vorhabe, sie zu erschießen? »Es reicht mir. Das hat jetzt ein Ende«, presse ich wütend hervor.

Sie drückt sich mit dem Rücken gegen die Wand und rutscht ein Stück weit zu Boden, als ihre weichen Knie nachgeben. »Ende?«

»Du hast Angst vor mir? In Ordnung. Dann nutz die Chance, die ich dir gerade biete, und wehre dich gegen mich. Nimm die

Waffe und erschieß mich, hier und jetzt. Sie ist geladen, wie du sehen konntest.«

Ihre weit aufgerissenen Augen starren abwechselnd zu der Waffe und zu mir. Sie rührt sich nicht vom Fleck. Offenbar muss ich deutlicher werden, damit sie erkennt, dass ich es tatsächlich ernst meine.

Ich schnappe mir die Waffe und halte sie ihr so entgegen, dass der Lauf auf mich gerichtet ist. »Du denkst, dich vor mir schützen zu müssen? Dann tu es, Samantha«, fordere ich sie erneut auf. »Das ist deine einzige Chance. Wenn du mich jetzt nicht erschießt, wirst du mich nicht mehr los. Also überlege dir gut, was du als Nächstes tust. Wenn du mich am Leben lässt, musst du dich mit unserer Situation abfinden. Wenn du mich loswerden willst, jag mir eine Kugel in den Körper und lass mich verbluten. Hast du das Ultimatum verstanden?«

Samantha ist starr vor Schreck. Ihr Brustkorb bewegt sich nicht mehr, woran ich erkenne, dass sie die Luft angehalten hat. Wieder starrt sie die Waffe in meiner Hand an, danach presst sie die Lippen fest aufeinander und blinzelt verkrampft.

»Du hast drei Sekunden, dich zu entscheiden.« Ich schnappe mir ihre zitternde Hand, drehe sie um und lege ihr die Waffe auf die Handfläche. »Drei.« Sie will die Hand zurückziehen, tut es aber nicht. »Zwei.«

»Nimm sie weg!«, stößt sie hektisch hervor. »Nimm. Sie. Weg!«

Ich lasse die Waffe, wo sie ist. »Warum? Ich bin ein schlechter Mensch und will dir etwas antun, das denkst du doch, nicht wahr? Verteidigst du dich nicht, wenn man dir wehtun möchte?«

Hinter den vielen Tränen, die sich in ihren Augen sammeln, erkenne ich Wut. »Du weißt, warum ich das nicht tun kann.«

»Weil du insgeheim genau weißt, dass ich dir nie etwas antun würde?« Sie nickt widerwillig und wendet den Blick von mir ab.

»Ich kann dich nicht hören, Samantha.«

»Ja!«, gibt sie mir widerwillig nach. »Genau deswegen.«

Zufrieden nehme ich die Waffe an mich, sichere sie und

stecke sie zurück in meinen Hosenbund. Allmählich nimmt ihr Gesicht wieder an Farbe an, was ich als gutes Zeichen deute. Ich schnappe mir den Kaffee, den ich für mich selbst mitgebracht habe, lehne mich an den Tisch hinter mir an und nippe genüsslich daran.

»Wenn wir jetzt also zum wiederholten Mal geklärt haben, dass ich dir nichts antun werde, stellt sich mir natürlich eine Frage«, meine ich ein wenig belustigt.

Samantha spitzt die Ohren, sieht mich aber nicht an. Mit einer Hand fährt sie sich immer wieder unruhig durch ihr langes schwarzes Haar, mit der anderen schnappt sie sich ebenfalls ihren Kaffee. Mich wundert es, wie sie überhaupt so lange ohne Koffein überlebt hat. Ich kenne keinen anderen Menschen auf diesem Planeten, der sich ausschließlich von schwarzem Kaffee ernähren könnte.

»Welche?«, fragt sie schließlich zögerlich. Sie weiß genau, worauf ich hinauswill, daher beantworte ich ihr die Frage nicht. »Warum ich trotzdem weggelaufen bin? Möchtest du das wissen?«

Ich lächele. »An mangelnder Intelligenz kann es wohl nicht liegen.«

Das bringt sie zum Seufzen. Sie zuckt mit den Schultern und wirft mir einen fast verzweifelten Blick zu. »Ich weiß es nicht, Alexander.«

»Dann streng dich an, es herauszufinden«, erwidere ich trocken und leere den Kaffee in einem Zug. Ich knülle den Papierbecher zusammen und lasse ihn achtlos auf den Tisch fallen. »Je schneller du dich damit abfindest, bei mir zu bleiben, desto besser.«

Ihre Widerspenstigkeit bringt mein Blut zum Kochen. Sie starrt mich lediglich mit einer stoischen Miene an und tippt mit dem Finger auf ihrem Kaffeebecher herum. Das Geräusch, das dabei entsteht, stellt mir alle Nackenhaare auf, und ich bin kurz davor, ihr den Becher aus der Hand zu reißen.

»Ich weiß, dass du bei mir bleiben möchtest«, erkläre ich selbstsicher und verschränke die Arme vor der Brust. Ihr verstohlener Blick auf meinen angespannten Bizeps bringt mich zum Lächeln, woraufhin sie wieder demonstrativ in die Luft starrt. »Dein Ego steht uns im Weg. Du bist zu stolz, um zuzugeben, dass es dir eigentlich scheißegal ist, was es mit diesen Akten auf sich hat. Nun, da du weißt, dass meine Geheimnisse nicht dich betreffen – sich nicht auf dich auswirken –, möchtest du genauso weitermachen wie zuvor. Es ärgert dich bloß, dass ich dich nicht in meine Geheimnisse einweihen möchte.«

Ihr Haar fällt verführerisch über ihre Schulter, als sie empört über mein Selbstvertrauen den Kopf schüttelt und die Augenbrauen wütend zusammenzieht. Ihre Augen sind zusammengekniffen und funkeln herausfordernd. Vermutlich soll mich ihr böser Blick abschrecken, doch er entlockt mir eine ganz andere Reaktion.

»Wenn du mich weiter so anstarrst, lege ich dich gleich hier und jetzt übers Knie.«

Sie schnappt nach Luft und öffnet den Mund, um mich zu beschimpfen, lässt es aber dann bleiben. Gute Entscheidung. Gegen mich hat sie keine Chance und das weiß sie. Ihr Körper würde genießen, was ich mit ihm mache.

Ich lächele triumphierend und nähere mich ihr an. Sie weicht nicht zurück. Als ich sie an den Knien packe, ihre Beine auseinanderpresse und mich in der Hocke dazwischendränge, sehe ich Verlangen und Begierde in ihren Augen aufflackern. Ihre bernsteinfarbenen Diamanten funkeln mich sehnsüchtig an und verraten sie. Ich unterdrücke nur mühevoll den Drang, ihr die Jeans vom Leib zu reißen und meinen Schwanz in ihre enge Öffnung zu schieben.

»Baby«, flüstere ich und ziehe sie näher an meinen Körper. Ihre Lippen heißen mich sofort willkommen, in dem sie sich für mich öffnen, als ich mit meinem Mund direkt davor innehalte. Ihr Körper spielt stets in meinem Team. »Sag mir, wenn ich mich täusche. Wenn du mich nicht mehr willst, dann sag es mir jetzt.«

Ihre Wangen färben sich rötlich, was meinen Schwanz in der Hose zum Zucken bringt. Verdammt, er hat sie genauso vermisst wie ich, aber er wird sich noch gedulden müssen. Der Kaffee aus dem Becher läuft beinahe über, so sehr zittert ihre Hand. Als sie den Mund öffnet, verwehre ich ihr eine Antwort, indem ich ihre Unterlippe zwischen die Zähne sauge. Sie wimmert.

»Ich liebe es, wie du auf mich reagierst«, raune ich an ihrem Mund und lecke mit der Zunge quälend langsam über ihre Unterlippe. »Noch mehr liebe ich es, dich zu spüren.«

»Alexander«, murmelt sie leise. »Nicht.«

»Nicht? Was soll das bedeuten, Samantha? Du musst es schon aussprechen.«

Ihr Blick bleibt an meinen vollen Lippen hängen. Sie mustert sie ausführlich, bevor sie sich leicht schüttelt und demonstrativ nach hinten rutscht. Weg von mir.

»Ich soll also aufhören?«, frage ich mit rauer Stimme.

Sie nickt widerwillig, obwohl ihre Augen mich förmlich auffordern, weiterzumachen. Aussprechen tut sie es nach wie vor nicht.

Innerhalb weniger Sekunden habe ich den Knopf ihrer Jeans geöffnet, meine Hand in ihr Höschen gesteckt und meine Finger zwischen ihren Schamlippen vergraben. Sie schnappt nach Luft, rührt sich aber nicht vom Fleck. Ich lasse meine Finger über ihre Weiblichkeit gleiten und kann sehen, wie sie sich unter meiner Berührung windet. Als ich meine Hand wieder hinausziehe, halte ich meine von ihrer Lust nassen Finger vor ihr Gesicht und lächele zufrieden. Sie ist so verdammt feucht für mich, dass mir ihr köstlicher Saft die Finger hinabtropft.

»Wenn du hier noch länger sitzt, schulde ich dem Kerl eine neue Couch.«

Samanthas Wangen glühen. Im nächsten Moment streckt sie den Kopf nach vorne, um mich zu küssen.

Ich weiche zurück. »Du musst dich entscheiden, Baby.«

Mit diesem Kommentar lasse ich sie auf der Couch zurück und marschiere mehr als zufrieden zum Badezimmer. Währenddessen ziehe ich mir den Pullover über den Kopf und werfe ihn achtlos zu Boden. Bevor ich in das Badezimmer eintrete, werfe ich einen interessierten Blick über meine Schulter. Samantha starrt auf den Pullover, dann runzelt sie die Stirn und durchbohrt mich mit einem vorwurfsvollen Blick. Immer wieder zucken ihre Augen zu meinem nackten Oberkörper.

Es gefällt ihr nicht, dass ich sie abgewiesen habe. Mir auch nicht. Doch so sehr sie mich auch reizt und ich ihr gerne den Mund mit meinem Schwanz stopfen oder sie gegen diese dreckige Couch ficken würde – ich brauche mehr von ihr. Ihr Kopf muss aufhören, gegen mich zu arbeiten. Er muss ihrem Körper folgen. Ich brauche ihre Hingabe auf jeglicher Ebene.

Und ich weiß, dass sie mir sicher ist, auch wenn Samantha sich dagegen sträubt.

KAPITEL 6

SAMANTHA

Die Blöße steht mir ins Gesicht geschrieben. Ich blinzele mehrmals, bis Alexanders halb nackter Körper im Badezimmer verschwindet und ich das Wasser in der Dusche höre.

Das hat er gerade nicht getan, oder? Er hat mich nicht eiskalt abblitzen lassen, nachdem ich Idiotin ihn küssen wollte. Meine Selbstbeherrschung lässt wahrlich zu wünschen übrig.

Warum will ich ihn immer noch so sehr, obwohl er es mir so schwer macht? Er nimmt nur, will aber nichts geben. Das macht mich wahnsinnig. Natürlich will ich immer noch mit ihm zusammen sein, aber wir können dieses Spiel doch nicht ewig so weiterspielen.

Ich habe ohnehin längst verloren, auch wenn ich immer weiter gegen ihn kämpfe.

Theoretisch könnte ich jetzt abhauen. Ganz einfach und ohne Eile. Ich könnte mir meinen Rucksack schnappen und mich erneut auf den Weg ins Ungewisse machen. Die Tür ist nicht verschlossen und Alexander in der Dusche.

Aber was würde es mir bringen? Und will ich das überhaupt?

Ich kann die Gedanken nicht weiter ausführen, da mein Hirn sich ausschließlich damit beschäftigt, dass Alexander im Nebenzimmer unter der Dusche steht. Nackt.

Mein Verstand verliert erneut den Kampf gegen mein Herz und meinen Körper, sodass ich wie ein Kaninchen von der Couch aufhüpfe und mich zur Badezimmertür schleiche. Sie steht einen Spalt weit offen, wahrscheinlich mit Absicht. Der Dampf des heißen Wassers stößt mir ins Gesicht und ich schließe ein Auge, um mit dem anderen unauffällig durch den Türspalt spähen zu können.

»Du könntest auch einfach reinkommen. Von hier aus hast du eine bessere Sicht«, höre ich ihn sagen.

Ich zucke zusammen. In meinem Bauch kribbelt es verräterisch, während mein Verstand mir schreiend davon abrät, seiner Einladung zu folgen.

Einfach weggehen, Sam. Tief Luft holen. Denk einfach an etwas anderes. Du kannst jetzt nicht einfach so nachgeben. Er muss die Karten erst offen auf den Tisch legen. Du brauchst Antworten, nicht seinen Schwanz.

Sein Schwanz. Ich stelle mir bildlich vor, wie er ihn gerade massiert und dabei an mich denkt. Vielleicht könnte ich nur kurz … *Nein! Stopp!*

Knurrend wende ich mich ab und lasse mich auf das Bett fallen. Ich starre mit wutentbranntem Blick – der mir selbst gilt – an die Decke und seufze. Ich bin stark, ich schaffe das. Ich werde nicht nachgeben, denn das würde ihm ein falsches Signal senden. Es würde für ihn so aussehen, als wäre das, was passiert ist, in Ordnung, und als hätte er mich völlig in der Hand. Aber das ist nicht so und das soll er verdammt noch einmal wissen. Warum jedoch muss ich mir das permanent selber einreden?

»Und wieder grübelst du«, sagt er plötzlich dicht neben mir.

Ich schrecke hoch und starre ihn an. *Was zum Teufel …* Das kann doch nicht sein verdammter Ernst sein!

»Ist etwas, Baby?«

»Ich … Du …« Ich zeige mit dem Finger auf seinen splitterfasernackten Körper, an dem Wassertropfen hinabperlen. »Das …« Alexander runzelt belustigt die Stirn. Sein steifer Schwanz ragt sich mir entgegen, als wolle er mich begrüßen. Ich kann nicht glauben, dass er diese Karte ausspielt. Er will mich wirklich quälen. »Hm?«, fragt er gespielt verwirrt. »Ich habe leider kein Wort verstanden.«

Ich schnaube genervt und versuche den Blick abzuwenden – ich versuche es wirklich mit aller Kraft, aber es funktioniert einfach nicht. Alexander fährt sich durch das nasse Haar, wodurch sich seine Brustmuskeln verführerisch anspannen. Wieder einmal fällt mir auf, wie perfekt sein Körper ist.

»Also langsam fühle ich mich ein wenig belästigt«, stößt er gespielt empört hervor. »Erst willst du mich küssen und jetzt glotzt du mich an, als wärst du am Verhungern …«

Arrrghh! Bitte lieber Gott, schenk mir Kraft. Und Durchhaltevermögen. Und Willensstärke. Und mehr Verstand als Lust.

Wenn ich so darüber nachdenke, gehen bei Alexander alle meine Stärken verloren. Er spielt sein klassisches Spielchen mit mir, will mich so in die Knie zwingen – wortwörtlich vermutlich – aber ich gebe nicht so einfach nach. *Noch nicht.*

»Es gibt so etwas wie … Moment, wie hieß es noch gleich?«, frage ich gespielt nachdenklich. »Ah! Kleidung. Es heißt Kleidung. Man kann sie sich überziehen, damit man vor den gaffenden Blicken anderer geschützt ist.« Ich lächele falsch.

Nun starrt er mich wie ein Raubtier an, das Blut geleckt hat. Hätte ich ihn doch nur nicht gereizt.

»Also, dann gehe ich mal«, murmele ich eilig und stehe vom Bett auf. Wohin, zum Teufel, soll ich aber gehen? Ist ja nicht so, als würde dieses winzige Zimmer viele Möglichkeiten bieten. Ich gehe zwei Schritte nach rechts, bleibe stehen, wandere zwei Schritte nach vorne und husche schließlich wie eine Maus an ihm vorbei. »Ähm, ins Badezimmer. Bis dann.«

Kaum schließe ich die Tür hinter mir ab, atme ich erleichtert aus. Ich kann ihn durch die Tür lachen hören, was mich ärgert. So sollte das doch nicht laufen! Er sollte vor mir kriechen und mir all seine Geheimnisse beichten, bis er mich anschließend anbettelt, dass ich trotzdem bei ihm bleibe. Aber stattdessen hat er den Spieß umgedreht, sodass ich jetzt diejenige bin, die ihn am liebsten anbetteln würde.

~

»Deiner Mutter geht es übrigens hervorragend«, erzählt Alexander aus dem Nichts, während wir mit viel Abstand zueinander zu Abend essen.

»Wirklich?«, frage ich hoffnungsvoll. »Woher weißt du das?«

Er schiebt seine Pasta beiseite und erhebt sich von der kleinen Couch, auf der er seit knapp zwei Stunden sitzt, weil ich das Bett nicht mit ihm teilen wollte. »Wir haben heute telefoniert.«

Ich lächele automatisch. Dass meine Mutter nach all den Jahren endlich einen Entzug macht und sich ernsthaft bemüht, trocken zu werden, ist für mich von großer Bedeutung. Und offenbar hält sie tapfer durch, eine positive Überraschung.

»Sie erwartet, dass wir sie besuchen kommen. Schon bald«, erzählt er mir.

Mein Lächeln stirbt. »Ach? Hast du ihr denn gar nichts erzählt? Ihr seid doch jetzt die besten Freunde, oder etwa nicht?«

»Sei nicht so bissig«, tadelt er mich, lächelt aber trotzdem. »Sie ist einsam. Wir sollten zu ihr fahren, sobald wir es einrichten können.«

»Wir«, äffe ich ihn spöttisch nach. »Aus deinem Mund hört es sich so an, als gäbe es noch ein *wir*. Du hast unsere Trennung wohl nicht mitbekommen.«

Ich stelle den Pizzakarton auf dem Nachtkästchen neben mir ab und greife mir die Fernbedienung. Ehe ich es überhaupt mitbekommen kann, ist er schon bei mir, entreißt mir die Fernbedienung und wirft sie wütend zu Boden.

Ich ziehe eine Augenbraue in die Höhe und werfe ihm einen fragenden Blick zu. »Das war sogar für dich kindisch, Alexander.«

»Wir haben uns nicht getrennt«, knurrt er und packt mein Kinn. Der Griff ist besitzergreifend und grob. »Lass diesen Scheiß endlich. Auch meine Geduld hat einmal ein Ende.«

Ich schlucke. Seine Nasenflügel weiten sich wütend, während er mich zurechtweisend fixiert. Ich greife nach seinem Handgelenk, da lässt er mich schlagartig los. Seufzend bückt er sich, um die Fernbedienung aufzuheben. Er reicht mir und setzt dann einen wesentlich weniger bedrohlichen Blick auf.

»Es tut mir leid«, äußert er so schnell, dass ich es beinahe nicht mitbekomme.

Ich traue meinen Ohren nicht. »Was sagtest du?«

Er wirkt genervt, aber nicht mehr zornig. Sein Blick schweift an meinem Körper herab, dann presst er seine vollen Lippen zu einer geraden Linie aufeinander. »Es tut mir leid.«

Ich reiße die Augen weit auf und starre ihn an, als hätte er mir gerade erklärt, dass er mich doch umbringen will. »Hast du dich gerade bei mir entschuldigt? *Du* dich bei *mir*?«

Er kann sich ein Schmunzeln nicht verkneifen, was mich dazu bringt, zu lachen. Das hier verstört mich gerade um einiges mehr als das, was ich in seinem Penthouse gefunden habe.

»Scheint so«, meint er schulterzuckend. »Was ist dabei?«

»Oh«, stoße ich lachend hervor und hüpfe aus dem Bett. Ich werfe beide Hände in die Höhe und schüttele ungläubig den Kopf. »Entschuldige, bitte. Wo sind die Kameras?« Als ich meinen Kopf wie wild nach links und rechts drehe, um den ganzen Raum nach Kameras abzusuchen, stößt er ein leises Lachen hervor.

»Keine Kameras? Gibt es das? Reich mir doch bitte einen Zettel.«

»Zettel?«, fragt er verwirrt.

Ich nicke und schnappe mir meinen Rucksack. »Moment …« Eilig ziehe ich mein Handy heraus. »Ich muss mir schnell das Datum und die Uhrzeit notieren, damit ich dieses besondere Ereignis ja nie wieder vergesse. Zumal es sich niemals wiederholen wird.«

Jetzt prustet er tatsächlich los und ich tue es ihm gleich. Die Tatsache, dass er sich nach allem, was passiert ist, noch nie bei mir entschuldigt hat, aber es jetzt tut, weil er wie ein trotziges Kind eine Fernbedienung zu Boden geworfen hat, ist absurd.

»Ist ja gut«, seufzt er und kommt währenddessen auf mich zu. »Mach keine große Sache daraus.«

Ich werfe den Kopf in den Nacken, um nach Luft zu schnappen, während ich lache. Dann drehe ich mich um, um mein Handy zurück in den Rucksack zu stopfen.

Da packt er mich von hinten und schlingt beide Hände um meinen Bauch. Automatisch lasse ich das Handy fallen und schlinge meine Arme um die seinen. »Lachst du mich ernsthaft aus?« Als er anfängt, an meinem Ohr zu knabbern, kichere ich und versuche, mich aus seinem spielerischen Griff zu lösen.

»Böses Mädchen.«

»Alexander!«, quietsche ich, als er mich auf den Rippen kitzelt. Ich zucke zusammen und drehe mich in Sekundenschnelle zu ihm um, dann gebe ich ihm einen spielerischen Klaps auf die Schulter. »Hör auf!«

»Wieso? Es ist schön, wenn du lachst.« Sein Gesicht sieht nicht danach aus, als würde er noch Spaß machen. Seine Miene ist weich und seine Augen funkeln sanft.

Mir vergeht das Lachen. Innerhalb weniger Sekunden komme ich wieder auf dem Boden der Tatsachen an und bereue, mit ihm Spaß gehabt zu haben. Im Grunde genommen bereue ich es nicht, aber es ist falsch und unangebracht in unserer Situation.

Immerhin hält er mich hier irgendwie fest.

»Hör auf«, presst er tief hervor und greift nach meiner Hand. »Tu das nicht.«

»Was?«, flüstere ich gedankenvertieft.

Seine Finger verhaken sich mit meinen, dann streichelt er mit dem Daumen sanft über meinen Handrücken. »Bau nicht schon wieder eine Mauer um dich herum auf. Wir brauchen diese Art von Distanz zwischen uns nicht. Zwischen uns wird es nie Distanz geben, egal wie sehr du dich darum bemühst.«

Er hat recht. Can't help it. »Ich weiß, aber -«

»Ich reiße jede Mauer ein«, meint er und lächelt sanft. Mein Herz macht einen Satz. »Weil ich ...«

Jetzt galoppiert es wie wild. *Sprich weiter!*, fordert ihn meine innere Stimme auf. *Sag es!* Ich blinzele ihn mit großen Augen erwartungsvoll an, aber er zerschmettert all meine Hoffnung auf eine Liebeserklärung, als er meine Hand loslässt und sich von mir abwendet.

Tränen brennen mir in den Augen. Ich drehe mich schwer schluckend um und bemühe mich, sie zurück zu halten. »Wird es immer so sein?«, frage ich gekränkt, den Rücken ihm zugedreht. »Wirst du mich immer so abweisen?«

Seine Hand berührt mich an der Schulter, aber ich lasse die Berührung nicht zu, sondern entferne mich einen Schritt von ihm. »Ich weise dich doch nicht ab, Samantha.«

Ich gebe ein Schnauben von mir. »Tust du doch.«

»Samantha.« Wieder berührt er mich, diesmal an der Taille. »Das heute war doch nicht so gemeint. Das war nur -«

»Ich spreche nicht davon«, zische ich und drehe mich mit zusammengekniffenen Augen zu ihm um. »Ich spreche von jetzt. Von damals.«

Er wirkt bedrückt, scheint aber nicht ganz zu verstehen, was ich meine. »Damals?«

Während ich in seine funkelnden Augen starre, zieht es schmerzhaft in meiner Brustgegend. Sein ganzer Anblick raubt mir die Luft zum Atmen. Dieser große, breit gebaute Körper, diese seidigen Haare, der markante Kiefer und die ausgeprägten Wangenknochen, und seine geschwungenen, vollen Lippen ... Seine Schönheit tut weh.

Ich starte einen Frontalangriff, um endlich loszuwerden, was mir auf der Seele liegt. »Ich habe dir gesagt, dass ich dich liebe. Was ist mit dir?«

Er erstarrt. Sein Körper versteift sich auffällig.

»Na los, antworte«, fordere ich ihn mit zitternder Stimme auf. »Was bin ich für dich, außer ein guter Fick? Was magst du an mir? Meine Naivität? Meine Schwäche? Du hegst offenbar nicht dieselben Gefühle für mich, also was ist es? Ficken kannst du mit jeder anderen auch, dafür musst du mich nicht bis in eine andere Stadt verfolgen.«

Meine ehrlichen Worte scheinen ihn regelrecht aus der Bahn zu werfen. Er blinzelt mich ein paar Mal verwirrt an, ehe er den Kloß in seinem Hals merklich hinunterschluckt. Aber auch danach bekomme ich keine Antwort von ihm.

»Hast du Angst, ich würde dein Geheimnis ausplaudern? Oder jemandem von unserem unmoralischen Deal erzählen? Das werde ich nicht tun«, meine ich entschlossen und verschränke die Arme vor der Brust. Noch immer starrt er mich nur an. »Wir können offen miteinander sprechen. Wenn du mich nicht liebst, gibt es sicher einen guten Grund, warum du mich so zwanghaft überreden willst, bei dir zu bleiben.«

Langsam fängt er sich wieder. Seine wahren Emotionen werden jedoch von seinem gut einstudierten Pokerface verborgen. »Samantha«, bringt er schließlich rau hervor. Dann schließt er den Mund wieder.

Ich warte weiter ungeduldig auf eine Antwort. Als er nach einigen erdrückenden Momenten der Stille immer noch nichts von sich gibt, schüttele ich ungläubig den Kopf und gehe an ihm vorbei.

»Danke«, murmele ich gekränkt vor mich hin und steuere direkt auf das Badezimmer zu. Er holt mich schnell ein und stellt sich mir in den Weg. Unglaublich, aber wahr – er schweigt trotzdem weiterhin. »Was? Was willst du? Hast du verlernt, zu sprechen?«

»Nein«, erwidert er zögernd.

Ich seufze und ignoriere die Träne, die mir die Wange hinabläuft. »Weißt du, Alexander ... Das hier.« Ich deute mit dem Finger zwischen uns hin und her. »Ergibt so überhaupt keinen Sinn.«

Er nickt lediglich, was mich unwillkürlich an meine Grenzen treibt. Dieser Mann treibt mich echt zur Weißglut und wühlt mein Innerstes dermaßen auf, dass ich glaube, ein Jahr lang Therapie würde meine Seele nicht wieder heil kriegen. Sonst schafft er es immer, die perfekten Argumente und Worte zu finden, doch jetzt? Jetzt, wo ich einmal ein ernsthaftes Gespräch mit ihm anstrebe, hat es ihm die Sprache verschlagen?

»Sagst du nichts, weil du mich mit deiner Antwort nicht verletzen willst? Ich ertrage die Wahrheit. Ich will sie nur hören, Alexander.«

Er legt mir eine Hand auf die Wange und streichelt zärtlich meine Träne fort. »Bitte weine nicht meinetwegen.«

»Danke für deine Ehrlichkeit«, murmele ich und verziehe mich in das Badezimmer, bevor ich noch richtig in Tränen ausbreche.

Kurz bevor ich die Türe schließe, treffen sich unsere Blicke. Und diesmal ist sein Blick nicht leer oder emotionslos. Es scheint mir zwar unmöglich nach dieser kalten Abfuhr, aber ich glaube, so etwas wie Bedauern in seinem Blick zu erkennen. Seine Augen haben jeglichen Glanz verloren. Als wäre er selbst enttäuscht oder verletzt.

Doch das bringt mir nichts. Keine Frau träumt davon, die Liebeserklärung aus den Augen ihres Mannes ablesen zu müssen.

Es fühlt sich an, als hätte er mir das Herz herausgerissen. Und das nicht zum ersten Mal.

KAPITEL 7

ALEXANDER

Fuck.

Ich muss mich beherrschen, diese verdammte Tür nicht mit meiner Schulter aufzubrechen und Samantha aus diesem Badezimmer zu zerren. Das Einzige, das mich davon abhält, ist, dass ich sie nach wie vor wie ein Vollidiot anschweigen würde. Ich will nicht, dass sie meinetwegen weint. Ich bin ein totaler Versager, was so etwas angeht. Für die Außenwelt bin ich ein Star, doch innerlich bin ich ein emotionaler Krüppel. Einer, der sich für sich selbst schämt. Ich bin ein Kontrollfreak und ich habe Probleme damit, meine Wut unter Kontrolle zu behalten. Ich bin ungeduldig, was mir bei meinem Aggressionsproblem nicht gerade weiterhilft. Mit meinen Gefühlen habe ich zweierlei Problem: Erst kann ich sie nicht richtig deuten, was mir meist ohnehin schon alles vermasselt. Und wenn ich mir endlich eingestehe, dass ich doch kein gefühlloser Bastard bin, sondern einen Funken Menschlichkeit besitze, oder sogar tiefgehende Gefühle für jemanden hege, kann ich es nicht zugeben. Mein Körper wehrt sich gegen jede offen ausgesprochene Emotion, die ich empfinde, und der Gedanke daran, einer Frau meine Liebe zu gestehen, bringt mich unwillkürlich aus der Fassung. Es fühlt sich an, als würde ich meine Kontrolle damit endgültig abgeben. So ein Zugeständnis kann ich nicht machen.

»Komm raus«, versuche ich es anders und klopfe an die Tür. Mehr als sie zu bitten, wieder rauszukommen, ist mir gerade nicht möglich. »Bitte, Samantha.« Das geht mir auch gerade noch so über die Lippen. Kein Wunder, dass meine Entschuldigung vorhin einen Lachanfall bei ihr ausgelöst hat.

Sie gibt keinen Ton von sich, doch ich höre sie schluchzen. Ich werde wütend auf mich selbst und schlage mit der Faust auf die Tür ein, was ihr ein erschrockenes Quietschen entlockt. Fluchend wende ich mich ab und lasse sie in Ruhe.

Es ist nicht so, dass ich sie nicht verstehe. Ich bin vielleicht ein Arschloch, aber nicht schwer von Begriff. Natürlich weiß ich, dass es angebracht ist, die Gefühle einer Frau offen zu erwidern, sofern sie vorhanden sind. Und ich weiß inzwischen, dass Samantha mehr als nur ein guter Fick für mich ist. Weitaus mehr. Aber es ist mir schlichtweg nicht möglich, mich damit auseinanderzusetzen, was ich tatsächlich für sie empfinde.

Ob ich Samantha *liebe*? Die Frage habe ich mir nie gestellt. Deswegen überfordert es mich, dass sie sie mir indirekt stellt. Ich folge einfach meinem Verlangen nach ihr und gebe mich meiner Zuneigung ihr gegenüber hin. Warum muss ich das hinterfragen und analysieren? Wozu soll ich mir Gedanken darüber machen, wie weit meine Gefühle für diese Frau tatsächlich gehen?

Trotzdem weiß ich, dass das unfair ist. Sie hat mir ihre Liebe schamlos gestanden, und es war einer der besten Momente meines Lebens. Gleichzeitig auch einer der schlimmsten. Erst wollte ich daraufhin die Flucht ergreifen – eine reine schlechte Angewohnheit. Aber dann lösten ihre Worte irgendetwas in mir aus, das ich so nicht kannte. Warum, fragte ich mich. Warum sollte eine Frau wie sie jemanden wie mich lieben? Ich bin nicht sonderlich umgänglich und ich bin launisch. Ich nehme mir, was ich will, ohne Rücksicht auf die Gefühle anderer zu nehmen. Ich stelle meine Bedürfnisse vor die der anderen. Ich bin leicht reizbar, verschlossen und kompliziert. Habe ich schon erwähnt, dass ich ein Kontrollfreak mit Aggressionsproblemen bin?

»Es ist offen«, höre ich sie unerwartet murmeln.

Augenblicklich öffne ich die Tür. Samantha sitzt mit angewinkelten Knien und baumelndem Kopf auf den kalten Fliesen und starrt zu Boden. Sie verwehrt mir den Blick auf ihr perfektes Gesicht.

»Es tut mir leid«, bringe ich aufrichtig hervor und setze mich zu ihr auf den Boden. Ich lehne meinen Rücken an die Wand und berühre sie vorsichtig mit meiner Schulter. »Das meine ich wirklich so.«

»Wow«, stößt sie spöttisch hervor. »Zwei Entschuldigungen in einer Stunde. Womit habe ich das bloß verdient?«

Ich nehme ihr ihre Laune nicht übel, oder dass sie meint, mich ärgern zu müssen. Sie hat jedes Recht dazu, und das wird sie noch für lange Zeit haben, denn ich habe nicht vor, ihr das, was sie von mir erwartet, zu geben. Um ihr diese drei Worte sagen zu können, müsste ich mich erst einmal mit meinen Gefühlen auseinandersetzen, was wiederum Fragen über unsere gemeinsame Zukunft aufwerfen würde. Und darüber kann ich nicht nachdenken, solange ich meinen Plan nicht umgesetzt habe. Solange ich alle meine Feinde nicht zunichtegemacht habe. Das wird vieles verändern.

»Hör zu.« Ich streiche ihr die feuchten Haare aus dem Gesicht und bücke mich, um sie ansehen zu können. »Das, was du von mir erwartest, kann ich dir nicht geben. Ich bin kein Mann der großen Worte, wenn es darum geht. Das bedeutet aber nicht, dass du mir egal bist.«

Ich schätze, der letzte Teil war eher nicht so überzeugend. Zumindest ihrem gereizten Blick nach zu urteilen. Ich räuspere mich. »Mehr als nur nicht egal.« Verdammt.

»Aha«, presst sie stirnrunzelnd hervor. »Mehr als nur nicht egal … Was genau bedeutet das, Alexander?«

Ich schweige.

»Weißt du, ich bin einigen Leuten nicht egal«, meint sie plötzlich und funkelt mich herausfordernd an. »Und sie sind es mir auch nicht. Peter, mein Doorman, zum Beispiel, oder Javier ...«

»Untersteh dich«, warne ich sie. Sie will mich reizen, um mich aus der Reserve zu locken.

»Ich bin mir sicher, dass andere Männer ihre Gefühle für mich besser ausdrücken könnten.«

Ich knurre und packe ihr Gesicht. Meine Finger drücken ihre Wangen ungewollt fest zusammen, sodass sie leise wimmert. »Reiz mich nicht, Samantha. Schon gar nicht mit anderen Männern. Das wäre ein großer Fehler.«

»Warum? Verprügelst du die dann wieder?«, stößt sie hervor. »So wie Aiden?«

Bei diesem Namen bekomme ich alle Zustände. Ich will nicht daran denken, dass er einmal seine gierigen Hände auf ihr hatte.

»Du bist unmöglich, weißt du das? Du kannst mir nicht sagen, ob du etwas für mich empfindest, aber wenn ich Aiden erwähne, drohen die Adern auf deiner Stirn zu platzen«, wirft sie mir kopfschüttelnd vor. »Und bei Javier, oder Miles, dem Künstler, oder -«

»Halt den Mund«, knurre ich und erhebe mich vom Boden, um meine Wut nicht an ihr auszulassen. »Lass das, verdammt.«

Ich schäume innerlich, nun wo ich gleich an mehrere ihrer Verehrer denken muss. Ich hasse es, wenn jemand das begehrt, was mir gehört. Ich hasse es sogar, wenn jemand nur an das denkt, was mir gehört.

»Geh jetzt ja nicht weg!«, zischt sie hinter mir und zieht an meinem Arm, als ich auf das Bett zusteuere. Ihrem festen Griff entnehme ich, dass sie wohl all ihre Kräfte einsetzt, um mich zum Stillstand zu bringen, aber ich ignoriere sie. »Weißt du was, ich gehe!«

Ich atme angestrengt aus und sehe ihr dabei zu, wie sie aus ihrem Nachthemd schlüpft und in ihrem Rucksack nach Klamotten wühlt. Ihre vollen Titten halten mich kurzzeitig davon ab, sie am Gehen zu hindern. Ich muss sie unbedingt bald wieder vögeln.

»Ähm, hallo?«, fragt sie mit gehobenen Händen.

Erst jetzt realisiere ich, dass sie vollständig bekleidet und aufbruchbereit vor der Zimmertür steht. Mein Schwanz lenkt mich wie üblich von den gerade wichtigsten Dingen ab.

Sie wirft sich das Haar dramatisch über die Schulter und stemmt sich eine Hand in die Hüfte. »Ich gehe jetzt.« Mit ihrem Fuß tippt sie immer wieder auf den Fußboden, bis sie schließlich den Kopf schief legt und eine entsetzte Grimasse zieht. »Jetzt ist es dir also schon egal, dass ich abhauen will. Toll.«

Das bringt mich zum Lachen. Dieses Verzweifelte an ihr turnt mich zugegebenermaßen an, weil es mir so viel Kontrolle und Macht über sie gibt. Das Betteln in ihren Augen macht meinen Schwanz hart. Es ist witzig, dass sie sich oft so sehr um meine Aufmerksamkeit bemüht, obwohl sie bereits der Mittelpunkt meines Lebens ist.

Ohne es bemerkt zu haben, ist sie aus der Tür raus. Ich seufze und gehe ihr angestrengt hinterher. Kurz vor der Ausfahrt hole ich sie ein, packe sie an der Taille und werfe sie mir über die Schulter. Sie quietscht und wehrt sich wie immer, obwohl das genau das ist, was sie will. Aber ich lasse sie ihre Rolle spielen, wenn sie sich danach besser fühlt.

Ich schlage die Zimmertür mit dem Fuß hinter mir zu und werfe sie in hohem Bogen auf das Bett. Ihre Augen glitzern unwillkürlich, diesmal nicht, weil sie den Tränen nahe ist.

»Ich glaube, ich sollte dir mal wieder zeigen, wer hier das Sagen hat.« Mit einer schnellen Handbewegung packe ich ihre Handgelenke und drücke sie oberhalb ihres Kopfes in die Matratze. »Und wenn du es so willst, werde ich dir zeigen, wie sehr ich *dich* will.«

Ich löse eine Hand von ihr, während ich ihre Handgelenke weiterhin mit der anderen festhalte, und reiße mit einem schnellen Ruck das Shirt an ihrem Dekolleté hoch. Sie zieht scharf die Luft ein und will protestieren, aber ich komme ihr zuvor und nehme ihren steifen Nippel in den Mund. Ich sauge und knabbere daran, bis sie leise wimmert.

»Autsch«, jammert sie und windet sich unter mir.

Ich gebe ihren Nippel frei und lächele sie verschmitzt an. »Du magst es, wenn es wehtut. Das wissen wir beide, Baby.«

Samantha kaut verlegen an ihrer Unterlippe, woraufhin ich ihr meine Zunge besitzergreifend in den Mund schiebe. Sie stöhnt an meinen Lippen und ich spüre, wie mein Schwanz in der Hose explodieren will. Verdammt, ich habe es vermisst, sie zu schmecken. Wir küssen uns leidenschaftlich und beinahe grob, als würden wir einen Kampf ausfechten. Meine Selbstbeherrschung droht sich zu pulverisieren.

»Ich will dich, Samantha. Und ich werde dich haben. Jetzt und für immer. Behaupte nie wieder, es sei anders«, raune ich und beiße ihr in die Lippe.

Sie wimmert und nickt heftig, lässt mich gewähren. Ihre Unterwürfigkeit ist genau das, was ich jetzt brauche.

»Sag es«, fordere ich wie gewohnt, weil ich die Worte aus ihrem Mund hören will.

Sie zögert keine Sekunde. »Ich gehöre dir.«

Diese drei kleinen Worte sind so viel besser als die, die sie von mir hören will. Diese drei Worte sind alles, was ich brauche. *Sie gehört mir.*

Ich gebe ihre Hände frei und reiße ihr das Shirt über den Kopf. Ungeduldig knete ich ihre traumhaften Titten, wobei ich mich bemühen muss, nicht wie ein Teenager in meine Hose abzuspritzen, bevor der Spaß überhaupt richtig losgeht. Diese Frau ist der Inbegriff der Weiblichkeit. Ihre Rundungen sind wie gemacht für mich.

Ihre Hände tasten sehnsüchtig meinen Oberkörper ab, während sie sich unter meinen forschen, besitzergreifenden Griffen auf der Matratze rekelt.

»Bitte«, winselt sie ungeduldig.

»Bitte, was?« Ich reiße ihre Hose auf und verschwende keine Zeit damit, sie ihr die Beine hinabzuziehen, sondern schiebe meine Hand direkt in ihren feuchten Slip. Mit geübtem Druck umkreise ich mit dem Daumen ihr Nervenbündel und sie stöhnt auf, als hätte sie sich nichts sehnlicher gewünscht, als von mir berührt zu werden.

»Oh Gott«, keucht sie atemlos und schließt ihre Augen. »Ja …«

Obwohl ich mich kaum anstrenge, sie zum Höhepunkt zu bringen, ist sie unmittelbar davor. Meine Finger massieren ihre zarte, heiße Weiblichkeit und ich genieße, wie sie unter mir zu zappeln beginnt.

Sadistisch ziehe ich die Hand aus ihrer nassen Pussy und stecke ihr den Daumen in den Mund, damit sie ihn sauber leckt. Und auch, damit sie deswegen nicht jammert.

»Das wird eine lange Nacht für dich, Baby. Ich werde dir all die Dummheiten aus dem Kopf vögeln und mir nehmen, was du mir die letzten Nächte verwehrt hast«, warne ich sie vor.

Samanthas Augen blitzen auf. Sie saugt an meinem Daumen, während mich ihr Blick nicht loslassen will. Ihre Wangen glühen. Ich kann sehen, wie sehr sie mich will.

Langsam ziehe ich den Daumen aus ihrem Mund und drücke ihr stattdessen einen Kuss darauf. »Und danach werde ich mich angemessen bei dir entschuldigen, mein Engel.«

KAPITEL 8

SAMANTHA

Mit einem schnellen Ruck reißt Alexander mir die Hose von den Beinen. Mein Höschen wird gleich darauf ungeduldig zerrissen und durch die Luft geworfen. Ich keuche, als er meine Beine anhebt, sie schon fast gewaltsam auseinander zieht und sein Gesicht in meiner nassen Mitte vergräbt. Seine Zunge übt Druck auf meine Klit aus, während mich seine Bartstoppeln an der kribbelnden Haut rundherum kratzen. Als sich seine Lippen gierig an mir festsaugen, stöhne ich vor Wonne auf.

Gott, habe ich dieses Gefühl vermisst.

»Ich komme«, presse ich atemlos hervor und kann es selbst kaum glauben, dass ich schon nach wenigen Augenblicken bereit für einen Orgasmus bin. »Alexander!«

Er saugt weiter gierig an mir und schiebt zwei Finger in meine Öffnung. Das Zusammenspiel seiner mich fickenden Finger mit seiner mich liebkosenden Zunge macht mich wahnsinnig. Mein Stöhnen ist mehr ein gequältes Schreien, als mein Körper erbebt, und ich reibe mich automatisch an seinem Gesicht, um das Gefühl zu intensivieren.

Der Orgasmus zerschmettert mich.

Alexander hört nicht auf, sondern nimmt einen dritten Finger dazu und krümmt sie in mir. Dabei trifft er diese sensible Stelle in mir, die mich zum Schreien und Zucken bringt. Mein Körper zittert heftig, während ich mich wie wild auf den Laken rekele. Währenddessen lässt seine Zunge von mir ab und er bläst kalte Luft auf mein geschwollenes Fleisch.

»Oh Gott.« Ich kralle mich in sein Haar und drücke sein Gesicht fester an meine Nässe.

Er lässt seine Zunge immer wieder auf mein Nervenbündel schnalzen, was mir den Rest gibt. Der nächste Orgasmus überrollt mich wie ein Zug. Ich habe das Gefühl zu schweben, während meine Beine unkontrolliert zucken und ich hastig nach Luft schnappe. Ich spüre Schweißperlen auf meiner Stirn.

»Das waren mal zwei«, raunt er mit einer Anrüchigkeit in seiner Stimme, die mich von seinen eigentlichen Worten ablenkt. *Mal zwei?*

Noch bevor ich das hinterfragen kann, packt er mich an der Taille, dreht mich mit einem Ruck um und hebt meine Hüften an. Ich höre in derselben Sekunde etwas zu Boden gehen und danach wie der Knopf seiner Jeans geöffnet und sie ausgezogen wird. Ich stütze mich gerade mit beiden Handflächen an der Matratze ab, da werde ich von einem heftigen Stoß nach vorne geworfen. Seine Hände greifen nach mir, ziehen mich wieder in die gewünschte Position zurück und dann stößt er erneut mit einem animalischen Laut zu. Ich schreie auf, bin bis zum Bersten voll.

»Zu tief?« Alexander vergräbt seine Hand in meinen Haaren, zieht meinen Kopf zurück. Nun hat er mich fest im Griff, ganz so, wie er es mag.

Ich nicke, schaffe es jedoch nicht, etwas von mir zu geben. Seine Stöße nehmen dennoch an Härte zu, als könne er es nicht aushalten, sich zurückzunehmen. Sein breiter Schwanz dehnt mich und seine mächtige Länge füllt mich bis zum verborgensten Winkel in mir aus.

Alles, was ich spüre, ist er. Ich bin vollkommen vereinnahmt von ihm und ich liebe das Gefühl.

Während er in rhythmischem Tempo immer wieder so tief wie möglich in mich eindringt, hält mich seine Hand am Hinterkopf fest und zieht mich immer weiter zu sich nach hinten. Meine Kopfhaut brennt von dem Zug. Sobald ich nachgebe und meinen Rücken durchbiege, sodass ich mich nicht mehr mit meinen Händen an der Matratze abstützen kann, legt er mir eine Hand um den Hals und hält mich so gefangen, während er weiter in mich pumpt. Um mir nicht die Luft von seinem Griff abschnüren zu lassen, krümme ich meinen Rücken noch ein Stück mehr, bis es anfängt zu schmerzen. *Und der Schmerz ist so abnormal gut …*

»Hast du das vermisst?«, keucht er abgehakt zwischen seinen Stößen.

Gott, ja.

Weil sein Schwanz schnell und fest über meinen inneren Lustpunkt reibt, kann ich mich kaum auf seine Frage konzentrieren.

»Antworte«, fordert er und verstärkt den Griff um meinen Hals.

»Ja«, winsele ich, während ich nur noch schwer Luft bekomme. *Gott, er soll bloß nicht aufhören.*

Unsere Haut klatscht laut aneinander und die Laute vermischen sich mit unserem Keuchen und Stöhnen. Mir ist unendlich heiß, Schweißperlen sammeln sich zwischen meinen Brüsten. In meinem Schoß beginnt es zu ziehen und sofort spannen sich meine Muskeln an. Diesmal schaffe ich es nicht, meinen Orgasmus anzukündigen.

Als Alexander die Hand von meiner Kehle nimmt, falle ich wie ein Sack Kartoffeln nach vorne und vergrabe mein Gesicht keuchend in der Matratze. Meine Waden und meine Zehen verkrampfen sich erneut. Doch er denkt noch nicht daran, aufzuhören, stattdessen dreht er mich auf den Rücken um, spreizt meine zitternden Beine und zieht mich an den Knien näher an sich heran. Mit einem Lächeln im Gesicht beugt er sich zu mir hinab und nimmt Besitz von meinem Mund. Gleichzeitig drängt sein Schwanz erneut in mir empor.

Ich stöhne gequält auf. Ich kann nicht mehr. Mein Hirn ist völlig benebelt und mein Körper erschöpft, außerdem bin ich schweißgebadet. Meine Gelenke fühlen sich weich wie Pudding an. Im Grunde könnte er jetzt alles mit mir anstellen, denn ich hätte keine Chance, mich dagegen zu wehren. Der Gedanke macht mich an.

Alexander stößt erneut zu, diesmal sanfter. Seine Augen fesseln die meinen, während er seinen Daumen benutzt, um meine Klit zu massieren. Zwischen meinen schwachen Atemzügen presse ich ein leises Stöhnen hervor, während er mit seiner Liebkosung erneut heftige Beben in meinem Körper auslöst. *Ich glaube es nicht.*

»Noch einmal«, verlangt er. »Komm für mich.«

Ich würde das für einen schlechten Scherz halten, wäre ich nicht tatsächlich wieder irgendwo zwischen einem Zusammenbruch und einem Orgasmus. Seine Stöße werden immer langsamer, seine Hände streicheln meine Oberschenkel und seine Blicke brennen sich mir auf die feuchte Haut. Meine Augenlider werden schlapp, aber ich bemühe mich, sie nicht zu schließen. Ich will ihn beobachten und will den Ausdruck in seinem perfekten Gesicht sehen, wenn auch er endlich seine Erlösung findet. Als seine Finger den Weg zu meinen steifen Nippeln finden, winsele ich. Er nimmt einen Nippel zwischen Daumen und Zeigefinger und kneift sanft hinein. Erneut geht ein Ruck durch meinen Körper.

»Fuck«, knurrt er auf, als meine stöhnenden Schreie in immer kürzeren Abständen auftreten.

Meine Muskeln geben nun vollends auf und meine Zehen drohen sich nie wieder in die richtige Stellung zurückzubiegen, so sehr verkrampfen sie sich, während mich ein weiterer Höhepunkt zum Schreien bringt. Das Gefühl ist fast zu intensiv. Ich fühle mich wie berauscht, während dichter Nebel in meinen Kopf sickert.

Alexander pumpt noch dreimal hart in mich, dann knurrt und stöhnt er wie ein Raubtier. Ich spüre, wie mich sein warmes Sperma füllt und gleichzeitig an meiner Öffnung hinausläuft. Mit geschlossenen Augen, den Kopf in den Nacken geworden, verharrt er schwer atmend in mir.

Ich bin zu müde und schlapp, um ihm für diese unbeschreiblichen Orgasmen zu danken. Außerdem war er mir diese ohnehin schuldig.

»Sag es«, befiehlt er heiser, als er seine Augen öffnet, um mich anzusehen. Ein stürmisches Funkeln liegt darin.

Mit letzter Kraft spreche ich aus, was offensichtlich ist, und er immerzu von mir hören will: »Ich gehöre dir, Alexander.«

Zu meiner Überraschung schüttelt er den Kopf. Seine Hände streicheln mich sanft, fast zärtlich, während er mich gedankenverloren mustert. »Das andere.«

Ich lächele. »Ich liebe dich.«

Mein Körper braucht Stunden, um sich von unserem Sex zu erholen. Ich fühle mich wund, aber auf eine schöne Weise. Nach dem Sex bin ich in einen komatösen Schlaf verfallen. Nun ist es stockfinster im Zimmer und Alexanders Arm liegt schwer auf meiner Brust, während er tief und fest neben mir schläft. Ich blinzele müde und reibe mir mit einer Hand über die Augen. *Gott,* meine Kehle ist so ausgetrocknet. Es fühlt sich an, als hätte ich seit Tagen keinen Schluck Wasser mehr getrunken.

Vorsichtig schiebe ich seinen Arm von mir, rolle mich zur Seite und taste mich an der Bettkante vorwärts. Ich stehe auf Zehenspitzen auf und versuche in der Dunkelheit das Badezimmer zu finden, laufe jedoch direkt in meinen Rucksack und stolpere darüber. Ich brumme genervt und blicke zu Alexander, höre ihn aber lediglich entspannt atmen. Also taste ich mich in der Luft weiter vorwärts, bis ich bemerke, in die falsche Richtung zu laufen. *Gott, bin ich erschöpft.*

Ein merkwürdiges und kaum wahrzunehmendes Geräusch lässt mich allmählich munter werden. Zuerst ignoriere ich es, doch dann höre ich es erneut. Neugierig folge ich dem Geräusch und bleibe abrupt stehen, als ich mit dem Hüftknochen an einer Tischkante abpralle. Gott sei Dank hat mein Hüftspeck das Geräusch des Aufpralls gedämpft, sodass Alexander weiterhin tief schläft. Ich lege meine Handfläche auf den Tisch und streiche langsam über die Fläche. Ich spüre den Stoff von Alexanders Hose und ein Vibrieren darunter. Als ich in die Hosentasche greife, entdecke ich ein Handy. *Sein Handy.*

Noch bevor ich mich davon abhalten oder hinterfragen kann, warum, zum Teufel, ich das überhaupt tue, habe ich es mir schon geschnappt und mich damit im Badezimmer eingesperrt. *Und was soll ich jetzt damit tun?* Mein Puls beschleunigt sich rasant und die widersprüchlichen Gefühle in mir verursachen ein Chaos in meinem Kopf. Adrenalin schießt mir in die Venen, während ich mich auf die Toilette setze und das Handy in meiner Hand anstarre. Zum Teil ist es Angst, die mich zögern lässt, obwohl die Neugierde in mir größer ist. *Nur ein kurzer Blick,* sage ich mir und wische mit den Fingern über das Display.

Scheiße. Ich werde aufgefordert, einen Code einzugeben. Natürlich hat er einen Code. Was denke ich mir bloß? Welcher halbwegs intelligente Mensch in Alexanders öffentlicher Position hätte keinen Sicherheitscode auf seinem Handy? Seine privaten Nachrichten und die beruflichen E-Mails wären ein gefundenes Fressen für jeden Reporter.

Nervös tippe ich mit dem Nagel auf das Display. Da ich ihn wohl kaum danach fragen kann, werde ich den Code wohl auf eigene Faust herausfinden müssen. Ich gehe jede Information, die ich über ihn und sein Unternehmen habe, blitzschnell in meinem Kopf durch, da mir nicht sonderlich viel Zeit bleibt, bis er womöglich aufwacht und entdeckt, dass ich mich wieder im Badezimmer eingeschlossen habe.

Ich versuche es mit 0000. *Falsch.* Danach mit 9999. *Wieder falsch.* Vielleicht 1111? *Sowas von falsch.*

»Scheiße«, fluche ich leise vor mich hin und unterdrücke den Drang, das Handy gegen die Wand zu schleudern.

Da trifft mich ein Gedankenblitz. Mir ist vor einiger Zeit aufgefallen, dass der Sicherheitscode auf allen seinen Kreditkarten ident ist. Und es sind genau vier Zahlen.

Ich tippe mit zitternden Fingern 1969 ein, was vermutlich das Geburtsjahr seiner Mutter oder seines Vaters ist, und plötzlich entsperrt sich das Display. Ein Nachrichtensymbol leuchtet mir entgegen.

Der kurze Glücksmoment verwandelt sich schnell in Zweifel. Und jetzt? Soll ich tatsächlich seine privaten Nachrichten lesen oder seine Mails durchstöbern? Das Anrufprotokoll wäre auch interessant ... Ich entscheide mich für die eingegangene Nachricht.

Mir wird unwillkürlich übel und mein Herz rutscht mir in die nicht vorhandene Hose. Der Absender heißt *Lauren*.

Wo bist du? Ich kann dich nicht erreichen.

Ich starre die Nachricht an, dann lese ich mir den Namen mehrmals hintereinander durch. *Lauren. Lauren.* Wer zur Hölle ist Lauren? Zuerst Amanda, dann Merissa und jetzt gibt es auch noch eine mysteriöse Lauren? Ich bekomme die Krise. Und Brechreiz. Ich bereue unmittelbar alles, was in den letzten Stunden zwischen Alexander und mir passiert ist, und wünschte, ich wäre seinem Ratschlag gefolgt und hätte auf ihn geschossen – mit *geladener* Pistole.

Ich drücke die dämliche Nachricht weg und entdecke gleich darunter eine weitere von besagter Lauren. Intuitiv öffne ich auch diese.

Ich war heute in der Black Group, aber Grace teilte mir mit, dass du verreist bist. Melde dich bei mir, Alexander. Ich mache mir Sorgen.

Sie macht sich also Sorgen um ihn, diese Bitch. Wie sie es wohl finden würde, wenn ich ihn im Schlaf mit einem Kissen ersticke? Mein Blut kocht vor Wut und Demütigung. Er belügt mich also weiterhin. Wie konnte ich nur so blind und naiv sein? Wenn er mir schon so viel aus seinem Leben verheimlicht hat, warum, zum Teufel, dachte ich, er würde mir keine andere Geliebte verheimlichen? Nur weil sich Amanda als Psychiaterin entpuppt hat, bedeutet das noch lange nicht, dass es da sonst niemanden gibt. Und jetzt weiß ich es. Mich interessieren weder die anderen Nachrichten noch seine Mails oder das Anrufprotokoll. Ich will bloß Klarheit. Jetzt!

Ich stürme aus dem Badezimmer. Mit der flachen Hand schlage ich auf den Lichtschalter, sodass der gesamte Schlafraum grell erleuchtet, und werfe Alexander mit voller Wucht das Handy an den Kopf, als er sich gerade verwirrt aufrichtet.

»Fuck!«, knurrt er schmerzerfüllt und greift sich auf die Stirn. *Volltreffer, ich bin zufrieden.* »Bist du verrückt, Samantha?«

»Lauren?«, frage ich aufgebracht und springe wie eine Irre auf das Bett. »Wer zur Hölle ist Lauren?«

Außer Wut sehe ich nichts in seinen Augen aufflackern. Er sieht nicht wie damals bei Amanda ertappt oder entlarvt aus, sondern lediglich stocksauer. Seine Pupillen weiten sich, sodass sich seine Augen fast zur Gänze tiefschwarz verfärben, aber auch von der Warnung darin lasse ich mich nicht einschüchtern.

Ich schnappe mir das Handy und will es gerade gegen die Wand donnern, da packt er mich am Handgelenk und drückt so fest zu, dass ich wimmernd innehalte.

»Lass los!«, bringe ich zwischen zusammengebissenen Zähnen hervor. »Ich meine es ernst. Ich -«

72

Anstatt loszulassen, dreht er mir den Arm mit Leichtigkeit auf den Rücken, sodass ich schmerzerfüllt auf der Matratze zusammensacke. Ohne es zu wollen, lasse ich das Handy fallen und bettele, damit er mich loslässt.

Offenbar hat er doch nicht vor, mir den Arm zu brechen, denn er lässt im selben Moment, als ich sein Handy fallen lasse, von mir ab und richtet sich komplett auf. Mir brennen Tränen vor Wut in den Augen. Ich wende den Blick ab und stehe gedemütigt vom Bett auf.

»Du bleibst hier«, befiehlt er mir wütend. Aus einem Impuls heraus bleibe ich augenblicklich mit dem Rücken zu ihm gedreht stehen. »Du hast gewartet, bis ich schlafe, damit du an mein Handy gehen kannst? Ist das dein verdammter Ernst?«

Die Luft in diesem Raum wird dünner. Ich höre ihn schwer und abgehakt atmen, woran ich erkennen kann, dass es nicht mehr viel braucht, um ihn zum Explodieren zu bringen. Tja, ich habe es schließlich darauf ankommen lassen wollen. Wenn ich jetzt darüber nachdenke, hätte ich ihm das Handy vielleicht nicht direkt an den Kopf donnern sollen, während er noch schläft, aber es hat sich gut angefühlt.

»Nein«, meine ich leise. »Ich hatte Durst und -«

»Und was?«, brüllt er hinter mir und reißt mich mit einem kraftvollen Ruck zurück auf das Bett.

Ich krabbele so schnell von ihm weg, dass ich beinahe von der Bettkante falle. Sein breiter Körper baut sich bedrohlich vor mir auf, während mich seine Augen wütend durchbohren. »Du treibst mich immer wieder an meine Grenzen! Tust du das mit Absicht? Oder bist du einfach dumm und weißt es nicht besser?«

»Wer ist Lauren?«, frage ich mit bedacht ruhiger Stimme. Ich brauche ihn nicht noch wütender, aber eine Antwort brauche ich dennoch. »Sag es mir!«

Seine Hände ballen sich zu Fäusten und seine Kiefer mahlen aneinander. Wahrscheinlich versucht er sich selbst davon abzuhalten, mich zu erwürgen.

»Lass mich eines klarstellen, Samantha.« Er holt tief Luft,

wird ruhiger. »Du besitzt nicht das Recht, meine Sachen zu durchwühlen. Dieses Recht wirst du niemals besitzen. Nicht heute, nicht morgen, nicht in fünf Jahren.«

Tief in meinem Inneren weiß ich, wie verletzend und unangebracht es ist, die privaten Sachen eines anderen zu durchstöbern, aber da ich etwas gefunden habe, was mir Kopfzerbrechen bereitet, empfinde ich keinerlei Schuldgefühle deswegen.

Mit trotzigem Gesichtsausdruck halte ich seinem Blick stand und schweige.

»Noch einmal lasse ich dir das nicht durchgehen«, meint er gereizt. Er greift sich angestrengt an die Stirn und reibt über die leichte Beule, die mein unüberlegtes Handeln bei ihm hinterlassen hat. »Ich rate dir also dringend davon ab.«

Okay, ich habe es mir anders überlegt. Ich brauche ihn doch wütender, denn in mir brodelt es gefährlich. »Sonst was? Bekommst du wieder einen Wutanfall, so wie damals in deiner Küche? Du solltest dir vielleicht direkt einen Termin bei Amanda ausmachen, damit du dich danach bei ihr ausheulen kannst«, provoziere ich ihn und erhebe mich vom Bett. Dann verpasse ich ihm einen leichten Stoß auf seine nackte Schulter.

Er verzieht das Gesicht und atmet tief durch. Ich fahre gedankenlos fort und gebe ihm einen weiteren Stoß, diesmal auf die Brust. »Na komm schon, Alexander. Immerzu warnst du mich vor dir, aber allmählich glaube ich, dass das alles nur leere Drohungen sind.«

»Hör damit auf«, bringt er so leise hervor, dass ich es kaum hören kann. »Bitte.«

»Warum?«, schießt es aus mir hervor, während ich mich seinem Gesicht annähere. Unsere Lippen sind nur wenige Millimeter voneinander entfernt. »Hast du keine Nerven mehr, um mir Gehorsam beizubringen? Wie ist das so bei Lauren? Hast du die schon zu deinem Hund abgerichtet?«

Sein heißer Atem streift meine Wange. Er hält meinem herausfordernden Blick stand, hält sich aber weiterhin zurück. Warum ich seine Grenzen austesten möchte, weiß ich nicht. Ich tue es einfach. Meine Wut treibt mich selbst an meine Grenzen und seine immerzu kontrollierte Art geht mir gehörig auf den Sack. Ich will, dass er genauso explodiert wie ich. Ich will verdammte Emotionen in seinem Pokerface sehen, die mir beweisen, dass ihn unser Streit genauso wenig kalt lässt wie mich. Das mag toxisch sein, aber ich kann nicht anders.

Also setze ich noch einen drauf. Mit gespielt kindlicher Stimme spreche ich wie mit einem Baby zu ihm:»Oh, und du solltest dich schleunigst bei ihr melden. Sie macht sich schon solche Sorgen um dich, Alexander. Bringst du sie auch mehrmals hintereinander zum Orgasmus? Fickst du sie auch so hart und gleichzeitig liebevoll wie mich?«

Er schließt die Augen, nimmt einen langen Atemzug und weicht zurück. *Ich hasse es!* Impulsiv packe ich ihn am Kinn, so wie er es stets bei mir tut – mir kläglich dessen bewusst, dass ich damit zu weit gehe. Lächelnd flüstere ich:»Schon okay. Ich suche mir jemand anderen, der mich in den Himmel fickt. Aiden war auch nicht schlecht, musst du wissen.«

Das, was gleich darauf geschieht, kann mein Hirn nicht schnell genug verarbeiten. Ich brauche eine ganze Minute, um zu verstehen, was gerade passiert. Das Pochen auf meinen Wangen lässt mich zuerst realisieren, dass er mein Gesicht gepackt hat und mich von sich gestoßen hat. Und jetzt liege ich zwei Meter von ihm entfernt auf dem Fußboden.

»Hast du mich gerade zu Boden geworfen?«, frage ich mehr überrascht als wütend. Ich lege mir in Zeitlupentempo eine Hand an meine Wange und sehe überrumpelt zu ihm auf. Mein Hintern tut vom Aufprall weh.

Sein Blick ist starr und seine Augen leer. Es scheint, als würde er nicht mich sehen, sondern durch mich hindurchsehen. Wie damals in der Küche, als er einen Wutanfall hatte, wirkt er entgeistert und seelisch abwesend.

»Du hast mich zu Boden gestoßen«, stelle ich erneut fest, diesmal hat meine Stimme an Schärfe zugelegt.»Du -«

»Sag nichts«, unterbricht er mich gequält und reißt plötzlich seine Klamotten an sich. Ich sehe ihm ausdruckslos dabei zu, wie er sich anzieht. »Ich kann nicht bei dir sein. Das tut mir nicht gut und dir schon gar nicht. Du treibst mich bewusst an meine Grenzen, obwohl du weißt, was passiert, wenn ich sie erreiche. Oder zumindest kannst du es dir denken.«

Seine Worte verstören mich. Ich bekomme Panik und springe auf. Danach zerre ich an seinem Pullover, als er mir den Rücken zudreht. »Was soll das heißen?«

»Dass ich gehe«, erwidert er ruhig. »Lass mich los, Samantha.«

»Nein!«, schießt es panisch aus mir hervor.

Ich werde mir meines Fehlers unwillkürlich bewusst und vergesse augenblicklich, dass er ebenso einen begangen hat, als er mich geschubst hat. Die Tatsache, dass ich es mehrfach darauf angelegt habe, lässt nicht zu, dass ich ihm diese Sache übelnehme. Im Gegenteil – ich bin stinksauer auf mich selbst. Denn scheinbar habe ich mich nicht mal ansatzweise unter Kontrolle, wie er sich unter Kontrolle hat. Ich zwinge ihn dazu, zu explodieren, und bin danach überrascht, weil er es tatsächlich tut? Das entzieht sich jeglicher Logik. Das zeigt von reiner Dummheit.

»Warte!«, bettele ich verzweifelt und zerre weiter an seinem Pullover, aber es nützt nichts. Er öffnet, ohne mich zu beachten, die Zimmertür und kehrt noch einmal zum Bett zurück, um sich sein Handy zu schnappen. »Bitte geh nicht! Lass uns darüber reden.«

»Wir haben ja gesehen, wohin uns das führt«, murmelt er abweisend und schiebt meine Hand von seinem Unterarm. »Ich werde nicht zulassen, dass ich dir noch einmal wehtue, Samantha.« Er wirft mir einen kurzen Blick über die Schulter zu und sieht dabei fast gebrochen aus. »Du hast keine Ahnung, mit welchen Problemen ich zu kämpfen habe, und glaub mir …« Er schluckt und wendet den Blick von mir ab. »… das willst du auch gar nicht.«

»Alexander, es -«

Die Tür fällt ins Schloss.

»… tut mir leid.«

KAPITEL 9

ALEXANDER

Die Dunkelheit ist gerade der einzige Freund, den ich habe. Sie lässt es zu, dass ich meine Gedanken sammeln und sortieren kann. Mein Atem geht unregelmäßig und ich verspüre den Drang, meiner Wut freien Lauf zu lassen. Noch vor wenigen Monaten hätte ich alles, was mir in die Quere kommt, in Trümmer zerschlagen, oder mein Eigentum, wie mein geliebtes Auto, zerstört. Ich denke an Amandas Worte, die sie mir bei jeder Therapiesitzung predigt, und versuche mich wieder in den Griff zu bekommen. *Ein und ausatmen. Die Wut kann dich nicht besiegen. Lass nicht zu, dass sie dein Handeln leitet.* Nach ein paar Meilen, die ich mit dem Audi zurückgelegt habe, schaffe ich es erst, wieder richtig durchzuatmen.

Scheiße, was habe ich getan? Die Schuldgefühle überhäufen sich und ich kann mich kaum noch auf die Fahrbahn vor mir konzentrieren. Ich hasse mich und den Ballast, den ich mit mir herumtrage. Ich hasse meine Reaktionen auf Dinge, die ich nicht kontrollieren kann. Ich hasse Situationen wie diese. Ich bin nicht nur ein emotionaler Krüppel, sondern auch ein unnützes Arschloch. Ich hätte es besser wissen müssen und das Hotelzimmer eher verlassen sollen. Ich hätte es erst gar nicht dazu kommen lassen dürfen, dass Samantha mich dermaßen provoziert und gegen sich aufbringt. Was nützt mir die Therapie, wenn ich jedes Mal aufs Neue die Kontrolle verliere?

Ein Schild am Straßenrand weist auf eine Tankstelle hin. Ich nehme die Abfahrt und stelle den Wagen mitten im Weg zur Einfahrt ab, danach steige ich aus und werfe den Kopf in den Nacken. Die kühle, frische Luft tut meinem Verstand gut. Meine Hände sind immer noch zu Fäusten geballt und ich schlage sie mehrmals aufeinander, bis mir der Schmerz bis ins Hirn schießt. Ohne den Wagen abzusperren oder mich darum zu kümmern, dass andere Autofahrer die Einfahrt ebenfalls benutzen können, steuere ich auf die noch geöffnete Tankstelle zu. Hier scheint rund um die Uhr alles geöffnet zu sein.

Ich muss mich irgendwie abreagieren und meine Gedanken auf etwas anderes lenken, also schnappe ich mir alles, was ich sehe, und werfe es achtlos auf den Tresen an der Kasse. Energydrinks, Schokolade, Zeitschriften, Chips, ein Sandwich, einen Eiskaffee, einen Duft-Anstecker für das Auto und ein Lotterielos.

Die Frau in meinem Alter sieht leicht verwundert aus, danach lächelt sie mich an. »Ist das alles, Süßer?«

Ihre Hängetitten sind sogar durch das lockere weiße Shirt zu erkennen, und warum sie ihr Namensschild direkt über ihrem Nippel trägt, will ich erst gar nicht wissen. Sie ist mir zuwider, daher wende ich den Blick ab und hole meine Edelstahl-Geldklammer aus der Hosentasche. Ich schleudere ihr meine Kreditkarte entgegen und starre die *Happy-Birthday-Tassen* in dem Regal neben mir an.

»Na, schlecht gelaunt?«, will sie aufdringlich wissen.

Mein Blick wandert genervt zu den vielen Sachen, die auf dem Kassentresen liegen und welche sie immer noch nicht eingescannt hat. Sie seufzt und betrachtet meine goldene Kreditkarte, dann dreht sie sie in ihrer Hand und lächelt. »Hast du es eilig, Alexander?«

»Für dich Mr Black, und jetzt mach gefälligst deine Arbeit«, knurre ich und schiebe ihr die unnötigen Sachen entgegen. Ihre überschminkten Augen weiten sich immens, was sie nur noch hässlicher aussehen lässt. Ihre pissgelben Haare sind schlampig frisiert und ihr Makeup sieht aus, als hätte sie es vor einer ganzen Woche aufgetragen. Es bröckelt an ihrer Stirn, und der Farbunterschied von ihren Wangen zu ihrem kreidebleichen Hals ist mehr als abturnend.

Sie scannt Artikel für Artikel ein, schnappt sich eine Plastiktüte und verstaut schließlich alles seelenruhig darin. Ich könnte kotzen, je länger ich sie betrachte, daher richte ich meinen Blick auf etwas anderes.

Ein knapp zwei Meter großer Teddybär hinter ihr auf dem Fliesenboden erweckt meine Aufmerksamkeit. Er ist braun, hat riesige Glubschaugen und hält einen roten Rosenstrauß in der Hand. Noch nie zuvor habe ich ein Stofftier in dieser Größe gesehen und ich frage mich unwillkürlich, wer so eine Scheiße kauft. Ob ihr den wohl ein Verehrer geschenkt hat? Danach frage ich mich, welcher Mann diese Frau begehren könnte.

»Einundvierzig Dollar«, murmelt sie und steckt meine Karte dabei selbst in den Schlitz des Geräts. Das Kaugummi, das sie wie eine Kuh kaut, bleibt an ihrer Unterlippe kleben. »Rechnung?«

»Nein«, presse ich übel gelaunt hervor und deute auf den Teddybären. »Wie viel willst du für den haben?«

Sie dreht sich verwirrt um und starrt zu Boden. Mit einem Stirnrunzeln schenkt sie mir wieder ihre Aufmerksamkeit, während sie mir die Tüte reicht. »Du willst den Teddybären?«

Ich nicke lediglich. Wie bescheuert das rüberkommen mag, will ich gar nicht wissen. Als wäre ich einer dieser weichgekochten Muschis, die mit solch schnulzigen Geschenken zu ihrer Frau nach Hause kommen.

Bevor ich es mir anders überlegen kann, dränge ich: »Also, wie viel?«

Sie überlegt eindeutig zu lange, welcher Preis für diesen Dreck angebracht wäre. Welchen sie mir auch nennen mag, ich bezahle ihn. Ich will diesen verdammten Bären aus unerklärlichen Gründen haben.

»Drei ...«, sie klimpert mit den falschen Wimpern, »hundert?«

Mit unbeeindrucktem Gesichtsausdruck marschiere ich zu dem Geldautomaten am Ende des Shops. Ich stecke meine andere Kreditkarte in den Schlitz und hebe fünfhundert Dollar ab. Ich falte sie zu einem Bündel zusammen, kehre zurück zur Kasse und schnappe mir meine Kreditkarte und die Tüte. Die Frau starrt auf das Geldbündel in meiner Hand und reicht mir augenblicklich übereifrig den überdimensional großen Teddybären über den Tresen.

»Kauf dir von dem Geld anständiges Makeup«, sage ich herablassend und werfe ihr das Geldbündel zu.

Aus dem Augenwinkel sehe ich, dass sie die Dollarscheine eilig zählt, danach grinst sie schadenfroh. Wie sie bin ich mir dessen bewusst, dass sie mich abgezockt hat, aber ich hätte auch weitaus mehr für diesen Drecksbären bezahlt.

Kurz bevor ich den Shop durch die automatisch öffnende Schiebetür verlasse, ruft sie: »Damit kaufe ich mir Makeup für den Rest meines Lebens, Arschloch!«

Ich grinse. Jetzt fühle ich mich schon viel besser.

Es hat mich einiges an Überwindung gekostet, zurück zum Motel zu fahren. Nicht nur, weil ich es dort abscheulich finde und Angst vor Bettwanzen habe, sondern weil ich noch nie in meinem Leben zu einer Frau zurückgekehrt bin. Niemals.

Außer bereits einmal zu Samantha. Dafür bin ich sogar nach Detroit gefahren, aber die Umstände waren anders. Jetzt muss ich mich seelisch darauf vorbereiten, auf allen vieren zu ihr zurück zu kriechen und sie um Vergebung zu bitten. Wie stellt man so etwas am besten an?

Das frage ich mich seit einer geschlagenen Stunde, in der ich wie paralysiert in meinem Wagen sitze und durch die Glasscheibe starre.

Aus meiner Hilflosigkeit heraus ziehe ich mein Handy aus der Hosentasche und wähle Laurens Nummer. Wenn sie nicht wach sein sollte, kehre ich eben zurück zu dieser versifften Tankstelle und frage die Frau mit den pissblonden Haaren nach Rat. Sie schuldet mir mehr als den verdammten Bären für die dreihundert Dollar.

»Endlich meldest du dich!«, keift Lauren mich ohne zu zögern an. »Wo bist du? Gibt es in diesem Loch kein Netz, oder was?«

Ich muss lachen. »Beruhige dich. Ich bin nicht spurlos verschwunden, nur in einem Kaff abgetaucht.«

»Interessant und was treibst du dort? Grace meint, du warst seit zwei Tagen nicht im Büro«, meckert sie.

Meine Cousine ist wie immer zu neugierig. Diese Angewohnheit hat sie voll und ganz von meiner Tante geerbt, wobei das auch schon ziemlich das Einzige ist, woran ich mich bezüglich meiner verstorbenen Tante erinnern kann. Sie ist kurz nach dem Tod meiner Mutter an Nierenversagen gestorben, was mich und Lauren noch enger zusammengeschweißt hat. Wir haben keine Familie mehr, nur uns beide, und sie ist die einzige Person, abgesehen von Amanda, mit der ich über meine Probleme und Pläne sprechen kann. Lauren würde mich nie verurteilen, im Gegenteil – sie steht ohne Wenn und Aber hinter mir. Oft genug erteilt sie mir eine Lektion oder drängt mir ihre unangebrachte Meinung auf, was ich insgeheim sogar sehr schätze. Ich weiß, dass sie mich wie einen Bruder liebt, weil sie es mir oft sagt, bevor sie sich darüber beschwert, wie selten ich mich bei ihr blicken lasse, geschweige denn Zeit für einen Kaffee mit ihr habe. Innerlich weiß sie aber, dass ich ihre Zuneigung erwidere, es nur nicht zeigen kann.

»Ich bin bei ihr«, erkläre ich kurz angebunden. »Es gibt einen Grund, warum ich dich so spät anrufe.«

»Dachte ich mir schon.«

»Was? Dass ich bei ihr bin oder etwas von dir brauche?«

»Beides«, erwidert sie amüsiert.

Ich reibe mir angestrengt über die Schläfen und verdränge das Gefühl von Schwäche, das ich gerade empfinde. So beschämt und unmännlich habe ich mich in meinem ganzen Leben noch nicht gefühlt. Diese Beziehungsscheiße steigt mir allmählich zu Kopf, und ich erinnere mich wieder daran, weshalb ich zuvor niemals eine Frau an mich herangelassen habe.

»Also, schieß los«, fordert sie mich ungeduldig auf.

»Was kann man tun, um jemanden dazu zu bringen, einem zu verzeihen?«, frage ich schließlich belustigt über mich selbst.

Lauren prustet los. »Na, um Verzeihung bitten?«

»Schon klar«, presse ich gereizt hervor. »Aber es muss schon mehr als das sein, nachdem was ich getan habe.«

Sie zieht hörbar die Luft ein. »Was genau hast du denn getan?« Ihre Stimme klingt angespannt und der amüsierte Unterton hat sich in Luft aufgelöst.

»Wusstest du, dass es zwei Meter große Teddybären gibt?«, frage ich völlig zusammenhangslos.

Ihr Schweigen fordert eine direkte Antwort auf ihre zuvor gestellte Frage.

»Ich habe mich wohl nicht mehr ganz unter Kontrolle gehabt«, gebe ich schuldbewusst zu und starre zu meinem Beifahrer, dem Teddybären. Sogar seine hässlichen Glubschaugen starren mich vorwurfsvoll an. Ich schlage mit der Faust auf seinen Kopf. *Besser.* »Sie hat die Nachrichten von dir gelesen und dachte ... Nun ja, das kannst du dir bestimmt ausmalen.«

»Hä?«, stößt sie verwirrt hervor. »Wie kann sie denn auf deine Cousine eifersüchtig sein? Wir sind doch keine Inzest-Familie, Herrgott!«

»Das wüsste sie, hätte ich ihr gesagt, dass dieser hübsche Name meiner Cousine und keinem Fickfetzen gehört.«

»Du musst echt mal lernen, zu kommunizieren«, tadelt sie mich. »Wie wäre es damit: *Hey Baby, Lauren ist meine Cousine und keine Schlampe, die ich vögele. Außerdem würde sie dich gerne endlich mal kennenlernen. Und ich bin ein Arschloch, bitte verzeih.«*

Ich nicke vor mich hin. Natürlich hat sie recht, ich hätte Samantha von Anfang an aufklären müssen, dann wäre unser Streit nicht dermaßen eskaliert. Dann hätte es nicht einmal einen Streit gegeben. Aber mit ihrer Spionage-Aktion hat sie mich wieder einmal zur Weißglut getrieben, sodass ich empfand, ihr keine Rechtfertigung schuldig zu sein. Hört dieses ständige Spionieren und Sachen durchsuchen eigentlich irgendwann auf?

»Wie jemand so Dummes ein solches Imperium aufbauen konnte, ist mir ein Rätsel«, neckt sie mich. »Was sollte das vorhin bedeuten, du hattest dich nicht mehr ganz unter Kontrolle?«

»Das willst du nicht wissen.« Ich beschließe, das Telefonat zu beenden. »Ich melde mich, wenn ich zurück bin.«

»Falls sie dich bis dahin nicht umgebracht hat«, scherzt sie, doch ich ziehe für eine Sekunde lang in Betracht, dass Samantha das tatsächlich tun könnte. Verübeln würde ich es ihr nicht. »Egal was du getan hast, entschuldige dich bei ihr. Sei einfach ehrlich und zeig ihr, was sie dir bedeutet.« *Leichter gesagt als getan.*

»Das zählt nicht wirklich zu meinen Stärken, das weißt du.«

»Was zählt denn zu deinen Stärken, wenn es um sie geht?«, fragt sie sarkastisch.

Gute Frage. »Ich bringe sie zum Orgasmus.«

»Eine tolle Voraussetzung«, zieht sie mich auf. Ich stelle mir bildlich vor, wie sie gerade ihren Kopf schüttelt und ihre Augen verdreht. »Die Kleine hat, so wie ich dich kenne, keine Ahnung, dass du ohne sie keine zwei Minuten überleben kannst. Sag ihr das doch einfach, das wäre vielleicht mal ein Anfang. Und weihe sie endlich ein. So viele Geheimnisse erträgt doch kein Mensch.«

»Einweihen?«, wiederhole ich stutzig. Allein der Gedanke bereitet mir Panik.

»Ich bin mir sicher, dass sie es verstehen wird.« Laurens Stimme klingt zweifellos überzeugt von ihrer Annahme.

Vermutlich sollte ich mir ihre Worte zu Herzen nehmen, aber noch ist es nicht so weit.

Bald.

KAPITEL 10

Samantha

All das hier entwickelt sich immer mehr zu einer Tragödie. Um aufzuzählen, was ich in meinem Leben alles bereue, bräuchte ich vermutlich das restliche Jahr.

Ganz oben auf meiner Liste steht der Streit mit Alexander. Wäre ich ein normaler Mensch und keine ehemalige Detroit-Ghettobraut, hätte ich ihn einfach ruhig auf Lauren angesprochen. Er hätte mir entweder erzählt, wer sie ist und warum sie ihm spät nachts schreibt, oder er hätte mir eine fette Lüge aufgetischt und mich wie so oft in Unwissenheit dumm sterben lassen. Beides wäre mir viel lieber als das, was tatsächlich passiert ist.

Dass er mich geschubst hat, war nicht okay, aber dass ich ihm ein Handy an den Kopf geworfen habe, auch nicht. Ich habe ihn unnötig provoziert. Ich habe sogar ernsthaft in meinem Anfall erwähnt, dass Aiden – sein Erzfeind – gut im Bett ist. Was, zum Teufel, hat mich da bloß geritten? Ich meine, mal abgesehen davon, dass mein Sex mit Aiden, nicht im Geringsten vergleichbar ist mit meinem Sex mit Alexander – da Alexander Bedürfnisse befriedigt, von deren Existenz ich vor ihm nicht einmal wusste –, war es dumm und unüberlegt, ihm das bei einem Streit unter die Nase zu reiben.

Zu heulen habe ich schon vor knapp dreißig Minuten aufgehört. Nachdem Alexander gegangen ist, wartete ich sehnsüchtig darauf, dass er es sich anders überlegt und zu mir zurückkehrt. Ich wollte ihn anrufen, bin aber noch nicht bereit, mich Claire und Aiden zu stellen, die mir vermutlich schon hunderte von Nachrichten auf der Mailbox und in meinen SMS hinterlassen haben. Also wartete ich. Und wartete. In Wahrheit ist kaum eine Stunde vergangen, aber ich wurde von Minute zu Minute unruhiger, und schließlich musste ich mir eingestehen, dass er wohl nicht mehr zurückkommen wird. Was das allerdings bedeutet, habe ich noch nicht zu Ende analysiert, mein Kopf ist zu müde und mein Körper zwingt mich, mich ins Bett zu legen und meinen Kummer auf morgen zu verschieben.

Das geht genau fünf Minuten lang gut. Als ich so im Bett liege, ins Leere starre und die Dunkelheit des Zimmers in mich aufsauge, kann ich nichts anderes tun, als mich weiter mit dem Vorfall zu beschäftigen. Mein Herz erdrückt mich von innen und meine Brust ist ganz eng. Ich bin mir sicher, nach den letzten Tagen keine einzige Träne mehr vergießen zu können, da ich sie allesamt schon aufgebraucht habe. *Wenigstens etwas Gutes.*

Irgendwie bin ich jetzt auf dem Boden vor der Badezimmertür gelandet, wo ich mit angewinkelten Knien und baumelndem Kopf sitze. Könnte ich doch nur die Zeit zurückdrehen, würde ich alles anders machen. Aber das kann ich nicht und geschehen ist geschehen. Allmählich entwickelt sich eine Hassliebe zwischen Alexander und mir, und ich weiß nicht so recht, was ich davon halten soll. Zum einen zeigt es, dass das mit uns etwas Reales ist, zum anderen wünschte ich, die Dinge wären leichter zwischen uns. Ich wünschte, er wäre ein gelassener und offener Mensch und ich hätte eine friedlichere Seele. Doch wir sind beide temperamentvoll, was eine explosive Mischung darstellt, die gefährlich werden kann.

Oh Gott. Vor der Zimmertür raschelt es. Ich höre es ganz

deutlich, weil es in meinem Zimmer mucksmäuschenstill ist. Ob ein Nachbar unseren Streit und mein Schluchzen danach mitbekommen hat? Oder ist es ein Einbrecher? *Fuck.*

Plötzlich räuspert sich jemand. Ich glaube, ein Mann gibt diesen Ton von sich. Vielleicht der Kerl von der Rezeption? Obwohl ... Es ist schon zu spät. Es ist mitten in der Nacht. Ich krabbele auf allen vieren zu dem Tisch neben der Tür und lausche angestrengt. Es muss ein Einbrecher sein oder ein Vergewaltiger. Wer taucht denn mitten in der Nacht, mitten im Nirgendwo, vor einem verlassenen Hotelzimmer auf, wo kein Licht mehr brennt? *Scheiße.*

Ich fange unwillkürlich an zu keuchen, schnappe mir die Waffe, die Alexander zuvor auf den Tisch gelegt hat, und drücke sie fest an meine Brust. Soweit ich mich erinnern kann, hat er sie nicht wieder entladen. Jetzt muss ich ernsthaft noch mal auf jemanden schießen? Das kann doch nicht wahr sein!

»Samantha.«

Ich schrecke hoch, als ich Alexanders unverkennbare Stimme wahrnehme. *Er ist es?!* Es klopft ganz sanft an der Tür, dann höre ich ihn erneut meinen Namen aussprechen. Mit einem erleichterten Seufzer schalte ich das Licht ein und öffne ich die Tür. Sein Gesicht verliert leicht an Farbe, weshalb ich die Stirn runzele.

»Damit hätte ich rechnen müssen«, murmelt er und blickt zu der Waffe in meiner Hand.

»Oh«, schießt es aus mir hervor. Jetzt muss ich ungewollt kichern. »Keine Sorge, ich habe nicht vor, ein zweites Mal auf dich zu schießen.«

Scheinbar ist er sich nicht sicher, ob er meinen Worten Glauben schenken kann, daher lege ich die Waffe zurück auf den Tisch und betrachte ihn danach nachdenklich. Wie gut es tut, ihn zu sehen, kann ich nicht bestreiten. Gerne würde ich ihm um den Hals fallen und mich entschuldigen, aber ich weiß nicht, weswegen er zurückgekommen ist. Vielleicht will er mir sagen, dass ich mich wie eine geisteskranke Bitch aufgeführt habe.

»Wir sollten reden«, meint er schließlich zögernd. Ich nicke nur. Er räuspert sich mehrmals, offenbar fühlt er sich unwohl in dieser Situation. Jetzt bin ich mir sicher, dass er mit mir brechen wird. Er wird einen Schlussstrich ziehen und mich zum Teufel schicken. »Darf ich reinkommen?«

»Hm?« *Hat er mich gerade um Erlaubnis gebeten?* »Klar.« Er nickt und macht zwei ganze Schritte vorwärts, bevor er wieder zum Stillstand kommt und mich durchdringend mustert. »Du hast wieder geweint.«

»Ähm … Ja.« Zu einer eloquenteren Aussage bin ich nicht fähig. Ich weiche ein Stück beiseite, um ihm zu signalisieren, dass er komplett eintreten darf.

Alexander bleibt trotzdem stehen. Er atmet tief ein, bläst die Luft daraufhin laut hörbar aus seiner Lunge und dreht sich zu mir um. »Es tut mir leid. Ich hätte dich niemals anfassen dürfen. Zu behaupten, du wärst schuld an meinem Ausbruch, war schwach von mir. Ich alleine trage die Schuld an diesem Vorfall, ebenso an unserem Streit. Ich hätte dir sagen müssen -«

Impulsiv schlinge ich meine Arme um seinen Hals und heule ihm den Pullover voll. »Es tut mir auch so leid!« Augenscheinlich war die Annahme, ich würde keine Träne mehr vergießen können, falsch. »Ich habe es darauf angelegt, dass du ausrastest! Ich bin so … unverbesserlich. Außerdem hast du mir gar nicht wehgetan, ich war nur überrascht und vielleicht etwas erschrocken.«

Erst scheint er überfordert von meiner Reaktion zu sein, doch dann schlingt er ebenfalls beide Arme erleichtert um mich und drückt mich fest an sich. Er küsst meinen Scheitel und flüstert: »Bitte entschuldige dich nicht bei mir. Du solltest nicht so nett zu mir sein.«

»Doch«, schluchze ich und vergrabe mein Gesicht komplett in seinem von mir nassen Pullover. »Du hast mit Problemen zu kämpfen, von denen ich keine Ahnung habe. Du hast mich oftmals gewarnt, aber ich habe es ausgenutzt und gegen dich verwendet. Das war falsch.«

Er entfernt sich gerade so viel von mir, um mich ansehen zu

können. Seine blaugrauen Augen funkeln glücklich und verzweifelt zugleich. Irgendetwas nagt an ihm, quält ihn innerlich. »Wir sollten darüber sprechen. Darüber, warum ich zu Amanda gehe.«

Mein Atem stockt. Natürlich will ich es wissen und selbstverständlich sollte ich das auch, immerhin bin ich mit ihm zusammen und sollte wissen, womit ich es in Wahrheit zu tun habe. Aber die Tatsache, dass er es mir freiwillig erzählen will, verwirrt mich. Sonst hütet er seine Geheimnisse wie einen Schatz von unglaublichem Wert.

»Das sollten wir«, erwidere ich schließlich und schlucke hart. »Komm rein.«

Ich setze mich auf das Bett und kaue unsicher auf meiner Unterlippe herum. Das Nachthemd, welches ich vorhin erst übergezogen habe, fühlt sich von dem vielen Weinen schmutzig an, sodass ich mich unwohl in meiner eigenen Haut fühle. Und diese Situation macht das Gefühl nicht gerade besser. Es verschlimmert sich allerdings um einiges, als ich sehe, dass Alexander immer noch damit zögert, hineinzukommen und die Tür zu schließen. Vielleicht hat er es sich anders überlegt? Vielleicht bereut er, zurückgekommen zu sein?

»Geh nicht«, schießt es aus mir hervor, woraufhin er eine Augenbraue in die Höhe zieht und mich fragend mustert. »Na ja, du stehst da so rum …«

Jetzt ziehen sich seine Mundwinkel das erste Mal verdächtig in die Höhe. Es ist kein richtiges Lächeln, das er mir schenkt, aber diese minimale Andeutung eines Lächelns reicht mir. »Ich habe nicht vor, zu gehen, Samantha.«

Und doch tut er es. Gleich darauf macht er ein paar Schritte rückwärts aus dem Zimmer, verschwindet neben der Tür und gibt keinen Ton mehr von sich. Ich lehne mich nach links und blinzele verwirrt zur offenstehenden Tür, kann ihn aber nirgendwo entdecken. Dann höre ich ihn fluchen und irgendetwas Unverständliches vor sich hin murmeln.

»Alexander?«

»Ich glaube nicht, dass ich das tue«, höre ich ihn sagen, bevor er wieder vor mir auftaucht und mir einen nicht deutbaren Blick zuwirft. »Ich habe etwas für dich.«

»Handschellen? Ein Seil?«, ziehe ich ihn amüsiert auf, aber er macht nicht den Anschein, als würde er gleich lachen. Ich setze eine etwas ernstere Miene auf und lege die Stirn in Falten. »Langsam machst du mir Angst.«

Ich nehme meine Worte umgehend wieder zurück. Das, was ich zwei Sekunden später sehe, bereitet mir *wirklich* Angst. Es liegt nicht an den Glubschaugen, die mich furchterregend anstarren, oder an dem künstlichen Strauß aus roten Rosen, der mir entgegenragt, sondern an diesem zwei Meter großen Ding, das nun direkt vor mir in der Luft schwebt.

»Ich habe eher mit einer anderen Reaktion gerechnet«, gibt er zu, während er den überdimensional großen Teddybären am Hals gepackt in der Luft hält. Er ist so verdammt groß, dass seine flauschigen braunen Beine am Boden abknicken, obwohl Alexander ihn auf Augenhöhe festhält. »Vielleicht glücklich oder überrascht … Vielleicht auch zu Tränen gerührt. Aber keinesfalls angewidert oder so erschrocken. Du bist kreidebleich.«

Ich bemerke, dass mein Mund offensteht, also schließe ich ihn langsam und schlucke. Nochmal betrachte ich den Teddy von oben bis unten, dann tue ich dasselbe bei Alexander. »Du … Du hast mir einen Teddybären gekauft?«

»Jetzt verstehe ich«, meint er belustigt und lässt den Teddy grob zu Boden fallen. Ich lege den Kopf schief, um in seine Glubschaugen starren zu können. »Schon klar, du findest mich unmännlich. Tue ich nun auch.«

»Nein!«, sage ich rasch und stehe auf, um den Teddy in eine nettere Position zu bringen. Ich setze ihn auf seinen Po und lehne ihn an der Wand an, dann lächle ich ungläubig. »Du hast mir einen Teddy gekauft.«

Die Vorstellung, wie er diesen riesigen Teddy in sein Auto schleppt und dann herumträgt, bereitet mir Schmetterlinge im Bauch. Mein Herz schlägt nicht mehr im Takt und ich fühle mich wie ein Teenager, der das erste Mal richtig verliebt ist. So eine

Geste hätte ich mir im Leben nicht von ihm erwartet, niemals. Nicht mal mit verdammten Blumen hätte ich je gerechnet. Was ihn das an Überwindung gekostet haben muss, macht die Sache nur umso süßer. Es ist weniger der Teddy an sich als die Tatsache, dass er überhaupt diesen Gedanken hatte. Und dass er ihn auch tatsächlich umgesetzt hat.

Alexander bückt sich zu mir hinab und vergräbt sein Gesicht in meiner Halsbeuge. »Wie lange wirst du mir das jetzt vorhalten?«

»Hmmm«, summe ich gespielt nachdenklich, dann drehe ich den Kopf zu ihm um. »Für immer?«

Er schmunzelt. »Dachte ich mir bereits.«

Als er sich wieder erhebt und erneut zur Tür wandert, rufe ich: »Bekomme ich noch einen? Hat er Frau und Kinder?«

»Übertreiben wir es mal nicht.« Er legt eine große Plastiktüte auf dem Tisch ab, als er das Zimmer wieder betritt. Danach schließt er die Tür und lehnt sich an der Tischkante an, während er mich ausführlich mustert. »Verstehe ich das richtig, du verzeihst mir?«

Ich spiele kurz die Nachdenkliche, dann lache ich und sage: »Aber nur wegen Mister Bear.«

»Mister Bear?«, wiederholt er amüsiert. Sein aufrichtiges Lächeln verstärkt das Kribbeln in meinem Bauch. »Wie einfallsreich.«

»Danke«, meine ich amüsiert und stehe auf, um ihn zu umarmen. Während ich mich fest an ihn schmiege und seinen männlichen Duft einatme, flüstere ich erneut, diesmal ernster: »Danke.«

Es folgt ein Kuss auf meinen Haaransatz, danach einer auf meine Schläfe. »Ich verspreche, mich in Zukunft zu benehmen. Aber erwarte bitte keine weiteren Geschenke wie diese.«

»Tue ich nicht«, sage ich leise. »Aber dieses eine Geschenk bedeutet mir so viel mehr, als mir je Schmuck oder teure Kleider bedeuten könnten.«

»Ich weiß.« Er streichelt mir sanft über den Rücken und legt danach eine Hand auf meinen Hinterkopf, um mich bei sich zu behalten.»Ich kann dir meine Zuneigung anders nicht zeigen, Samantha. Ich kann dich vögeln, bis du meinen Namen schreist, ich kann dich lieben, bis du um deinen Höhepunkt bettelst, und ich kann dir diesen monströsen Teddybären kaufen. Aber zu mehr bin ich nicht im Stande. Ich wünschte, es wäre anders.«

Meine Augen füllen sich mit Tränen, aber es sind keine Tränen aus Wut oder Kummer. Im Gegenteil – seine Worte berühren mich zutiefst, obwohl das, was er mir mitteilt, nicht das ist, was ich eigentlich von ihm hören möchte. Ich versuche es trotzdem zu verstehen – ihn zu verstehen – und das dankbar anzunehmen, was er mir zu geben bereit ist. Zwar will ich nicht nur seine Hand, sondern auch den ganzen verdammten Arm, aber ich gebe mich vorerst mit dem kleinen Finger zufrieden. Im Grunde genommen bedeutet es mir schon die Welt, dass er so offen zu mir ist und wir ehrlich miteinander sind.

Ich ziehe meinen Kopf zurück, blicke ihm tief in die Augen und sage:»Ich liebe dich. Ich werde dich wahrscheinlich immer lieben, auch wenn du es nie offen erwidern wirst. Ich werde dich trotz deiner Fehler, deiner Geheimnisse und deiner übertrieben besitzergreifenden Art lieben. Weil ich *dich* liebe.« Ich klopfe mit dem Zeigefinger direkt auf sein Herz und spüre es rasend schnell schlagen.»Das, was hier drin ist. Nicht das, was du jedem zeigst. Ich sehe *dich*, nicht den Mann, den du allen zu zeigen bereit bist. Und ich liebe *dich*. Dein richtiges Ich.« Nun spüre ich seinen Herzschlag nicht mehr. Er hat die Luft angehalten und ich könnte schwören, Tränen ganz tief in seinen Augen verborgen zu entdecken.»Aber du musst mir schon mehr von diesem wahren Alexander zeigen wollen. Ich kann ihn nicht immer versuchen selber kennenzulernen.«

Seine Brust hebt und senkt sich plötzlich ganz heftig, während er mir weiterhin wie gefesselt in die Augen blickt. Seine Lider haben sich während meiner Ansprache kein einziges Mal bewegt, lediglich jetzt zuckt er einmal mit der Wimper. Der Sturm in seinen Augen verrät all die in ihm wütenden Emotionen.

»Und was, wenn dir der wahre Alexander nicht gefällt? Wenn dich seine Geheimnisse und sein Ballast abschrecken?«, fragt er mir ruhiger, warmer Stimme. »Was, wenn du feststellst, dass dieser ganz anders ist, als er vorgibt zu sein?«

Ich lächele und küsse ihn auf den Mund. »Dann liebe ich ihn nur umso mehr.«

KAPITEL 11

ALEXANDER

Ihre Worte berühren mich an einer Stelle, von der ich lange Zeit dachte, sie wäre nicht mehr funktionstüchtig. Mein Herz ist während ihrer rührenden Ansprache für eine kurze Zeit stehengeblieben. Nun schlägt es so heftig, dass ich befürchte, es könnte mir jeden Augenblick aus der Brust springen.

Ich sehe die Frau vor mir an und bewundere ihre unschuldige Schönheit. Ihr reines Herz und ihre Gutmütigkeit lassen sie von innen strahlen. Es sind ihre einzigartige Art, ihr starker, aber liebevoller Charakter und ihre unbezwingbare Stärke, die sie so besonders machen. Samantha ist für ihr junges Alter definitiv reifer als die meisten Frauen, die ich kenne. Sie hat einiges durchgemacht, immer ihren Willen durchgesetzt und vieles hinter sich gelassen. Sie hat eine verkorkste Familie, die es ihr schwer gemacht hat. Ihr Egoist von Vater hat sie im Stich gelassen und ihre Mutter ist zwar ein guter Mensch, aber eine Belastung. Und trotzdem steht Samantha ihr immer zur Seite. Dafür hat sie meinen vollen Respekt und all die Unterstützung, die ich ihr geben kann, verdient.

»Möchten wir jetzt darüber sprechen?«, fragt sie mit funkelnden Augen.

Noch immer ein wenig überfordert aufgrund ihrer ehrlichen Worte nicke ich lediglich. Mit ihrer Ansprache hat sie mich einfach umgehauen, und das schaffen bei Gott nicht viele. Die Aufrichtigkeit in ihrer warmen Stimme war so wohltuend und die Tatsache, dass sie mir ihre Liebe erneut gesteht, obwohl ich sie immer noch im Dunkeln tappen lasse, was meine Gefühle und sehr viel aus meinem Leben anbelangt, ist bemerkenswert. Meine Bewunderung für sie steigt immer weiter, jetzt wo ich erkenne, wie viel stärker sie ist als ich. Sie geht offen mit ihren Gefühlen um und akzeptiert, dass ich das nicht kann.

Langsam frage ich mich, womit ich jemanden wie sie überhaupt in meinem Leben verdient habe.

»Warum?« Sie schluckt hart. »Warum gehst du zu einer Psychologin, Alexander?«

Ich verschränke die Arme vor der Brust und lege mir die beste Formulierung für meine Antwort in meinem Kopf zurecht. Ich möchte sie nicht anlügen, das hat sie nicht verdient. Nicht, nachdem sie so ehrlich zu mir ist.

»Ich möchte ehrlich zu dir sein«, sage ich daher und suche nach ihrem Blick. »Wie du schon mitbekommen hast, neige ich dazu, schnell an die Decke zu gehen. Früher konnte ich meine Wut gar nicht kontrollieren, ich habe sie an allem und jedem ausgelassen. Seit ich zu Amanda gehe, ist das anders. Sie hilft mir, Dinge zu verarbeiten und so meine Aggressionen in den Griff zu bekommen. Natürlich fragst du dich jetzt, warum ich dennoch gelegentlich die Kontrolle verliere. Es ist eben ein Prozess. Bevor ich dich traf, ist mir das lange nicht mehr passiert. Durch das, was ich für dich … Durch diese Sache mit uns kommen Emotionen in mir hoch, die ich lange nicht verspürt habe. Das macht es mir zugegebenermaßen etwas schwer, und dadurch, dass ich jede freie Sekunde mit dir verbracht habe, hatte ich kaum Zeit für meine Sitzungen mit Amanda. Das war schlecht. Ich sollte die Therapie regelmäßig besuchen, um weiter an meinen Problemen zu arbeiten.«

Ich mache eine Pause, damit sie meine Worte verarbeiten kann. Sie wirkt zu meiner Überraschung nicht abgeschreckt, sondern interessiert. Wie ein kleines Mädchen sitzt sie mit angewinkelten Knien auf dem Bett, legt den Kopf schief und starrt mich mit einem aufmerksamen Blick an. Wenn ich mich nicht ganz täusche, und das tue ich sehr selten, bringt sie Verständnis für mich auf, anstatt mich zu verurteilen.

»Ich bin nicht fehlerfrei, Samantha. Im Gegenteil. Ich habe einige Fehler und bin oft zu stur, um diese zuzugeben oder etwas ändern zu wollen. Aber was diese Sache angeht, versuche ich mein Bestmöglichstes«, stelle ich mit ruhiger Stimme klar.

Sie nickt zögerlich, während sich die Gedanken in ihrem Kopf wie wild überschlagen. »Was bedeutet das genau? Ich meine, wie wirst du jetzt fortfahren? Du sagst, dass du wegen mir keine Zeit hattest, Amanda -«

»Nein«, unterbreche ich sie augenblicklich und hebe eine Hand, um sie am Weitersprechen zu hindern. »Du bist nicht daran schuld. Ich trage die Verantwortung.«

»Also wirst du jetzt wieder regelmäßig zu Amanda gehen?«, will sie wissen. Sie klingt unzufrieden.

Ich nicke. »Das ist der Plan.«

»Aber -«

»Baby«, lächele ich und setze mich zu ihr auf das Bett. Sofort dreht sie sich in meine Richtung und blickt mich hoffnungsvoll an. »Du brauchst dir wegen Amanda absolut keine Gedanken zu machen.« Sie verschränkt beide Hände vor der Brust und wirft mir einen bemüht bösen Blick zu, der mich jedoch zum Lachen bringt. »Ja, ich habe mich heimlich mit ihr getroffen. Aber nur, weil sie mich unbedingt sprechen wollte. Da ist und war nie etwas, das kannst du mir glauben.«

Die Vorstellung von Amanda und mir bringt mich beinahe dazu, zu würgen. Wie kann Samantha auch nur eine Sekunde lang in Betracht ziehen, dass da etwas zwischen uns gelaufen ist?

Und warum sollte ich mit einer anderen Frau zusammen sein, wenn ich mit ihr zusammen sein kann?

»Sie will nicht, dass wir zusammen sind«, murmelt sie. »Sie hasst mich.«

Wieder lache ich. »Sie hasst dich nicht, warum denkst du das?«

Seufzend zuckt sie mit den Schultern. »Sie meinte, dass ich dir nicht guttue. Sie denkt, ich halte dich von irgendetwas ab.«

Von meinem Plan und meiner Heilung. »Das stimmt«, gebe ich zu, woraufhin sie mir wieder diesen bemüht bösen Blick zuwirft. Doch anstatt wie ein furchterregender Pitbull sieht sie eher aus wie ein niedlicher Hundewelpe, der unbedingt gekauft werden möchte. »Amanda und ich pflegen seit Jahren auch eine freundschaftliche Beziehung zueinander. Sie weiß so gut wie alles über mich und möchte nur das Beste für mich. Nimm es nicht persönlich.«

Das stimmt tatsächlich. Ich wünschte, Amanda würde meine Beziehung zu Samantha tolerieren, aber ich verstehe ihre Beweggründe, mir diese Sache ausreden zu wollen. Sie hat nicht ganz unrecht, wenn sie behauptet, Samantha würde mich von meinem Vorhaben abhalten. Oder zumindest schiebt sie meinen Plan ungewollt und nichtsahnend auf. Außerdem lag sie in ihrer Befürchtung richtig, dass ich meine gut einstudierte Fassade könnte, weil mich meine Gefühle zu Samantha kontrollieren. Und da wären wir wieder bei dem Punkt, die Kontrolle zu verlieren. Ein Teufelskreis.

Sam seufzt und verdreht die Augen. »Und was ist das Beste für dich, hm?«

»Du.« Ich lehne mich nach vorne, um sie auf den Mund zu küssen. Da er nach meiner direkten Antwort schon offensteht, ist es mir leicht, mit meiner Zunge tief darin einzutauchen. Ihr köstlicher Geschmack treibt mich unmittelbar in den Wahnsinn, weshalb ich widerwillig den Kuss unterbreche und mich zurückziehe. Ich gehe davon aus, dass dieses Gespräch für sie noch nicht vorbei ist und ich meinen harten Schwanz daher noch in

Zaum halten muss. Also mache ich es mir selbst nicht noch schwerer.

»Liebt sie dich?«, fragt sie plötzlich mit bebender Stimme. Der Gedanke scheint sie nicht glücklich zu machen, was wiederum mich sehr glücklich macht.

Ich greife mir ihre Finger und streichele sanft über ihren Handrücken. »Höchstens wie einen Sohn.«

Ihre Stirn kräuselt sich. »Sohn?«

»Sie war die beste Freundin meiner Mutter. Und seit ihrem Tod hat sie sich auch wie eine Mutter mir gegenüber verhalten«, erzähle ich und bemerke, wie die Erinnerungen an meine Mutter mich innerlich aufwühlen. Über sie zu sprechen ist anstrengend und gefährlich, weil mich die Gedanken an sie zu einer tickenden Zeitbombe werden lassen.

Sam wirkt bedrückt, weil ich meine Mutter das erste Mal erwähne. Sie hat mich, als sie erfahren hat, dass sie an einer Alkoholvergiftung starb, über sie ausgefragt, aber ich habe nichts preisgegeben. *Natürlich nicht.*

Außerdem müsste ich ihr dann die Wahrheit über ihren Tod erzählen … Was ich noch nicht kann.

Trotzdem versprach ich ihr, ihr eines Tages mehr über sie zu offenbaren. Und dieser Tag scheint allmählich gekommen zu sein, wenn auch gegen meinen Willen.

»Das wusste ich nicht«, erwidert sie sanft und drückt meine Hand.

Ich wende den Blick ab. Ich hasse Mitleid. »Woher auch.«

Umgehend legt sie mir eine Hand auf die Wange und streichelt zärtlich darüber. Ihre Augen beobachten meine Reaktion genau, während ich inständig versuche, den Schalter nicht umkippen zu lassen. Ihre Nähe hilft mir dabei mehr, als sie je ahnen würde.

»Was hat deine Wut ausgelöst? Es muss doch einen Grund geben … Oder war das schon immer so? Wie lange gehst du überhaupt schon zu Amanda?«

Ich mustere sie streng, weil sie mich mit den vielen Fragen

überfordert. Verübeln kann ich es ihr nicht, ich bin aber nun mal kein *ich-erzähle-dir-alles-aus-meinem-Leben-Typ.* Wenn überhaupt, bin ich der *das-geht-dich-nichts-an-Typ.* Obwohl sie meine leichte Verärgerung bemerkt, nimmt sie ihre Fragen nicht zurück. Ihre warme Hand ruht noch immer auf meiner Wange und ich zögere, ehe ich knapp antworte: »Es war nicht immer so. Erst seit dem Tod meiner Mutter.«

Dieses Ereignis war aber nicht der ausschlaggebende Grund für meine Wuteskapaden. Mit dem Tod kann ich bei Gott mehr als gut umgehen, in meiner Familie ist so gut wie jeder verstorben. Bei entfernteren Verwandten hat mich das kaum mitgenommen. Ehrlich gesagt, hat es mich nicht einmal gejuckt – ich ging zu keiner Beerdigung, weil ich solche Anlässe hasse.

Aber meine Mutter war mein Fels in der Brandung, der einzige Mensch, der mich bedingungslos geliebt hat. Der ausschlaggebende Grund für all meinen Frust und all das Leid in mir sowie die unbändige Wut und den Wunsch nach Rache war das, was ich nach ihrem Tod erfahren habe. Das, was mir meine Mutter nach ihrem Tod hinterlassen und somit mitgeteilt hat. *Die ganze Wahrheit.*

Prüfend mustert Samantha meinen Gesichtsausdruck, während ich in meine gut behüteten Gedanken abdrifte. Sie zieht ihre Hand zurück, legt sie mir aber sanft auf den Oberschenkel. »Du erzählst nicht alles.«

Sie kennt mich anscheinend schon ziemlich gut, oder ich bin ein schlechter Schauspieler. »Das stimmt.«

Jetzt zieht sie ihre Hand zurück und rutscht ein Stück nach hinten, damit sie sich an der Rückenlehne des Bettes anlehnen kann. Für einen kurzen Augenblick ziehe ich in Erwägung, mich einfach auszuziehen und über sie herzufallen, um dieses beschissene Gespräch zu beenden, aber dann müsste ich es spätestens morgen führen, also bringt das Aufschieben sowieso nichts.

Ich bemühe mich, höflich zu bleiben. »Ich muss mir deiner erst sicher sein, damit ich dir alles erzählen kann.«

Das verärgert sie sichtlich. »Meiner erst sicher sein? Was soll das bedeuten? Ich habe dir gesagt, dass ich dich liebe, Alexander! Was willst du denn noch?«

Ihre unnütze Frage und der zickige Tonfall machen mich wütend, ich zeige es ihr jedoch nicht. »Deine bedingungslose Loyalität.«

Sie hüpft beinahe vom Bett auf, als sie sich wie ein Wirbelwind aufrichtet und beide Hände fragend in die Luft wirft. »Loyalität? Dein Ernst? Die ist dir doch längst sicher!«

»Mein voller Ernst«, erwidere ich trocken. »Liebe alleine bedeutet nicht, jemandem treu und loyal zu sein.«

Sie zieht beide Augenbrauen in die Höhe und schüttelt ungläubig den Kopf. »Du denkst, ich würde dich betrügen? Oder was soll diese rätselhafte Aussage bedeuten?«

Mit einem leisen Seufzen nähere ich mich ihr an und drücke sie zurück an die Rückenlehne des Bettes. Ich umzingele sie mit beiden Armen und halte mit meinem Gesicht wenige Zentimeter vor ihren inne. Sie starrt auf meine Lippen, während ich rau flüstere: »Dass du das nicht tun würdest, wissen wir beide. Und die Konsequenzen, die das nach sich ziehen würde, kennen wir ebenfalls.«

Sie nickt, während ihr das Atmen schwerer fällt. Meine Nähe macht sie stets nervös, was ich süß finde. Dass meine raue Stimme sie erregt, weiß ich schon lang, und mache es mir jedes Mal aufs Neue zum Vorteil. »Gut. Aber das habe ich damit nicht gemeint.«

»Was denn sonst?«, flüstert sie.

Meine Lippen nähern sich den ihren noch ein Stück weit an, bis sie sie fast berühren. Samantha hält abrupt die Luft an. »Ich muss erst wissen, ob ich dir zu einhundert Prozent vertrauen kann. Ich muss wissen, dass du mir gegenüber voll und ganz loyal sein wirst. Immer und ohne zu zögern. Egal, worum es geht.«

»Aha«, macht sie leise und holt tief Luft, als ich mit meiner Zunge über ihre Unterlippe lecke. »Aber das bin ich doch.«

Ich ziehe mich komplett zurück, woraufhin sie enttäuscht blinzelt. Ich schmunzele. »Das werden wir sehen.«

Sofort greift sie nach meinem Ellenbogen und zieht daran, als ich mich vom Bett erheben will. »Also heißt das, du erzählst mir weiterhin nichts über die Akten? Und über den Grund, warum du dich an diesen Leuten rächen willst?«

»Da ich mir vorgenommen habe, nicht mehr zu lügen, beantworte ich auch diese Frage ehrlich«, presse ich hervor. »Genau das bedeutet es.«

Ihre entsetzte Miene verwandelt sich in diesen wütenden Hundewelpen-Blick. »Ich muss es aber wissen! Ich dachte, dass du dich mir endlich anvertraust, aber wieder grenzt du mich einfach aus.«

Die Art, wie sie mich ankeift, kommt einer Beschimpfung gefährlich nahe. Trotzdem turnt mich dieser bissige Tonfall aus unverständlichen Gründen an. Ich mag es einfach, dass sie nicht auf den Mund gefallen ist. Schon bei unserer ersten Begegnung in der Bar war ich von ihrem frechen Mundwerk fasziniert, genauso sehr wie von der Vorstellung, es ihr zu stopfen.

»Ich werde dich einweihen, wenn die Zeit gekommen ist. Ich verspreche es«, besänftige ich sie mit einem Lächeln. Mit verschränkten Armen starrt sie mich angefressen nieder. »Ich habe dir von Amanda und meinem Problem erzählt. Das war doch schon ein großer Fortschritt, oder nicht?«

»Alles Schritt für Schritt, oder was?«

Ich nicke. »Schritt für Schritt.«

Plötzlich lacht sie auf und schüttelt heftig den Kopf, sodass ihr die langen schwarzen Haare ins Gesicht peitschen. »Wir sind hier nicht bei der Therapie mit Amanda oder beim Entzug meiner Mutter. Oder verteilst du auch solche Marken?«

Ich runzele belustigt die Stirn. »Marken?«

Sie seufzt. »Du weißt schon, diese *ein-Tag-trocken-Marke*. Bekomme ich jetzt auch eine *ein-Geheimnis-erfolgreich-gelüftet-Marke?*«

Das bringt mich tatsächlich zum Lachen und hellt meine Laune augenblicklich auf. Ich ziehe sie mit einem Ruck an mich und presse ihr einen besitzergreifenden Kuss auf die weichen

Lippen. »Wenn du so etwas haben willst, besorge ich es dir. Von mir bekommst du alles, was du dir wünschst, Baby.«

»Das Einzige, was ich von dir haben will, sind Erklärungen, Alexander.«

Die Antwort katapultiert mich wieder in meine vorherige Stimmung. Warum ist sie bloß so hartnäckig? Und warum versteht sie nicht, dass ich ihr niemals Antworten geben werde, weil *sie* es will, sondern nur dann, wenn *ich* es will? Seufzend stehe ich auf und flüchte in das Badezimmer. Mein Kopf ist von dem Gespräch überanstrengt und ich gönne ihm eine Pause, die Samantha mir jedoch wie befürchtet nicht lang gewährt.

»Dann sag mir wenigstens, wer Lauren ist!«, verlangt sie mürrisch, während sie mir hinterherläuft.

Vor der Dusche ziehe ich meinen Pullover aus, danach öffne ich den Knopf meiner Jeans und werfe Samantha einen Blick über die Schulter zu. Wieder ertappe ich sie dabei, wie sie mich mit ihren Blicken auffrisst. Egal, wie sehr sie es auch versucht, sie kann das Verlangen in ihren Augen niemals verbergen. Nun, wo ich nur noch in Boxershorts vor ihr stehe, tritt sie zappelig von einem Fuß auf den anderen. Ihr Körper ist wirklich ein mieser, kleiner Verräter – wir haben uns schon lange miteinander verbündet.

»Meine Cousine«, kläre ich sie schließlich auf, um Missverständnisse aus dem Weg zu räumen. »Die Frau, wegen der du dich damals auf der Vernissage wütend rausgeschlichen hast.«

»Oh.« Ob sie mehr schockiert als erleichtert ist, kann ich nicht beurteilen. Jedenfalls nicht mehr wütend. »Ich wusste nicht, dass ihr solch engen Kontakt pflegt.«

Ich streife mir die Unterhose von den Beinen, steige in die Dusche und drehe das heiße Wasser auf. »Wenn du mehr erfahren möchtest, musst du mit reinkommen.«

Um zu wissen, dass sie sich sofort auszieht, muss ich mich nicht einmal zu ihr umdrehen. Einen kurzen Moment später spüre ich ihre Hände auf meinem nackten Rücken.

»Ich möchte mehr erfahren. Ich möchte alles erfahren.«

KAPITEL 12

SAMANTHA

Anstatt mir mehr über die Beziehung zu seiner Cousine oder seinen noch immer gut behüteten Geheimnissen zu erzählen, dreht Alexander sich zu mir um, packt mich an den Oberschenkeln, hebt mich hoch und presst mich fest gegen die Glaswand der Duschkabine. Ich keuche.

»Entscheide dich, Baby«, raunt er gegen meinen Mund, küsst mich aber nicht. Sein nasser Körper reibt sich leicht an meinem, während seine Erektion gegen meine glühende Spalte drückt. »Entweder reden oder das hier.« Er lässt meine Oberschenkel los und ich schlinge beide Beine um seine Hüfte, um ihn zu umklammern. Seine Finger wandern zwischen uns, gleiten zu meinen Schamlippen und öffnen sie langsam. Als sein Daumen über meinen Kitzler streicht, stöhne ich auf. »Sag mir, was du willst, Baby.«

Oh Gott. Das ist so unfair! Wie soll ich mich jetzt für ein Gespräch entscheiden, wenn er meinen Körper in bittersüße Versuchung führt? Der Druck seines Daumens an meiner Klit wird stärker und ich schließe die Augen, während ich den Kopf an seiner nassen Schulter ablege.

Reden. Du willst reden. Einfach nur reden.

Sex. Ich will Sex.

»Mhm …«

»Das deute ich als ein Ja für den Sex«, beschließt er amüsiert.

Noch bevor ich etwas darauf erwidern kann, greift er nach seinem Schwanz, drängt seine Eichel an meine Öffnung und packt mich erneut mit beiden Händen an meinen Oberschenkeln. Das Wasser plätschert nur so auf uns herab. Seine Haare kleben ihm sexy auf der Stirn und die Wassertropfen bleiben an seinen leicht geöffneten Lippen hängen. Ich kann nicht anders und lecke sie mit der Zunge fort. Und dann taucht er plötzlich tief in mich ein.

»Verdammt«, knurrt er und bohrt seine Finger in mein zartes Fleisch. Er zieht sich langsam zurück und stößt dann so fest zu, dass die Glaswand, an der ich lehne, erbebt. »Bei keiner Frau empfinde ich so wie bei dir, wenn wir uns körperlich nah sind.« Er stößt erneut zu und ich stöhne laut auf. Sein Schwanz füllt mich komplett aus und seine mächtige Spitze reibt jedes Mal über meinen Lustpunkt.

Alexander presst seine Lippen auf die meinen. Während wir uns leidenschaftlich küssen – eher verschlingen und den Sauerstoff des anderen rauben – bearbeitet er mich weiterhin mit festen Stößen. Ich beiße ihm in die Unterlippe, als er mich beim nächsten Stoß absichtlich noch fester gegen die Glaswand rammt, und grinse, als er mein Gesicht mit einer Hand packt und tadelnd seufzt.

»Du willst es auf die harte Tour, hm?«, raunt er mit bebender Stimme, dann schmunzelt er. Plötzlich lässt er mich los. »Dreh dich um. Hände an die Wand.«

Ohne Widerrede gehorche ich aufgeregt. Mit ausgestreckten Armen stütze ich mich an der Duschwand ab, lasse meinen Kopf zwischen ihnen baumeln und strecke ihm meinen Arsch entgegen.

Seine Hände streicheln über meinen nassen Rücken, dann vergräbt sich seine Hand in meinem nassen Haar.

»Spreiz die Beine«, befiehlt er mir.

Ich tue, was er verlangt. Die Duschkabine bietet kaum Platz, um alleine hier drin zu stehen, aber das macht es noch besser. Ich fühle mich wie so oft erdrückt und ihm ausgeliefert, und wie so oft bereitet mir das unwillkürlich noch mehr Lust. Während ich darauf warte, erneut von ihm in Besitz genommen und in den Orgasmushimmel befördert zu werden, atme ich mit offenem Mund ein und aus. Die Luft wird immer stickiger und mir ist heiß. Ich höre ein Geräusch und weiß sofort, wovon es kommt. Als ich meinen Kopf neugierig umdrehe, sehe ich, wie seine Hand seinen mächtigen Schwanz umschließt und daran auf und abgleitet. *Fuck.* Ich liebe es, ihm zuzusehen, wie er es sich selber macht. Und er weiß es.

»Blick nach vorne.« Zwei Sekunden später spüre ich die Spitze seiner Erektion an meiner runzligen Öffnung. Ich halte die Luft an. »Erinnerst du dich noch, wie gut es dir gefallen hat, Baby?«

Ich nicke aufgeregt. *Und wie ich mich daran erinnere.* »Bitte«, wimmere ich ungeduldig. »Ich will nicht mehr warten.«

Alexander gibt einen männlichen, zufriedenen Laut von sich. Dann dehnt mich seine Eichel ein Stück weit, ehe sie in meiner geheimen Öffnung verschwindet. Bereits diese wenigen Zentimeter reichen aus, um mich zum Stöhnen zu bringen. Der leichte Schmerz vermischt sich mit meiner Lust. Je tiefer er in mich eindringt, desto dichter wird der Nebel, der in meinen Kopf sickert.

»Zuerst entspannen wir dich«, flüstert er, während er meinen Bauch bis zu meiner feuchten Mitte hinabstreicht. Zwei Finger dringen in meine pochende Öffnung ein und ficken mich gekonnt., während sein Handballen mein geschwollenes Nervenbündel massiert. Ich habe Mühe, mich in dieser Position zu halten, weil meine Knie immer weicher werden und drohen, nachzugeben. »Komm für mich.«

Ich erzittere wie auf Kommando. Als ich zum Höhepunkt

komme, spüre ich, dass er sich bis zum Anschlag in meinen Hintern schiebt. Ich schreie heiser auf.

»Oh fuck.« Ich presse die Augenlider fest zusammen. Der Orgasmus hilft mir dabei, mich schneller an das unangenehme Gefühl in meinem Hintern zu gewöhnen.

Als er abebbt und ich bereit bin, beginnt Alexander, sich in mir zu bewegen. Er umfasst meine Brüste von hinten und knetet sie. Ich biege den Rücken durch und strecke mich ihm noch williger entgegen.

Seine Stöße werden fester, schneller. Mir wird schwindelig, weil es so heiß ist, und ich presse impulsiv das Gesicht an die kühle Glaswand der Dusche. Meine Hände suchen verzweifelt nach Halt, finden jedoch keinen.

»Oh Gott ... Es ist so gut«, entfährt es mir stöhnend.

»Tut es nicht mehr weh?«, will er wissen, während er sich immer noch zurückhält. Aus Angst, er würde aufhören, schüttele ich den Kopf, obwohl es nach wie vor etwas schmerzt. »Baby, du musst ehrlich sein. Ich will dir nicht zu viel zumuten.«

Und dafür liebe ich ihn, aber ... ich *brauche* mehr. Ich brauche *zu viel*. Ich will das.

Ich drücke mich ihm als Antwort entgegen und reibe meinen Hintern an ihm. Er knurrt. *Gott*, ich liebe die Geräusche, die er von sich gibt, während wir miteinander vögeln. Sie allein sind die pure Befriedigung für mich.

Er vögelt mich noch eine Weile in dem Tempo, ehe er mich plötzlich fest an der Hüfte packt und hervorstößt: »Ich kann mich nicht mehr zurückhalten.«

Dann stößt er zu. *Fuck*. Hart. Und tief.

»Berühre dich selbst.«

Ich stecke meine Hand zwischen meine Beine und reibe mich grob, fast gewaltsam. Einen kurzen Moment lang glaube ich, seine harten Stöße nicht länger ertragen zu können, aber im nächsten Moment kündigt sich ein Orgasmus an. Ich erbebe und schreie seinen Namen.

»Scheiße«, knurrt er, als auch er seinen Höhepunkt erreicht.

Wir atmen beide gleich schwer und ich spüre, wie meine Brust von einem warmen Gefühl erfasst wird, als er meinen Namen stöhnt.

Mein ganzer Körper bebt. Mir fehlt durch die heiße, feuchte Luft der Sauerstoff, und ich streiche mir erschöpft die klebenden Haare aus dem Gesicht. Alexander verharrt noch eine ganze Minute lang in mir, ehe er sich aus mir zieht. Sein warmer Samen läuft augenblicklich aus meiner wunden Öffnung.

Langsam schaffe ich es, mich aufzurichten, mich zu ihm umzudrehen und zu lächeln. Sein zufriedenes Grinsen lässt mich verlegen an die Wand starren, während Hitze in meine Wangen schießt.

Ohne mich aus den Augen zu lassen, greift er nach dem Duschkopf und pumpt ein wenig Duschgel auf seine Handfläche. Dann beginnt er, mich damit einzureiben. Er massiert meine Brüste und säubert mich anschließend liebevoll zwischen den Beinen. Früher war diese intime Geste unangenehm für mich, doch heute wäre ich traurig, würde sie ausbleiben.

»Übrigens«, murmele ich, während ich mich von ihm massieren lasse. »Ich empfinde ebenfalls bei niemandem so wie bei dir, wenn wir miteinander schlafen.«

Während er aufgrund meiner Erwiderung schmunzelt, mustere ich seinen Körper. *Gott, dieser Mann ist so verdammt heiß.* Seine Bauchmuskeln zeichnen sich präzise auf seiner strammen Haut ab, seine Schultern sind breit und seine Brust wohlgeformt und prall. Wie kann er so gut aussehen, wenn er kaum trainiert?

»Woran denkst du?« Seine neugierige Stimme befördert mich wieder ins Hier und Jetzt. Nun bin ich es, die ihn massiert. »Du kannst gerne ein Foto machen und es dir neben dein Bett hängen. Oder neben deine Dusche.«

»Ha ha«, mache ich und verteile das Duschgel auf seinem Körper. Er spannt extra die Muskeln an, worüber ich lachen muss. »Da dein Hunger nach Sex nun gestillt ist, können wir mit unserem Gespräch fortfahren, oder?«

Unwillkürlich seufzt er. Doch ich habe nicht vor, ihn zu verschonen. Ich wäre nicht ich, würde ich nachgeben und es einfach gut sein lassen.

»Du hattest die Entscheidung. Du hast dich für Sex entschieden«, erinnert er mich und hält den Duschstrahl über meine Brust.

Ich verenge meine Augen und versuche ihn böse anzustarren. Wieder lacht er. *Warum lacht er mich immer aus, wenn ich versuche, ihn mit meinen Blicken zu töten?* Irgendetwas mache ich offenbar falsch.

»Schon gut. Was möchtest du wissen?«, gibt er widerwillig nach.

Erleichtert nehme ich ihm den Duschkopf ab und befreie mich von dem vielen Schaum auf meinem Körper. »Lauren ist also die Cousine, die wir damals auf Miles Vernissage getroffen haben.«

»Das war wohl eher eine Feststellung, keine Frage«, zieht er mich auf. Danach nimmt er mir den Duschkopf ab und hält ihn sich über den Kopf. Während er sich die Haare shampooniert, starre ich seinen breiten Hals an, auf dem sich sein Adamsapfel ganz deutlich abzeichnet. *Gibt es eigentlich irgendetwas, das mir nicht an diesem Mann auffällt?*

»Ja, du liegst richtig. Sie würde dich nebenbei gerne kennenlernen.«

Panik macht sich in mir bemerkbar. Ein Familienmitglied von Alexander will mich kennenlernen? Oder besser noch, er möchte mich ihr vorstellen? »Und … und du?« Als er das Wasser abstellt, sieht er mich fragend an. »Na ja, möchtest du auch, dass ich sie kennenlerne?«

Er zuckt gelassen mit den Schultern, schiebt mich sanft beiseite und steigt aus der engen Duschkabine. »Warum nicht.«

Ich folge ihm aufgeregt. »Weil sie die einzige Familie ist, die du noch hast«, äußere ich, ohne über die Bedeutung dieses Satzes nachzudenken. Ich lege ihm ohne zu zögern eine Hand auf den noch nackten Rücken und entschuldige mich: »So war das nicht gemeint, tut mir leid. Ich dachte nur, dass sie dir einiges bedeuten muss und es ein großer Schritt wäre, mich ihr vorzustellen.«

Anstatt böse zu sein, lächelt er und wickelt mich in ein frisches Handtuch ein. »Und du bist meine Freundin. Außer euch beiden habe ich niemanden, der mir etwas bedeutet. Also wird es vermutlich Zeit, dass ihr euch kennenlernt.« Er reibt mich trocken, erst dann tut er dasselbe bei sich. »Außerdem kann sie ziemlich anstrengend werden, wenn sie nicht das bekommt, was sie will.«

Ich kichere. Wie glücklich mich das macht, behalte ich für mich, man kann es mir jedoch deutlich ansehen. »Weiß sie über alles Bescheid? Über die Dinge, die du mir noch nicht erzählen willst?« Er nickt lediglich. »Oh.«

Die Enttäuschung in meiner Stimme ist kaum zu überhören. Mich verletzt es, dass er mir nicht genug vertraut, um sich mir komplett anzuvertrauen. Er benötigt meine *Loyalität*. Er muss sich *meiner sicher sein*. Was für ein Quatsch. Wie könnte ich ihm nach allem, was zwischen uns passiert ist, noch mehr beweisen, dass ich hinter ihm und unserer Beziehung stehe?

»Sam«, flüstert er und nimmt mein Gesicht in beide Hände. Die Art, wie er mich *Sam* nennt, klingt liebevoll und süß. Seine blaugrauen Augen ziehen mich in ihren starken Bann, als er mich sanft betrachtet. »Gib mir Zeit. Für mich war es bereits ein großer Schritt, dir generell so viel über mich zu erzählen. Ich bemühe mich wirklich. Ich *will*, dass du alles weißt, und ich wünsche mir nichts mehr, als das du dann immer noch bei mir bleibst, aber ich brauche noch mehr Zeit. Verstehst du das?«

Nein. »Ja«, erwidere ich leise und zwinge mich zu lächeln. »Ich versuche es.«

Er nickt und küsst mich auf die Stirn. »Danke.«

KAPITEL 13

SAMANTHA

»Ich habe Hunger«, nörgele ich, während ich meine wenigen Habseligkeiten in meinen Rucksack stopfe. »Können wir irgendwo etwas essen?«

Alexander lehnt seit zehn Minuten an der Tür und wartet geduldig darauf, dass ich endlich fertig bin, um aufzubrechen. »Natürlich.«

Ich ziehe meine Lederjacke über, hänge mir den Rucksack über die Schulter und sehe mich noch ein letztes Mal in dem Zimmer um. Scheint so, als hätte ich alles eingepackt. Ein letztes Mal hole ich tief Luft, dann mache ich zwei Schritte auf ihn zu. Heute sieht er wieder sexy aus, trägt ein weißes Hemd, das an den Ärmeln hochgekrempelt ist, und eine schwarze elegante Jeans. Würde man mich fragen, was mir besser gefällt – sein Freizeit-Look oder der Business-Look – könnte ich mich nicht entscheiden. In beidem sieht er zum Anbeißen aus.

»Wieso bleiben wir nicht noch eine Nacht? Wir können morgen Früh zurück nach Manhattan fahren«, schlage ich vor.

Er schüttelt den Kopf. »Ich muss mich wieder im Büro blicken lassen.«

»Aber es ist mitten in der Nacht«, jammere ich, woraufhin er mir einen Kuss auf die Schläfe drückt.

Nach unserer Dusche war es mittlerweile bereits morgens. Wir entschieden uns dafür, den fehlenden Schlaf nachzuholen, und als wir wach wurden, war es nach Mitternacht. Unglaublich aber wahr, wir haben den ganzen Tag verschlafen. An Alexanders Seite könnte ich den Rest meines Lebens einfach nur schlafen – zwischendurch natürlich eine Nummer schieben, aber dann wieder schlafen. Bis er mich überreden konnte, zurück nach Manhattan zu fahren, vergingen knapp zwei Stunden. Danach habe ich widerwillig gepackt und mich seelisch auf mein Zusammentreffen mit Claire und Aiden vorbereitet.

Natürlich versteht Alexander nicht, warum ich damit zögere, nach Hause zu fahren, aber aus irgendeinem Grund möchte ich es ihm nicht erzählen. Wahrscheinlich würde er sich freuen, würde er hören, dass Aiden es mit Claire treibt, weil er sich somit selbst aus dem Spiel gekickt hat. Aber darum geht es nicht. Es geht hierbei bloß um meine Freundschaft zu den beiden und wie sehr ich mich von ihnen hintergangen fühle.

»Genau deswegen, Baby.« Alexander schnappt sich den Rucksack von meiner Schulter und öffnet die Tür. »Wenn wir zurück in Manhattan sind, ist es schon spät genug, um direkt ins Büro zu fahren, nachdem ich dich zu Hause abgesetzt habe.«

»Zu Hause?«, frage ich unruhig, während ich ihm nach draußen folge. Es ist noch stockfinster und die Gegend hier wirkt automatisch angsteinflößender. »Bei mir?«

Er dreht sich misstrauisch zu mir um, dann legt er den Kopf schief. »Was ist los?«

»Nichts«, schießt es viel zu schnell aus mir hervor, was mich sicherlich verdächtig wirken lässt. »Lass uns gehen. Holst du Mister Bear? Ich trage meine Sachen einstweilen zum Wagen.«

Zögerlich stimmt er mir mit einem Nicken zu, übergibt mir wieder den Rucksack samt Autoschlüssel und marschiert zurück ins Zimmer. Ich bleibe auf dem Parkplatz vor den beiden Audis stehen. Mit welchem fahren wir und welchen lassen wir zurück? Ich betätige den Knopf des Autoschlüssels und es öffnet sich der Wagen, mit dem Alexander hierhergefahren ist.

»Ich lasse den anderen Wagen abholen«, teilt er mir mit, als er mich auf dem Parkplatz erreicht. Er trägt Mister Bear über der Schulter. Bei dem Anblick muss ich automatisch grinsen. »Öffne den Kofferraum.«

Anstatt des Kofferraums, öffne ich die Wagentür zur hinteren Sitzreihe und grinse. »Mister Bear braucht einen anständigen Platz. Er ist immerhin größer als wir beide.«

Kopfschüttelnd setzt er den monströsen Teddy auf der Rückbank ab. Als er ihn angurtet, muss ich laut lachen. »Wir wollen doch nicht riskieren, dass Mister Bear durch die Scheibe fliegt.«

»Wollen wir natürlich nicht«, stimme ich in erstem Ton zu und schlinge beide Hände um seinen Hals, nachdem er die Wagentür geschlossen hat. »Danke.«

Alexander funkelt mich liebevoll an. »Wofür?«

Ich drücke ihm einen unschuldigen Kuss auf den Mund, dann lasse ich von ihm ab und öffne die Tür zur Beifahrerseite. »Dafür, dass du mich hierher verfolgt hast, du Stalker.«

Er schmunzelt. Doch dann verändert sich seine Miene, als er neben mir einsteigt. »Danke mir nicht zu früh.«

Was diese kryptische Aussage bedeuten soll, weiß ich nicht, ich will es gerade aber auch gar nicht wissen. Für mich zählt nur, dass wir die Dinge zwischen uns bereinigt haben – zumindest die meisten – und dass ich die Probleme zwischen Claire, Aiden und mir ebenfalls bereinigen muss. Zumindest irgendwann, denn jetzt sind die Wunden noch zu frisch, sodass ich durch ein Gespräch mit den beiden wieder Salz hineinstreuen würde.

Ich zucke mit den Schultern und schnalle mich an. »Dann danke ich dir noch einmal, wenn du mich in alles eingeweiht hast.«

Wir fahren ein paar Meter, verlassen gerade die Ausfahrt und biegen auf die Hauptstraße ein, da sieht er mich nachdenklich von der Seite an und verlangsamt das Tempo. »Warum bist du dir so sicher, dass du mir, nachdem du alles weißt, immer noch dankbar sein wirst?«

Seine Unsicherheit bringt mich weder zum Nachdenken noch lässt sie mich zweifeln, im Gegenteil – das bestätigt mir nur, dass ich das Richtige tue und in meiner Annahme, alles sei halb so schlimm, richtig liege. Dass ihm diese Sache zwischen uns genauso viel bedeutet wie mir, ist alles, was ich momentan wissen muss. Es ist ihm wichtig, mich nicht zu verlieren – das signalisiert mir seine Unsicherheit.

Ich lächele und lege meine Hand auf seine. »Ich weiß es einfach.«

Er verhakt augenblicklich unsere Finger ineinander und gibt wieder Gas. »Na dann zurück in unser altes Leben, Baby.« Weil ich nicht dieselbe Euphorie wie er aufbringe, fügt er zwinkernd hinzu: »Mein Jacuzzi hat dich schon vermisst. Du solltest ihm einen Besuch abstatten, wenn wir zurück sind.«

Oh ja, das werde ich.

Erleichtert, nicht zu Claire und in unsere Wohnung gehen zu müssen, seufze ich kaum hörbar und schließe die Augen, um mich seelisch auf meine Rückkehr vorzubereiten. Irgendwann werde ich den beiden über den Weg laufen oder mich bei ihnen melden müssen, schließlich wohne ich offiziell noch bei Claire, auch wenn ich ständig bei Alexander herumhänge.

Natürlich vermisse ich sie auch, was ein viel größerer Punkt ist. Die Situation und die Funkstille zwischen uns belasten mich sehr. Welche Erklärung für mein überstürztes Verschwinden werde ich den beiden liefern? Wie verdammt noch mal erkläre ich, dass ich Alexander wie einen Serienkiller habe dastehen lassen, vor dem ich flüchten musste, nur um jetzt wieder mit ihm gemeinsam nach Manhattan zurückzukehren? Das ist ein Desaster. Eines, das ich mir mit meinem übereilten Handeln selbst eingebrockt habe. Ich bin viel zu impulsiv, das sollte ich ernsthaft ändern. Ich werde mir wohl eine gute Erklärung für all das einfallen lassen müssen, aber die Tatsache, dass die beiden mir eine ebenso gute Erklärung schulden, besänftigt mich ein wenig.

»Erzählst du mir, warum du in Wahrheit gar nicht zurück nach Manhattan möchtest?«

Mit ertapptem Blick wende ich mich Alexander zu. Natürlich weiß er, dass hier etwas faul ist. Er kennt mich und kann mich wie immer problemlos durchschauen, ohne sich großartig Mühe dabei zu geben. Letztendlich bleibt mir nichts anderes übrig, als es ihm zu erzählen. Aber jetzt ist nicht der richtige Zeitpunkt dafür.

»Gib mir Zeit«, bitte ich ihn in seinen Worten und hoffe, dass er mich nicht weiter verhört, so wie ich es ständig bei ihm tue. Aber im Gegensatz zu mir akzeptiert er meine Entscheidung und nickt bloß. Ich verstärke unser Händchenhalten. »Ich liebe dich.«

Alexander erwidert wie immer nichts darauf, küsst lediglich meinen Handrücken.

Ob er mir jemals offen seine Liebe gestehen wird?

»Wie lange fahren wir schon?«, will ich genervt wissen. Meine Laune wird von Minute zu Minute schlechter, während mein Hunger von Minute zu Minute größer wird. »Bitte halte irgendwo an. Ich *muss* etwas essen.«

»Du könntest in der *Snickers* Werbung mitmachen«, witzelt er, aber ich kann darüber nicht lachen. »*Du bist nicht du, wenn du hungrig bist*«, zitiert er den bekannten Werbespruch.

»Mhm«, mache ich und starre aus dem Fenster. Die starke Sonne reflektiert auf dem Asphalt und blendet mich in den Augen. Es nervt. *Alles* nervt. »Ich brauche einen Kaffee.«

Alexander legt mir eine Hand auf den Oberschenkel und streichelt sanft darüber. »Ich halte an der nächsten Tankstelle.«

Na, das will ich auch hoffen. Es liegt eher in seinem als in meinem Interesse mir etwas zu futtern zu geben und Koffein zu verabreichen. Ich bin wirklich unerträglich launisch, wenn mir beides fehlt.

Als wir endlich an einer gottverdammten Tankstelle halten, parkt er an einer Zapfsäule und schaltet den Motor aus. »Ich tanke, kaufe den Laden leer und wenn du wieder gestärkt bist, fahren wir weiter. Klingt das gut?«

»Klingt toll«, murmele ich und zwinge mich zu einem Lächeln. Wahrscheinlich wird er danach jedoch bemerken, dass meine miese Laune noch immer nicht zur Gänze verschwunden ist, da mich noch andere Dinge plagen und ich mir mit meinen verzweifelten Gedanken selbst auf den Keks gehe. »Ich gehe mal an die frische Luft, ich muss mir die Beine vertreten.«

Wir steigen gleichzeitig aus. Während er den Wagen betankt, gehe ich eine Runde um die kleine Tankstelle. Es ist wirklich übertrieben heiß, sodass ich unmittelbar meine Lederjacke ausziehe und mir angestrengt das enge Shirt vom klebrigen Leib ziehe. Wenigstens sieht man durch die weiße Farbe des Shirts meine Schweißflecke nicht. Als ich wieder am Wagen ankomme, ist Alexander längst im Shop und kauft, hoffentlich wie versprochen, alles Essbare, was ihm unter die Augen kommt.

Angespannt öffne ich die Wagentür, schnappe mir meinen Rucksack und fische mein Handy heraus. Gegen meinen Willen schalte ich es ein und warte, bis mir ein Dutzend Nachrichten und verpasste Anrufe entgegenleuchten. *Scheiße.* Nun gut, damit hätte ich rechnen müssen. Nach meinem übereilten Verschwinden sind immerhin schon ganze drei Tage vergangen. Heute ist der vierte Tag, an dem Aiden und Claire nichts von mir gehört haben.

Außerdem sehe ich ganz zu meinem Leidwesen auch noch, dass mein geliebter Vater mich erneut versucht hat zu erreichen. Ob er irgendwann aufgibt? Wahrscheinlich nicht.

Ich schlucke und verdränge den Knoten in meinem Magen, dann öffne ich die erste Nachricht von mehreren ungelesenen Nachrichten in meinem Posteingang. Um genau zu sein ist es die letzte, die ich von Aiden erhalten habe. Laut der Uhrzeit erhielt ich sie vor knapp einer Stunde.

Sam, es reicht, wirklich. Du hast keine Ahnung, welche Sorgen ich mir um dich mache. Wenn du dich weiterhin nicht meldest, wende ich mich an die Polizei.

Scheiße, was? Nein, das darf nicht passieren! Gott, dann würde meine Mutter denken, ich werde vermisst, und die zwei Bitches meines Vaters würden höchstwahrscheinlich eine Feier aus gegebenem Anlass veranstalten. Rasch öffne ich die vorletzte Nachricht.

Scheiße, Sam! Ich raste hier noch aus. Ich starre Tag und Nacht auf mein beschissenes Handy und überwache deine Wohnungstür! Wo steckst du??? Wenn du dich zu Fleiß nicht meldest, weil du sauer bist, kann ich das verstehen, aber lass mir wenigstens ein verdammtes Lebenszeichen zukommen!

Okay, er ist wütend. Ich verstehe das. Er macht sich Sorgen. Das verstehe ich auch. Aber warum, zum Teufel, bewacht er meine Wohnungstür? Mein leerer Magen verknotet sich erneut, als ich realisiere, dass ich Aidens Gefühle mir gegenüber tatsächlich unterschätzt habe. Ich bekomme unwillkürlich schreckliche Schuldgefühle und vergesse, wie stocksauer ich eigentlich auf ihn bin. Ganz zu meinem Entsetzen sind die nächsten Nachrichten keinen Deut besser. Sie verursachen mir sogar noch mehr Magenkrämpfe.

Ich kann nicht schlafen, Sam. Ich muss ständig an dich denken und daran, wie sehr du mich wahrscheinlich hasst. Bitte komm zurück, damit wir reden können.

Ist alles in Ordnung bei dir? Dein Handy ist die ganze Zeit über ausgeschaltet, warum? Steckst du in Schwierigkeiten? Lass uns reden, ich werde dir helfen. Egal, worum es geht.

Da läuft nichts mehr zwischen mir und Claire, falls du das denkst. Das war ein Fehler. Ich habe das getan, weil du mich verletzt hast. Ich kann nicht für Claire sprechen, aber mir hat das alles nichts bedeutet. Ich will dich, Sam. Niemanden sonst.

Mir stockt der Atem. Tränen brennen mir in den Augen, aber ich erlaube mir nicht, sie rauszulassen, sondern verwehre mir zu blinzeln. Doch als ich die nächste Nachricht öffne, habe ich keinen Einfluss mehr darauf und sie kullern nur so über meine Wagen.

Ich liebe dich. Jetzt weißt du es. Hätte es etwas geändert, wenn ich es dir früher gesagt hätte? Wärst du bei mir und nicht bei ihm geblieben?

Ich empfinde eine Mischung aus Panik, Angst, Enttäuschung und Wut. Vielleicht auch ein mickriges Gefühl von Zweifel, das ich jedoch vehement verdränge. Aiden ist nicht der Richtige für mich, das weiß ich. Trotzdem ist er mir nicht egal. Er liegt mir sehr am Herzen und seine verzweifelten Nachrichten machen alles nur noch schlimmer für mich. *Er liebt mich.* Kaum zu fassen, aber das erklärt einiges. Als er mir sagte, er hätte sich in mich verliebt oder wäre am besten Wege dorthin, habe ich mich erst gar nicht viel damit auseinandergesetzt, weil ich es für unwichtig hielt. Jetzt weiß ich, dass das unfair war. Ich schulde ihm ein richtiges Gespräch und eine Erklärung. Ich ertrage den Gedanken nicht, dass er fix und fertig herumsitzt und den ganzen Tag lang über mich nachdenkt.

Dass er mit Claire geschlafen hat, weil er verletzt war, ist unfair ihr gegenüber. Aber sie war auch unfair Jacob gegenüber. Und ich war Aiden gegenüber unfair, so hat der Schlamassel schließlich erst begonnen. Ein wahrer Teufelskreis.

Ich lese die vielen Nachrichten von Claire erst gar nicht, sondern wähle impulsiv Aidens Nummer und rufe ihn an. Mindestens ein Lebenszeichen bin ich ihm schuldig, nachdem er sich scheinbar solche Sorgen gemacht hat. Bei jedem Piepton, der ertönt, schlägt mein Herz schneller.

»Sam?« Seine hoffnungsvolle Stimme versetzt mir einen Stich. »Bist du das? Wo bist du?«

»Ich weiß nicht«, presse ich hervor und lehne mich an die Motorhaube des Wagens. Dass das Metall von der Sonne so heiß ist, dass meine Haut droht zu verbrennen, ist mir gerade ziemlich egal. »Aiden?«

»Wie, du weißt es nicht? Was ist passiert? Geht es dir gut?«, schießt es hektisch aus ihm hervor, dann höre ich im Hintergrund eine Tür laut zuknallen. »Sprich mit mir, Sam. Ich bin alleine, du kannst mir alles sagen.«

»Ja«, bringe ich leise hervor, bemerke dann aber wie wenig aussagekräftig diese Antwort ist. »Ja, es geht mir gut. Alles ist in Ordnung.«

»Wo steckst du? Warum hast du mich tagelang ignoriert?« Jetzt klingt er weniger besorgt und mehr wütend. »Hast du eine Ahnung, was ich in den letzten Tagen deinetwegen durchgemacht habe?«

Ich schließe schuldbewusst die Augen und presse mich noch fester gegen den glühend heißen Wagen. »Es tut mir leid, okay? Ich wusste nicht, dass du dir solche Sorgen machst. Ich -«

»Dann hättest du, verdammt nochmal, dein Handy einschalten sollen! Du tauchst hier auf, erzählst Claire und mir, dass du so schnell wie möglich abhauen musst und warnst uns vor deinem Mr Rich, und dann lässt du nichts mehr von dir hören? Das ist ... Scheiße, keine Ahnung, was ich dazu sagen soll, Sam. Das war unfair. Also sag mir wenigstens, wo und mit wem du bist.«

Ich schlucke und sehe mich um. Ich kann kein Schild erkennen, das darauf hinweist, wo ich mich gerade befinde. »Irgendwo auf dem Weg Richtung Manhattan.«

»Du kommst also zurück?«, will er eilig wissen.

»Ja.«

»Mit wem? Wo warst du die letzten Tage?«

Allmählich kann ich durch den Kloß in meinem Hals kein Wort mehr herausbringen. Er wird immer größer und schnürt mir die Luft ab. »In ... einem Motel. Mit ... mit ihm.«

Aiden stößt einen wütenden Lacher hervor, dann ertönt plötzlich ein krachendes Geräusch. Ich zucke zusammen. »Scheiße, willst du mich verarschen? War das alles nur eine Show, die du abgezogen hast? Irgendeine Racheaktion, weil ich deine beste Freundin gevögelt habe und du es herausgefunden hast?«

Innerhalb weniger Sekunden explodiere ich innerlich. »Soll das ein Scherz sein, Aiden? Das war keine Racheaktion! Und genauso wenig wusste ich, dass Claire und du es miteinander treibt. Sogar wenn man es mir gesagt hätte, hätte ich es nicht geglaubt, weil ich euch beide für besser gehalten habe, du Arschloch. Aber ihr seid beide Feiglinge, ihr habt euch wirklich verdient.«

Noch bevor er etwas darauf erwidern oder sich verteidigen kann, lege ich auf. Seine unnützen Entschuldigungen und Erklärungen für diesen Verrat will ich mir nicht mehr anhören.. Erst macht er einen auf besorgten Freund, sagt, dass er mich liebt, und dann wirft er mir ernsthaft vor, ich hätte nur eine Show abgezogen?

Mein Handy klingelt sofort, doch ich lehne den Anruf ab. Als ich mich vom Auto abstoße und umdrehe, bleibt mir fast das Herz stehen.

»Gott, du hast mich erschreckt«, platzt es aus mir hervor, als ich Alexander entdecke. In einer Hand hält er eine Tüte und in der anderen trägt er einen kleinen Karton, in dem sich zwei Kaffeebecher befinden. »Wie lange steht du schon da?« Vermutlich zu lange. Seinem stoischen Gesichtsausdruck nach zu urteilen, hat er jedes Wort dieses beschissenen Telefonates mitgehört. *Klasse.* »Es gehört sich nicht, andere zu belauschen.«

Wütend stampfe ich an ihm vorbei und öffne die Beifahrertür, doch er ist schneller. Alles, was zuvor noch in seinen Händen war, ist nun sicher auf der Motorhaube abgestellt und sein Körper versperrt mir den Weg ins Wageninnere. »Lass das, Samantha.«

»Nenn mich nicht immer so!«, keife ich ihn viel zu laut an und verstumme gleich darauf erschrocken. Offenbar drehe ich wegen des Gefühlschaos in mir allmählich durch. »Tut mir leid.«

»Ich wollte dich nicht belauschen. Ich habe erst gesehen, dass du telefonierst, als ich schon hinter dir stand. Und dann war das Gespräch viel zu interessant, als dass ich einfach weggehen konnte«, erklärt er mir ruhig. Seine Augen bohren Löcher in meine Seele. »Erklärst du mir jetzt, was los ist?«

Ich wende den Blick von ihm ab. »Was soll ich dir noch erklären? Du hast doch schon alles gehört. Aiden und Claire haben miteinander gevögelt, mehrmals offenbar. Das habe ich an dem Abend herausgefunden, als ich weggelaufen bin. Mehr gibt es da nicht zu wissen.«

»Ach ja?«, fragt er gereizt und greift nach meinem Kinn, damit ich ihn ansehe. »Mehr gibt es nicht zu wissen?«

Ich zucke mit den Schultern. »Was soll sonst noch sein?«

Alexander wirkt wütend und verletzt zugleich. »Warum stört dich das so? Was ist das mit Aiden und dir?«

Ich glaube es ja nicht. Fängt er schon wieder damit an? »Das weißt du doch bereits alles!« Ich schlage seine Hand grob von meinem Kinn und stemme mir eine Hand in die Hüfte. »Mich verletzt es, dass sie es vor mir verheimlicht haben. Sie haben mich angelogen. Meine zwei besten Freunde. Darf ich deswegen nicht wütend sein?« Dass Claire außerdem mit Aidens bestem Freund Jacob schläft, behalte ich für mich. Alles muss er nun wirklich nicht wissen.

»Ich denke, es verletzt dich mehr, dass Aiden mit jemand anderes geschlafen hat, als dass er das vor dir verheimlicht hat«, meint er argwöhnisch.

Ich schüttele den Kopf. »Es geht hier nicht nur um Aiden, sondern auch um Claire!«

Alexander wirft mir einen wissenden Blick zu, wendet sich von mir ab und schnappt sich einen der beiden Kaffeebecher. Er ext den Inhalt, knüllt den Papierbecher grob zusammen und schleudert ihn zu Boden.

»Genau deswegen kann dir nicht alles anvertrauen.« Er dreht sich um und sieht mich scharf an. »Du erzählst auch nicht immer alles und nicht immer die ganze Wahrheit. Wie soll ich mir deiner sicher sein, wenn du noch an deinem verfluchten Ex hängst?«

Diese Worte zu hören ist hart. Sie treffen mich tatsächlich härter als gedacht, warum weiß ich nicht. Ich fühle mich missverstanden und gekränkt, will es ihm aber nicht zeigen. Also schnappe ich mir den Kaffeebecher, exe ebenfalls den Inhalt und werfe ihn wie Alexander zuvor achtlos zu Boden. »Lass uns einfach weiterfahren.«

Er würdigt mich keines Blickes mehr, schnappt sich die Tüte von der Motorhaube und steigt in den Wagen. Als ich mich neben ihm niederlasse und mich gerade anschnalle, wirft er sie mir auf den Schoß und startet den Motor. Ich bemerke, wie sehr er versucht sich zu beherrschen und halte deswegen die Klappe.

Wir fahren eine Weile schweigend. Langsam komme ich von meinem übelgelaunten Trip runter und das belegte Sandwich, das ich gerade gegessen habe, trägt zu meinem Stimmungswechsel bei. Allerdings weiß ich nicht, ob die Zeit, in der wir uns angeschwiegen haben, ausreicht, damit auch Alexander sich beruhigt. Während ich auf den perfekten Moment warte, um den Anfang zu machen, starre ich verzweifelt aus dem Fenster.

Kaum sind wir auf dem Weg zurück nach Manhattan, fangen die Probleme schon wieder von vorne an. *Toll.*

»Sag es mir«, bricht er plötzlich das Schweigen und starrt mich von der Seite auffordernd an. »Empfindest du etwas für ihn? Mehr als Freundschaft?«

In Zeitlupentempo drehe ich meinen Kopf zu ihm um. Er wirkt ebenso gekränkt, wie ich es bin, obwohl er es nie zugeben würde. »Nein, Alexander.«

»Das würde mich umbringen«, meint er leise, ohne den Blick von mir abzuwenden.

Ich schlucke. Das ist das erste Mal, dass er sich wirklich verletzbar zeigt. Das erste Mal, dass er diese harte Schale ablegt und mir einen Einblick auf seinen weichen Kern gewährt.

Mein Herz macht einen kleinen Satz, als er fortfährt: »Ich kann dich nicht zwingen, deine Gefühle abzulegen oder nur auf mich zu projizieren. Egal was ich sage oder wie wütend mich das macht, im Endeffekt bringt mich der Gedanke um, du könntest für jemand anderen als mich etwas empfinden. Denn ich könnte nichts dagegen tun. Ich brauche dich für mich alleine und ich teile dich nicht, niemals. Dafür ist mir das mit uns zu wichtig. Also gib mir eine ehrliche Antwort, Sam.«

Es fühlt sich an, als würde man mir all den schweren Ballast abnehmen und ich könnte endlich wieder klar denken. Ich drehe mich komplett in seine Richtung, greife nach seiner Hand und lächele traurig. »Ich liebe Aiden nicht, dich aber schon, Alexander. Es ist die Wahrheit, wenn ich dir sage, dass ich mit dir zusammen sein will. Ich könnte nie für jemanden dasselbe empfinden wie für dich. Trotzdem muss ich zugeben, dass mir Aiden nicht völlig egal ist. Und wie viel mir Claire bedeutet, weißt du ja. Es fühlt sich für mich wie der größte Verrat an, den sie begehen konnten, dass sie hinter meinem Rücken miteinander geschlafen haben. Es tut weh, dass sie mich belogen und es mir nicht erzählt haben. Dass ich ihn zufällig halb nackt in ihrem Zimmer fand, war ein großer Schock für mich, und ich habe die beiden im ersten Moment gehasst. Aber weißt du was ...« Ich deute mit dem Finger zwischen uns hin und her. »Nur das zählt, nichts anderes. Aiden kann gerne mit jemand anderem zusammen sein und was Claire treibt, geht mich eigentlich nichts an. Ich möchte einfach nicht belogen und zum Narren gehalten werden, verstehst du das?«

Nachdenklich nickt er.

»Aiden hat am Telefon etwas zu mir gesagt, das mich wirklich aus der Bahn geworfen hat. Mir sind die Leitungen durchgebrannt. Nur deswegen war ich so sauer«, erkläre ich ihm.

»Er liebt dich«, murmelt er und starrt auf die Straße vor uns. »Deswegen hat er das getan. Ihm liegt nichts an Claire, glaube mir.« Verwundert darüber, dass Alexanders Worte sich mit Aidens decken, nicke ich gedankenvertieft. Ich frage mich jedoch, warum Claire das getan hat. Dafür finde ich keinen guten Grund.

»Du solltest Abstand zu ihm halten«, teilt Alexander mir entschlossen mit, sieht mich aber nicht an. Es klingt eher wie ein Befehl als ein gutgemeinter Ratschlag. »Ich will dich immer noch nicht in seiner Nähe wissen. Du verstehst doch warum, oder?«

»Natürlich verstehe ich das«, schießt es aus mir hervor, woraufhin er zufrieden nickt. »Würde ich wissen, dass eine Frau dich liebt und du dich ständig in ihrer Nähe befändest, würde ich durchdrehen.«

Er grinst verschmitzt und zwickt mir spielerisch in den Oberschenkel. »Würdest du das?«

»Auf jeden Fall«, erwidere ich ernst. »So wie ich durchdrehe, wenn ich sehe, wie deine Empfangsdame dich mit ihren hungrigen Blicken verschlingt.«

»Miss Adams?«, fragt er stutzig. »Das siehst du falsch.«

Ich lache. Er ist manchmal auch sehr naiv. »Nein, tue ich nicht. Sie zieht dich jedes Mal mit ihren Blicken aus, glaube mir. Und mich versucht sie per Blick zu töten.« Wenn ich an sie denke, stellen sich mir alle Nackenhaare auf. Ich kann diese Bitch nicht leiden.

Er lacht. »Das ist interessant.«

Ich werfe einen kurzen Blick zu Mister Bear, dann schmunzele ich und erinnere mich daran, wie er diesen Teddy angeschleppt hat.»Wir zwei. Für immer.«

Überrascht dreht er den Kopf zu mir um. Als sein Blick ebenfalls auf Mister Bear fällt, zieht er eine gespielt enttäuschte Grimasse.»Redest du von Mister Bear und dir oder von uns?«

Ich strecke meinen Arm aus, lege ihm meine Hand auf den Nacken und schließe die Augen, während ich versuche, mich so bequem wie möglich hinzusetzen.»Es gibt nur uns und das wird immer so bleiben.« Zwar sehe ich es nicht, weiß aber mit Sicherheit, dass er lächelt.

»Ich mag es, wie sich diese Sache zwischen uns entwickelt. Du verhältst dich anders mir gegenüber«, sagt er plötzlich.

»Das liegt an dir, denn du verhältst dich auch anders mir gegenüber. Deine Art ist weniger ... erdrückend, zwanghaft und einschüchternd«, meine ich amüsiert, obwohl es mein voller Ernst ist.

»Na ja, was soll ich sagen ...« Ich spüre seine Finger an meiner Wange und lächele.»Habe ich eine andere Wahl, nachdem du auf mich schießen wolltest? Ich lebe in ständiger Angst, musst du wissen.«

Ich pruste los und reiße die Augen auf.»Verarsch mich lieber nicht. Ich könnte es jederzeit wieder tun!«

Seine Augen funkeln mich an, als würde er sich gerade neu in mich verlieben. Diese neue Seite an ihm gefällt mir wesentlich besser als alle, die ich bisher zu sehen bekommen habe. Wir machen sogar Scherze über diese furchtbare Sache. Irgendwie ist er viel lockerer, offener und auf eine andere Weise kontrolliert. Zumindest kommt er mir wie ausgewechselt vor.

»Und ich könnte dich jederzeit übers Knie legen, Baby. Also hüte deine Zunge.«

Ich strecke sie ihm entgegen und er lächelt.

»Schlaf jetzt ein bisschen. Ich wecke dich auf, sobald wir angekommen sind.«

KAPITEL 14

ALEXANDER

Die lange Fahrt hat mich wirklich geschafft. Ich bin hundemüde und überlege mir ernsthaft, einfach mit Sam nach Hause zu gehen und mit ihr im Jacuzzi zu relaxen. Und sie dort zu ficken. Doch das muss warten. Ich habe heute noch einiges an Arbeit zu erledigen. Mein Besuch bei Merissa, der Schlampe, kann nicht mehr warten.

»Aufwachen.« Ich streichele Sam über das lange Haar und schnappe mir eine Haarsträhne, die ich mir gedankenverloren über den Zeigefinger wickele. Sie gibt kein Lebenszeichen von sich, so wie die restliche Fahrt über. »Wir sind da.«

Erst blinzelt sie schlaftrunken, dann starrt sie verwirrt aus der Fensterscheibe und mustert die Tiefgarage, als hätte sie sie noch nie zuvor gesehen. »Okay«, nuschelt sie dann und lächelt wie ein kleines Mädchen. Je länger sie mich ansieht, desto mehr schimmern ihre Augen. »Lässt du mich jetzt alleine?«

Ich nicke widerwillig. »Nur für ein paar Stunden. Ich muss ein paar Dinge erledigen.« Ihre Augen verengen sich misstrauisch, also spreche ich eilig weiter: »Hast du noch den Schlüssel für das

Penthouse? Oder hast du ihn im Wald vergraben und dir vorgestellt, das wäre ich?«

Trotz meines Scherzes kichert sie nicht. Sie lächelt nicht einmal. Beide Arme vor der Brust verschränkt, starrt sie mich mit zusammengekniffenen Augen an. »Welche Dinge?«

Ein Seufzen kann ich nicht unterdrücken. Ich muss noch eine andere Methode außer Sex finden, um sie von ihren ständigen Verhören abzuhalten. Einerseits geht es mir tierisch auf den Sack, dass sie seit neuestem den Mut findet, mich permanent auszuquetschen, andererseits gefällt es mir, dass sie an allem in meinem Leben teilhaben will. Aber der Part, in dem es mir auf den Sack geht, überwiegt.

»Dinge, über die du dir keinen Kopf machen musst. Und jetzt geh nach oben«, erwidere ich.

Mein Befehl scheint sie nicht zu interessieren. Sie verschränkt nun sogar ihre Beine, um mir demonstrativ zu signalisieren, dass sie nicht vorhat, zu gehen, bevor sie weiß, was sie wissen will.

»Sam.« Ich starre sie finster an und ihr Blick wird augenblicklich weicher. »Bitte geh einfach und warte auf mich. Ich beeile mich, versprochen.«

Sie darum zu bitten, geht mir gegen den Strich. Ich hasse es, wenn jemand nicht sofort das tut, was ich möchte. Jede Situation, jedes Gespräch, jeden Ausgang eines Gespräches und jedes zukünftige Geschehnis – alles will ich unter Kontrolle haben. Das ist der Fluch, mit dem ich leben muss. So bin ich nun mal.

»Schön«, stößt sie genervt hervor. Sie schnappt sich ihren Rucksack von der Rückbank und wendet sich ab, dann hält sie noch einmal inne. Obwohl sie weiß, dass sie diesen Kampf nicht gewinnen kann, kämpft sie dennoch verbissen weiter. »Ich will es aber wissen, Alexander.«

»Lass es«, entgegne ich trocken.

Sie seufzt theatralisch und presst die Lippen fest aufeinander. Wieder versucht sie es mit diesem Pitbull alias Hundewelpen-Blick, aber damit wird sie nicht weit kommen. Heute bin ich zu müde, zu erschöpft und zu genervt, um ihr diesen Triumph zu gönnen und mich verhören zu lassen.

»Gott«, flucht sie vor sich hin, seufzt erneut und steigt schließlich aus dem Wagen. Etwas zu stark schlägt sie die Beifahrertür zu, ehe sie die hintere Wagentür aufreißt, um Mister Bear zu holen.

Ich winke ab. »Lass das. Ich bringe ihn dir später.«

»Ich will ihn aber jetzt haben«, sagt sie schnippisch und versucht mit aller Kraft, die sie besitzt, ihn aus dem Wagen zu zerren und so zu tragen, dass seine Beine nicht auf dem dreckigen Boden der Tiefgarage schleifen. Erfolglos. Amüsiert beobachte ich ihre Anstrengungen, bis sie schließlich aufgibt und ihn wieder auf die Rückbank legt.

»Also bis dann«, stößt sie eilig hervor, um die Wut über ihr Verlieren dieser zwei Kämpfe nicht offen zur Schau zu stellen. Sie ist eine ebenso schlechte Verliererin wie ich, nur dass ich eigentlich nie verliere, sie aber ständig. Das muss hart sein.

Ich lächle, als sie die Wagentüre schließt und mürrisch in Richtung Aufzug stampft. Als er sich öffnet, lege ich den Rückwärtsgang ein, warte aber, bis sie tatsächlich darin verschwindet.

Plötzlich lächelt sie mich an. »Gewöhn dich nicht daran, zu gewinnen!«

Ich lasse die Fensterscheibe hinunter und strecke meinen Kopf ein Stück weit aus dem Fenster. »Baby, das habe ich doch schon längst.«

～

Die Stapel auf meinem Schreibtisch häufen sich. Normalerweise darf ich es mir nicht erlauben, so lange nicht im Büro zu erscheinen, außer ich will riskieren, dass ich genau wie jetzt zwanzig Anrufer in der Leitung habe, die darauf warten, mich sprechen zu können, eine Unmenge an ungelesener Mails auf meinem Computer habe, die beantwortet werden müssen, und haufenweise Dokumente vor mir liegen habe, die bearbeitet werden müssen.

Ich überfliege, während meines Telefonates mit einem potenziellen Geschäftspartner, ein paar der Briefe vor mir und befördere sie in den Müll, sobald sie mir als unwichtig erscheinen. Nach einigen Telefonaten leite ich die Anrufe zu Grace weiter, die die lästigen Anrufer abwimmeln oder bei Bedarf einen persönlichen Gesprächstermin vereinbaren soll. So lange zu telefonieren, erträgt doch kein Mensch. Als ich gerade die letzte Mail beantworte, klopft es an meiner Bürotür. Ich sehe nicht mal auf. »Herein.«

Das Klicken der Türschnalle ertönt, danach höre ich Absätze klackern, die sich mir annähern. »Mr Black, draußen wartet Mr Thompson auf Sie. Haben Sie Zeit für ein Gespräch?«

Die Stimme meiner Empfangsdame lässt mich aufschauen. Miss Adams steht lächelnd vor meinem Schreibtisch, die Augen funkelnd auf mich gerichtet, das Gesicht und ihr Haar perfekt gestylt. Sie ist ein Hingucker, darüber lässt sich nicht streiten. Trotzdem bekomme ich beim Anblick ihres blonden Haares, des schmalen Gesichts und der zierlichen Figur keinen Ständer.

»Heute nicht«, beantworte ich ihre Frage monoton und schicke zugleich die letzte Mail ab. »Was will er?«

Sie klimpert mit den falschen Wimpern. »Na ja, Sie hatten einen Termin für gestern angesetzt, Sir.« Stirnrunzelnd betrachte ich sie von oben bis unten. »Er war da, Sie aber nicht.«

Ich lache stumm. »Schon klar. Entschuldigen Sie sich in meinem Namen und vereinbaren Sie einen neuen Termin. Ich werde ihm bezüglich unseres Deals entgegenkommen. Leiten Sie ihm das bitte weiter, Miss Adams.«

Sie nickt und zeigt mir ihre weißen Beißerchen. Ich erinnere mich an die Zeiten, als sie angefangen hat für mich zu arbeiten. Im Gegensatz zu vielen anderen hatte ich bei ihr nie das Interesse, sie zu vögeln. Es wurde auch anstrengend, mir ständig neue Mitarbeiterinnen zu suchen.

Blondchen zupft aus unerkennlichen Gründen an ihrer

beigen Seidenbluse herum und lässt den Blick durch den Raum schweifen, anstatt mein Büro wieder zu verlassen.

»Sonst noch etwas?«, frage ich launisch. Ich lasse mich in meinem Bürostuhl nach hinten fallen und verschränke die Hände auf dem Schoß. Scheinbar macht sie mein drängender Blick nervös. Sie zerknittert die glatte Bluse in ihrer Hand, was an der Stelle unschöne Falten hinterlässt, die sie umgehend versucht, wieder glatt zu streichen.

»Ihre Cousine war hier, als Sie verreist waren. Grace hat ihr mitgeteilt, dass Sie ein paar Tage Urlaub machen«, erklärt sie schließlich. Sie verschränkt die Arme vor der Brust, sodass ihre Titten beinahe aus der Bluse platzen.

Ich lächele emotionslos. »Darüber bin ich informiert.« Mit einer schnellen Handbewegung sammele ich die Dokumente auf meinem Schreibtisch zusammen, schiebe sie beiseite und fahre den Computer herunter. Ohne sie dabei anzusehen, spreche ich weiter: »Sagen Sie mir doch direkt, was Sie dazu veranlasst, noch immer hier herumzustehen, anstatt Mr Thompson draußen mitzuteilen, was ich Ihnen aufgetragen habe.«

Plötzlich setzt sich ihr rund geformter Arsch auf die Kante meines Glasschreibtisches. Mit einer hochgezogenen Augenbraue starre ich sie fragend an. Ihr starkes Parfum steigt mir in die Nase, der Geruch ist alles andere als anziehend. Zu viel Vanille, zu viel *ich-brauche-Aufmerksamkeit.*

»Nun ja, ich wollte fragen, ob bei Ihnen alles in Ordnung ist«, flüstert sie immer noch lächelnd. »Sie waren noch nie so lange nicht hier und -«

»Und deswegen erlauben Sie sich, mich über mein Privatleben auszufragen?« Meine Stimme klingt wie gewohnt kühl und autoritär.

Röte schießt ihr in die aufgespritzten Wangen, während sie unsicher auf ihrer Unterlippe kaut. »Tut mir leid, Sir.« Sie erhebt sich rasch wieder von der Tischplatte und richtet ihren schwarzen Bleistiftrock. Was sie sich dabei denkt, sich überhaupt auf meinen gottverdammten Schreibtisch zu setzen, weiß ich nicht. Die Frau muss lebensmüde sein.«Sie haben gefehlt, als Sie nicht hier waren. Das wollte ich damit ausdrücken.«

Jetzt starre ich sie wirklich entgeistert an. Ist das gerade ein schlechter Versuch, mich anzubaggern? Unmittelbar denke ich an Sams Worte zurück und bin erstaunt, dass sie früher als ich erkannt hat, dass die Frau ein Auge auf mich geworfen hat. Oder wohl eher beide.

»Sie wissen, dass das unangebracht ist, nicht wahr?« Ich funkele sie finster an, weswegen sie automatisch ein Stück zurückweicht. Eingeschüchtert wirkt sie noch kleiner und zierlicher. »Ich pflege keine Beziehungen zu meinen Angestellten, Miss Adams.«

Zu meiner Überraschung wirkt sie nicht schockiert von meinen ehrlichen Worten, sondern nutzt diese direkte Andeutung, um endlich das loszuwerden, was sie scheinbar die ganze Zeit mit sich herumträgt. »Das verstehe ich, Mr Black. Aber niemand muss davon wissen.« Die Frau ist hartnäckig, ähnlich wie Sam. Nur würde sich Sam niemals so sehr anpreisen und derart unverblümt an jemanden heranschmeißen.

Miss Adams streicht sich durch das blonde Haar, legt sich einen Teil über die Schulter und spitzt die aufgespritzten Lippen, als würde sie erwarten, demnächst geküsst zu werden. Mit einer eleganten Bewegung nähert sie sich erneut meinem Schreibtisch, bückt sich leicht zu mir hinab und klimpert mit den Wimpern. Ich nehme an, dass das verführerisch wirken soll, es bewirkt jedoch genau das Gegenteil bei mir. Jetzt trägt sie diesen eindeutigen Schlampen-Stempel mitten auf der Stirn, der niemals wieder abzuwaschen sein wird. Frauen, die sich mir anbieten, haben mich noch nie interessiert. Ich bin wie ein Raubtier – ich will eine Spur aufnehmen, meine Beute verfolgen, ihr auflauern und sie dann verschlingen. Worin liegt der Spaß, wenn sich die Beute freiwillig ausliefert?

»Ich bin an keiner Beziehung interessiert. Nur an ein wenig Spaß«, flüstert sie mit rauer Stimme. Ein schiefes Lächeln zeichnet sich auf ihrem Mund ab, dann leckt sie sich lasziv über ihre rot geschminkte Unterlippe. »Ich weiß doch, dass einem Mann wie

Ihnen nicht nur eine Frau reicht. Überhaupt so ein junges Ding, wie es ihre Freundin ist. Seien wir doch ehrlich, Sie interessieren sich für Sex, nicht für eine Beziehung.«

Tatsächlich macht mich das sprachlos. Wie konnte mir entgehen, dass diese Frau so scharf auf mich ist? Wahrscheinlich, weil sie, bis Samantha hier angetanzt ist, ihr Interesse mehr als gut verborgen hat. Ob sie erwartet hat, dass ich den ersten Schritt mache, sie auf meinen Schreibtisch drücke und von hinten nehme? Früher hätte ich das getan, aber die Zeiten haben sich geändert.

Ich stütze mich mit beiden Armen auf dem Schreibtisch ab und bücke mich nach vorne, sodass sich unsere Gesichter beinahe berühren. »Um eines klarzustellen: Um zu wissen, woran ich interessiert oder nicht interessiert bin, müssten Sie mich schon kennen. Das tun Sie aber nicht. Natürlich könnte ich Sie mir hier und jetzt nehmen, Ihnen die teuren Klamotten vom Leib reißen und sie so lange ficken, bis Ihnen das aufgesetzte Lächeln vergeht, aber dabei gibt es leider ein Problem.« Ich stehe auf und blicke auf sie herab. Ihr tiefer Ausschnitt bietet mir einen ultimativen Blick auf ihre Titten, was meinen Schwanz jedoch nicht im Geringsten zucken lässt. »Ich stehe nicht auf Frauen, die um meinen Schwanz betteln. Nicht so.«

Sie wirkt ein klein wenig beschämt, aber nicht so sehr, wie ich erwartet hätte. Stattdessen lächelt sie erneut, drückt ihre gemachten D-Körbchen Titten noch mehr zusammen und stützt sich mit einer Hand zwischen uns auf dem Schreibtisch ab. »Dann bettele ich so, wie es Ihnen gefällt.«

Ich schmunzele, greife nach ihrer Hand und lege sie mir ohne mit der Wimper zu zucken auf den Schritt, woraufhin sie erschrocken die Luft einzieht. Ihre Hand liegt nun direkt auf meinem schlappen Schwanz. »Sehen Sie, wie sehr mich diese Aussage abturnt?«

Perplex zieht sie ihre Hand zurück und hüpft von dem Schreibtisch. Ich schmunzele noch immer. Dieses Spiel gefällt mir, weil ich es wie gewohnt besser beherrsche und gewinne.

Triumphierend atme ich tief ein, lasse mich auf meinen Stuhl zurücksinken und schnappe mir den Hörer des Telefons. »Ich tue Ihnen den Gefallen und vergesse dieses peinliche Zusammentreffen.« Ich wähle Graces Vorwahl und drücke mir den Hörer an das Ohr. »Und jetzt machen Sie endlich das, was ich Ihnen vor zehn Minuten aufgetragen habe. Dafür bezahle ich Sie schließlich.«

Ohne ein weiteres Wort verlässt sie gedemütigt mein Büro.

Mein kleiner Triumph zaubert mir ein Grinsen ins Gesicht. Jetzt kann ich mich voll und ganz auf die nächste Schlampe, Merissa, konzentrieren.

KAPITEL 15

SAMANTHA

Das Penthouse wieder zu betreten, verleiht mir ein merkwürdiges Gefühl im Magen. Einerseits gibt es mir ein Gefühl der Sicherheit, andererseits kommen unwillkürlich vergangene Erinnerungen in mir hoch. Ich, panisch und ängstlich, am Fliehen vor dem Mann, den ich liebe. Obwohl dieser schreckliche Abend einige Tage her ist, kommt es mir vor, als wäre es gestern gewesen. Oder vor fünf Minuten. Ich durchstreife das Wohnzimmer und wandere in die Küche, um mir etwas zu trinken zu holen. Von der Fahrt fühle ich mich ausgelaugt und ausgetrocknet. Während ich das Wasserglas an die Lippen setze, lasse ich den Blick umherschweifen. Hier hat sich nichts verändert, außer dass die Akten wieder verstaut wurden und der Marmorboden vor dem Aufzug sauber und leer ist. Für einen kurzen Augenblick spiele ich mit dem Gedanken, die Akten erneut aus dem Versteck zu holen und diesmal ausführlicher zu studieren, zögere jedoch. Würde Alexander das als Vertrauensbruch ansehen? Vermutlich. Und ich will leider genau das – sein Vertrauen. Ich möchte, dass er mir freiwillig alles über sich und sein Leben erzählt, nicht, dass ich hinterlistig herumschnüffeln muss, um an diese Informationen zu gelangen. Aber zu wissen, dass sich seine Geheimnisse nur wenige Meter von mir entfernt in einem Versteck in der Wand befinden, reizt mich zugegebenermaßen sehr.

Was soll ich tun?

Mein Handy piept und reißt mich aus den Gedanken. Dankbar dafür, dass es mich von der Versuchung ablenkt, ziehe es aus meiner Hosentasche und starre auf das Display. Es ist Claire.

> Aiden hat mir gesagt, dass du auf dem Weg nach Hause bist und alles in Ordnung zu sein scheint. Lass uns reden, wenn du da bist.

Meine Atmung beschleunigt sich, während ich überlege, ihr zu antworten oder nicht. Vermutlich ist es besser, persönlich mit ihr über alles zu sprechen. Ich beschließe, es nicht mehr aufzuschieben und mich der Sache zu stellen, indem ich ein Treffen organisiere.

> Café Rics, morgen um drei Uhr?

Uns in einem Café zu treffen, scheint mir am besten. Kaffee beruhigt bekannterweise meine Nerven und eine andere Umgebung als unsere kleine Wohnung tut uns sicher auch gut. Claire antwortet umgehend.

> Ich werde da sein.

. . .

Gut, das bedeutet, dass ich noch ein wenig Zeit habe, um mir
eine Erklärung für das Ganze einfallen zu lassen.

Mit leicht zittrigen Händen befördere ich mein Handy zurück
in meine Hosentasche, schnappe mir mein Gepäck und gehe in
das obere Stockwerk. Ich streiche mit den Fingern an der weißen
Wand des Flures entlang, während ich langsam in Richtung Badezimmer marschiere.

Noch vor einigen Tagen hätte ich niemals gedacht, jemals
wieder einen Fuß hier hineinzusetzen. *Tja, wie man sich täuschen
kann.* Ich umgehe die Versuchung herumzuschnüffeln, indem ich
mich schleunigst von meinen Klamotten befreie und in die
Dusche steige. Das Herumliegen im Jacuzzi würde mir wohl nicht
guttun. Es würde mich dazu bringen, weiter darüber zu grübeln,
ob ich mir die Akten schnappen und durchstöbern soll oder
nicht. Also genieße ich die heiße Dusche in vollen Zügen und
bete, dass Alexander sich mit seinen *Dingen* nicht allzu viel Zeit
lässt, sonst übermannt mich meine Neugier am Ende doch noch.

Knapp zwei Stunden und einige Kämpfe mit mir selbst später,
liege ich in einem der Baumwollbademäntel, die mir Alexander
gekauft hat, in einem seiner Schlafzimmer und starre gelangweilt
in den Fernseher. Vorhin, als ich meine sauberen Klamotten aus
dem Rucksack in den Kleiderschrank geräumt habe, konnte ich
wieder einmal nicht fassen, dass Alexander mir tatsächlich einen
ganzen Schrank voll Klamotten gekauft hat. Ich hatte nie die Zeit,
die Kleidung genauer zu betrachten, deshalb tat ich es heute. Die
vielen Abendkleider waren sündhaft teuer, was mir die Preis-
schilder verraten haben. Allesamt sind wunderschön und viel zu
elegant, als das sie zu mir passen könnten. Auch wenn ich durch
Alexander eine andere Welt kennengelernt habe, fühle ich mich
keineswegs so, als würde ich hineinpassen.

Aus irgendeinem Grund kann ich nicht zur Ruhe kommen. Die letzten Tage waren anstrengend und herausfordernd. Aber am meisten waren sie aufschlussreich. Allmählich verstehe ich, wie Alexander tickt, kenne aber immer noch nicht all seine Geheimnisse. *Ich muss es einfach tun, ich kann nicht warten.*

Ehe ich mich versehe, bin ich die Treppe hinab gestürmt, habe die Pinnwand mit den Autoschlüsseln von der Wand genommen und starre in das große, verborgene Loch in der Wand, worin sich der Schlüssel zu all seinen Geheimnissen befindet. Mein Herz klopft ungesund schnell und ich fange an zu schwitzen.

Soll ich, soll ich nicht … die preisgekrönte Frage. Vielleicht sollte die Frage eher lauten: *Muss ich, muss ich nicht? Kann ich ihm vertrauen oder nicht? Wird er es mir selbst erzählen oder nicht?*

»Ach, Scheiße«, fluche ich vor mich hin, als mich die Schuldgefühle übermannen. Ich weiß, dass ich das nicht tun sollte. Ich kenne die Konsequenzen und vielleicht werde ich diesmal ja ebenso wenig schlau aus den geheimnisvollen Akten wie beim letzten Mal. Geduld ist daher wohl angesagt. Geduld ist aber auch eine Tugend und wahrlich keine meiner Stärken.

Widerwillig greife ich mir die Pinnwand vom Boden und will sie gerade zurück an die Wand hängen, da öffnen sich direkt neben mir die metallenen Fahrstuhltüren. Ich zucke erschrocken zusammen, lasse die Pinnwand fallen und halte die Luft an.

»Sieh an. Genauso neugierig, wie ich es bin.«

Mit offenem Mund starre ich die gutaussehende Frau vor mir an. Die Erleichterung, dass es nicht Alexander ist, der mich ertappt hat, wird von dem Schock, dass mir eine unbekannte Frau gegenübersteht, verdrängt. Es fühlt sich an, als würde ich gerade ein verfluchtes Déjà-Vu erleben.

Bitte lass sie keine Irre wie Merissa sein, die hier ist, um sich mit Alexander anzulegen, mir dann aber im Endeffekt nur irgendwelche schrecklichen Dinge über ihn an den Kopf schleudert, die mich wieder die Flucht ergreifen lassen.

»Geht es dir gut?«, fragt die Sexbombe – meine neue Feindin – verwirrt. Wie selbstverständlich tritt sie aus dem Fahrstuhl, schnappt sich die Pinnwand vom Boden und hängt sie zurück an ihren Platz. Sie grinst zwinkernd. »Was er nicht weiß, macht ihn nicht heiß.« *Hä?*

Plötzlich schlingt sie ihre Arme um mich und schenkt mir eine viel zu liebevolle Umarmung. Perplex stehe ich weiterhin einfach nur da und starre an die Wand hinter mir, während mich ihre braunen langen Haare im Gesicht kitzeln. »Endlich lernen wir uns kennen!« Sie packt mich an den Schultern und grinst mich fröhlich an. »Ich bin Lauren, die Streitverursacherin.«

Lauren! Seine Cousine!

»Oh«, stoße ich erleichtert hervor und schaffe es endlich, wieder normal zu atmen. »Gott, tut mir leid, ich hatte wohl einen Schock.«

Lauren zuckt mit den Schultern und marschiert an mir vorbei. »Schon klar, du dachtest dir: Scheiße, wer ist diese Granate und woher kennt Alexander sie?«

Ich stimme in ihr Lachen mit ein und folge ihr in die Küche. »So in etwa.«

Während sie wissend eines der oberen Regale öffnet, nutze ich die Gelegenheit, um sie noch einmal prüfend zu mustern. Jetzt, wo ich weiß, wer sie ist, erkenne ich sie wieder. Zwar habe ich sie damals auf Miles Vernissage nur kurz und von weiter entfernt sehen können, ihre Schönheit hat sich allerdings unwillkürlich in mein Gehirn gebrannt. Sie ist ein Hingucker wie Alexander. Allein ihre Aura ist mächtig, ebenso wie seine. Die beiden haben scheinbar einiges gemeinsam. Das gute Aussehen, das selbstsichere Auftreten, die Fähigkeit jeden in ihren Bann zu ziehen ... Unheimlich unfair, dass es zu Alexander das weibliche Double gibt.

»Trinkst du was mit mir?«, fragt sie, während sie mit einem vollen Glas Rotwein auf mich zukommt. »Komm schon, der Spaßverderber kommt sicher bald nach Hause und dann wird das nichts mehr mit dem Betrinken.«

Ein bisschen verlegen und eingeschüchtert nehme ich ihr das Glas ab. Dann nicke ich, während ich ihr zu der weißen Ledercouch im Wohnzimmer folge. Als würde das Penthouse ihr gehören, stellt sie ihr Glas auf dem Couchtisch ab, streift sich den dünnen beigen Mantel ab und hängt ihn lässig über die Lehne, bevor sie sich seufzend auf die Couch fallen lässt und die Füße samt Absatzschuhen darauf ablegt.

»Dass ich hier bin, ist kein Zufall«, gibt sie zu, als ich neben ihr Platz nehme. Sie mustert mich sekundenschnell, dann klärt sie mich auf: »Da ich nicht darauf vertrauen kann, dass Alexander dich mir tatsächlich mal vorgestellt hätte, habe ich die Sache einfach selbst in die Hand genommen.«

Ich nippe an dem Glas Wein und hänge an ihren Lippen, während ich grübele. »Woher wusstest du, dass ich hier bin? Oder dass wir überhaupt zurück in Manhattan sind?«

»Alexander hat mir eine SMS geschrieben, als er im Büro angekommen ist«, erklärt sie mir. Sie schnappt sich das Glas und nimmt einen ausgiebigen Schluck vom Wein. »Da dachte ich mir, ich komme vorbei und werfe mal einen Blick auf die Frau, die ihm den Kopf verdreht hat.«

Meine Wangen fangen aus Verlegenheit an zu glühen, was ihr nicht entgeht. Sie stößt mit dem Glas gegen meines an.

»Ich habe dich anders eingeschätzt«, gebe ich lächelnd zu, woraufhin sie neugierig ihre Augen auf mich richtet. »Du bist so …«

»Offen? Witzig? Gar nicht griesgrämig und engstirnig wie Alexander?«, unterbricht sie mich lachend. Sie winkt ab. »Ach, Alexander und ich haben vieles gemeinsam. Aber wir sind doch auch ziemlich unterschiedlich.«

Unwillkürlich muss ich lachen. Die Frau gefällt mir. »Ja, du scheinst wirklich anders zu sein.« Wir nehmen gleichzeitig einen Schluck – sie einen doppelt so großen wie ich – und mustern uns gegenseitig. Mir ist es peinlich, dass ich im Baumwollbademantel neben ihr sitze, während sie in ihrer Lederhose und dem schwarzen, geschnürten Top wie eine Göttin neben mir liegt. »Vielleicht sollte ich mir was anziehen«, murmele ich, kurz bevor ich mich erhebe.

Lauren nimmt mich am Handgelenk und wirft mir einen amüsierten Blick zu. »Nicht nötig, Süße. Wenn ich zu Hause bin, gammele ich in löchrigen Jogginghosen herum. Ich sehe bloß so schick aus, weil ich von einem Date komme.«

»Date?« Meine Neugierde ist geweckt. Mich interessiert, auf welchen Typ Mann sie wohl steht. »Und? War es ein Erfolg?«

Sie stößt einen seufzenden Lacher hervor und rollt mit den Augen. Als ich mich wieder setze, rutscht sie ganz nah an mich heran und legt ihren Arm auf der Rückenlehne der Couch ab, in der anderen hält sie das Weinglas. »Ein totaler Reinfall. Kennst du Männer, die dir in allem zustimmen und ihre Meinung deiner anpassen, nur um dir zu gefallen?« Ich nicke kichernd. »Ja, so einer war er. *Luke* – Gott, so eine Zeitverschwendung. Außerdem hat er mir eine Stunde lang von seinem Hund erzählt.«

Durch ihre Offenheit verliere ich jegliches Schamgefühl. In ihrer Nähe fühle ich mich so wohl, als würde ich sie schon ewig kennen, nicht erst seit gefühlt zwei Minuten. »Was hast du gegen Hunde?«

Wieder nimmt sie einen Schluck und ich tue es ihr gleich. »Es ging um den Hund, den er als Kind hatte. Der vor acht Jahren gestorben ist.«

»Oh.« Wir tauschen einen vielsagenden Blick aus, dann lachen wir gleichzeitig auf. »Okay, ich verstehe.«

Sie nickt. »Aber genug von mir, erzähl mir von dir.«

»Was möchtest du wissen?«, frage ich freundlich.

»Natürlich alles«, meint sie belustigt. »Habt ihr eure Meinungsverschiedenheit klären können?«

Mir bleibt der Wein im Rachen stecken und ich huste ungewollt. »Davon hat er dir erzählt?« Dass mich das ziemlich überrascht, sieht man mir wohl an.

Sie nickt gelassen. »Ja, er erzählt viel, wenn man ihn dazu zwingt.« Ich gebe einen verzweifelten Ton von mir, woraufhin sie wissend eine Augenbraue in die Höhe zieht. »Du musst ihn nur lange genug bearbeiten.«

»Bei mir klappt das nicht so gut«, meine ich frustriert und kippe den Wein auf Ex hinunter.

Lauren holt die Flasche Wein aus der Küche und gießt uns beiden bis zum Rand ein. »Also«, setzt sie energisch an und betrachtet mich eindringlich. Nach einem gierigen Schluck drückt sie mir mein Weinglas an die Lippen und fordert mich schweigend auf zu trinken. »Regel Nummer eins: niemals abwimmeln lassen! Der Kerl rückt nie mit der Sprache raus, wenn es nicht unbedingt sein muss. Ist dir sicher schon aufgefallen.«

Wieder nicke ich frustriert. »Ich wüsste nicht, wie ich ihn noch mehr ausquetschen könnte.«

»Das führt uns zu Regel Nummer zwei«, meint sie rasch. »Vertrauen. Alexander ist echt eine Niete, wenn es um Vertrauen geht. Er würde sich lieber seinen eigenen Schwanz abhacken, als jemandem blind zu vertrauen.« Ich ziehe eine wehleidige Grimasse. Lauren tätschelt mich mitfühlend an der Schulter, dann fügt sie hinzu: »Aber irgendetwas musst du richtig gemacht haben, sonst wärst du jetzt gar nicht mehr hier. Alexander führt keine Beziehungen, niemals. Du bist seine erste richtige Freundin.«

»Wirklich?«, wiederhole ich stutzig.

Sie sieht mich überrascht an. »Klar, wusstest du das nicht?« Theoretisch wusste ich das, ja, aber ich dachte immer, er hätte sicher in seiner Jugend schon einmal eine richtige Freundin gehabt. Offenbar lag ich falsch.

»Aber warum? Ich meine, da draußen wimmelt es nur so von Frauen, die alles dafür täten, seine Freundin zu sein«, erwidere ich verblüfft.

Lauren streicht sich ihr brünettes Haar aus dem Gesicht und steckt sich eine Strähne hinter das Ohr. »Um ehrlich zu sein, war Alexander immer der *nur-vögeln-Typ*. Sex bekommt man als Mann überall, überhaupt als ein Mann wie er. Er war schon als Teenager der beliebteste Kerl der Schule, auf dem College ging es dann weiter mit den vielen Verehrerinnen und danach hatte er nur mehr Augen für sein Unternehmen. All die Frauen, die danach kamen, waren nur auf sein Geld aus und das wusste er. Er hat es sich zum Vorteil gemacht und sein Leben gelebt, wie er es eben wollte. Kann man es ihm verübeln?«

Widerwillig schüttele ich den Kopf. Wenn ich daran denke, mit wie vielen Frauen er schon gevögelt hat, bekomme ich Brechreiz. Andererseits will ich unbedingt mehr über ihn erfahren, also schweige ich und lausche interessiert weiter ihren Worten.

»Mit dir sollte das wohl genauso enden, schließlich hattet ihr diesen Vertrag. Aber ich wusste von Anfang an, als er mir das erste Mal von dir erzählt hat, dass da mehr ist«, erklärt sie mit warmer Stimme. »Du musst wissen, dass es ihm schwerfällt, seine Gefühle zu zeigen. Das bedeutet aber nicht, dass sie nicht da sind.«

»Ich weiß«, sage ich wie aus der Pistole geschossen. »Ich kann warten. Aber er hat so viele Geheimnisse vor mir …« Ihr Gesichtsausdruck verändert sich schlagartig. Natürlich weiß sie, was ich meine, deswegen habe ich das Thema angesprochen.

In der Hoffnung, sie wäre offener als Alexander, was das Thema betrifft, starre ich sie eindringlich an und sage: »Ich weiß, dass es Dinge gibt, die er noch nicht bereit ist, mir zu sagen. Aber er täuscht sich, wenn er denkt, ich wäre ihm gegenüber nicht loyal oder er könnte mir nicht vertrauen. Das kann er zu einhundert Prozent.«

Lauren denkt fast laut nach. Innerlich kämpft sie gerade mit sich selbst, was sie mir darauf antworten soll. Während sie grübelt und mich dabei so ansieht, als würde sie nach Anzeichen einer Lüge in meinen Augen suchen, nimmt sie immer wieder einen Schluck vom Wein, bis auch dieses Glas leer ist. Ich lehne meinen Kopf an meinem angewinkelten Arm ab und warte geduldig.

Schließlich seufzt sie sichtlich hin und hergerissen. »Hör zu, ich bin total dafür, dass er dich in alles einweiht. Aber ich kann ihm diese Entscheidung nicht abnehmen, tut mir leid.«

Etwas bedrückt nicke ich verständnisvoll und exe den Wein. Als ich das Glas auf dem Tisch abstelle, wird mir kurz schwindelig und ich bemerke, wie warm mir plötzlich ist. Ich kichere. »Gott, ich fühle mich bereits betrunken.«

Lauren ext den Wein, schmatzt genüsslich und stellt das Glas neben meinem ab. »Wem sagst du das.« Ein drittes Mal macht sie unsere Gläser voll, während ich sie unsicher betrachte. »Sag mir jetzt nicht, dass du genauso langweilig wie Alexander bist und nach dem zweiten Glas aufhörst zu trinken?«

»Na ja …« Ich starre das Glas vor mir mit zwiegespaltenen Gefühlen an. »Eigentlich höre ich erst auf, wenn mir der Alkohol wieder die Kehle hochsteigt.«

Sichtlich glücklich über meine ehrliche Antwort kichert sie, legt mir eine Hand auf die Schulter und prostet mir zu: »Na dann, auf uns.«

Mit einem teilweise schlechten Gewissen nehme ich einen weiteren Schluck und lasse mich gegen die Rückenlehne der Couch fallen. Ich fühle mich schwerelos und locker, die belastenden Gedanken verschwinden allmählich. Mein Hirn ist etwas zu berauscht, um sich weiter Sorgen machen zu können.

»Er wird sauer sein«, nuschele ich. »Du weißt schon, wegen dem Alkohol und seiner Mutter.«

Als ich seine Mutter erwähne, wird Laurens Gesichtsausdruck wie versteinert. Als hätte ich ihr eine böse Erinnerung an den Kopf geworfen. Nach einigen Sekunden sieht sie mich traurig an und murmelt: »Hat er dir von ihr erzählt? Sie war eine tolle Frau, musst du wissen.« Ich schüttele den Kopf. »Ich habe sie geliebt wie meine eigene Mutter. Alexanders Vater hat die Familie in gewisse Schwierigkeiten gebracht, außerdem hatte er nur Augen für Geld und schöne Sachen. Seine Mutter war trotz ihres Umfeldes und dem Leben, das sie führte, eine ehrenhafte und bodenständige Frau. Ihr war das Geld egal, nur Alexander war ihr wichtig. Sie hätte alles für ihn getan.«

Ich schlucke schwer. Ein Kribbeln breitet sich in meinem Körper aus. Vermutlich liegt es am Alkohol, aber sicher auch an der Aufregung, die ich aufgrund der neuen Informationen verspüre. Wieder einmal fällt mir auf, dass ich so gut wie nichts über Alexanders Familiengeschichte weiß. Eine traurige Erkenntnis, wenn man bedenkt, dass er meine Mutter sogar zu einem Entzug begleitet hat und meinen Vater in seinem besten Element – einem Arschloch zu sein – miterleben durfte.

»Das mit deiner Mutter tut mir übrigens leid. Wie geht es ihr mit dem Entzug?«, will sie plötzlich wissen.

Wie ein Peitschenhieb treffen mich die Schuldgefühle, weil ich meine Mutter seither noch nicht angerufen habe und auch nicht besuchen war. »Ehrlich gesagt, weiß ich es nicht. Alexander hat einen engeren Kontakt zu ihr als ich«, gebe ich wehmütig zu.

Sie winkt ab. »Das war klar. Er ist eben immer sofort der Liebling von allen. Außerdem wünscht er sich ein gutes Verhältnis zu deiner Mutter.«

Ich halt mit dem Weinglas vor meinen Lippen inne. »Wirklich?«

Lauren lächelt sanft. »Noch ein Beweis dafür, wie gerne er dich hat.«

Mir wird warm ums Herz und das nicht nur wegen des vielen Weins, den ich in mich hineinkippe, als wäre es Saft. Alexander meint es tatsächlich ernst mit uns. Klar wusste ich das mittlerweile, aber so wie Lauren spricht er nie von mir oder uns oder meiner Familie. *Gott, warum kann er nicht so aufgeschlossen wie sie sein?*

»Hey«, schießt es aus mir hervor, als mir der Gedanke in den Sinn kommt. »Kennst du Amanda?«

Lauren nickt. »Klar, warum?« Noch bevor ich etwas erwidern kann, hält sie eine Hand in die Höhe und rollt mit den Augen. »Lass mich raten: Sie kann dich nicht leiden?«

Ich nicke heftig. »Ja! Aber das beruht auf Gegenseitigkeit.«

»Natürlich«, murmelt sie spöttisch. Anscheinend steht sie in keiner guten Beziehung zu Amanda. Unwillkürlich mag ich sie noch mehr. »Miss Therapeutin hält es sicher für keine gute Idee, dass Alexander eine Beziehung eingegangen ist. Sie ist immer dafür, dass er niemanden an sich heranlassen soll, solange er seine Probleme nicht komplett im Griff hat.« Wieder landet ein

Schluck Wein in ihrer Kehle. »Du weißt schon, das mit der Wut und dem Kontrollfreak-Ding.«

Ich lache stumm. »Ja, ich weiß nur zu gut, was du meinst.« Lauren erhebt sich, entfernt sich zwei Schritte von der Couch, bleibt dann abrupt stehen und blickt mich über die Schulter hinweg an. »Es gibt Dinge, die seine Wutanfälle auslösen. Sogenannte Trigger.«

Gespannt spitze ich meine Ohren. Als würde sie mir gleich gestehen, dass Alexander ein Serienkiller ist, setze ich mich aufrecht im Schneidersitz auf die Couch und umklammere nervös mein Glas mit beiden Händen.

»Alexander braucht das Gefühl von Sicherheit. Wenn er glaubt, er würde etwas verlieren oder irgendetwas entgleitet ihm, das ihm wichtig ist, ist das zum Beispiel so ein Trigger. Genauso wie Eifersucht oder Lügen. Damit kann er nicht umgehen. Am schlimmsten ist aber das Gefühl von Verrat, da dreht er durch. Nicht wie ein Psycho, aber du weißt ja, was ich meine.«

Ich denke angestrengt nach. Habe ich diese Trigger bei ihm ausgelöst? Plötzlich fällt mir der Streit im Hotelzimmer ein und wie ich ihn mit Aiden versucht habe zu provozieren. Ich notiere mir gedanklich, so etwas nie wieder zu tun.

»Wenn du bemerkst, dass er kurz davor ist, die Nerven zu verlieren, sag ihm irgendetwas, das er gerne hört. Dir fällt sicher etwas ein«, spricht sie mir gut zu und wandert in die Küche.

Ich sehe ihr hinterher und beobachte sie gedankenvertieft, während sie im Kühlschrank wühlt. »Meinst du, er würde mir jemals wehtun? So richtig meine ich, wenn er einen seiner Anfälle hat?«, will ich angespannt wissen, obwohl ich die Antwort innerlich schon kenne.

Lauren starrt mich entsetzt an. »Gott, nein! Lieber würde er sich die Hand abhacken. Alexander würde niemals einen Menschen verletzen, der ihm wichtig ist.«

Ich atme erleichtert aus, weil sie mir das nun bestätigt. Ich wusste innerlich, dass er dazu nicht fähig ist, aber trotzdem tut es gut, das von ihr zu hören.

Dann platzt es unvermittelt aus mir hervor: »Lauren, bitte sag mir, was es mit diesen Akten auf sich hat! Ich drehe noch völlig durch! Will er sich wirklich an diesen Leuten rächen? Warum? Was hat er vor? Und warum will er mich, verdammt nochmal, nicht einweihen?«

Lauren hält inne, dann schließt sie langsam die Tür vom Kühlschrank. Ihr falsches Lächeln gilt nicht mir, sondern jemandem hinter mir. Verwirrt drehe ich meinen Kopf um und halte augenblicklich die Luft an.

»Hey, Cousin«, bringt Lauren mit leicht schuldbewusster Stimme hervor.

Alexanders Blick haftet an mir. Sein Gesicht ist wie so oft emotionslos, aber seine Augen sprechen Bände. Sie funkeln wütend und zucken immer wieder zur Weinflasche und unseren Gläsern. Sein breiter Körper wirkt noch bedrohlicher als ohnehin schon, während er breitbeinig und wie versteinert vor dem Aufzug steht.

Verdammt. Ich hüpfe von der Couch auf. Mir wird wegen des Alkohols umgehend schwindelig und schwarz vor Augen. »Ähm, hi.«

KAPITEL 16

ALEXANDER

Bevor ich mich zu der Situation, die sich gerade vor mir abspielt, äußere, versuche ich meine Atmung unter Kontrolle zu bekommen.

Was für eine Scheiße zieht Lauren hier ab? Sie platzt ohne mein Wissen in mein Penthouse, um Samantha auf eigene Faust kennenzulernen? Und dann betrinkt sie sich auch noch mit ihr, obwohl sie genau weiß, wie ich dazu stehe? Ein unbändiges Gefühl der Wut steigt in mir auf und bringt mich dazu, meine Hände zu Fäusten zu ballen. Der Besuch bei Merissa war bereits nervenaufreibend genug. Ich habe keine Zeit, mich auch noch mit Lauren auseinanderzusetzen. Und Samantha ... Fuck, bin ich sauer. Stinksauer.

»Du bist früh da«, nuschelt Sam unbeholfen und dreht sich ruckartig zu Lauren um, die mich immer noch mit gespielt unschuldigem Lächeln anstarrt. »Ähm, Lauren ist vorhin gekommen.«

Ich ziehe eine Augenbraue in die Höhe und starre sie wissend an. Dass sie hin und her wackelt, wie ein Kind, das zum ersten

Mal ohne Stützräder Fahrrad fährt, versuche ich konsequent zu ignorieren. »Das sehe ich.« Mit einer aggressiven Handbewegung lockere ich die Krawatte, die ich im Büro umlegt habe, und gehe an Samantha vorbei in die Küche. »Lauren.«

»Ich gehe dann mal«, bringt Lauren mit schuldbewusster Miene hervor, kaum stehe ich vor ihr. Sie ist wie immer übertrieben gestylt, weshalb ich vermute, dass sie wie so oft auf einem Date war. Die Frau war in ihrem Leben auf mehr Dates, als ich gevögelt habe, und das muss etwas heißen. »War schön, dich kennenzulernen, Sam.«

»Warte«, presse ich mit tiefer Stimme hervor und nähere mich Lauren noch einen Schritt weit an. In ihren Augen sehe ich, dass sie genau weiß, was jetzt kommt. »Was soll das, Lauren? Heute ist kein guter Tag, um mich zu reizen.«

»Alexander«, seufzt sie leicht angestrengt. Sie streicht mir beruhigend über den Arm und krempelt anschließend sorgfältig die Ärmel meines Hemdes hoch. »Ich wollte einfach kurz vorbeischauen. Es war nicht geplant, dass wir ... nun ja, du weißt schon. Wir verstehen uns gut, ist doch klasse, oder nicht?«

»Schon bevor ihr eine ganze Weinflasche geleert habt oder danach?«, frage ich scharf.

»Davor.« Sie rollt mit den Augen, dann lächelt sie liebevoll. »Nimm's locker, Cousin. Ist ja nicht so, als hätte ich hier eine Drogenparty mit ihr veranstaltet.«

Über diesen Scherz kann ich nicht lachen. Ich hasse Einmischungen wie diese in mein Leben – wenn jemand darüber entscheidet, dass Sam und Lauren sich kennenlernen, dann bin das ich und niemand sonst. Ihr Timing könnte außerdem nicht schlechter sein. Zuerst musste ich mich mit Merissa herumschlagen, die sich vor Angst fast in ihre teuren Hosen gemacht hat, als ich ihr zu verstehen gegeben habe, dass sie sich nie wieder in meine Beziehung einzumischen hat, und jetzt erwartet mich dank Lauren eine betrunkene Samantha, die sich kaum noch auf den Beinen halten kann. Der Abend wird immer besser.

»Ich bin gar nicht betrunken!«, wirft Samantha nur halb

verständlich ein, während sie auf uns zu torkelt. Der Anblick bringt mich zum Rasen. »Wir haben nur ein … vielleicht zwei Gläser getrunken.«

»Genau«, schließt sich Lauren ihr unverzüglich an, als wären die beiden Verbündete in einem Kampf gegen mich.

Als beide lächelnd vor mir stehen, überlege ich kurzerhand, wen ich zuerst umbringen soll. »Was waren das für Gläser? Kanister?«

Samantha und Lauren kichern wie zwei kleine Schulmädchen, die man gerade beim Schummeln erwischt hat. Ihre Gesichter sind leicht gerötet, was dem Alkohol zuzuschreiben ist, außerdem glänzen ihre Augen einen Deut zu sehr.

»Mach, dass du nach Hause kommst, Lauren«, meine ich kühl und wende mich von beiden ab. Der Anblick verdirbt mir alles. Ich hasse es, Samantha betrunken zu sehen. Ich hasse generell jeglichen Alkoholmissbrauch. Und das wissen sie beide. »Ich sagte, du sollst verschwinden.«

Lauren seufzt laut hörbar. »Du hättest sie mir nie vorgestellt! Das weißt du so gut wie ich.«

Während ich mir eine Wasserflasche aus dem Kühlschrank schnappe, drehe ich mich ruckartig zu Lauren um und befehle ihr erneut, diesmal drängender: »Geh nach Hause, Lauren. Ich will dich nicht hierhaben. Und komm nie wieder ohne Ankündigung vorbei.«

Sam betrachtet mich mit auffällig schuldbewusster Miene. Sie macht einen Schritt auf mich zu, doch ich weiche automatisch zurück und halte ihr die Wasserflasche entgegen, ohne sie dabei anzusehen. »Trink das und geh nach oben. Du solltest dich ausruhen und schlafen.«

Zögernd nimmt sie mir die Flasche ab. »Aber -«

»Nichts aber«, keife ich sie an. »Du bist sturzbetrunken! Momentan lohnt es sich für dich nicht, eine Diskussion mit mir anzufangen, also tu, was ich dir sage.«

Lauren wirft ihrer Verbündeten einen mitfühlenden Blick zu, den ich gekonnt ignoriere. Es ist mir scheißegal, dass sie denkt, dass ich zu streng mit Sam umgehe, immerhin ist sie meine Freundin und nicht ihre. Und so etwas dulde ich nicht, niemals. Sam und ich haben Regeln. Sie kennt die Hintergründe dieser Regeln und bricht sie dennoch. Das ist eine Respektlosigkeit, die ich mir nicht gefallen lassen kann. Lauren ist einfach, wie sie ist, das weiß ich. Ein Partyluder und eine, die zu Alkohol niemals Nein sagt. Ihre Mutter war schließlich auch nicht jahrelang alkoholabhängig so wie meine oder Samanthas, und ihr Leben ging deshalb auch nicht den Bach hinunter.

»Tut mir leid«, stößt Lauren einsichtig hervor. Da ich mit dem Rücken zu ihr gedreht stehe, kann ich ihren Gesichtsausdruck nicht sehen, erkenne aber an ihrer Stimme, dass sie es wohl aufrichtig meint. Zu spät. »Ich lasse euch mal alleine. Wir telefonieren morgen, ja?«

Ich erwidere nichts darauf. Als ich ihre Absätze auf dem Marmorboden klackern höre und schließlich das Schließen der Fahrstuhltüren wahrnehme, drehe ich mich zu Samantha um und mustere sie von oben bis unten. »Warum stehst du immer noch hier?«

Ihre großen Augen sind unsicher auf mich gerichtet. Ich verstecke meine Emotionen hinter meinem geübten Pokerface, weil ich keinen Bock habe, jemanden, der meine Gefühle gerade nicht verdient hat, daran teilhaben zu lassen.

Sie macht einen Schritt auf mich zu. »Sorry, ich weiß, dass wir vereinbart haben, dass ich nicht trinke … schon gar nicht in deiner Abwesenheit, wegen deiner Mutter … Sie soll übrigens toll gewesen sein«, stammelt sie vor sich hin.

Ich starre sie entgeistert an. Ist das ihr verdammter Ernst? Was war das für ein beschissener Übergang zu einem Thema, über das sie mehr erfahren möchte? »Lass es, Samantha. Dieses Gespräch führen wir ein andermal, wenn du nüchtern bist.« Als ich an ihr vorbeigehe, ohne sie anzusehen, hält sie mich am Arm zurück und starrt mich beinahe flehend an. »Hörst du nicht? Ich habe momentan keine Nerven dafür, um mich mit dir in deinem Zustand herumzuschlagen.«

»Alexander«, stößt sie bettelnd hervor und zieht dabei meinen Namen so in die Länge, dass sie in dieser Zeit einen ganzen Satz hätte formulieren können. »Komm schon, sei nicht immer so griesgrämig. Ich finde Lauren toll.«

Wieder so eine zusammenhangslose Aussage. Dieses Gespräch wird immer anstrengender, also befreie ich mich grob aus ihrem Griff und wandere die Treppe hoch. Dass sie überhaupt noch einen ganzen Satz herausbringt, ohne die Wörter dabei zu verschlucken, ist mir ein Rätsel. Ich kenne sie gut genug, um zu wissen, dass sie nach den mindestens drei Gläsern Wein, die sie in kürzester Zeit getrunken haben muss, völlig hinüber sein müsste. Und natürlich wird das von Sekunde zu Sekunde schlimmer, da sich der Alkohol immer mehr in ihrem zierlichen Körper ausbreitet.

»Du läufst weg«, stellt sie unnötigerweise fest, während sie mir so gut sie kann die Treppe nach oben nachläuft. Ich ignoriere sie und gehe weiter in Richtung meines Arbeitszimmers.

Als ich einen Aufprall, gefolgt von einem hohen Quietschen höre, bleibe ich abrupt stehen und drehe mich eilig zu ihr um. Sie ist auf der letzten Stufe ausgerutscht und liegt nun mit dem Bauch nach unten auf dem Boden, während sie ihr Gesicht zu mir hochstreckt.

»Scheiße«, fluche ich vor mich hin und laufe auf sie zu. Mit einem Ruck ziehe ich sie wieder auf die Beine und begutachte sie von oben bis unten. »Alles okay? Hast du dir wehgetan?«

Plötzlich fängt sie an, laut zu lachen. Sie lässt sich gegen meine Brust fallen und schmiegt sich eng an mich, die Vibrationen ihres schrillen Kicherns kann ich bis in mein Innerstes spüren. »Gott, ich bin so hinüber! Sorry …« Sie krallt sich mit beiden Händen auf meinem Rücken fest, sodass ich ihre Nägel durch den gestärkten Stoff meines Hemdes spüren kann. »Ich habe dich vermisst.«

»Du solltest dich hinlegen«, meine ich erneut, diesmal drängender. »Schlaf deinen Rausch aus.«

Sie schüttelt heftig den Kopf und ich bin mir sicher, dass der

Grund, weshalb sie sich unmittelbar noch stärker in meinen Rücken krallt, der ist, dass ihr davon noch schwindeliger wird.

»Ich will bei dir sein. Ich liebe dich.«

»Schon klar.« Seufzend packe ich sie mit einer Hand an den Beinen, die andere lege ich ihr um den Rücken. Danach hebe sie hoch und trage sie zu meinem Schlafzimmer, dessen Ausblick sie so liebt. Mit dem Ellenbogen öffne ich die Tür.

»Was hast du so gemacht?«, lallt sie mir ins Ohr, als ich sie auf dem Bett ablege. »Welche *Dinge* musstest du erledigen?«

Ohne sie zu beachten, öffne ich ihren Baumwollbademantel und halte kurz inne, als ich sehe, dass sie darunter splitterfasernackt ist. Ich hole tief Luft und ziehe ihn ihr vom Körper, weil ich annehme, dass ihr darin heiß ist. Achtlos werfe ich ihn zu Boden und hole aus einem meiner Schränke ein lockeres T-Shirts, das ich üblicherweise zum Trainieren trage. »Schaffst du es, das überzuziehen?«

Sie grinst hinterhältig. Ihre Wangen sind immer noch gerötet, während sie sich immer breitbeiniger auf das Bett legt. »Ich glaube, du musst kommen und mir helfen ...«

Fuck, diese Frau macht mich wahnsinnig. Eigentlich sollte ich stocksauer auf sie sein, aber sie nackt und willig auf meinem Bett liegen zu sehen, lässt mich alles andere als kalt. Ihre von hier aus sichtbar nasse Pussy schreit förmlich danach, dass ich sie koste. Mein Schwanz zuckt mehrmals in meiner engen Hose, während ich sie anstarre, ohne mich vom Fleck zu rühren.

Sie rekelt sich lasziv auf dem Bett hin und her, ihre Nippel stellen sich dabei auf und ihre Titten wackeln verführerisch. Sie streicht sich in Zeitlupentempo das schwarze Haar aus dem Gesicht, danach streckt sie eine Hand nach mir aus. »Komm her«, flüstert sie mit anrüchiger Stimme. »Wir können reden und dann können wir Sex haben ... Oder wir haben zuerst Sex und dann reden wir ... Oder wir tun beides, aber, ähm ... nicht zusammen, meine ich.« Wieder kichert sie drauf los.

Mit einem Schlag turnt mich ihre Betrunkenheit wieder ab. Zwar nicht so sehr, dass mein Schwanz aufhören würde, sich nach ihrer Pussy zu sehen, allerdings genug, um ihr das Shirt über den Kopf zu ziehen, ihre Arme durch die Schlitze zu stecken und eine Decke über sie zu legen. »Gute Nacht, Sam.«

Ihre Augen weiten sich schlagartig. »Was? Nein!« Sie dreht sich etwas unkoordiniert zu mir um, sodass ihr Gesicht kurz in die Matratze gedrückt wird, dann greift sie eilig nach meiner Hand. »Geh nicht!«

Ich seufze. Während ich jeden Winkel ihres hübschen Gesichtes betrachte, verfliegt meine Wut von Sekunde zu Sekunde mehr. Dass sie diese Wirkung auf mich hat, stört mich immens. Es sollte nicht so sein. »Mein Abend war übel, Sam. Ich bin nicht in der Stimmung, dir dabei zuzusehen, wie du ausnüchterst. Wir werden morgen darüber sprechen.«

»Aber ich liebe dich«, plappert sie, was mich ungewollt zum Schmunzeln bringt. »Aha! Ertappt!«, schreit sie plötzlich, weshalb ich mich tatsächlich ein wenig erschrecke. »Du musst lächeln, ich habe es gesehen!«

»Schon gut«, meine ich lachend. Ich glaube, das ist das erste Mal, dass ich jemanden witzig finde, der stockbesoffen ist. Normalerweise widert mich das mörderisch an. »Geh jetzt schlafen.«

Sie zieht eine nicht deutbare Grimasse und wirft den Kopf gegen die Matratze, dann nörgelt sie wie ein kleines Kind: »Aber ich bin nicht müde! Mir ist langweilig!« Viel zu schnell dreht sie ihren Kopf wieder in meine Richtung, sodass ich beinahe befürchte, sie könnte sich, tollpatschig wie sie ist, das Genick brechen. »Erzählst du mir von ihr?«

Ich lege die Stirn in Falten und setze mich auf die Bettkante. »Von wem?«

»Na von deiner Mom …« Sie schließt die Augen und wirkt plötzlich völlig ruhig. »Mir tut das so leid … Warum konnte sie keinen Entzug machen so wie meine Mutter? Die hast du ja auch dazu überreden können.«

Mein Atem stockt. Sogar in betrunkenem Zustand versucht sie mehr über mich zu erfahren, was ziemlich deutlich zeigt, dass ihr Drang, alles über mich zu wissen, immer größer wird. Aber jetzt über meine Mutter zu sprechen? Kein guter Zeitpunkt. »Träum schön, Sam.«

Als ich mich wieder erhebe, schlägt sie mit der Faust auf die Matratze ein, und ich bin mir ziemlich sicher, dass der Schlag eigentlich mir gilt. »Du willst gar nichts erzählen! Nieee!«

»Samantha«, warne ich sie mit kühler Stimme. Dass sie jedes Wort unnötig in die Länge zieht, fängt an zu nerven. »Jetzt ist nicht der richtige Zeitpunkt dafür.«

Sie seufzt theatralisch, was mich an Lauren erinnert, die das ständig tut. »Ist es doch nie.«

Sie hat recht. Dennoch ändert das nichts an meiner Meinung. »Bitte mach mich nicht wütend, Samantha. Der Abend war anstrengend genug.«

»Warum? Wo warst du?«, will sie stattdessen wissen. In Windeseile richtet sie sich wieder auf und verschränkt ihre Arme vor der Brust. Dass die Wölbungen ihrer prallen Titten durch das Shirt mehr als gut sichtbar sind, versuche ich zu verdrängen. Mein Schwanz ist immer noch steif dank dem Anblick ihrer nassen Pussy, den sie mir vorhin bei ihrer Show geboten hat. »Bei Amanda?«

Ich schüttele den Kopf. »Nein.«

»Bei wem dann?«, hackt sie nach. »Wenn du es mir nicht sagst, dann …«

»Dann was?« Ich beuge mich zu ihr nach unten, bis sich unsere Nasenspitzen berühren. Sie schafft es zu meiner Überraschung, dem Blickkontakt standzuhalten. »Was willst du dann machen, Baby?«

»Keine Ahnung …«, gibt sie sofort nach, ohne auch nur zu versuchen, diesen Kampf zu gewinnen. Ich grinse zufrieden und küsse sie auf den Mundwinkel. »Ich würde dich aber noch mehr lieben, würdest du es mir sagen.«

Aus irgendeinem Grund gehen mir diese Worte nahe. Die Art, wie sie es sagt, so aufrichtig und ehrlich, ohne jegliche Aufforderung in ihrer Stimme, und die Art, wie sie mich dabei ansieht … Ich kann ihr einfach nicht widerstehen, und das ist ein großes Problem. Man sollte meinen, dass sie sich in diesem Zustand leichter abwimmeln lässt, aber auch das ist nicht der Fall. »Ich war bei Merissa«, gestehe ich daher zu meiner eigenen Überraschung. »Sie hat dir all diese Dinge erzählt und dich dazu gebracht, vor mir wegzulaufen. Das konnte ich so nicht hinnehmen.«

»Woah«, stößt sie überrumpelt hervor und krabbelt näher an mich heran, als ich mich wieder zurücklehne. Ihre Augen fixieren die meinen ohne zu blinzeln. »Was hast du ihr angetan?«

»Du denkst, ich hätte ihr etwas angetan?« Nicht, dass ich nicht dazu in der Lage wäre, aber dafür habe ich meine Männer, wie sie mittlerweile weiß. Und Merissa noch mehr anzutun, als ich ihr ohnehin schon angetan habe, steht nicht auf meiner Liste. Dafür ist sie von zu kleinem Wert. »Ich habe ihr bloß erklärt, welche Konsequenzen es nach sich zieht, sollte sie dir noch einmal zu nahekommen. Ich will diese Furie nicht in deiner Nähe wissen.« Weil ich ihr nicht über den Weg traue, da sie immer noch alles dafür tun würde, um mit mir zusammen zu sein. Somit weiß ich auch, dass sie nicht davor zurückschrecken würde, Sam aus dem Spiel zu kicken – egal wie. Das kann ich nicht zulassen. »Sie wird dich nie wieder belästigen.«

Wenn ich daran denke, wie Merissas Augen sich geweitet haben, als sie mich kommen sah, muss ich beinahe lachen. Diese Frau hat mehr Angst vor mir als irgendjemand sonst. Und trotzdem versucht sie jedes Mal, wenn wir uns alleine begegnen – und das vermeide ich vehement – mir näher zu kommen. Etwas Jämmerlicheres habe ich noch nie gesehen. Als ich damals ihren Vater ruinierte, indem ich ihm seine Firma abnahm und pleite gehen ließ, wollte sie immer noch mit mir zusammen sein. Sie bot sich daher gerade für einen weiteren Rachefeldzug an, es war nichts Persönliches. Nachdem sie mir erzählte, wie religiös ihr Mistkerl von Vater sei und dass man ihre Schwester verstoßen hatte, weil diese mit Männern herumhurte, die sie niemals zum Ehemann nehmen würde, lag mein Schachzug eigentlich schon auf der Hand. Ich versprach ihr eine gemeinsame Zukunft, fickte sie und ließ sie stehen. Natürlich nicht, ohne es ihrem ehrenlosen Hund von Vater mitzuteilen. Ich schätze, da er meine Mutter flachgelegt hat und sie danach stehen ließ, obwohl er schwor, seine Frau für sie zu verlassen, sind wir wohl jetzt quitt.

»Kannst du mir morgen davon erzählen?«, fragt Sam mit ruhiger Stimme. Sie reibt sich die Stirn und starrt mich mit halb geschlossenen Lidern an. »Auch, wenn ich es vergessen haben sollte?«

Ich nicke, obwohl ich mir sicher bin, dass sie diese Sache nicht so leicht vergessen wird. Sie vergisst niemals etwas, das sie über mich wissen möchte. Leider. »Gut.«

»Liebst du mich?« schießt es aus ihr hervor. Ich versteife mich sofort, was ihr nicht entgeht. »Schon klar ... Vergiss es. Wo ist Mister Bear?«

Jetzt runzele ich wirklich verwirrt die Stirn. Ich fühle mich wie immer in die Enge getrieben und so, als würde sie mir gerade eine Falle stellen wollen. Aber dazu ist sie zurzeit nicht wirklich in der Lage. »Noch im Wagen«, erwidere ich, ohne ihre vorherige Frage zu berücksichtigen.

Sie zuckt unzufrieden mit den Schultern und lässt sich mit dem Rücken auf die Matratze fallen. Ihre gute Laune ist mit einem Schlag fort. »Dann schlafe ich eben morgen mit ihm ein.«

Erst als sie ihre Augen schließt, lächele ich sie sanft an. Es ist noch recht früh für mich, um schlafen zu gehen, aber für sie ist es wohl höchste Zeit. Langsam erhebe ich mich vom Bett und marschierte zur Tür. Aus einem Impuls heraus gehe ich nicht wie geplant in mein Arbeitszimmer, sondern steuere auf die Treppe zu und danach direkt auf den Fahrstuhl.

Nachdem ich Mister Bear aus dem Wagen geholt habe, lege ich ihn auf die andere Seite des Bettes, auf dem Sam mittlerweile tief und fest schläft, und betrachte sie noch eine kurze Zeit beim Schlafen, bevor ich mich an meine Arbeit mache.

KAPITEL 17

SAMANTHA

Heilige Scheiße. Ich fühle mich so gerädert, als hätte ich sieben Tage durchgehend Party gemacht. Seit wann vertrage ich so wenig Alkohol? Vermutlich lag es eher daran, in welch kurzer Zeit ich diese Menge an Rotwein verschlungen habe. Ob es Lauren auch so geht wie mir? Wahrscheinlich fühlt sie sich etwas besser, da sie nicht dieselben Schuldgefühle plagen wie mich.

Zwar erinnere ich mich noch daran, dass Alexander wie erwartet sauer war, aber die Eskalation in meinem Gedächtnis bleibt aus. Da ich sonst keine Erinnerungslücken finden kann, vermute ich, dass er wohl einfach nicht wie üblich ausgerastet ist. Ein gutes Zeichen. Außerdem bin ich neben Mister Bear aufgewacht, was wohl bedeuten muss, dass er ihn mir extra geholt und aufs Bett gelegt hat – noch ein gutes Zeichen.

An was ich mich jedoch ziemlich gut erinnern kann, ist, dass ich mich wie eine billige Prostituierte auf dem Bett rekelte und mich ihm anbot, als würde ich den ganzen Tag lang nichts anderes als das tun. *Wie peinlich ...* Schon alleine deswegen sollte ich keinen Alkohol mehr trinken, mal abgesehen davon, dass

Alexander es verachtet, wenn man sich betrinkt. Und die vielen Fragen, die ich ihm stellte ... *Hilfe.*

»Noch Saft?«, fragt Greta mit einem strahlenden Lächeln im Gesicht. Sie füllt den Orangensaft in mein leeres Glas, noch bevor ich antworten kann. »Es freut mich sehr, Sie wieder hier zu sehen, Miss Woods.«

»Ich freue mich auch, Sie zu sehen«, gebe ich krächzend zurück. Ihr ist wohl nicht entgangen, dass ich einen Kater habe; sie hat mir umgehend nach dem Aufstehen ein Kater-Frühstück gezaubert, das ich halb herzig heruntergeschlungen habe, nur um sie nicht zu beleidigen. »Danke, Greta.«

Wieder strahlt sie mich fröhlich an. Was sie sich wohl dabei denkt, mich so zu sehen? Ich muss grauenhaft aussehen. Falls sie sich mittlerweile eine negative Meinung über mich gebildet hat, sieht man es ihr zumindest nicht an. *Gott*, die Frau kennt mich besser, als mir lieb ist. Sie hat mich halb nackt gesehen, verkatert, verheult, wütend, traurig, fröhlich. Sie hat Alexander und mich grob geschätzt sicher zehn Mal beim Sex hören können, und sie hat mitbekommen, wie oft wir uns gestritten und wieder versöhnt haben. Unter anderen Umständen würde sie mit diesem Wissen als meine beste Freundin gelten. Zweifellos.

»Hat Alexander eine Nachricht für mich hinterlassen?«, will ich schließlich unsicher wissen, während ich zu ihrem Entsetzen mein Geschirr selbstständig in die Spüle räume.

»Nein, Miss Woods«, erwidert sie freundlich. »Sie können ihn im Büro anrufen oder vorbeifahren.«

»Ja ... das könnte ich«, murmele ich gedehnt und lächele gezwungen, als ich an ihr vorbeigehe. »Ich werde nach oben gehen, um mich fertig zu machen. Danke nochmal, Greta. Ich fühle mich schon viel besser.«

Sie nickt mir zufrieden zu und ich verschwinde unverzüglich nach oben. Alexander anzurufen, steht nicht gerade auf meiner To-Do-Liste für heute, da ich mir kaum vorstellen kann, was er mir für einen Vortrag über mein gestriges Verhalten halten würde. Und ihn besuchen? *Ha.* Um ihm den lebenden Beweis dafür zu liefern, dass ich gestern tatsächlich völlig hinüber war? *Ne.* Zumindest nicht, wenn ich aussehe wie ausgekotzt.

Da es schon nach dreizehn Uhr ist, habe ich sowieso nicht mehr viel Zeit, um mich fertig zu machen. Um drei Uhr treffe ich mich mit Claire im Café Rics, weshalb ich so nervös bin, dass ich mich übergeben könnte. Oder wegen des Alkohols. Vielleicht auch wegen beidem. Dieses Gespräch wird vermutlich noch unangenehmer als das, das ich heute Abend mit Alexander führen muss.

~

Irgendwie habe ich es geschafft, mich halbwegs ansehnlich zu stylen, da ich nicht bei meinem Treffen mit Claire so aussehen möchte, als hätte ich die schlimmsten Tage meines Lebens hinter mir.

Als ich in der überfüllten Straße parke, verfluche ich mich selbst, weil ich diesen Treffpunkt festgelegt habe. Beim dritten Versuch anständig zu parken, gebe ich die Hoffnung auf und bleibe schräg mit viel zu viel Abstand zum Randstein des Gehweges stehen. Seufzend steige ich aus dem Wagen, werfe der Frau, die mich mit hochgezogenen Augenbrauen anstarrt, einen giftigen Blick zu, und marschiere zu dem Café. Obwohl das Café in unmittelbarer Nähe zu den vielen Bürohochhäusern liegt, ist es nicht so gerappelt voll wie erwartet.

Im selben Augenblick, als ich durch die Tür gehe, entdecke ich Claire. Sie sitzt in einer hinteren Ecke auf einer der Sitzbänke und starrt mich mit unsicheren Augen an. Es fühlt sich an, als hätte ich sie ewig nicht mehr gesehen oder gesprochen. Etwas nervös gehe ich auf sie zu, ziehe den Stuhl, der ihr gegenübersteht, nach hinten, und nehme darauf Platz.

»Hi.«

»Hi.« Sie mustert mich sekundenschnell ausführlich, danach lächelt sie gezwungen. »Du siehst … anders aus.«

»Du auch«, gebe ich verkrampft zurück, obwohl es gar nicht

der Wahrheit entspricht. Danach lege ich meine kleine Tasche auf dem Tisch ab und presse die Lippen aufeinander.

Der Kellner, der unseren Tisch betritt, unterbricht unseren Anstarr-Wettbewerb. Ich räuspere mich leise. »Für mich einen schwarzen Kaffee, bitte.«

Claire lächelt schwach. »Für mich dasselbe.«

Kaum verlässt der Kellner unseren Tisch, wünschte ich mir, er hätte es nicht getan. Dieses grauenhafte Schweigen zwischen uns ist ja kaum zu ertragen. Ich versuche ein oberflächliches Gespräch zu starten: »Was hast du so die letzten Tage getrieben? Wie läuft die Arbeit?«

Claire fixiert mich mit ihrem unergründlichen Blick. Irgendetwas stimmt mit ihr nicht, das merke ich ihr sofort an. »Nicht viel und gut.«

»Ach so.« Ich lasse den Blick durch das halb volle Café schweifen und betrachte die vielen Bilder an den Wänden. Sie stecken allesamt in hölzernen Rahmen und sehen irgendwie ident aus, obwohl die Farben ganz unterschiedlich sind. Aus meiner Hilflosigkeit heraus fange ich an, sie zu zählen. Bei Bild Nummer elf räuspert sich Claire, woraufhin ich meinen Blick wieder auf sie richte.

»Wir sollten darüber sprechen«, murmele ich.

»Sehe ich auch so«, erwidert sie mit bebender Stimme. Wieder lässt mich das Gefühl nicht los, dass ihr etwas anderes auf der Zunge liegt als der eigentliche Grund für unseren Streit.

Gott sei Dank bekommen wir im selben Moment unseren Kaffee an den Tisch gebracht. Ohne zu zögern, schnappe ich mir die Tasse und nippe ungeduldig daran, obwohl der Kaffee kochend heiß ist. *Vielleicht entkomme ich diesem Gespräch, wenn ich mir die Zunge verbrenne.*

Claire schlingt beide Hände um ihre Tasse und räuspert sich erneut. »Du warst also mit Alexander weg, ja?« Ich nicke lediglich. »Dachte, du bist wegen ihm abgehauen.«

»Mhm«, mache ich, den Blick auf den Inhalt meiner Tasse gerichtet. »Das war … Na ja, nur ein Missverständnis.«

»Missverständnis«, wiederholt Claire, so als würde sie mit sich selbst sprechen. Immer noch nimmt sie keinen Schluck von dem Kaffee, sondern starrt mich ohne zu blinzeln an. »Gibt es etwas, das du mir sagen möchtest, Sam?«

Ich verschlucke mich an meinem eigenen Speichel, der sich vor Nervosität nur so in meinem Mund sammelt, und huste ungewollt. Worauf genau spielt sie an? Denn es gibt leider so einiges, dass ich ihr gerne sagen möchte, aber nicht kann. »Wovon sprichst du?«

»Alexander.« Sie blinzelt zum ersten Mal.

Ich schüttele schwach den Kopf. »Hör zu, Claire, ich weiß, das muss alles echt merkwürdig für dich wirken – zuerst meine Flucht *vor* ihm, jetzt meine Rückkehr *mit* ihm ... Aber ich garantiere dir, dass es sich bloß um ein dummes Missverständnis gehandelt hat und alles in bester Ordnung ist. Ich hätte mich natürlich eher bei dir oder Aiden gemeldet, allerdings war da ja noch diese andere Sache ...« Angespannt warte ich darauf, dass sie etwas dazu äußert, sie tut es jedoch nicht. »Muss ich es wirklich laut aussprechen?« *Gott, bitte nicht.*

»Nein«, meint sie schließlich kopfschüttelnd. Sie nimmt einen Schluck von dem Kaffee und atmet tief aus. Ich bin mir sicher, dass sie mir jetzt endlich sagen wird, dass es ihr leidtut, dass das mit Aiden ein großer Fehler war, sie mir nie irgendetwas verheimlichen wollte und so weiter. Doch stattdessen sagt sie zu meinem Entsetzen: »Sam, ich weiß es.«

Mein Herz bleibt für einen Augenblick lang stehen. »Du weißt was?«

Sie nickt beinahe vorwurfsvoll. »Ich habe einen Scheck von Alexander in deinem Zimmer gefunden. Und eine Karte, auf der steht, er würde seinen *Einsatz erhöhen.*«

Panik bricht in mir aus. Ich könnte schwören, dass mein Gesicht jegliche Farbe verliert, während ich mich hilfesuchend in dem Café umsehe. Mein Herz klopf so schnell, dass mir das Atmen schwerfällt.

»Du ... Du hast in meinen Sachen gewühlt?«, frage ich

fassungslos. »Gott, Claire … Was zur Hölle soll das? Du kannst doch nicht einfach -«

»Bezahlt er dich, Sam?«, unterbricht sie mich, ohne meine Empörung zu beachten. Ich kann nicht fassen, dass sie an meinen Sachen war. Den Scheck für die Autoreparatur und die Karte habe ich zwischen meinen Dokumenten im Wandregal verstaut, da bin ich mir sicher. »Als du ohne richtige Erklärung einfach abgehauen bist, wusste ich nicht, was ich tun soll. Also habe ich in deinen Sachen nach Dingen gesucht, die mir vielleicht verraten können, was da bei dir los ist.«

Ich schlucke schwer. Mit einer Hand bedecke ich mein Gesicht, während ich mir Lügen ausdenke, die ich ihr auftischen könnte. Mir fällt keine einzige passabel klingende ein. »Du verstehst das falsch, Claire. Er hat meine Schulden beim Mechaniker bezahlt, das war's.«

Obwohl ich sie nicht ansehe, spüre ich ihren brennenden Blick auf meiner Haut. »Wofür steht diese Karte? Ich bin nicht blöd, Sam. Ich kann eins uns eins zusammenzählen. Erst hast du mir von seinem Jobangebot erzählt, dann, dass du den Job nicht erhalten hast. Und plötzlich warst du mit ihm zusammen und man hat dich überall in den Zeitschriften gesehen. All deine Schulden waren beglichen und du hast ständig so ein Geheimnis um deine Beziehung mit ihm gemacht -«

»Bitte hör auf«, unterbreche ich sie verzweifelt. Ich blinzele zu ihr hoch und reibe mir angestrengt über die Stirn. Ich bin mir sicher, dass sie sieht, wie sehr mir die Demütigung ins Gesicht geschrieben steht. »Ich … Ich kann nicht darüber sprechen, Claire. Bitte.«

»Worüber?«, bedrängt sie mich. »Zwingt er dich zu irgendetwas, Sam? Was hat er gegen dich in der Hand?«

»Gott, nein!«, flüstere ich eindringlich, mich im Café umsehend. Es würde ja nur noch fehlen, dass jemand unser Gespräch belauscht und sich an die Presse wendet. »Er zwingt mich zu gar nichts, Claire! Wir sind zusammen. Ich liebe ihn.«

»Aber du hast Geld von ihm bekommen?«, hakt sie misstrauisch nach und lehnt sich etwas zu mir über den Tisch. Als sich unsere Blicke treffen, drängt sie: »Du kannst mir alles sagen, Sam. Ich bin deine beste Freundin, oder nicht?«

»Bist du«, erwidere ich eilig. »Aber ich kann nicht darüber sprechen. Nicht mit dir oder sonst jemandem. Es ist nur wichtig, dass du weißt, dass Alexander gut zu mir ist und wir mittlerweile eine richtige Beziehung führen.«

Sie wirkt entsetzt. »Mittlerweile! Ich wusste es! Was hast du dir nur dabei gedacht, Herrgott?«

Ich zucke leicht zusammen. Die Panik droht mich komplett zu übermannen, ich fühle mich wie überfahren. Keine Ahnung, was genau ich ihr jetzt sagen soll. »Es ist nicht so, wie du denkst.«

»Wie denn?«, blafft sie mich an. »Rede doch mit mir! Er hat dir also kein Geld für irgendetwas Unmoralisches geboten? Korrigiere mich, wenn ich falsch liege.« Sie zieht eine ihrer nachgezeichneten Augenbrauen in die Höhe und legt den Kopf schief, während sie mich durchbohrend betrachtet. »Lüg mich nicht mehr an, Sam.«

Hilfe. Um abzulenken, starte ich einen zusammenhangslosen Frontalangriff: »Was sollte denn das mit Aiden, hm?« Der Angriff ist immer noch die beste Verteidigung und leider auch die einzige, die ich momentan parat habe.

Claire gibt sich jedoch unbeeindruckt von meinem Ablenkungsmanöver und versucht mich weiterhin mit ihrem feurigen Blick zu töten. »Samantha Woods! Beantworte meine Frage!«

Es scheint aussichtslos für mich zu sein. Ich spüre, wie meine Stirn von kaltem Schweiß benetzt wird, und atme immer hektischer ein und aus. Impulsiv greife ich nach ihrer Hand und drücke sie fest. »Du darfst das niemandem erzählen, Claire! Das musst du mir schwören!«

Immer noch fassungslos und gleichzeitig irritiert nickt sie widerwillig. Sie blickt auf unsere Hände herab und seufzt: »Scheiße, ich würde das doch niemals ausplaudern! Vertraust du mir denn nicht?«

»Hier geht es nicht um Vertrauen«, werfe ich entschlossen ein.

»Sondern um Alexanders Ruf und meinen gleich mit. Wenn das öffentlich wird, mein Gott, das wäre ein Desaster. Immerhin ist so etwas illegal. Die Presse würde Alexander in der Luft zerreißen und ich wäre die ... du weißt schon.«

Sie zieht ihre Hand zurück, weshalb ich mich steif wie ein Stock aufrecht hinsetze. »Dann erklär mir doch bitte, weshalb du es getan hast.«

Ich zucke mit den Schultern und versuche mir nicht allzu sehr anmerken zu lassen, wie sehr ich mich deswegen schäme. »Hör zu, ich hatte wirklich hohe Schulden – bei dir, beim Mechaniker, dann hat meine Mom diese Räumungsklage erhalten ... Es war einfach zu viel, okay? Mein Vater wollte mir nicht helfen und dann ... Na ja, dann hat Alexander mir ein Angebot gemacht, das ich einfach nicht ausschlagen konnte. Aber er hat mich weder zu irgendetwas gezwungen, noch hat er etwas gegen mich in der Hand. Das musst du mir glauben.« Da sie mich lediglich misstrauisch anstarrt, plappere ich eilig weiter, um sie zu überzeugen: »Letztendlich hat eines zum anderen geführt und jetzt sind wir ein Paar. Offiziell. Geld von ihm habe ich natürlich nicht mehr angenommen. Er hat lediglich meine und die Schulden meiner Mom bezahlt. Und jetzt bezahlt er ihren Entzug, wofür ich ihm sehr dankbar bin. Er ist wirklich ein guter Mensch, Claire.«

Claires Miene wird augenblicklich weicher. In ihren Augen spiegelt sich Mitgefühl und Verständnis wider, weshalb ich mich ein wenig entspanne. »Gott Sam, das tut mir echt leid. Ich wollte dir nichts vorwerfen oder dir irgendetwas unterstellen. Du musst verstehen, dass mich dein plötzliches Verschwinden und diese Karte ziemlich durch den Wind gebracht haben. Ich hatte große Angst, dass da irgendeine krumme Nummer mit Alexander und dir läuft. Und dass er dich vielleicht zu schlimmen Dingen zwingt ...«

»Natürlich verstehe ich das«, platzt es aus mir hervor. Der Schweiß auf meiner Stirn trocknet allmählich wieder. »Ich weiß, dass ich dafür vermutlich in die Hölle komme, Claire. Ich habe noch nie etwas dermaßen Unmoralisches getan. Ich war verzweifelt und wenn wir ehrlich sind – Alexander ist nun wirklich nicht die Art von Mann, die man zurückweist. Ich meine, er hat mich von Anfang an quasi magnetisch angezogen.«

Endlich schafft sie es, zu lächeln. Sie nimmt einen großen Schluck von ihrem Kaffee und zuckt mit den Schultern.»Er ist nach wie vor mega heiß, das stimmt.«

»Verstehst du es irgendwie?« Sie zögert, nickt aber.»Als sich dann mehr daraus entwickelt hat, wollte ich das Geld gar nicht mehr. Aber ich habe versprochen, niemandem von unserer Abmachung zu erzählen. Auch jetzt nicht.«

Sie reicht mir ihre Hand und lächelt. Als ich meine Handfläche auf ihre lege, drückt sie sanft zu und sieht mich dabei eindringlich an.»Ich habe es bisher niemandem erzählt und ich verspreche dir, dass ich es auch weiterhin keinem erzähle. Mir ist bloß wichtig, dass du glücklich bist und es dir gut geht. Und dass du nicht in Schwierigkeiten steckst.«

»Ich bin glücklich.« Ich schenke ihr mein liebevollstes Lächeln und streichele mit dem Daumen über ihre Hand.»Danke, Claire.«

Wir sehen uns ein paar Momente lang etwas zu innig an, sodass man fast denken könnte, wir wären mehr als nur Freunde, dann ziehen wir beide gleichzeitig unsere Hände vom Tisch und sehen uns eilig in dem Café um. Claire kichert leise.»Okay, genug davon. So etwas steht uns nicht.«

»Ganz deiner Meinung«, lache ich stumm. Obwohl ich die entspannte Situation nicht gefährden möchte, gebe ich mir einen Ruck und sage in dem ruhigsten Tonfall, der mir möglich ist:»Hör zu, Claire, das mit dir und Aiden … Es ist okay für mich. Immerhin bin ich mit Alexander zusammen und -«

»Stopp«, unterbricht sie mich. Sie hält eine Hand in die Höhe und schüttelt mit geschlossenen Augen den Kopf.»Das war sowas von scheiße von mir, Sam. Ich weiß das. Kein Grund also, mich zu verschonen.« Ich schlucke.»Wären wir noch auf der High-School, hätte ich *Slut-Shaming* sowas von verdient.«

Das bringt mich dazu, laut zu lachen.»Unsinn.« Ich zucke

mit den Schultern. »Aiden ist eben auch mega heiß …« Als sie auch anfängt zu lachen und sich verlegen die rötlichen Haarsträhnen aus dem Gesicht streicht, füge ich hinzu: »Was man nicht alles tut, wenn man ein Auge auf jemanden geworfen hat. Nicht wahr?«

Sie nickt heftig. »Stimmt.« Als ihr Handy vibriert, wirft sie einen kurzen Blick darauf, dann dreht sie das Display so, dass ich die eingegangene Nachricht sehen kann. Sie ist von Aiden. »Er fragt, ob er auch kommen darf. Er hat die letzten Tage kaum geschlafen, Sam. Der Kerl ist echt verrückt nach dir.«

Etwas überrascht starre ich auf das Display, danach runzele ich die Stirn. »Und das macht dir nichts aus? Ich meine, du stehst doch auf ihn, oder?«

»Ehrlich gesagt, stehe ich auf Jacob«, gesteht sie mit belegter Stimme. Ein verzweifelter Gesichtsausdruck unterstreicht ihre Unsicherheit. »Warum ich mit Aiden im Bett war, weiß ich nicht. Ich habe erfahren, dass Jacob sich noch mit anderen trifft und wollte es ihm vermutlich irgendwie heimzahlen. Dabei war ich diejenige, die das mit uns locker angehen wollte. Ich habe dabei nicht an dich gedacht, sondern nur an meine Rache, was eindeutig beweist, dass ich neben deinem Dad ganz oben auf der Liste der egoistischen Arschlöcher stehe.«

»Sag so etwas nicht.« Seufzend schüttele ich den Kopf. »Schon vergessen, was mein Vater alles abgezogen hat? Du bist meilenweit davon entfernt, so egoistisch zu sein. Glaube mir, seinen rücksichtslosen Egoismus kann niemand übertrumpfen.«

Zögernd nickt sie. Wir lümmeln beide auf dem Tisch, bis sie schließlich mit aufrichtigen Augen sagt: »Das mit Aiden und mir ist vorbei, falls du das wissen möchtest. Uns war ziemlich schnell klar, dass das ein großer Fehler war. Ich verspreche, nie wieder etwas Derartiges hinter deinem Rücken zu tun. Versprichst du mir das auch?«

Zu hören, dass die Sache mit Aiden und ihr vorbei ist, erleichtert mich zugegebenermaßen ein wenig, obwohl ich das vermutlich nie zugeben würde. Ich weiß nicht, wie ich zu Aiden stehe, nach allem was passiert ist, aber zu wissen, dass nichts mehr zwischen Claire und mir steht, reicht mir für den Anfang. Dass sie nun sogar alles von Alexander und mir weiß, ist ein unerwarteter Pluspunkt. Es fühlt sich an, als wäre mir ein Ziegelstein, der sich allmählich schon mit meinem Herzen verschweißt hat, endlich von der Brust gefallen. Ich mag es nicht, Geheimnisse vor ihr zu haben.

»Ich verspreche es«, meine ich aufrichtig. »Keine Lügen oder Geheimnisse mehr.«

»Keine Lügen oder Geheimnisse mehr«, wiederholt sie in meinen Worten und strahlt mich erleichtert an. Als ihr Handy erneut klingelt, seufzt sie angestrengt. »Gott, warum kann keiner so verknallt in mich sein? Erst machst du Aiden verrückt, dann Alexander … Und ich? Ich warte seit vier Tagen auf einen Anruf von Jacob, den ich vermutlich sowieso nie erhalten werde.« Sie schüttelt verbittert lachend den Kopf. »Er nimmt diese Sache zwischen Aiden und mir nicht ganz so locker auf wie du.«

Das habe ich mir schon gedacht, allerdings verkneife ich mir den Kommentar. Stattdessen ermutige ich sie: »Gib ihm Zeit. Er ist sicherlich mehr enttäuscht von Aiden als von dir. Warte einfach, bis er den ersten Schritt macht. Das wird schon, Bitch.«

»Der Name passt jetzt tatsächlich zu mir«, stößt sie voller Selbstverachtung hervor.

Ich hebe eine Augenbraue und sage, damit sie sich besser fühlt: »Na, zu mir dann erst recht.« Claire und ich lachen gleichzeitig auf, was sich richtig gut anfühlt. Es fühlt sich wie in vergangenen Zeiten an, unbeschwert und sorgenfrei. Bevor wir beide ein paar fragwürdige Dinge getan haben. Als der Kellner vorbeikommt, winke ich ihm zu. »Noch zwei Kaffee, bitte. Schwarz.«

Claire stützt ihren Kopf an ihrer Faust ab und murmelt: »Schwarz wie unsere Seele …« Sie zwinkert mir neckisch zu. »Ich habe dich echt vermisst, du unmoralisches Flittchen.«

Ich lache. »Ich dich noch mehr, du Ex-Freunde-Flachlegerin.«

KAPITEL 18

ALEXANDER

Mr Dougan sitzt mir gegenüber in meinem Büro und studiert wie immer ausführlich mein Gesicht. Manchmal frage ich mich, was er sich denkt, wenn er mich ansieht. Doch eigentlich ist es mir scheißegal. Hauptsache er tut, was ich ihm auftrage, und stellt keine weiteren Fragen.

»Also«, stoße ich leicht ungeduldig hervor. »Was haben wir mittlerweile?« Er richtet seine billige, dunkelblaue Krawatte und setzt sich etwas aufrechter hin. Als er nach seiner Aktentasche greift, um wie letztes Mal bei unserem Meeting endlos viele lose Zettel herauszufischen, hebe ich eine Hand in die Höhe. »Bitte, verschonen Sie mich. Ein paar Anhaltspunkte reichen.«

»Aber hier drin sind alle Beweise«, erklärt er mit nervöser Stimme. Dass er solch ein Nervenbündel ist, habe ich nicht erwartet, als ich ihn engagierte, um sich als Spitzel in einer meiner Konkurrenzfirmen einzuschleichen – bei *Clayson&Mayr*. Natürlich nicht aus Angst davor, die Anwaltsfirma könnte erfolgreicher als meine eigene werden. Sondern, weil ich Informationen für

173

meinen Plan brauche, Conrad Clayson, einen der Inhaber, zu erledigen.

»Davon, dass Sie Ihre Arbeit sorgfältig erledigen, gehe ich aus. Dazu zählen natürlich auch Beweise für Ihre Anschuldigungen«, erwidere ich ausdruckslos. »Aber momentan möchte ich nur wissen, wo wir zurzeit stehen, Mr Dougan.«

»In Ordnung«, murmelt er vor sich hin und steckt die vielen ungeordneten Zettel zurück in seine Aktentasche. Wie man in solch einem Chaos den Überblick behalten kann, ist mir unerklärlich. »Gut, wir haben zum einen die Sache mit der Steuerhinterziehung, die seit Jahren läuft.« Ich nicke. »Dann natürlich noch den Fall von Miss Zayn, deren Mann Clayson vertreten hat und -«

»Worum geht es da genau?«, unterbreche ich ihn eilig. Ich schlage mein rechtes Bein über mein linkes Knie und stütze den Ellenbogen auf meinem Oberschenkel ab.

Mr Dougan wirkt wie immer eingeschüchtert von meiner selbstsicheren Haltung – warum, ist mir unklar. Wir hatten noch nie Probleme miteinander und er ist ein guter Spitzel. Man kann ihn ziemlich sicher überall einschleusen, ohne Verdacht zu schöpfen. Vermutlich, weil er viel zu anständig wirkt und mit seinem kleinen Bierbauch und dem beinahe kahlen Kopf einfach zu unschuldig aussieht.

»Clayson hat sich illegalerweise Beweise von in den Fall verwickelten Personen eingeholt«, eröffnet er zu meiner Überraschung. Dass Conrad Clayson so tief sinkt, nur um einen lächerlichen Fall zu gewinnen, hätte ich nicht gedacht. Was für ein Heuchler. »Und er kassiert monatlich eine hohe Summe von einem privaten Konto, was mir erst gestern auffiel. Ich schätze, es handelt sich wie üblich um eine illegale Bezahlung von einem seiner Kunden. Vermutlich wurden Beweise gefälscht oder vernichtet.«

Ich nicke gedankenverloren. Das ist gut. Mehr als das. Es sollte reichen, um ihn damit mundtot zu machen und ihm seinen Anteil an *Clayson&Mayr* wegzunehmen. Kein Mann in seiner oder meiner öffentlichen Position riskiert einen Skandal wegen

Indizienfälschung, Bestechung oder Finanzbetrug. Steuern zu hinterziehen ist von allem wohl das kleinste Übel. »Gute Arbeit, Mr Dougan.«

Er lächelt stolz. »Danke, Sir.« Während ich innerlich bereits durchgehe, wie und wann ich Clayson am besten in die Knie zwinge, fällt mir auf, dass Mr Dougan mich immer noch erwartungsvoll ansieht. Ich werfe ihm einen fragenden Blick zu. »Ich wollte nur wissen, wie lange Sie noch gedenken, mich bei *Clayson&Mayr* beschäftigt zu lassen, Sir.«

Ich ziehe eine Augenbraue misstrauisch in die Höhe. »Haben Sie etwa ein besseres Angebot, Michael?« Ich verwende bewusst seinen Vornamen, weil ich weiß, wie sehr ihm das imponiert. Das tue ich so selten, dass die Leute sich als etwas Besonderes fühlen und so, als stünden sie mir nahe oder wären in meinen Augen wertvoller als andere.

Sofort schüttelt er den Kopf. »Nein, Sir. Ich arbeite seit Jahren für Sie und ich bin sehr zufrieden. Allerdings … Wir haben doch nun genug gegen ihn in der Hand, oder? Die Arbeit mit Mr Clayson ist sehr anstrengend.«

Ich nicke verständnisvoll. »Sie dürfen kündigen. Mehr als das brauche ich nicht. Natürlich kann ich Sie nicht offiziell bei der *Black Group Int.* anstellen, das ist Ihnen hoffentlich klar. Die Zusammenarbeit zwischen Ihnen und mir muss verdeckt bleiben. Um ihretwillen natürlich.«

Er nickt mir zu. Als er seinen Arm auf der Stuhllehne ablegt, fällt sein ausgewaschenes Sakko zu Boden, weshalb er mich entschuldigend ansieht und es rasch wieder aufhebt. Irgendwie mag ich den Kerl. Kurzerhand beschließe ich, ihm ein besseres Angebot zu machen, als ich eigentlich geplant hatte.

»Sie erhalten zweihundertfünfzigtausend Dollar von mir. Das sollte für die nächste Zeit reichen. Danach kommen wir bei Bedarf für eine Festanstellung bei der Black Group wieder ins Gespräch.« Dass er sich wünscht, offiziell für mich zu arbeiten, weiß ich schon lange. Ich habe Mr Dougan, einen studierten Anwalt aus Kanada mit jahrelanger Berufserfahrung kennengelernt, als er sich für einen Posten in meinem Unternehmen beworben hat. Durch seine Geldnot wegen seines übereilten Umzuges nach Manhattan und den hohen Kosten, die hier zustande kommen, war mir schnell klar, dass er auch für einen anderen Job als den als simpler Anwalt zu haben sein würde. Und so fand ich meinen besten Spitzel.

»Aber das ist viel mehr als wir ausgemacht hatten, Sir …«, meint er nervös, den Blick von mir abgewandt. Vermutlich hält er das für einen Test. »Sie sagten, für die Arbeit bei Clayson würden Sie mir einhundertfünfzigtausend Dollar zahlen.«

Ich lächele ihn zufrieden an. »Ich habe mich umentschieden, Michael. Ich bin sehr zufrieden mit Ihrer Arbeit.« Als ich mich erhebe, tut er es mir gleich. Rasch zieht er all die Dokumente aus seinem Aktenkoffer, legt sie mir halbwegs ordentlich auf den Schreibtisch und lächelt mich an. Ich schüttele seine leicht schwitzige Hand und nicke ihm zu. »Danke Ihnen. Wenn Sie etwas brauchen sollten, können Sie mich jederzeit kontaktieren.«

»Danke, Sir«, plappert er immer noch nervös. Er hängt sich sein Sakko über den Arm und lächelt mir dankbar zu. »Das schätze ich sehr. Sie sind ein guter Mann, ich habe Ihnen viel zu verdanken.«

Obwohl Mr Dougan knapp fünfzehn Jahre älter als ich ist, erweist er mir jedes Mal aufs Neue den nötigen Respekt. Früher habe ich oft mit Geschäftspartnern oder potenziellen Kunden zu tun gehabt, die dachten, sie könnten mich wegen meines jungen Alters unterschätzen, allerdings hat sich das Gegenteil recht schnell bewiesen. Mr Dougan hingegen verhielt sich von Anfang an sehr respektvoll mir gegenüber; er ist ein ehrenwerter Mann, der sich vorbildlich um seine kleine Familie kümmert. Somit hat er auch meinen vollen Respekt verdient.

»Gern geschehen«, sage ich. Ich begleite ihn bis zur Bürotür und öffne sie für ihn. »Alles Gute.«

»Ebenfalls.« Er nickt mir noch ein letztes Mal dankbar zu, bevor er geht.

Glücklich darüber, meinen nächsten Feind auf meiner Liste

abhaken zu können, schließe ich die Tür und wandere zurück zu meinem Schreibtisch. Mit einem Auge überfliege ich die Dokumente, die Claysons Fehltritte belegen, mit dem anderen werfe ich einen Blick auf mein Handy. Als ich sehe, dass ich immer noch kein Lebenszeichen von Sam erhalten habe, schiebe ich die Dokumente beiseite und wähle ihre Nummer. Es läutet lediglich, aber niemand hebt ab. Im selben Augenblick klopft es an meiner Bürotür. Noch bevor ich aufsehen kann, nehme ich zwei weibliche Stimmen wahr, was mich stutzig zur Tür schielen lässt.

»Herein.«

»Gott, lassen Sie mich durch!«, höre ich Sam fauchen, als sich die Tür einen Spalt weit öffnet. Sie platzt seufzend herein und wirft Miss Adams, die sie scheinbar daran hindern wollte, einen giftigen Blick zu. »Das kann doch nicht Ihr Ernst sein! Sie kennen mich doch.«

Miss Adams steht etwas unbeholfen im Türrahmen und wirft mir einen unsicheren Blick zu. »Sir, Sie sagten, Sie wollen nicht unangekündigt gestört werden.«

Gerade als ich den Mund öffne, um etwas darauf zu erwidern, keift Sam sie an: »Hallo? Ich bin seine Freundin und keine Fremde, die ihn mit beruflichem Kram belästigen will.«

»Samantha«, presse ich mit tiefer Stimme hervor. Vermutlich sollte ich nicht darüber lachen, weil es respektlos gegenüber Miss Adams ist, allerdings hat sie es nach ihrer gestrigen Anmach-Aktion nicht anders verdient. »Natürlich sollen Sie niemanden einfach so in mein Büro schicken. Bei Miss Woods können Sie jedoch eine Ausnahme machen.«

»Ha«, stößt Sam schadenfroh hervor, und es scheint ihr egal zu sein, dass sie sich gerade wie ein fünfjähriges Kindergartenkind verhält. »Sehen Sie?«

Miss Adams nickt mit zusammengepressten Lippen, wendet den Blick von uns beiden ab und zieht die Tür hinter sich zu. Ich werfe Sam einen leicht angestrengten Blick zu. »War das nötig?«

Jetzt starrt sie mich an, als hätte ich den Verstand verloren. »Ähm, die Frau versucht eindeutig, sich zwischen uns zu stellen!

Ich sagte dir doch, dass sie auf dich steht, und jetzt will sie mich nicht mal mehr zu dir ins Büro lassen!«

»Schon verstanden«, beruhige ich sie etwas amüsiert. Ihre neuesten Besitzansprüche und die Art, wie sie mit ihrer Eifersucht umgeht, lassen mich für einen kurzen Moment vergessen, dass ich immer noch sauer auf sie bin. Im selben Augenblick schießt mir eine Frage durch den Kopf. »Was hast du den ganzen Tag lang getrieben?« Zwar war ich sehr beschäftigt heute, aber nicht zu wissen, wo sie war, hat mich ein wenig genervt.

Sie lässt sich mir gegenüber auf den Stuhl fallen und legt ihre Tasche wie selbstverständlich auf meinem Schreibtisch ab. »Ich habe mich vorhin mit Claire getroffen. Wir haben uns ausgesprochen.« Sie klingt mehr als zufrieden über diese Tatsache. »Und ich dachte mir, ich komme dich kurz besuchen. Wir haben seit gestern Abend nicht mehr miteinander gesprochen …«

Ich betrachte sie stoisch. »Das stimmt.« Als mein Blick auf die wichtigen Dokumente auf meinem Schreibtisch fällt, sammele ich sie rasch ein und lege sie in einen schwarzen Heftordner, den ich in einer meiner Schubladen verstaue. Automatisch schließe ich das Fach ab und stecke den Schlüssel ein. »Das gestern Abend kann man wohl kaum ein Gespräch nennen.«

Sie lächelt mich entschuldigend an, während ich mich darauf konzentriere, wie sexy sie in dieser eleganten Bluse aussieht. Sam ist keine Frau, die freizügige Kleidung nötig hat, um Aufmerksamkeit auf sich zu ziehen. Durch ihre lebendige Art und die anmutige Art und Weise, wie sie sich bewegt, kann ein Mann gar nicht anders, als sie zu registrieren. Außerdem sieht sie ungeschminkt genauso hübsch aus wie geschminkt, und auch ihre heutige Flechtfrisur lässt sie weder kindlich noch mädchenhaft wirken. Im Gegenteil – dieser unschuldige Look weckt Fantasien in mir, die mir nur schwer wieder aus dem Kopf gehen. Dadurch höre ich nur die Hälfte von dem, was sie mir gerade als Entschuldigung auftischt.

»… deshalb hast du recht. Wie gesagt, das war echt nicht meine Absicht. Tut mir leid.« Als sie meinen gierigen Blick auffängt, meint sie etwas verlegen: »Warum starrst du mich denn *so* an?«

»Wie?« Ich erhebe mich aus meinem Stuhl und umrunde den Schreibtisch.

Sie blinzelt zu mir hoch. »Du weißt schon, auf *diese* Art und Weise …«

Ich schmunzele und lege ihr eine Hand auf den Hinterkopf. Als ich mich hinabbücke, um sie zu küssen, streckt sie augenblicklich ihren Kopf hoch und erleichtert mir so, ihre weichen Lippen zu kosten. Sofort üben unsere Zungen den üblichen Machtkampf miteinander aus, und wie immer lässt sie mich gewinnen.

Die Frau kann unglaublich gut küssen, was ihr vermutlich gar nicht bewusst ist. Die Art, wie sie ihre Zunge um die meine kreisen lässt und ihre Lippen an meinen saugen, ist sinnlich, aber voller Leidenschaft.

»Das bedeutet wohl, dass du nicht mehr sauer auf mich bist«, murmelt sie zwischen unseren Küssen. Als Antwort ziehe ich sie zu mir hoch und küsse sie noch leidenschaftlicher. »Alexander …«

Widerwillig lasse ich von ihr ab. Ihre bernsteinfarbenen Augen funkeln mich begierig an, während ihre Wangen immer mehr erröten. »Du hast Glück, dass du so unwiderstehlich bist.«

Sofort wirkt sie verlegen. Warum diese Frau nicht mit Komplimenten umgehen kann, ist mir ein Rätsel. Sie hat keine Ahnung, welche Wirkung sie auf mich hat, was sie in meinen Augen nur noch attraktiver macht. »Du bist auch nicht sauer, weil ich dir nichts von dem Treffen mit Claire erzählt habe?«

Wahrheitsgemäß schüttele ich den Kopf. Der Tag war zu erfolgreich, als dass ich ihn wegen solcher Kleinigkeiten kaputtmachen wollen würde. Außerdem habe ich momentan anderes im Sinn als ihr Treffen mit Claire. Ich packe sie an der Taille und ziehe sie noch enger an mich. »Es freut mich, dass du den Konflikt mit Claire lösen konntest.«

Sam lächelt mich an, danach schmiegt sie sich mit dem Kopf an meine Brust und schlingt ihre Arme fest um mich. Als mein Schwanz zur Begrüßung an ihrem Bauch zuckt, reißt sie den Kopf von mir los und starrt mich mit geweiteten Augen an. »Gibt es eigentlich Situationen, in denen du mal keine Lust auf Sex hast?« Der schockierte Unterton in ihrer Stimme bringt mich zum Lachen.

»Sehr wenige«, erwidere ich wieder wahrheitsgemäß. Ich streichele ihr über den Hinterkopf, weshalb sie entspannt die Augen schließt. »Vielleicht eine Situation wie gestern.«

»Warum eigentlich?«, fragt sie verwundert. Ihre Wangen röten sich unmittelbar noch mehr. »Ich meine, ich habe mich dir ja geradezu angeboten ...«

Das hat sie und das werde ich vermutlich so schnell auch nicht wieder vergessen. Aber ich bin nicht der Typ Mann, der mit einer halb bewusstlosen und benebelten Frau schläft, die sich vielleicht danach nicht einmal mehr daran erinnern kann. So gut habe meinen Sexualtrieb auch noch im Griff.

»Du solltest das wieder gut machen«, beschließe ich mit rauer Stimme. »Jetzt.«

Sam beißt sich auf die Unterlippe. Dann läuft sie wortlos zu meiner Bürotür, schließt mit einem Grinsen im Gesicht ab und kommt danach in langsamen Schritten wieder auf mich zu. Ich schmunzele, als sie den ersten Knopf ihrer Bluse öffnet und mich mit gesenktem Blick willig ansieht. Die Unterwürfigkeit, die ihre funkelnden Augen ausstrahlen, lässt meinen Atem unmittelbar schneller werden. Ich packe sie etwas grob am Nacken, drücke sie auf die Knie und öffne in Eilgeschwindigkeit den Knopf meiner Anzughose. Mein Schwanz droht meine enge Unterhose zu sprengen.

Sam legt mir beide Hände auf meine Oberschenkel und leckt sich über die Unterlippe. »Hast du denn kein Meeting oder so?«

Ich schiebe mir mit einer Hand die Unterhose von den Hüften und nehme meinen Schwanz, der sich ihr schon freudig entgegenstreckt, in die Hand. »Keines, das wichtiger wäre als das hier.«

Ohne Aufforderung dazu öffnet sie ihren kleinen Mund und umschließt meine Eichel mit ihren vollen Lippen. *Fuck.* Ein tiefes

Brummen entfährt mir, als sie anfängt, die Krone meines Schwanzes mit ihrer Zunge zu massieren. Wie immer bin ich ungeduldig und packe sie ganz automatisch am Hinterkopf, um mich tiefer in ihren Mund vorarbeiten zu können. Als ich fast bis zum Anschlag in ihr stecke, gibt sie einen kehligen Laut von sich und schließt die Augen.

»Sieh mich an«, fordere ich rau.

Ohne zu zögern, schlägt sie die Augenlider wieder auf und fixiert mich mit einem hungrigen Blick. Ihre langen Wimpern erreichen beinahe den unteren Ansatz ihrer perfekt gezupften Augenbrauen, während sie mich mit ihren großen, unschuldigen Augen ansieht, als gäbe es nichts Schöneres, das sie erblicken könnte. Scheiße, ich bin jetzt bereits kurz davor.

»Hände hinter den Rücken«, befehle ich ihr. Sie blinzelt zwei Mal, bis sie tut, was ich von ihr verlange. Mit hinter dem Rücken verknoteten Fingern fängt sie an, ihren Kopf langsam vor und zurück zu bewegen. Ich lege den Kopf in den Nacken und keuche leise. »Schneller.«

Wieder tut sie, was ich sage, ohne zu widersprechen. Wenn sie nur außerhalb unseres Sexlebens auch so gehorsam und anpassungsfähig wäre … Mein strenger Befehlston scheint sie wie immer anzuspornen. Sie gibt sich Mühe, meine ganze Länge tief in den Mund zu nehmen, und hört auch dann nicht auf, als ich ein bisschen Druck ausübe, um mich komplett in ihren Rachen schieben zu können. Ich muss mich wirklich beherrschen, mich nicht sofort in ihrer Kehle zu ergießen. Ihr Würgen turnt mich an.

»Ich übernehme jetzt«, teile ich ihr mit, als ich beide Hände auf ihren Hinterkopf lege.

Als ich mich nicht sofort bewege, nickt sie eifrig, um mir ihre Erlaubnis zu erteilen. Die Aufforderung lasse ich mir nicht zweimal geben und so stoße ich zu. Mein Becken zuckt nach vorne und mein Schwanz verschwindet fast bis zur Gänze in ihrem süßen Mund. Sie würgt wieder und ich keuche schwer. Immer noch sind ihre Augen brav auf meine gerichtet, während ich mich allmählich noch tiefer und härter in ihr versenke. Tränen schießen ihr dabei in die Augen.

Mein Schwanz fängt an zu zucken und ich schließe für einen kurzen Moment die Lider. Dieses Gefühl ist unbeschreiblich. Mit Samantha ist sogar ein Blowjob eine einmalige Erfahrung. Sie ficken zu dürfen – egal in welches Loch – ist der größte Gewinn überhaupt. Am liebsten würde ich sie über den Boden zu meiner Ledercouch zerren, ihr die Hose vom Leib reißen und sie in den Arsch ficken, aber die Zeit reicht nicht aus, also beschränke ich meine Fantasien auf das Hier und Jetzt.

»Genau so, Baby«, lobe ich sie, als sie mühevoll ihren Würgereflex unterdrückt, weil ich etwas zu lang in ihrem Rachen verharre. Sie hat schnell gelernt und ist nie zimperlich, einfach perfekt für mich. Mit Frauen, die sich beim Sex nicht fallen oder gehen lassen können, konnte ich noch nie etwas anfangen, geschweige denn mit Frauen, die mir nicht die gesamte Kontrolle abgeben. Vertrauen spielt dabei eine große Rolle und zu meinem Glück hatte Sam nie Schwierigkeiten damit.

»Ich komme jetzt.« Sie blinzelt, dann zieht sie sich ein Stück weit zurück, doch ich halte ihren Kopf fest, weil ich mich in ihrem Mund ergießen möchte. »Nicht bewegen, Baby.«

Ihre Augen weiten sich etwas, glitzern jedoch vor unbändigem Verlangen. Ihr macht das hier genauso viel Spaß wie mir. Mit ein paar wenigen Stößen und einem tiefen Stöhnen spritze ich ihr meinen Saft in den Mund und kralle mich gleichzeitig in ihren geflochtenen Zopf. *Verdammt.* Der Orgasmus lässt mich erbeben und löst all die Anspannungen tief in mir.

Sam zieht sich erst zurück, als ich meine Hände von ihrem Kopf nehme. Danach schluckt sie und leckt sich über die leicht geschwollenen Lippen. Immer noch kniend sieht sie zu mir auf und schmunzelt versaut. Der Anblick ist der Schönste, den ich seit langem gesehen habe.

»Wieder gutgemacht?«, fragt sie mit leicht teuflischem Tonfall. Am liebsten würde ich sofort weitermachen.

Ich streichele ihr über die Wange und betrachte sie detailliert, um mir dieses Bild für immer in mein Hirn einprägen zu können. »Du solltest dich auch in Zukunft unangebracht verhalten.« Unmittelbar grinst sie bis über beide Ohren. Als sie sich erhebt, die Knie abklopft und zu meinem Schreibtisch wandert, beobachte ich sie mit einer hochgezogenen Augenbraue, und als sie mit einem Taschentuch in der Hand zurückkommt, strecke ich meine Hand danach aus, doch sie schüttelt entschlossen den Kopf. »Du machst es bei mir und ich mache es bei dir.«

Zuerst verstehe ich die Andeutung nicht, doch als sie vorsichtig und behutsam mit dem Taschentuch über meinen Schwanz streift, als wäre er eine Porzellanvase von unglaublichem Wert, verstehe ich, was sie meint.

Ich muss lächeln. Dass sie mich säubert, ist intimer, als dass sie mich gelutscht hat. Und eine Premiere für mich.

KAPITEL 19

SAMANTHA

Die letzten Tage verliefen ruhig und ohne weitere Vorfälle. Die meiste Zeit habe ich wie gewohnt mit Alexander verbracht, habe es aber dennoch einmal geschafft, Claire von der Arbeit abzuholen und sie zum Essen auszuführen.

Gestern habe ich endlich mit meiner Mutter gesprochen. Obwohl sie mir keinen Vorwurf gemacht hat, konnte ich ihrer Stimme entnehmen, wie enttäuscht sie war, erst jetzt von mir zu hören. Obwohl ich keinen Job habe, bin ich zeitlich unflexibler als früher, was den Leuten in meinem Umfeld natürlich nicht entgeht. Allerdings beschäftigen mich zurzeit so viele Dinge, dass ich meine freie Zeit ohne Alexander stets damit verbringe, nachzudenken oder mir Dinge zu überlegen, die vermutlich sowieso sinnlos sind. Wie zum Beispiel endlich in Erfahrung zu bringen, was Alexander immer noch vor mir verbirgt.

Es scheint so, als gäbe es kein Zwischending aus Alexanders Welt und meiner. Es fühlt sich an, es gäbe es bloß seine Welt *oder* meine. Ich kann mich also entweder für ihn entscheiden und meine Bedürfnisse vernachlässigen, oder gegen ihn und versuchen mich meinen Bedürfnissen zu widmen. Wie zum Beispiel einen Job zu finden, freie Zeit zu schaffen, um meine Mutter zu besuchen, oder Zeit mit Claire zu verbringen, Trey aus meiner Modelagentur mal wieder einen Besuch abzustatten und so weiter … Natürlich fällt meine Entscheidung auf Alexander, auch wenn es mir allmählich schwerfällt, mein Leben derart aufzugeben und mich in seines hineinzustürzen. Ihm das zu sagen, kommt für mich jedoch nicht in Frage, da ich nicht möchte, dass er es falsch auffasst oder denkt, ich sei undankbar, da er sich doch selbst solch große Mühe dabei gibt, Zeit für mich aufzubringen. Er hat sich stets bemüht, früh von der Arbeit nach Hause zu kommen, auch darauf geachtet, dass er mir genügend Zeit widmet, wenn er dann zu Hause war, und mich wie früher so oft in ein paar schicke und überteuerte Restaurants ausgeführt.

Gerade kommen wir von einem dieser schicken Restaurants, weil Alexander heute freigemacht und mich spontan zum Mittagessen ausgeführt hat. Ein paar Paparazzi haben uns entdeckt und umgehend Fotos von uns geknipst, als wären wir die Queen und der König von Manhattan höchstpersönlich, aber langsam gewöhne ich mich schon daran und werde nicht mehr so nervös. Trotzdem erleide ich jedes Mal einen Schock, wenn ich an einem Zeitungskiosk vorbeigehe und mein Gesicht neben dem von Alexander auf dem Titelblatt entdecke.

Eine seltsame Welt, in der er lebt.

Als wir mit dem Fahrstuhl hoch zu seinem Penthouse fahren, betrachte ich ihn die gesamte Fahrt über nachdenklich. Wieder sieht er viel zu sexy aus in seinem dreiteiligen cremefarbenen Anzug und den nicht gestylten und trotzdem perfekt sitzenden Haaren. Er ist so unverschämt attraktiv – ich werde mich wohl nie daran gewöhnen, dass er diese Wirkung auf Frauen hat. Jedes Mal, wenn wir einen Laden oder ein Restaurant betreten, gaffen ihn die Frauen an, als hätten wir eine weltbekannte Minderheit an Männern und er wäre eines der wenigen überlebenden Exemplare. Ich hasse es und gleichzeitig liebe ich es, dass ich diejenige bin, die ihn sich geangelt hat. Oder er sich mich, wie man es nimmt.

»Ich muss dich heute Nachmittag alleine lassen«, eröffnet er mir zu meiner Überraschung, als wir aus dem Fahrstuhl steigen. Er schlüpft aus seinem Jackett, legt es auf der Lehne der Couch ab und marschiert direkt in die Küche. »Ich habe einen Termin bei Amanda.«

Bei dem Namen kommen mir die Muscheln, die ich vorhin verspeist habe, sofort wieder den Rachen hoch. Ich kann nicht verhindern, dass meine Mundwinkel augenblicklich nach unten wandern und meine Augen sich unzufrieden verengen, so als hätte er mir gerade den Kampf angesagt. Außerdem hat sich mein Körper versteift, als hätte ich einen Ganzkörperkrampf, falls es so etwas überhaupt gibt.

Als er aus einer Wasserflasche trinkt und sich währenddessen zu mir umdreht, versuche ich vergebens mein Gesicht zu entspannen. »Aha.« Diese Antwort wirkt vermutlich ein wenig verdächtig. »Warum?« Und diese Frage wirkt mehr als dämlich, da ich die Gründe für ihre Treffen schließlich kenne.

Alexander stellt die Wasserflasche auf der Marmorplatte ab. »Ich gehe zu einer Therapiestunde.«

»Mhm, okay.« *Gott,* wieder so eine nichtssagende, aber verdächtige Antwort. Ich spiele am Dekolletee meines gelben Maxikleides herum, während ich versuche, einen vollständigen Satz in meinem nutzlosen Hirn zu bilden. Eilig räuspere ich mich. »Also … Wann gehst du denn?« Eigentlich interessiert mich die Uhrzeit nicht, sondern nur die Tatsache, dass er alleine mit dieser dürren Alten, die mir immer noch nicht ganz geheuer ist, in einem Raum sein wird. Bestimmt versucht sie ihm unsere Beziehung wieder auszureden.

»Sam«, stößt er amüsiert hervor. Er öffnet die oberen Knöpfe seines Hemdes und lockert zugleich seine dunkelblaue Krawatte. »Wir haben das doch besprochen.«

»Ich komme mit«, schießt es aus mir hervor, noch bevor ich darüber nachdenken kann, wie das rüberkommt. Lächelnd steuere ich auf ihn zu, schnappe mir aus einem unerklärlichen Grund eine Banane aus der Obstschale, die auf dem Küchentresen liegt, und gebe ihm einen flüchtigen Kuss auf die Wange. »Gut?«

Er hält mich in derselben Sekunde am Arm fest und verhindert so, dass ich nach oben flüchten kann. »Du möchtest mich zu Amanda begleiten?«

»Ja, warum nicht.« Ich nicke eifrig, finde die Idee eigentlich gar nicht schlecht. »Ich finde, ich sollte dich unterstützen.« Er legt die glatte Stirn in Falten. »Unterstützen?«

»Unterstützen«, wiederhole ich mit piepsiger Stimme, was verrät, dass ich flunkere. Im Grunde will ich bloß verhindern, dass diese Frau ihm unsere Beziehung madig redet. Schnell füge ich hinzu: »Wir sollten zusammen hingehen. Als Paar.«

Alexander lacht leise auf, während er mich betrachtet, als wäre ich so durchschaubar wie eine durchsichtige Vakuumverpackung. »Du hast Angst davor, mich mit ihr alleine zu lassen.«

Schnaubend schüttele ich den Kopf. »Unsinn.« *Natürlich will ich dich nicht mit einer Frau alleine lassen, die dir mit irgendwelchen psychologischen Fachausdrücken erklärt, dass unsere Beziehung für den Eimer ist, du Idiot.* »Ich möchte nur so mitkommen. Ist das ein Problem?« Wieder ist meine Stimme verräterisch hoch.

»Baby …« Sein belustigtes Gesicht geht mir auf den Nerv. Doch als er mir sanft über die Wange streichelt, muss ich ungewollt lächeln. »Wenn du zugibst, warum du wirklich mitkommen möchtest, darfst du mich begleiten. Obwohl Amanda das vermutlich nicht gutheißen wird.«

Ich schnaube genervt, gebe mich aber letztendlich geschlagen, weil ich um alles auf der Welt mitkommen möchte. Zum einen wegen Amanda und zum anderen, weil ich ja vielleicht auf diese Weise Dinge in Erfahrung bringen kann, die ich wissen möchte. »Na schön. Ich hasse sie. Ich will nicht, dass sie dir irgendwelche Flausen in den Kopf setzt und du dich dann womöglich von mir abwendest, nur weil du denkst, dass sie es besser weiß, da sie irgendein gestempeltes Papier besitzt, das besagt, dass sie irgendwelche Kenntnisse über die Psyche eines Menschen hat oder so einen Scheiß.«

Alexander prustet los, woraufhin ich ihn mit zusammengekniffenen Augen anstarre. Er tätschelt mir den Hinterkopf, als wäre ich ein kleines Kind. »Du bist süß, wenn du dich in etwas reinsteigerst. Auch, wenn es völlig unnötig ist.« Er küsst mich zärtlich auf den Mund und wendet sich kopfschüttelnd und lachend von mir ab.

Ich verschränke beide Arme vor der Brust und sehe ihm hinterher. »Lachst du mich gerade ernsthaft aus? Ich finde dieses Thema absolut nicht witzig!«

»Ich auch nicht«, lacht er weiter und verschwindet auf der Treppe.

Sofort trotte ich ihm wie ein Pudel hinterher. Ich finde es ja toll, wenn er so locker und jungenhaft ist, anstatt griesgrämig zu sein wie sonst immer, allerdings würde ich ihn gerade am liebsten die Treppe hinunterstoßen.

»Warte mal!« Weil ich ihn wohl kaum tatsächlich die Treppe hinunterschubsen kann, beschließe ich, ihm die Banane nachzuwerfen. Ich treffe ihn auf dem Rücken und bin heilfroh, dass ich ihn nicht wie mit seinem Handy direkt auf dem Kopf getroffen habe.

Oben angekommen bleibt er abrupt stehen und dreht sich mit verwirrtem Blick zu mir um. »Baby, du denkst doch nicht wirklich, ich hätte Interesse an jemandem wie Amanda?« Langsam wandert sein Blick zu der Banane, die neben ihm auf dem Fußboden gelandet ist. »Hast du noch vor, die zu essen?«

Ich folge seinem Blick, schüttele den Kopf und ignoriere die unnötige Frage. »Warum nicht?«, presse ich stattdessen hervor. »Immerhin kennt Amanda deine Geheimnisse und ich nicht, was bedeutet, dass du ihr mehr vertraust als mir.«

Sofort verändert sich sein Gesichtsausdruck. Nun starrt er mich misstrauisch an. »Warum denkst du, dass sie eingeweiht ist?«

Ertappt. Ich wusste es. Zwar war das vor einer Minute noch nicht so, aber an seiner verdächtigen Art erkenne ich, dass ich in meiner Annahme richtig liege. »Ich weiß es einfach«, flunkere ich. »Trotzdem verstehe ich es nicht.«

»Sie war die beste Freundin meiner Mutter, das sagte ich dir doch bereits«, erinnert er mich. . »Der Grund für alles ist nun mal meine Mutter. Und Amanda hilft mir nicht nur dabei, Dinge zu verarbeiten und meine Wut unter Kontrolle zu behalten, sondern ist mir auch immer eine gute Anlaufstelle gewesen, um über sie zu sprechen.«

Wow. Das erste Mal muss ich ihm nicht jede noch so winzige Information aus der Nase ziehen. Ich versuche unvoreingenommen zu klingen und meine Mimik unter Kontrolle zu halten. »Also … Deine Mutter ist der Grund dafür, warum du dich an diesen Leuten rächen willst?« Zu meiner Überraschung nickt er. Ich kann kaum fassen, dass er diesem Gespräch nicht sofort aus dem Weg geht. »Was haben diese Menschen denn getan? Haben Sie deiner Mutter Leid zugefügt?«

Natürlich ist ihm diese letzte Frage eine Frage zu viel. Wortlos dreht er sich um, marschiert zu seinem Arbeitszimmer und verschwindet darin. Ich lasse mich diesmal nicht abschütteln und folge ihm entschlossen.

Unmittelbar als ich eintrete, schießt es aus mir hervor: »Hör auf, mich immer abwimmeln zu wollen! Wie viel Zeit brauchst du noch, um mir dein Vertrauen zu schenken? Zwei Jahre? Zehn Jahre? Wenn wir mit achtzig beide im Rollstuhl sitzen und nebeneinander herrollen, wirst du dich dann extra vor einen Bus rollen, nur um meinen Fragen aus dem Weg zu gehen?«

Er hält inne und wirft mir einen teils amüsierten, teils verwirrten Blick zu. »Das denkst du also? Wir sind gerade mal ein paar Tage wieder in Manhattan, Samantha. So viel Zeit ist noch nicht vergangen, seit ich dich darum gebeten habe, mir Zeit zu geben.«

Das stimmt, aber ich bin ein ungeduldiger Mensch. »Aber es läuft doch alles bestens zwischen uns. Erzähl mir doch endlich, was los ist.«

Ein wenig angespannt mustert er mich. Dann seufzt er.»Was willst du wissen?«

Eigentlich habe ich mir bereits Argumente im Kopf zurechtgelegt, die ich gegen seine Verschlossenheit verwenden kann. In Sekundenschnelle überlege ich mir nun eine passende Frage.»Die Leute aus den Akten ... Die haben alle eine Vergangenheit mit deiner Mutter? Und du willst dich für Dinge rächen, die sie ihr angetan haben?« Er nickt. Ich blinzele.»Okay, ähm ... Und was haben sie ihr genau angetan?«

»Die Liste ist lang«, erwidert er verbittert. Keine Spur mehr des fröhlichen, gut gelaunten Alexanders von gerade eben noch. Aber, damit kann ich leben, solange ich endlich mal *richtige* Antworten von ihm erhalte.»Vielleicht sollte ich dir zuerst etwas gestehen, damit es dir leichter fällt, mich zu verstehen.«

Panik breitet sich in mir aus.»Gestehen?«

Alexander nickt. Seine blaugrauen Augen haben jeglichen Glanz verloren, darin ist nur noch Kälte und Wut zu erkennen. Automatisch mache ich ein paar Schritte auf ihn zu, rücke ihm aber nicht zu sehr auf die Pelle, damit er sich nicht in die Enge getrieben fühlt.

Mit gesenktem Blick sagt er schließlich:»Meine Mutter ist nicht nur an einer Alkoholvergiftung gestorben. Dass sie alkoholsüchtig war, stimmt, allerdings war ihr Tod kein Unfall.«

Es fühlt sich an, als würde all die Farbe aus meinem Gesicht weichen. Bei seinen kryptischen Worten dreht sich mir der Magen um.»Wie meinst du das ... kein Unfall?«

»Sie hat an diesem Abend Pillen geschluckt. Sehr viele und mit viel Tequila«, erklärt er mit ausdrucksloser Miene, die den Sturm an Gefühlen in ihm verbirgt.

Oh Gott. Sie hat sich umgebracht? Weil ich keine Ahnung habe, wie ich auf dieses Geständnis reagieren soll, stehe ich einfach nur da und starre ihn mit großen Augen an. Mehrmals muss ich schlucken, doch der Kloß in meinem Hals verschwindet nicht. Wieder habe ich das Gefühl, die Muscheln von vorhin steigen mir den Rachen hoch. Ich verfluche mich selbst dafür, genau in solch einem Moment meine Klappe nicht aufzubekommen. *Wieder mal typisch.*

»Die Leute denken alle, es wäre eine einfache Alkoholvergiftung gewesen, weil ich das so wollte. Niemand muss wissen, dass Loraine Black, die Frau eines verstorbenen Selfmade-Millionärs und Mutter des berühmten Jungunternehmers Alexander Black, Selbstmord begangen hat«, gibt er verbittert zu. »Wie du dir schon denken kannst, gibt es immer Gründe dafür, warum sich ein Mensch dazu entscheidet, sich das Leben zu nehmen.«

Ich nicke schwach. Tränen steigen mir in die Augen, weil ich meine Emotionen anders nicht rauslassen kann. »Sie ... Das tut mir leid.«

Alexander sieht mich eine Minute lang an, dann lächelt er bemüht gefasst. »Schon gut.« Er stößt sich von der Tischkante ab, umkreist den Schreibtisch, öffnet eine der Schubladen und stellt eine volle Flasche Cognac auf den Tisch. Nachdem er einen ausgiebigen Schluck davon gemacht hat, meint er mit selbstkritischer Stimme: »Witzig, oder? Ich verlange von dir, auf Alkohol zu verzichten, und kann dieses Gespräch nicht führen, ohne dabei selbst welchen zu trinken.«

Ich schüttele eilig den Kopf und mache einen Schritt auf den Schreibtisch zu. »Nein, das ist schon okay ... Wenn es dir hilft.«

»Alkohol ist nie eine Lösung«, murmelt er vor sich hin und nimmt noch einen Schluck aus der Flasche. So habe ich ihn wirklich noch nie erlebt. Er wirkt so ... am Boden zerstört und ohne jegliche Lebensfreude. »Meine Mutter war depressiv. Der Tod meines Vaters hat sie wirklich mitgenommen. In der Zeit, in der ich auf dem College war, war es am schlimmsten. Sie hat begonnen zu trinken, das Haus nie verlassen, Schlaftabletten eingeworfen ... Ich wusste von alldem nichts.«

»Wirklich?«, frage ich bedrückt. Da meine Knie immer weicher werden, lasse ich mich auf den Stuhl ihm gegenüber fallen. »Aber ... Ich meine, warst du sie denn nie besuchen?« Hoffentlich versteht er das nicht als Vorwurf, es ist absolut nicht so gemeint.

Er fährt sich mit einer Hand angestrengt durch das seidige Haar und starrt an die Decke. »Doch. Aber sie war gut darin, Dinge zu verheimlichen. Erst ein paar Wochen vor ihrem Selbstmord habe ich von ihren Depressionen und dem Alkoholmissbrauch erfahren. Amanda war diejenige, die es mir gesagt hat.«

Ich schlucke. Jetzt verstehe ich um einiges besser, warum sie ihm wichtig ist. *Ist es schlimm, dass ich sie dennoch hasse?* »War sie auch ihre Therapeutin?« Er nickt, ohne mich anzusehen. »Aber warum …«

»Warum sie sich trotz Therapie umgebracht hat? Warum sie sich nicht an mich gewandt hat?«, unterbricht er mich bitter und verzweifelt.

Ich schlucke. Wenn ich daran denke, wie oft ich mich darüber beschwert habe, dass meine Mom mir ihre Probleme aufhalst, bekomme ich umgehend Schuldgefühle. Natürlich ist das besser, als dass die Probleme vor einem verschwiegen werden und man keinerlei Chance dazu bekommt, zu helfen, sondern sich mit solch einer egoistischen Entscheidung, wie sich das Leben zu nehmen, abfinden muss. Das muss hart sein.

Wieder nimmt er einen Schluck. »Weil sie dachte, es wäre einfacher, mir einen beschissenen Abschiedsbrief zu hinterlassen, in dem sie mir die Gründe für ihren Entschluss, nicht mehr leben zu wollen, aufzählt.«

Was? Wtf? Ich lege mir eine Hand auf die Brust und schüttele entsetzt den Kopf. »Gott, das tut mir so leid, Alexander …«

Wie schon so oft wirkt er geistesabwesend und nachdenklich. Er lässt sich auf den Stuhl hinter dem Schreibtisch sinken und schlägt plötzlich mit der Faust auf den Tisch ein. Ich zucke zusammen. »In diesem Brief stehen Dinge, Sam, die ich lieber nicht gewusst hätte. Aber jetzt, wo ich sie weiß, gibt es kein Zurück mehr. Nun, da ich weiß, wer die Schuld an ihrem Selbstmord trägt, will ich Rache. Ich will, dass diese Menschen genauso leiden, wie meine Mutter gelitten hat. Ich kann ihren Tod einfach nicht unvergolten lassen, verstehst du das?«

Ich versuche, ganz vorsichtig mit der Formulierung meiner

Antwort zu sein. Schließlich ist es keine Selbstverständlichkeit, dass Alexander mir solche Details aus seinem Leben preisgibt, und jede noch so unüberlegte Aussage könnte ihn wieder dichtmachen lassen.

»Um das zu verstehen, musst du mir erklären, was genau passiert ist, Alexander.« Er starrt das Etikett der Cognac-Flasche an und studiert jedes einzelne Wort, so als wäre ich gar nicht anwesend. Ich räuspere mich leise und bücke mich etwas nach vorne, um seine Aufmerksamkeit wieder auf mich zu lenken. »Was genau stand in diesem Brief?«

Plötzlich sieht er mich düster an, reine Dunkelheit liegt in seinen Augen. Mir läuft ein kalter Schauer über den Rücken. Er ballt eine Hand zur Faust und drückt so fest zu, dass sich seine Knöchel weiß verfärben. »Was willst du jetzt von mir hören? Soll ich dir jedes einzelne Wort wiedergeben, das in diesem Brief stand? Willst du das von mir?«

Ja … aber das kann ich wohl kaum von ihm verlangen. Zögerlich schüttele ich den Kopf. »Du könntest mir eine Kurzfassung darüber geben. Zumindest, was diese Leute getan haben, würde ich gerne wissen wollen, um es zu verstehen …«

»Gott, Samantha!« Wieder schlägt er mit der Faust auf den Tisch. »Verstehst du nicht, dass es mir schwerfällt, darüber zu sprechen? Der Tag war bisher wirklich schön, warum, verdammt nochmal, musst du das kaputtmachen?!«

Ich kann nicht verhindern, gekränkt zu blinzeln und gleichzeitig wütend zu werden. »Woah … Warte mal.« Ich halte eine Hand demonstrativ in die Höhe. »Ich mache hier gar nichts kaputt, Alexander. Ich will dich lediglich besser verstehen können! Mehr nicht.«

»Du wirst mich nie richtig verstehen können. Das kann keiner«, murmelt er ausweichend, was mich umgehend noch wütender macht.

Ich springe vom Stuhl auf und zische: »Woher willst du das wissen, hm? Du bist nicht allwissend, Herrgott! Versuch doch wenigstens, es mir zu erklären, dann kannst du immer noch darüber urteilen, ob ich dich verstehe oder nicht!«

Sein Blick wandert langsam von meinen Beinen bis hinauf zu meinem Gesicht. Als sich unser Blick trifft, starrt er mich zuerst viel zu lange nachdenklich an, dann zieht er plötzlich eine provokante Grimasse und lächelt falsch. »Gut. Du wolltest es ja nicht anders.« Während ich ihn fragend mustere, holt er einen Schlüssel aus einer der Schreibtischschubladen heraus, öffnet damit eine andere Schublade und donnert einen Stapel Dokumente auf den Tisch. »Hier. Bediene dich.«

Mein Blick haftet an dem braunen Heftordner, der genauso aussieht wie die Akten in seinem Versteck. Er liegt unter einigen losen Dokumenten und erinnert mich ungewollt an den schrecklichen Abend meiner Flucht aus Manhattan, den ich eigentlich längst vergessen wollte.

Mein erster Gedanke ist, die Dokumente an mich zu reißen und zu studieren, als wäre das mein Lebensziel, allerdings bin ich mir sicher, dass das eine Falle ist. Nicht, dass er nicht möchte, dass ich sie lese, sondern er will, dass mich das, was ich darin finden könnte, so sehr abschreckt, dass ich tatsächlich wieder die Flucht ergreife. Ich kenne diesen Gesichtsausdruck von ihm – so sieht er immer aus, wenn er jemanden von sich stößt oder loswerden will; ein undurchdachter Impuls seiner Hilflosigkeit, wenn er überfordert ist.

»Nein«, sage ich deshalb entschlossen. Ich halte seinem auffordernden Blick stand und zucke nicht einmal mit der Wimper. »Ich will diesen Scheiß nicht lesen. Ich will Antworten, die aus deinem Mund stammen. Die ganze Geschichte.«

Er lächelt seltsam. »Du bist so naiv, Samantha.«

Ich lächele ebenfalls. Dieses Mal gewinnt er nicht, auf keinen Fall. »Tja, nicht so naiv, um mich von dir mit Absicht in die Flucht treiben zu lassen. Ich durchschaue dich, Alexander. Das ist bloß ein dämlicher Versuch, mich abzuschrecken, damit du mich und meine lästigen Fragen los bist.«

Jetzt sieht er aus, als hätte ihn gerade sein größter Feind zu einem Duell herausgefordert. Er schlägt beide Hände auf den Tisch, erhebt sich ruckartig und brüllt:»Verdammt noch mal, was willst du dann von mir? Du willst mich verstehen? Du willst wissen, was ich vorhabe? Dann nimm diese verdammten Dokumente und beantworte dir deine Fragen selbst!«

Bei seinem Geschrei zucke ich zwar zusammen, lasse mich jedoch weiterhin nicht verscheuchen. Diese Genugtuung gebe ich ihm nicht, insbesondere deswegen, weil ich unserer Beziehung keinen Schaden zufügen möchte. Wenn ich mich jetzt von ihm abwende und genau das tue, was er mit seiner boshaften Art bezweckt, bestätigt ihm das nur, dass er in der Annahme, ich wäre ihm nicht loyal und treu, richtig liegt. Und das stimmt nicht.

Ich wage es, einen Schritt auf den Schreibtisch zuzumachen, stütze mich ebenfalls mit beiden Händen auf der Tischplatte ab und sehe ihm tief in die Augen, während unsere Gesichter nur wenige Zentimeter voneinander entfernt sind.»Ich. Gehe. Nicht. Weg.« Ich stoße mich von der Tischplatte ab, fege die Dokumente von seinem Tisch und presse wild entschlossen hervor:»Du kannst mich anschreien, so viel du willst, du kannst deinen Frust an mir auslassen, wenn du meinst, dass du das nötig hast, aber eines soll dir klar sein: Du wirst mich nicht los. Ich werde weiterhin warten, bis du bereit bist, mir endlich Antworten zu geben. Und ich werde dich weiterhin damit nerven, das ist uns beiden klar. Weil ich ein Recht darauf habe, diese Antworten von dir zu bekommen.«

Alexander starrt mich emotionslos an. Seine Nasenflügel weiten sich, während er immer schneller atmet. Ich kann seine Wut förmlich auf meinem Körper spüren. Es fühlt sich an, als würde mich sein Blick verbrennen. Trotzdem gebe ich mein Bestes, um ihm weiterhin standzuhalten. Doch als er nach der Flasche Cognac greift und sie neben mir durch die Luft schleudert, woraufhin sie ohrenbetäubend laut an der Wand hinter mir zerbricht, weiche ich erschrocken vor ihm zurück.

»Warum tust du das? Hm? Warum, verfluchte Scheiße,

bringst du mich dazu, mich so zu fühlen?«, brüllt er mich entsetzlich laut an. Ich weiche automatisch noch einen Schritt vor ihm zurück. »Warum kannst du nicht endlich damit aufhören, Samantha? Du zerstörst *alles*!« Er umkreist den Schreibtisch so schnell, dass ich es erst mitbekomme, als er unmittelbar vor mir steht und mich an beiden Schultern packt. »Wenn ich dir sage, was ich vorhabe, und dir erzähle, was ich getan habe, wirst du mich hassen!«

»Ich …« Ich unterbreche mich selbst. Mein Blick ist auf seine glasigen Augen gerichtet, was mich dazu bringt, hart zu schlucken. Immer noch hält er mich an den Schultern fest, obwohl er doch eigentlich mit seinem Ausbruch versucht, mich zu vertreiben. »Ich werde dich nicht hassen«, bringe ich so leise hervor, dass ich glaube, er müsse die Worte von meinen Lippen ablesen. »Ich liebe dich«, sage ich mit tränengefüllten Augen, diesmal gut verständlich.

Kopfschüttelnd lässt er von mir ab. Er dreht sich um und murmelt: »Warum tust du uns nicht einfach den Gefallen und gehst …« Während er den Heftordner und die losen Zettel vom Boden aufhebt, wirft er mir einen nicht deutbaren Blick über die Schulter zu. »Du verstehst es wirklich nicht, oder? Ich versuche, dich zu beschützen und uns zu retten, aber du willst nicht aufhören, das, was wir haben, zu zerstören.«

Ich hole tief Luft und versuche mich zu sammeln. Die Tränen in meinen Augen kullern, ohne dass ich es möchte, über meine Wangen. Auf dem Fußboden neben mir liegen überall verstreut Glasscherben und der ganze Raum stinkt zunehmend bitter und säuerlich nach Alkohol. Außerdem ist an der Wand nun ein riesiger Fleck.

Noch bevor ich ein Wort herausbringen kann, kommt Alexander wieder auf mich zu, drückt mir grob den Stapel Dokumente in die Hand und meint emotionslos: »Hier hast du deine Antworten, Samantha. Jetzt hältst du alles, was uns zerstören kann, in den Händen. Mich besonders.« Als er auf die Tür zusteuert, fügt er noch hinzu: »Die Leute, deren Akten in meinem

Versteck zu finden sind, habe ich längst zu Grunde gerichtet. Verschwende also nicht deine Zeit mit ihnen. Das, was du hier in den Händen hältst, ist das, was du eigentlich wissen möchtest.«

Mit diesen Worten lässt er mich überfordert zurück und verschwindet aus dem Penthouse.

KAPITEL 20

ALEXANDER

Wenn ich nicht sofort von hier verschwinde, verliere ich meinen Verstand. Ich kann nicht riskieren, dass mich meine Wut übermannt und ich Dinge tue, die mir im Nachhinein leidtäten. Dass Samantha meinen Versuch, sie von mir zu stoßen, durchschaut hat, hat mich tatsächlich überrascht. Aber noch mehr hat es mich rasend vor Wut gemacht, dass sie nicht einfach verschwunden ist. Und jetzt habe ich ihr alles gegeben, was sie wissen wollte. Vermutlich sehe ich sie ohnehin nie wieder.

Sie hält meine Zukunft in den Händen, ohne dass ihr das bewusst ist.

Ich verbinde mein Handy mit dem Lautsprecher meines Wagens und wähle Amandas Nummer. Als ihre Sekretärin, die ich vor ein paar Monaten gefickt habe, abnimmt, befehle ich ohne zu zögern: »Verbinden Sie mich mit Miss Kerr.«

»Mr Black, sind Sie das?«, fragt sie stattdessen mit fröhlicher Stimme.

»Ich sagte, verbinden Sie mich mit Miss Kerr«, befehle ich erneut, diesmal mit schärferer Stimme.

Ohne ein weiteres Wort verbindet sie mich mit dem Telefon in Amandas Büro. Die verdammte Musik, die jedes Mal ertönt, sobald ich in der Warteschleife lande, geht mir schon nach zwei Sekunden auf den Sack. »Amanda Kerr, was kann ich für Sie tun?«

»Ich bin's«, sage ich knapp, während ich mit dem Wagen aus der Tiefgarage fahre. »Ich bin auf dem Weg in deine Praxis.«

»Alexander«, stößt sie verwundert hervor. »Haben wir unseren Termin nicht erst in ein paar Stunden?«

»Trotzdem bin ich schon jetzt auf dem Weg zu dir«, entgegne ich. »Sie weiß es, Amanda.«

»Hm?« Ihre Stimme nimmt augenblicklich eine Oktave zu. »Was weiß sie, Alexander?«

»Was ich vorhabe«, gestehe ich mit unruhigem Magen. »Ich wollte nicht dabei sein, wenn sie es herausfindet.«

»Gott, Alexander …«, seufzt sie ungläubig. »Warum hast du das getan? Ich habe dir doch eindringlich davon abgeraten, diese Frau in alles einzuweihen. Das, was du bisher getan hast, ist etwas ganz anderes als das, was du noch vorhast zu tun. Dir muss doch klar sein, dass sie sich an die Polizei wenden könnte?«

Ich lege noch einen Gang zu und ignoriere das Stoppschild, das direkt vor mir am Straßenrand angebracht ist. »*Diese Frau* ist meine Freundin, Amanda. Sie hat nicht aufgehört, Fragen zu stellen. Was sollte ich deiner Meinung nach tun? Sie hat ein Recht darauf, es zu wissen.« Die Antwort auf meine Frage kenne ich dennoch. Sie gefällt mir nicht.

»Es wäre wohl am besten für alle, hättest du diese Beziehung direkt unterbunden, als sie begonnen hat. Oder spätestens dann, als das Mädchen zu neugierig wurde«, meint sie mit vorwurfsvoller Stimme. »Stattdessen beziehst du sie in deine Pläne ein. Was ist nur in dich gefahren?«

»Ich beziehe sie in gar nichts ein, verdammte Scheiße«, gebe ich sauer zurück. Meine Hand umklammert das Lenkrad, als würde sie versuchen, es zu zerquetschen. »Ich habe ihr lediglich die Antworten auf ihre Fragen gegeben. Was sie damit anfängt, ist ihre Sache.«

»Alexander … Du solltest zurückfahren und mit ihr -«

»Scheiße, ich habe dich nicht angerufen, um mir deine Meinung dazu anzuhören, Amanda! Sondern weil ich dir sagen wollte, dass ich auf dem Weg zu dir bin. Also bis gleich«, unterbreche ich sie gereizt und schlage auf das Display meines Bordcomputers, um den Anruf zu beenden.

Das Schlimme daran ist, dass sie recht hat, und genau deswegen will ich es nicht hören. Mit den Informationen, die ich Samantha gerade überlassen habe, könnte sie weiß Gott was anstellen. Sie könnte zur Polizei gehen, sie könnte meinen Feind warnen, sie könnte sich an die Presse wenden … Sie könnte mich hassen. Sie *wird* mich hassen.

Ich frage mich, warum ich ihr überhaupt gesagt habe, ich würde sie, wenn die Zeit reif ist, in alles einweihen. Ob ich mir das selbst nur einreden wollte? Auf der einen Seite dachte ich wirklich, ich könnte es, wenn ich mir ihrer sicher wäre. Auf der anderen Seite bin ich mir seit langem ihrer Treue sicher, habe also nur einen Vorwand gesucht, um das Ganze aufzuschieben. Hätte ich meinen Rachefeldzug endlich zu Ende gebracht und ihr danach erst von allem erzählt, hätte es vielleicht noch eine winzige Chance gegeben, dass sie bei mir geblieben wäre. Aber jetzt – *fuck*, jetzt gerade gefährde ich alles, was ich seit Monaten bis ins kleinste Detail geplant habe.

Ich wusste, es wäre besser, Samantha ziehen zu lassen, als ich es noch konnte, aber ich habe es nicht getan. Ich habe es nicht einmal versucht, weil ich genau wusste, dass ich diese Frau nicht einfach so gehen lassen kann. Sie aus meinem Leben zu streichen, ist das Letzte, was ich will. Und doch wird genau das jetzt passieren, nur dass sie diejenige sein wird, die mich zum Teufel schicken wird.

Fuck. Fuck. Fuck.

Mir gehen eintausend Dinge durch den Kopf, während ich viel zu schnell zu Amandas Praxis unterwegs bin.

Hätte ich Sam vielleicht nur von den weniger üblen Dingen erzählen sollen, die ich getan habe? Wie zum Beispiel von gestern, als ich mit den Informationen und Beweisen meines Spitzels Mr Dougan bei Conrad Clayson aufgetaucht bin und ihn in die Knie gezwungen habe? Wie ich ihm alles, was ich über ihn in Erfahrung gebracht habe, vorgelegt und ihm gedroht habe, es öffentlich zu machen? Wie ich ihn dazu gezwungen habe, seinem Partner seinen Anteil der Firma zu überschreiben, ohne auch nur einen Cent dafür zu bekommen, obwohl er derjenige war, der diese Firma finanziell aufgebaut hat? Würde sie hören, dass der Mann, der meine Mutter mit Dingen, die mein Vater getan hat, erpresst hat, nun wegen mir pleite geht, würde sie es verstehen? Oder all die anderen Figuren meines kranken Spiels, die ich gekonnt ins Aus geschossen habe? Die ich ruiniert habe, weil sie meine Mutter ruinierten?

Ich werde es wohl nie erfahren. Die Chance habe ich mir verspielt, als ich Samantha die Beweise für meinen geplanten Mord an Jake Hoskins übergeben habe.

Jetzt ist alles verloren.

Das schlimmste meiner Geheimnisse ist gelüftet.

Und damit habe ich das Ende unserer Beziehung besiegelt.

Denn nun wird sie endlich auch erfahren, warum ich sie überhaupt erst in mein Leben geholt habe.

Weil ich sie als mein Alibi missbrauchen wollte.

KAPITEL 21

SAMANTHA

Meine Hände zittern. Ich dachte, ich könnte mich niemals schlechter fühlen als damals, als ich diese beschissenen, nichtssagenden Akten in meinen Händen hielt, nachdem Merissa die Irre bei mir war und mir von Alexanders »dunkler Seite« erzählt hat. Doch ich habe mich geirrt. So wie ich mich momentan fühle, nachdem ich einen Blick in das wohl Schlimmste, was ich jemals gesehen habe, werfen durfte, werde ich mich vermutlich nie wieder fühlen.

Alexander will jemanden umbringen. Er hat alles bis ins kleinste Detail geplant.

Jake Hoskins ist der Name des Mannes, den er am 7. August mit meiner Hilfe töten will. Eine Hilfe, von der ich niemals gewusst hätte, dass ich sie leiste.

Verfluchte Scheiße! Bitte, lass das einen schlechten Scherz sein. Was soll ich jetzt bloß mit diesem Wissen anfangen?

Meine Gedanken drehen sich im Kreis und mir wird zunehmend schlechter. Ich sitze auf dem Boden seines Arbeitszimmers und verstümmele mir ungewollt mit den Glasscherben, auf denen ich sitze, die Haut an meinen Beinen, weil sie sogar durch den Stoff des Maxikleides in mein Fleisch schneiden. Ich schaffe es kaum, die Zettel in meinen Händen zu halten, meine Handflächen schwitzen und meine Finger zittern.

Okay, beruhige dich, Sam. Am besten, ich sehe mir die Dokumente noch einmal sorgfältig an, um einen Irrtum auszuschließen. *Lieber Gott, bitte lass es ein Irrtum sein.*

Auf dem ersten Dokument finde ich kaum Informationen, lediglich eine Liste mit vielen mir unbekannten Namen. Einige der Namen habe ich damals schon aufgeschnappt, als ich diese mysteriösen Akten aus seinem Versteck durchgesehen habe. *Merissa Wilson* und *Henry Wilson.* Sofort schießt mir das Bild des Fotos, das ich in Henry Wilsons Akte gefunden habe, durch den Kopf. Es zeigt ihn neben einer Frau, die Alexander sehr ähnlichsieht und von der ich annahm, dass es sich um seine Mutter handeln muss. Leider finde ich auf diesem Dokument keinen Anhaltspunkt dafür, wie und warum er sich an den Wilsons rächen wollte. Lediglich ein Strich durch deren Namen, der signalisiert, dass die Tat wohl schon zu Ende gebracht worden ist. Beunruhigenderweise ist auf dieser Liste jeder Name bis auf den von Jake Hoskins durchgestrichen, was bestätigt, was Alexander vorhin sagte – dass er diese Personen schon zu Grunde gerichtet hat und ich meine Zeit nicht mehr mit ihnen verschwenden soll. *Leichter gesagt als getan.*

Ich verdränge die Gedanken an vorhin aus meinem Kopf und konzentriere mich wieder auf die Liste. *Conrad Clayson.* Auch diesen Namen kenne ich aus den Akten. Daneben ist ein Vermerk einer Firma zu finden: *Clayson&Mayr.* Ich erinnere mich daran, damals auch den Namen *Mr Dougan* im Zusammenhang mit dieser Firma gelesen zu haben, weiß allerdings immer noch nicht, was das zu bedeuten hat. Mr Dougans Name ist jedoch nirgendwo auf dieser Liste angeführt, daher schätze ich, er ist keine der Personen, an denen sich Alexander rächen möchte, sondern jemand, der ihn dabei unterstützt.

Weiters auf der Liste finde ich den Namen *Victoria Burton.*

Ob ich zu diesem Namen damals eine Akte gefunden habe, weiß ich nicht mehr. Ich erinnere mich jedoch an das Foto einer Frau, das ich entdeckt habe. *Mittleren Alters, blonde Haare, sehr helle Haut.* Soviel ich weiß, waren auch Fotos, die zeigen, wie sie ein Gebäude betritt, dabei. Und eines von ihr und einem Mann in einem Restaurant. Es muss sich hierbei um die Frau von diesen Fotos handeln. Es gibt keinen anderen weiblichen Namen mehr auf dieser Liste. Ihr Name ist wie alle bisherigen durchgestrichen. Wer sie ist oder was sie getan haben soll, kann ich aus diesen Dokumenten nicht entnehmen, was mich rasend vor Verzweiflung macht.

Zwei weitere Namen, die ich mit Sicherheit noch nie gehört habe, sind unter dem von Victoria Burton angeführt. *George und Frederick McCohan.* Ebenfalls durchgestrichen.

Fuck. Ob er diesen Personen etwas angetan hat? Zumindest weiß ich, dass er weder Merissa noch ihrem Vater körperlichen Schaden zugefügt hat. Doch woher kann ich wissen, dass er bei seinen anderen Opfern auch so »zurückhaltend« war? Alexander ist ein Kontrollfreak. Er muss alles und jeden unter Kontrolle haben und er plant meist jeden seiner Schritte im Voraus, was auch diese Akten und die Liste beweisen. Das bedeutet, er hat seine Rache monatelang geplant, vielleicht sogar jahrelang und nur auf den richtigen Zeitpunkt gewartet. Wenn er schon all diese Dokumente über diese Leute sammelt, warum kann er nicht auch peinlich genau Protokoll über seine ausgeübte Rache führen?

Mein Puls verfünffacht sich, als ich ein paar Dokumente samt der Liste beiseitelege und auf den wohl wichtigsten der vielen Zettel starre. *Der Mordplan.* Erst dachte ich, ich würde halluzinieren, doch jetzt lese ich leider genau dasselbe wie vorhin. Nur dass mir momentan noch ein wenig übler ist als zuvor.

Okay, von Anfang …

Ganz oben steht der Name *Jake Hoskins.* Die Handschrift ist sehr krakelig und unsauber, was gar nicht zu Alexanders sonst so makelloser Handschrift passt. Ich vermute, er war – untertrieben gesagt – etwas aufgebracht, als er diesen Plan entworfen hat.

Darunter stehen zusammenhangslose Wörter, die keinen Sinn ergeben. Unter anderem das Wort *Pendler*. Ich mache mir gar nicht erst die Mühe, diesen Quatsch entziffern oder verstehen zu wollen, sondern starre auf die Zeilen darunter. Es sind genau Angaben zu Orten und Daten. Unter anderem: *Brooklyn, 4. April., Manhattan, 2. Mai., Queens, 16. Mai., Brooklyn 30. Mai. – 27. Juni.* Danach gibt es keine Einträge mehr. Ob das die Orte sind, an denen sich besagter Jake Hoskins aufgehalten hat? Bei der Zeile darunter stockt mir der Atem. Das Datum *7. August* ist angegeben. Das ist in sechs Tagen. Daneben ist eine Veranstaltung angeführt; eine des Suchtkrankenhauses, in dem meine Mutter stationiert ist. *Stiftung für Alkohol- und Drogensüchtige N.Y. – Wir suchen neue Teilhaber. 7. August, 20 Uhr, Palais LYE Manhattan.*

Es handelt sich also wieder um eine Veranstaltung, bei der man neue Investoren sucht, so wie bei der Veranstaltung damals, auf die mich Alexander mitgenommen hat. Auf der Veranstaltung erfuhr ich das erste Mal von der Alkoholsucht seiner Mutter, und kurz darauf machte mich Alexander zu einem Teilhaber, indem er in meinem Namen Geld in dieses Institut investiert hat. Was ich damals für überaus großzügig und für eine Geste aus tiefstem Herzen hielt, erscheint nun als nichts anderes als ein gut durchdachter Schachzug. Ein weiteres Detail seines grausamen Planes. Denn unter den Daten der Veranstaltung ist mein Name angeführt und eine genaue Uhrzeit – *21:15 Uhr* – danach eine Notiz: *»Samantha's Rede. Dauer: knapp 20 Minuten.«* Vier Dokumente enthalten eine vorgeschriebene Rede. Anfangs dachte ich, es handele sich bloß um eine, die Alexander bereits gehalten oder auf die sich Alexander bereits vorbereitet hat. Ich dachte, die Zettel seien versehentlich zwischen diese Dokumente geraten, allerdings erkenne ich jetzt, dass es sich hierbei um die Rede, die *ich* halten soll, handelt. Ich überfliege eilig ein paar Zeilen und muss feststellen, dass sie tatsächlich so klingt, als hätte ich sie geschrieben. Sie handelt von meiner Mom und den Folgen ihres Alkoholmissbrauches, dem Suchtkrankenhaus in Staten Island und den Fortschritten, die sie dort macht, und von denen ich bisher keinen blassen Schimmer hatte. Alexander scheint bestens über ihre Situation und ihre gesundheitliche Lage informiert zu seien, wie ich aus dieser Rede entnehmen kann.

Kopfschüttelnd werfe ich die Zettel beiseite und starre wieder auf den Zettel von Jake Hoskins. Noch eine Notiz fällt mir ins Auge: ein Straßen- und Gebäudename, daneben dieselbe Uhrzeit, in der ich meine Rede halten soll und ebenfalls das Datum 7. August. Die Straße, *Wickorystreet*, liegt, wenn ich mich nicht ganz täusche, in unmittelbarer Nähe des *Palais LYE* in Manhattan.

Somit kann ich eins und eins zusammenzählen: Während ich diese verfluchte Rede halten soll, wird er sich wegschleichen und zu besagtem Ort verschwinden. Da ich davon keine Ahnung haben sollte, wäre ich somit das perfekte Alibi für ihn. Falls jemand Fragen stellen würde, würde ich ohne mit der Wimper zu zucken behaupten, dass er den ganzen Abend mit mir auf dieser verkackten Veranstaltung war. Unter der Menge an Leuten und neben meiner Nervosität, diese Rede zu halten, würde mir seine Abwesenheit nicht auffallen. Unser Besuch dort scheint nur ein weiterer Schachzug seines Plans zu sein.

Ich kann nicht glauben, dass der einzige Grund, weshalb er mich zum Teilhaber dieser Stiftung gemacht hat, der ist, dass ich dadurch eine Rede halten werde, die ihm Zeit verschafft. Ob er das extra organisiert hat oder ob er einfach wusste, dass ich als neue Teilhaberin eine Rede halten würde müssen, ist mir unklar.

Ich befürchte, dass mir gleich der Kopf platzt. Die peinlich genauen Angaben darüber, wann seine Lakaien besagten Jake Hoskins an angegebenem Ort abliefern werden, bringen mich beinahe dazu, mich zu übergeben. Natürlich werden sie ihn viel früher in einem scheinbar verlassenen Gebäude an der *Wickorystreet* abliefern, damit auch ja nichts schiefgehen kann, falls meine Rede früher stattfinden sollte. Natürlich hat er auch das genau durchdacht. *So ein verdammter Kontrollfreak … ein verdammter, mörderischer Kontrollfreak.*

Sogar die Tatwaffe ist angeführt. Ein Messer – wenig einfallsreich, allerdings gibt es natürlich auch dazu eine Angabe, die lautet: 9mm registriert. Das soll offenbar bedeuten, dass er seine Waffe nicht dafür verwenden kann, um Jake Hoskins umzubringen, da diese registriert ist und man sie somit eventuell auf ihn zurückführen könnte. Zumindest würde mir das einleuchten. Ich habe keine verdammte Ahnung von registrierten Waffen oder Dingen, die man berücksichtigen muss, wenn man jemanden umbringen möchte.

Scheiße noch mal, das ist doch alles völlig absurd! Das ist … krank. Total verrückt. Das kann einfach nicht wahr sein.

Was soll ich jetzt bloß tun? Die Fragen überhäufen sich in meinem benebelten Hirn und wieder einmal bin ich mit alldem alleine. Was hat Jake Hoskins verbrochen? Was kann so schlimm sein, dass es seinen Tod rechtfertigen würde?

Gott, nichts!, schreit mich meine innere Stimme an, doch ich bringe sie unmittelbar zum Schweigen.

Ich will es wissen – ich *muss* es wissen! Der braune Heftordner gibt leider auch keinerlei Informationen preis, er ist wie alle anderen lediglich eine schlechte Kopie einer Polizeiakte. Jake Hoskins frühere Wohnsitze, sein Alter, seine Jobs – wobei hier nur ein einziger angegeben ist und dieser scheint schon längere Zeit nicht mehr aktuell zu sein – und ein paar Notizen zu seinem Strafregister, das, um ehrlich zu sein, ziemlich lang und etwas einschüchternd ist. Der Kerl war schon mit siebzehn Jahren wegen Raubes vorbestraft. Das hat ihn scheinbar nicht davon abgehalten, noch ein paar weitere Male als Dieb aktiv zu sein, sodass er für kurze Zeit im Gefängnis saß. Auch wegen schwerer Körperverletzung wurde er zu einer Bewährungsstrafe verurteilt. *Bewährung* … Wie lächerlich. Er ist also offensichtlich kein Gutmensch, sondern ein Krimineller.

Trotzdem verstehe ich es nicht. Seine Taten scheinen etwas länger her zu sein. Ich kann mir also nicht vorstellen, dass seine Mutter dabei eine Rolle spielt. Und sollte er seiner Mutter etwas angetan haben, warum wäre diese nicht zur Polizei gegangen, damit er seine gerechte Strafe bekommt? Warum will Alexander Selbstjustiz ausüben? Das ist doch ... unfassbar.

Während ich gegen meine Übelkeit ankämpfe, starre ich in Jake Hoskins schwarze Augen. Sein Foto liegt direkt vor mir auf ein paar Glasscherben und hat sich unwillkürlich in mein Hirn gebrannt. Dunkle, fettige Haare, tiefe Augenringe und sehr schmale Lippen. Dichter Bart, der einige kahle Stellen aufweist und tiefschwarze Augen, die aussehen wie die Augen des Teufels. Seine schiefe Nase und die kleine Narbe, die seine linke Augenbraue in zwei Hälften teilt, unterstreichen das Bild eines Verbrechers perfekt.

Das ist genug. All diese Namen, die fehlenden Erklärungen, dieser bescheuerte Plan ... das kann doch alles nicht sein Ernst sein. Gut, nun weiß ich wenigstens, dass er nur noch eine offene Rechnung zu begleichen hat, allerdings weiß ich weder warum noch was er all den anderen Personen angetan hat.

Ein winziger Teil in mir hofft, dass ich diesen Plan falsch verstehe. Dass ich all die Informationen und Angaben falsch auffasse und mich irre. Allerdings überwiegt der Teil, der mir schreckliche Angst bereitet, weil ich weiß, dass ich mich nicht irre. Diesmal nicht. Und die Erkenntnis, dass er mich als sein Alibi missbrauchen wollte, versetzt mir einen solchen Stich ins Herz, dass mir die Luft zum Atmen wegbleibt.

Unwillkürlich stellt sich mir die Frage, ob er mir deshalb diesen Vertrag angeboten hat ... Vier Wochen an seiner Seite in der Öffentlichkeit – jeder sollte denken, wir seien tatsächlich ein Paar. Es wäre glaubwürdig. Es *war* glaubwürdig. Dass er mehr von mir wollte, entstand vermutlich erst später, als wir uns richtig kennenlernten. Dass er mich heiß fand und ich ihn ebenfalls, war vermutlich nur ein Vorteil für ihn an dieser abscheulichen Sache. Das machte ihm die Zeit leichter, in der er an seinem kranken Plan arbeiten konnte. In der er auf den Tag der endgültigen Abrechnung wartete.

Gott ... Da ich aus den Akten weiß, dass er sich schon früher über mich erkundigt hat und all die Informationen, die für ihn wichtig seien könnten, eingeholt hat, weiß ich auch, dass ihm von Anfang an klar war, ich würde nicht auf diesen Deal verzichten. Durch meine Geldnot und die Probleme meiner Mutter wusste er, dass ich sein Angebot nicht ausschlagen würde. Genauso wie er wusste, dass ich mich auf alles andere einlassen würde. So wie alle anderen Frauen, die ihm sofort zu Füßen lagen. Scheiße, komme ich mir verarscht vor. Mehr als das. Das hier ist wohl das Verrückteste und Widerwärtigste, das mir jemals zu Ohren gekommen ist. Oder zu Augen.

Aber so einfach lasse ich ihn nicht damit davonkommen. Wenn er denkt, mehr als diese beschissenen Dokumente würde er mir nicht schulden, täuscht er sich gewaltig. Jetzt schuldet er mir nur umso mehr Antworten auf all die Fragen, die sich mittlerweile so sehr häufen, dass ich sie mir kaum noch merken kann.

Und diese Antworten werde ich mir jetzt ein für alle Mal holen.

~

Vor der Haustür der Praxis dieser alten Dürren mache ich Halt, um mich nach einem Schild umzusehen, das mir ultimativ bestätigt, dass es sich bei diesem grässlichen grauen Gebäude auch tatsächlich um die Praxis von Dr. Amanda Bitch Kerr handelt. Schließlich will ich wirklich nicht in eine falsche Praxis reinplatzen und die schon psychisch instabilen Menschen darin mit meinem hysterischen Geschrei unmittelbar noch mehr zu verwirren.

Die Adresse zu finden war easy. Sie befindet sich auf der ersten Seite ihrer Homepage unter den Kontaktdaten. Und da ich davon ausgehe, dass Alexander, wie auch damals, direkt zu Amanda gefahren ist, nachdem er nach unserem Streit das Penthouse verlassen hat, und er ohnehin heute einen Termin bei ihr hatte, habe ich nicht lange gezögert, hierher zu fahren. Ein winziges Schild mit goldener Schrift, das einen Meter neben der Haustür an der Wand angebracht ist, bestätigt mir schließlich, dass es sich auch tatsächlich um ihre Praxis handelt.

Der Gedanke ihre Praxis einfach in Flammen zu setzen, kommt mir in den Sinn, allerdings weiß ich mittlerweile, dass ich nicht zu impulsiv handeln und mich von meinen wutentbrannten Gefühlen leiten lassen darf, ohne gut darüber nachzudenken. Doch diese Möglichkeit in Betracht ziehen zu können, reicht aus, um mich ein wenig besser zu fühlen. Natürlich nicht mit all den unschuldigen Leute darin. Aber Amanda und Alexander vor meiner Brandstiftung zu warnen, würde allerdings nicht auf meiner To-Do-Liste stehen. *Gott, jetzt bin ich schon genauso rachsüchtig und instabil wie Alexander ...*

Ich stürme in das Gebäude, als würde sich der Boden unter mir auftürmen und der Weltuntergang nahen. So schnell ich kann, laufe ich die Treppe hoch, sodass ich jedes Mal knapp drei Stufen auf einmal überspringe, bis ich schließlich vor einer geschlossenen Tür lande auf der Öffnungszeiten angegeben sind und ein Verweis darauf, nicht unangemeldet zu einer Sprechstunde zu erscheinen. *Ha!* Als würde mich das interessieren.

Beinahe breche ich die Tür mit meiner Schulter auf, während ich sie gleichzeitig aufdrücke und aufstoße, als wäre ich ein Drogenfahnder, der mit seiner Crew eine Wohnung voller Heroin stürmt. Der Angestellten, die hinter einem L-förmigen Pult erschrocken aufspringt, halte ich im Vorbeilaufen eine Hand vors Gesicht, um sie am Sprechen zu hindern. Ihr Gelabber darüber, dass ich nicht einfach in Amandas Büro platzen darf, kann ich jetzt weder gebrauchen noch ertragen.

Gerade höre ich ihre piepsige Stimme hinter mir ertönen, da habe ich schon den Warteraum durchquert, in dem ein paar sehr merkwürdige Gestalten sitzen, und steuere mit wütenden Schritten auf eine geschlossene Bürotür zu. Sofort als ich sie erreiche, breche ich auch diese beinahe auf.

»Samantha?« Alexander, der am Ende des Raumes auf einer schwarzen Ledercouch sitzt, starrt mich mit weit aufgerissenen Augen an.

Amanda sitzt auf einem Stuhl knapp zweit Meter von ihm entfernt, auf der rechten Seite des Raumes, und starrt mich mit ebenso großen Augen an. Sie ist immer noch ekelhaft dürr und trägt ihr blondes Haar wie damals nach oben zusammengesteckt. Außerdem trägt sie eine Brille, die ich ihr am liebsten aus dem Gesicht schlagen und auf dem Boden zertreten würde.

Die Sekretärin, die verdammt viel Ähnlichkeit mit mir hat, was mir jedoch erst jetzt auffällt, als sie neben mir in das Büro platzt, hechelt wie ein Hund. »Miss Kerr, es tut mir wahnsinnig leid, die Dame ist einfach vorbeigestürmt und -«

»Verschwinde!«, blaffe ich sie augenblicklich an. Ich werfe ihr einen tödlichen Blick zu und mache einen Schritt auf sie zu. »Los, raus hier!«

Sie sieht aus, als würde sie dem Tod ins Auge blicken. Zu ihrem Glück verlässt sie rückwärts das Zimmer, woraufhin ich mit einem lauten Knall die Tür hinter ihr zudonnere und mich wieder Alexander widme. »Du!« Ich zeige mit dem Zeigefinger auf ihn, bevor ich brülle: »Du bist mir, verdammt nochmal, Antworten schuldig, hörst du? Diese Dokumente … das gibt mir gar nichts! Ich will *alles* hören und das aus *deinem* Mund!«

Amanda erhebt sich rasch und öffnet den Mund, doch ich komme ihr zuvor, richte meinen Zeigefinger auf sie und zische: »Nein!« Sie zieht beide Augenbrauen in die Höhe und hebt abwehrend die Hände vor die Brust. Als sie den Kopf schüttelt und es den Anschein macht, als würde sie etwas äußern wollen, sage ich ohne zu zögern: »Sie haben hier gar nicht zu melden, klar? Das geht nur mich und diesen Lügner auf dieser klischeehaften schwarzen Therapiecouch was an!«

»Samantha.« Alexander erhebt sich langsam von der Couch und bringt mit merkwürdig ruhiger Stimme hervor: »Bitte, beruhige dich. Lass uns in Ruhe reden. Ich hätte nicht gedacht, dass -«

»Dass ich hier auftauche? Dass du mich noch einmal wiedersiehst? Tja, ich auch nicht! Allerdings gehe ich erst, wenn du deine Schuld bei mir beglichen hast! Ich verdiene verdammt noch mal mehr als diese nutzlosen, verwirrenden Zettel, die du mir gegeben hast!«, unterbreche ich ihn rasend vor Wut. Mein Herz klopft so schnell, dass es in meiner Brust sticht. Ich zittere außerdem vor Aufregung.

Alexander wirft Amanda einen Blick zu, die sich daraufhin wieder auf ihren königlichen Lederstuhl setzt, den ich gerade gerne mit einem Messer bearbeiten würde. Danach setzt er sich ebenfalls und bedeutet mir, neben ihm Platz zu nehmen. »Bitte.« Ich runzele ungläubig die Stirn. »Scheiße, ich bin hier nicht, um therapiert zu werden! Ich setze mich sicher nicht auf diese Ledercouch und führe ein Quacksalber-Gespräch mit dieser Frau!«

Amanda verzieht umgehend beleidigt das Gesicht. Trotzdem versucht sie sich ihre Abneigung mir gegenüber nicht anmerken zu lassen. »Sam, bitte setzen Sie sich doch. Wenn Sie das möchten, halte ich mich aus dem Gespräch zwischen Alexander und Ihnen raus.«

Ich fange an zu lachen. »Was sind Sie eigentlich für eine Psychiaterin? Sollten Sie Ihren Patienten nicht dabei helfen, Traumata zu überwinden und nach vorne zu blicken, anstatt diese sogar noch dabei zu unterstützen, Rachepläne zu schmieden? Wissen Sie von seinem Vorhaben? Wissen Sie davon, dass er diesen schmierigen Kerl mit den fettigen Haaren umbringen will?«

»Samantha«, presst Alexander streng hervor. »Sprich bitte leiser!«

Ich werfe einen Blick auf die Tür hinter mir und erinnere mich an die Patienten, die unmittelbar dahinter im Warteraum sitzen. Vermutlich ist es nicht sehr klug, psychisch instabilen Leuten zu hören zu geben, dass sich nebenan ein potenzieller Mörder befindet. Die haben höchstwahrscheinlich sowieso schon mit ihren eigenen Dämonen zu kämpfen.

»Gut«, räume ich schließlich weniger aufbrausend ein. Ich senke meine Stimme noch einen Deut mehr und verlange: »Du hast fünf Minuten, um mir diese Scheiße zu erklären. Danach bin ich weg. Oder ich erzähle jedem hier, dass du der Gestörteste von allen bist.«

KAPITEL 22

SAMANTHA

Widerwillig nehme ich neben Alexander Platz, allerdings achte ich darauf, so viel Abstand zwischen uns wie nur möglich zu halten. Er betrachtet mich mit schuldbewusstem Blick von der Seite, während meine Hand so sehr zuckt, dass ich sie zwischen meine Beine quetsche und fest dagegen drücke. Amanda, die Quacksalberin, überschlägt ihre Beine und verschränkt ihre Hände ineinander. Sie sieht absolut nicht beunruhigt aus und auch nicht so, als wäre sie sich irgendeiner Schuld bewusst. Wie kann jemand, der selbst nicht alle Tassen im Schrank hat, anderen Leuten dabei helfen, ihre Tassen wieder ordnungsgemäß einzuräumen?

»Hast du … Hast du denn verstanden, was diese Dokumente bedeuten? Der von Jake Hoskins?«, will Alexander stirnrunzelnd wissen.

Ich sehe ihn scharf von der Seite an. »Ich bin nicht dumm. Natürlich habe ich diese Scheiße verstanden.«

Alexander nickt nachdenklich. Es dauert einige Sekunden, bis er erneut fragt: »Und du bist trotzdem hierhergekommen?«

Ich dachte, mein Geschrei wäre deutlich genug gewesen? Scheinbar muss ich noch deutlicher werden. Ich überschlage ebenfalls meine Beine, verschränke meine Arme und starre an die lieblos dekorierte Wand mir gegenüber. »Genau deswegen bin ich hierhergekommen, du Intelligenzbestie. Ich will Antworten. *Richtige* Antworten. Keine verfickten Zettel mit Namen, die ich sowieso nicht kenne und fehlenden Erklärungen. Keine Häppchen, die du mir hinwirfst, damit ich endlich Frieden gebe, sondern alles.«

Alexander zieht eine genervte Grimasse, was mich umgehend noch wütender macht. Als er danach sagt: »Kein Grund, so ausfallend zu werden, Samantha. Sprich nicht so mit mir«, wünsche ich mir einen harten Gegenstand her, den ich ihm an den Kopf werfen kann.

»Wir sollten vielleicht von vorne beginnen«, schlägt Amanda vor, wofür sie einen missbilligenden Blick von mir erntet. »Samantha, erzähle uns doch, wie du dich momentan fühlst.«

Soll das ein Scherz ein? Versucht sie gerade diese Therapeutennummer mit mir abzuziehen? »Sie wollen doch jetzt nicht ernsthaft von mir hören, wie ich mich fühle, um irgendetwas auf einen Zettel zu kritzeln und mir dann zu sagen, dass sie mich verstehen?«, zicke ich sie an. »Warum sind Sie eigentlich noch da? Da draußen warten Patienten auf Sie, deren Rettung noch möglich ist. Patienten, die Sie nicht schon versaut haben.«

Alexander packt mich am Handgelenk und wirft mir einen warnenden Blick zu. »Hör auf, von mir zu sprechen, als wäre ich eine Sache, die schief gelaufen ist. Sei nicht so respektlos.«

»Respektlos?«, frage ich fassungslos. Ich lache verbittert auf und drehe meinen Kopf in Amandas Richtung. »Okay, Frau Doktor. Dann sagen Sie uns doch … Was ist respektloser – die Art, wie ich über Sie und den da neben mir spreche, oder die Tatsache, dass man mich als verfluchtes Alibi missbrauchen und mich somit indirekt in einen Mord verwickeln wollte?!«

Amanda schluckt, starrt abwechselnd zu Alexander und mir,

dann gibt sie zu meiner Überraschung zu:»Sie haben recht, Samantha. Das war tatsächlich unfair.«

Ich glaube, mir platzt gleich der Kragen. »*Unfair?*« Wieder stoße ich einen Lacher hervor, diesmal klingt er hysterisch. »Oder eher unverzeihlich?«

»Unverzeihlich?«, wiederholt Alexander mit dünner Stimme. Er streicht sich aus Anspannung sein schon zerknittertes weißes Hemd glatt, danach zieht er zwanghaft an seiner Krawatte. »Es war nie meine Absicht, dich in etwas hineinzuziehen, Samantha. Deshalb wollte ich dir auch vehement nichts von meinen Plänen erzählen.«

»Ach, jetzt bin ich schuld? Weil ich dich bedrängt habe, es mir zu erzählen?« Ich werfe Amanda erneut einen Blick zu. »Was sagt unsere Frau Expertin dazu? Unbegründete und lächerliche Schuldzuweisung nenne ich das.«

Sie schmunzelt. Die Frau hat ernsthaft die Nerven, zu schmunzeln, während ich gerade all meine Nerven verliere. »Ich verstehe vollkommen, dass Sie aufgebracht sind, Sam. Dazu haben Sie jedes Recht. Aber bevor Sie urteilen, sollten Sie sich erst Alexanders Sicht der Dinge anhören, ja?«

»Ja?«, äffe ich sie nach und seufze. *Gott*, ich weiß, dass ich mich gerade selbst wie eine Irre verhalte und mehr als kindisch bin, ich kann aber nicht anders. Die Wut steuert mein Handeln und der Frust mein Denken. Die Verzweiflung ist es jedoch, die aus mir spricht. »Schon gut … Vielleicht sollte ich mal die Klappe halten und dir zuhören«, räume ich widerwillig ein und drücke mich mit dem Rücken gegen die Couch.

Alexander schenkt mir ein vorsichtiges Lächeln, welches ich natürlich nicht erwidere. Ebenso vorsichtig legt er mir eine Hand auf den Oberschenkel, woraufhin Amanda ihr Gesicht verzieht – was wieder einmal bestätigt, dass sie wie alle anderen Frauen ein Auge auf ihn geworfen hat. Danach streichelt er sanft über meinen Schenkel. Als er anfängt zu sprechen, starre ich nur auf seine vollen Lippen, die sich langsam und sinnlich bewegen, und mustere sein wohlgeformtes Gesicht. Kaum vorstellbar, dass hinter dieser perfekten Fassade ein solch verzweifelter, rachsüchtiger Mensch steckt.

»… musste ich es tun. Ich habe es wirklich versucht, Samantha, aber ich kann einfach nicht anders. Die Worte ihres Abschiedsbriefes gehen mir seit Jahren nicht aus dem Kopf und bei jedem Namen, den ich von meiner Liste streichen kann, fällt es mir leichter, damit abzuschließen, obwohl ich das vermutlich nie tun werde. Ich fühle mich schuldig, weil ich die Anzeichen ihrer Depression nicht rechtzeitig erkannt habe. Ich fühle mich schuldig, weil ich ihr nicht helfen konnte. Ich fühle mich wie ein Nichtsnutz. Doch den Leuten ihre gerechte Strafe zu erteilen für das, was sie meiner Mutter angetan haben, hilft mir dabei, diese Schuld zu überwinden. So, als wäre ich ihr wenigstens das schuldig. Mich für sie zu rächen …«

Ich bereue, den ersten Teil nicht mitbekommen zu haben, doch will ihn nicht darum bitten, ihn zu wiederholen. Stattdessen frage ich direkt: »Was genau hast du diesen Leuten von der Liste angetan?«

Alexander blinzelt ein paar Mal und wirft Amanda einen Blick zu, danach erklärt er mit tiefer Stimme: »Nicht das, was du vielleicht denkst. Ich habe niemanden körperlich verletzt.«

Wow, wenigstens eine direkte und ehrliche Antwort … Trotzdem muss ich es endlich genauer wissen. Ich lege meine Hand auf seine und schiebe sie von meinem Oberschenkel, weil mich diese Berührung zu sehr ablenkt. »Details. Ich brauche Details.«

»Brauchen Sie die wirklich, Samantha? Denken Sie darüber nach. Was wird es Ihnen bringen, diese Dinge in Erfahrung gebracht zu haben? Werden Sie trotzdem damit leben können -«

»Gott, kann sie bitte die Klappe halten? Ich ertrage diese Therapeutenscheiße nicht«, seufze ich, den Blick auf Alexander gerichtet.

Er nickt Amanda zu, um ihr zu verstehen zu geben, dass sie die Klappe halten soll. Zumindest hoffe ich das. Anschließend sieht er mich eindringlich an. »Sag mir, welcher Name der Liste dich interessiert. Oder interessieren dich alle?«

Etwas verwirrt schüttele ich den Kopf. Danach nicke ich genauso verwirrt. Fuck, keine Ahnung, was ich sagen soll. Am liebsten wäre mir, ich würde die gesamte Geschichte von Anfang bis Ende hören, allerdings rechne ich damit, dass sich das nicht innerhalb der nächsten Minuten erledigen lässt.

»Merissa und ihr Vater«, entscheide ich schließlich, weil das die einzigen Personen sind, zu denen ich eine Art Bezug habe. »Du sagtest mir bereits, dass Merissa mir die Wahrheit gesagt hat. Du hast sie also benutzt und danach fallengelassen … Aber was ist mit ihrem Vater? Es gab da dieses Foto …«

»Die Frau auf dem Foto ist meine Mutter, falls du dich das fragst«, schießt es aus ihm hervor. Sein Gesicht verdunkelt sich schlagartig und seine Augen werden immer finsterer. »Sie und Henry Wilson standen sich sehr nahe, überhaupt in der Zeit, als es ihr sehr schlecht ging. Er war sozusagen ihr Halt.«

»Was ist dann passiert?«, will ich unmittelbar wissen.

»Er hat versprochen, seine Frau zu verlassen, hat es aber nie getan. Meine Mutter muss sehr in ihn verliebt gewesen sein, allerdings ging diese Sache auch über eine längere Zeit. Als sie schließlich einen Zusammenbruch hatte, von dem ich erst später erfuhr, war er sie im Krankenhaus besuchen, nur um ihr zu sagen, dass er seine Frau nicht verlassen wird. Außerdem hat er ihr gedroht, falls sie ihre Beziehung öffentlich machen würde, ihre Alkoholsucht und ihre Depressionen öffentlich zu machen. Für jemanden, der instabil ist, ist verlassen und bedroht zu werden nicht gerade hilfreich.«

»Das kann ich leider nur bestätigen«, mischt sich Amanda unnötigerweise ein. »Loraine war zu dieser Zeit bereits bei mir in Behandlung. Die Dinge, die sie mir über Henry erzählte, waren grauenhaft. Er hat sich ihre Patientenakte besorgt, um beweisen zu können, dass sie psychisch instabil ist – für den Fall, dass seine Affäre öffentlich werden sollte. Er hatte vor, Loraine so darzustellen, als wäre sie nicht zurechnungsfähig. Sehr grausam, wenn man bedenkt, mit welchen anderen Dingen sie zur selben Zeit zu kämpfen hatte.«

Das hört sich tatsächlich hart an. Ohne ihn zu kennen, hasse ich diesen Henry Wilson, jedoch finde ich das alles immer noch ziemlich absurd. Ich nicke bloß und frage:»Und wie hast du dich an ihm gerächt? Das mit Merissa weiß ich bereits.«

Jetzt lächelt Alexander zufrieden, als wäre seine Rache der einzige Lichtblick, den er in seinem Leben hätte.»Ich habe ihm das genommen, was ihm am wichtigsten war.«

Ich warte auf eine Erklärung, es folgt jedoch keine.»Seine Familie?«, frage ich daher ungeduldig.

Wieder lächelt Alexander.»Seine Firma, Sam. Wie du dir denken kannst, hatte er nicht viel für seine Familie übrig. Aber diese habe ich im Anschluss auch zerstört. Zumindest habe ich seiner Frau die Wahrheit über ihn erzählt, das hatte sie verdient.«

Weil ich ihn schweigend anstarre, äußert er rasch:»Findest du das ungerechtfertigt?«

Wahrheitsgemäß schüttele ich den Kopf.»Das ist ja irgendwo noch verständlich, Alexander, aber diese Sache mit Jake Hoskins …«

»Natürlich beunruhigt Sie das, Sam«, wirft Amanda, die mir langsam so sehr auf den Geist geht, dass ich überlege, sie zum Schweigen zu bringen, ein.»Mit den anderen Personen auf der Liste war es allerdings so wie mit Henry Wilson. Alexander hat es gebraucht, sich an diesen Leuten zu rächen, um sich besser mit all dem abfinden zu können. Das ist seine Art der Verarbeitung, jeder von uns ist anders -«

»Schon verstanden«, zische ich, ohne sie dabei anzusehen. Alexanders Blick ist immer noch fesselnd auf mich gerichtet, während sich seine Brust immer schneller hebt und senkt. »Arbeitet dieser Mr Dougan eigentlich für dich?«, frage ich zusammenhangslos, weil es mir gerade durch den Kopf schießt. Ich bin es einfach nicht gewohnt, ehrliche Antworten zu erhalten, sodass ich alles auf einmal wissen möchte. Alexander nickt still.

»Okay … Und er war Teil deiner Rache an diesem Conrad Clayson, nehme ich an?«

Alexanders Gesichtsausdruck wirkt irgendwie stolz. Wieder nickt er. »Das hast du richtig verstanden. Ihm habe ich ebenso lediglich seine Firma genommen.«

»Lediglich«, wiederhole ich gedehnt. Zugegebenermaßen sind diese Sachen nur halb so schlimm wie befürchtet. »Was hat er getan?«

Alexander zerrt an seiner Krawatte, zieht sie sich über den Kopf und wirft sie achtlos beiseite. Er fühlt sich scheinbar genauso unwohl wie ich. Plötzlich starrt er Amanda an und bittet sie gezwungen freundlich: »Würdest du uns bitte alleine lassen? Ich denke, den Rest schaffen wir ohne dich. Du hast doch noch andere Patienten, oder?«

Etwas überrumpelt nickt sie. »Bist du dir sicher, Alexander?« Er nickt, den Blick auf mich gerichtet. Schließlich erhebt sie sich sichtlich enttäuscht und nickt mir knapp zu, danach verschwindet sie aus dem Raum und schließt die Tür hinter sich.

Im selben Moment zieht mich Alexander an sich und vergräbt seinen Kopf in meinen Haaren. Etwas perplex versteife ich mich in seinen Armen, doch die Wärme seines Körpers und der mir vertraute Geruch lassen mich trotz der makabren Situation ruhiger werden. Aus irgendeinem Grund überwältigen mich plötzlich meine Emotionen und all die Enttäuschung und Verzweiflung in mir strömen nur so aus mir heraus. Ich fange an zu weinen, als hätte ich mir seit Jahren alle Tränen aufgespart, und kralle mich in seine breiten Schultern, um irgendwo Halt zu finden.

»Samantha«, flüstert er mir ins Ohr, seine Stimme so zitternd wie noch nie zuvor. »Es tut mir wirklich leid, dass du das alles durchmachen musst. Ich wollte dich nie in etwas hineinziehen, das schwöre ich dir. Du solltest das niemals erfahren, weil ich Angst davor hatte, dich dann für immer zu verlieren. Aber belügen wollte ich dich auch nicht …« Ich bin immer aufgelöster und schluchze unkontrolliert. Seine Hand wandert zu meinem

Hinterkopf und streichelt sanft darüber. »Das zwischen uns ist nicht geplant gewesen. Davon war nichts gespielt und ich hoffe inständig, dass du mir das glaubst. Du bedeutest mir … zu viel.« Ich stoße mich leicht von ihm ab und wische mir mit dem Handrücken über das Gesicht. »Ich sollte dein Alibi sein, oder? Diese Veranstaltung … du willst ihn umbringen und es so aussehen lassen, als wärst du den ganzen Abend über mit mir im *Palais LYE* gewesen. Ich hätte es nicht mitbekommen, wegen der Rede, die ich dort halten sollte.« Schuldbewusst nickt er. »War diese Rede auch von dir geplant? Was, wenn ich sie nicht hätte halten wollen?«

»Die jüngsten und neuesten Teilnehmer werden immer darum gebeten, eine Rede zu halten. Ich hätte dich darum gebeten, es zu tun«, gesteht er leise. Seine Augen funkeln mich glasig an und seine Hände halten die meinen fest, als hätte er Angst, ich würde jeden Moment vor ihm davonlaufen. »Für dich muss das schrecklich sein, Sam, aber glaube mir, du wünschtest dir genauso sehr seinen Tod, wärest du an meiner Stelle. Jake Hoskins ist kein guter Mensch. Er hat es verdient, zu sterben.«

»Wie kannst du so etwas sagen?«, schluchze ich fassungslos. Mein ganzer Körper zittert. »Niemand verdient es, zu sterben!«

»Er schon«, erwidert er mit einer Kühle in seiner Stimme, die mir unangenehme Gänsehaut bereitet. »Ich erwarte nicht, dass du das verstehst. Eigentlich bin ich mir ziemlich sicher, dass du mich für einen kranken Psychopathen hältst, aber ich würde es dir trotzdem gerne erklären, jetzt wo du es weißt. Du sollst wissen, warum ich das tue, bevor du mich aus deinem Leben streichst.«

Als er sich erhebt, rechne ich damit, dass er aus der Tür gehen wird, doch er steuert auf Amandas Schreibtisch zu, öffnet wissend eine der Schubladen und entnimmt einen weißen Zettel daraus. In langsamen Schritten kommt er wieder auf mich zu und hält ihn mir entgegen. »Das ist der Abschiedsbrief meiner Mutter. Ich habe ihn bei Amanda aufbewahrt, weil es mir manchmal hilft, ihn zu lesen, während wir darüber sprechen. Noch nie hat ihn jemand anderes gelesen, aber ich möchte ihn dir geben.«

»Warum?« Ich blinzele unsicher zu dem Dokument, das er mir entgegenstreckt, und schlucke schwer. »Ich glaube nicht, dass ich das Recht besitze, ihn zu lesen, Alexander … Das ist … zu persönlich.«

»Dann lies nur den letzten Absatz«, bittet er mich in ruhigem Tonfall. »Den über Jake Hoskins.«

Oh Gott … Ich weiß nicht, ob ich das wirklich tun möchte.

Ich kann nicht glauben, dass er gewillt ist, mich diesen Brief lesen zu lassen – immerhin ist er das Einzige, das ihm seine Mutter hinterlassen hat, und es ist mit Abstand das Persönlichste, das er mir jemals von ihr oder sich geben könnte.

Alexander sieht mich immer noch abwartend an, jedoch keineswegs ungeduldig oder drängend. Seine gesamte Körperhaltung ist unsicher, steif und verzweifelt. Ihn so zu sehen, versetzt mir einen Schlag in die Magengrube, auch wenn ich bis vor einer halben Stunde noch der Überzeugung war, ihn zu hassen.

»Okay«, flüstere ich schließlich. Mit zitternden Händen greife ich nach dem Stück Papier und nehme es an mich. Mein Herz klopft augenblicklich schneller. »Willst du das wirklich?«

Er nickt, ohne zu zögern. »Lies die Rückseite.«

Ich falte den Zettel behutsam auseinander, drehe ihn um und hole tief Luft. Sofort fange ich wieder an zu weinen. In wunderschöner Handschrift steht geschrieben:

… meine Entscheidung nicht leicht macht. Ich werde für immer in deiner Schuld stehen, weil ich dich alleine zurückgelassen habe, und ich hoffe, du kannst mir irgendwann verzeihen, Alexander. Ich bin egoistisch und feige, so wie es dein Vater war, und so wollte ich nie sein, doch ich finde keinen anderen Ausweg. Dich mit meinen Problemen zu belasten war das Letzte, was ich wollte, deshalb habe ich dich in dem Glauben gelassen, alles sei in bester Ordnung, mein Sohn. Trotzdem bin ich zu dem Entschluss gekommen, dass du eine Erklärung verdient hast, ich sie dir nur nicht persönlich geben kann. Jetzt hast du all die Gründe für

mein Leid erfahren können, die Personen, die mir das Leben schwermachten, doch eine Sache, von der ich mir wünschte, du würdest sie niemals erfahren, liegt mir noch auf dem Herzen. In meinen letzten Zeilen an dich möchte ich mich entschuldigen und dir eine Lüge beichten. Ich möchte nicht gehen, ohne diese Beichte abzulegen.

Als du mich vor einigen Tagen im Krankenhaus besuchen warst, wolltest du wissen, woher meine blauen Flecken stammen, und ich habe dich angelogen, mein Sohn. Ich bin nicht gestürzt, weil ich betrunken war. Jemand hat mir etwas Unverzeihliches angetan, worüber ich es nicht schaffe, zu sprechen. Ich lernte einen Mann namens Jake Hoskins kennen, der vorgab, mit denselben Depressionen wie ich zu kämpfen. Wir unterhielten uns in einer Apotheke sehr nett miteinander, bis er mir schließlich anbot, mich nach Hause zu fahren. Er schien so hilflos, so verzweifelt; ich wollte ihm helfen, obwohl es mir selbst so schlecht ging. Ich bot ihm einen Kaffee an – ein Fehler, den ich mir selbst im Tod nie verzeihen werde. Schon vor der Haustür überwältigten mich zwei Männer, die längst auf uns gewartet hatten, und halfen Jake dabei, all meine Wertgegenstände, das Bargeld und meinen Schmuck zu entwenden. Ich wurde an einen Stuhl gefesselt und konnte mich nicht wehren. Als die Männer gingen, dachte ich, es sei endlich vorbei, doch Jake kehrte zurück und … tat etwas noch viel Schlimmeres. Er beraubte mich etwas anderem; etwas von unglaublichem Wert. Ich werde es nie zurückbekommen. Er hat mich beschmutzt. Mehrmals. Ich habe mich in meinem Leben noch nie so dreckig und hilflos gefühlt wie in dieser Nacht …

Ich kann nicht weiterlesen. Das ist grauenhaft.

Dieser Mann hat sie vergewaltigt und ausgeraubt. Er hat sie einfach missbraucht, obwohl sie eine kranke Frau war, die keine Chance hatte, sich gegen ihn zur Wehr zu setzen. Das ist so abgrundtief abscheulich, dass mir die Worte dazu fehlen. Und sie hat es nie jemandem gesagt. Alexander wusste von alldem nichts und hat es durch einen Brief nach ihrem Tod erfahren.

Scheiße, wie soll man so etwas je verarbeiten? Wenn ich daran denke, dass meiner Mutter dasselbe hätte passieren können, dann …

»Sam«, flüstert Alexander und holt mich so aus meinen verzweifelten Gedanken. »Alles in Ordnung?«

Ich sehe zu ihm hoch. Die Tränen kullern mir so schnell aus den Augen, dass meine Hand nicht mit dem Tempo mithalten kann, um sie aufzuhalten, und sie allesamt auf den Brief tropfen. Als ich sehe, dass die Schrift von der Nässe droht, zu verschwimmen, hüpfe ich ruckartig auf und tupfe den Brief an meinem Kleid trocken. »Das tut mir so leid! Er ist ganz nass … Das wollte ich nicht …«

»Schon okay«, flüstert er leise, während er mir den Brief langsam abnimmt. Er sieht ihn sich nicht einmal an, sondern faltet ihn zusammen und drückt ihn sich an die Brust. Immer noch stehe ich verheult und mit zitternden Knien da. »Ich habe diesen Brief so oft gelesen, ich kenne jedes einzelne Wort davon auswendig.« Er schluckt hart. »Mir bedeutet es sehr viel, dass du einen Teil davon gelesen hast. Auch wenn ich mich nun noch miserabler fühle als ohnehin schon.«

Ich blinzele mir die Tränen aus den Augen, um ihn genauer ansehen zu können. »Warum?«

Er lächelt mich sanft an, doch es ist nichts als Trauer in seinem Gesichtsausdruck zu erkennen. »Weil ich ihr nicht geholfen habe, Sam. Ich wusste von alldem nichts und habe mich nur um mich gekümmert, meinen Collegeabschluss, meine Frauengeschichten …« Er stößt einen tiefen Lacher voller Verzweiflung hervor. »Während sie so etwas durchgemacht hat, war ich vermutlich auf irgendeiner Collegeparty und habe ein Mädchen meiner Wahl flachgelegt.«

»Aber du wusstest es doch nicht!«, verteidige ich ihn. »So etwas hättest du doch niemals wissen können! Sie war Alkoholikerin und hatte Depressionen und hat es geschafft, das lange Zeit vor dir zu verheimlichen! Es wäre nicht so abwegig zu glauben, dass sie in ihrer Trunkenheit gestürzt ist und daher diese blauen Flecken hatte.«

Er sieht mich etwas überrascht an, als hätte er niemals erwartet, dass ich zu ihm stehe, anstatt ihn dafür zu verurteilen, wie er es selbst tut. »Das versuche ich mir selbst auch einzureden, aber es hilft nicht, Sam. Nichts hilft. Ich kann ihren Tod erst verarbeiten, wenn ich bereit bin, damit abzuschließen. Und dazu werde ich erst bereit sein, wenn ich diesen Hurensohn vor mir habe und ihn für alles, was er meiner Mutter angetan hat, büßen lasse. Der Gedanke daran, wie er meine Mutter …«

»Hör auf«, bitte ich ihn flehend. »Sag es nicht.« Wir sehen uns gleichzeitig mit niedergeschmettertem Gesichtsausdruck an, dann wische ich mir ein letztes Mal die Tränen aus dem Gesicht und mache einen Schritt auf ihn zu. Mit vollster Aufrichtigkeit sage ich: »Mir tut das so leid, Alexander. Zu sagen, ich könnte verstehen, wie du dich fühlst, wäre gelogen. Niemand kann das. Das ist … die letzten Jahre müssen die Hölle für dich gewesen sein. Es tut mir leid, dass dir so etwas widerfahren ist. Das meine ich wirklich so. Ich wünschte, du hättest mir eher davon erzählt.«

Alexander wendet den Blick von mir ab und seufzt: »Dann hättest du mich genauso angesehen, wie du es jetzt gerade tust. Als wäre ich ein armer, hilfloser Mann, der irgendwie verloren ist. Dein Blick ist voller Mitleid, das kann ich nicht ertragen. Ich will nicht, dass du mich so siehst, verstehst du das nicht?«

»Weil du denkst, dass das schwach ist!«, schießt es aus mir hervor. Ich greife nach seiner Hand und lege sie mir auf die Brust, während er immer noch zu Boden sieht. »Aber das ist es nicht! Das ist menschlich, Alexander. Diese perfekte Fassade, die du einstudiert hast, diese Härte und die Art, wie du anderen Menschen gegenübertrittst … ich verstehe das. Aber das brauchst du bei mir nicht! Ich sehe dich jetzt nicht mit anderen Augen, nur weil ich diese Sache aus deinem Leben kenne oder die dunklen Gedanken, die du in dir trägst. Das Einzige, das sich für mich dadurch geändert hat, ist die Tatsache, dass dich das nicht mehr so unnahbar macht. Angreifbarer. Es gibt mir das Gefühl, dich endlich richtig zu kennen und nicht nur den Mann, den du mir zu zeigen bereit warst.«

Seine Augen funkeln mich seltsam an, als er den Kopf hebt und mich wie hypnotisiert betrachtet. Seine Hand ruht immer noch auf meiner Brust, sie zittert leicht. Ich rechne damit, dass er sich zurückzieht oder meine Worte abschmettert, doch stattdessen macht er einen großen Schritt auf mich zu und presst seine Lippen auf die meinen.

Er küsst mich so leidenschaftlich, dass mir beinahe die Luft wegbleibt; es fühlt sich an, als würde er all seinen Kummer und das Leid, das er mit sich herumträgt, in diesen Kuss stecken, um es so mit mir zu teilen.

Und ich empfange es. Jedes kleinste Stückchen davon.

»Ich …«, flüstert er, unterbricht sich dann jedoch selbst. Er legt den Kopf schief, als er sich von mir zurückzieht, streichelt mit beiden Händen über meine Wangen und sieht mich einfach bloß an. Ich weiß nicht, wie ich ihn gerade ansehe, aber irgendetwas an meinem Gesichtsausdruck muss ihn so sehr fesseln, dass es ihm die Sprache verschlägt.

Nach einer gefühlten Ewigkeit flüstert er: »Lass uns nach Hause fahren. Ich bin dir noch ein paar mehr Antworten schuldig, und diesmal bekommst du sie ohne Widerrede.«

KAPITEL 23

ALEXANDER

Auf dem Weg zum Penthouse sprechen wir kein Wort miteinander. Ich habe darauf bestanden, dass Sam bei mir im Wagen mitfährt und ihr Auto vor Amandas Praxis stehen lässt, aus Angst, sie könnte es sich anders überlegen und umkehren. Mehrmals werfen wir uns einen bedeutungsschweren Blick von der Seite zu. Die Strecke nach Hause lege ich um einiges langsamer zurück als den Weg zu Amandas Praxis. Vielleicht, weil ich das bevorstehende Gespräch hinauszögern möchte.

Ich fühle mich hundsmiserabel und das kommt selten vor. Zu wissen, dass Sam mein schlimmstes Geheimnis kennt, macht mich nicht nur unruhig, sondern bereitet mir ein verdammt schlechtes Gefühl im Magen. Dass sie überhaupt in der Praxis aufgetaucht ist, war etwas, das ich nicht erwartet hatte. Natürlich wollte sie mehr Details als die, die ihr diese Dokumente geben konnten, aber sie sitzt trotz der Antworten, die sie bereits hat, hier mit mir im Wagen, was mehr ist, als ich eigentlich verdient habe.

Als ich in die Tiefgarage einbiege, werfe ich ihr erneut einen flüchtigen Blick zu. Sie sitzt leicht zusammengekauert da, die

Finger ineinander verschränkt, den Blick auf das Fenster gerichtet. Ihr Kleid an der Brust ist nass von ihren Tränen.

Ich bin ein verdammtes Arschloch, weil ich diese Frau immer wieder dazu bringe, zu weinen. Ich weiß, dass sie Besseres als mich verdient hat – jemanden, der ihr das Leben nicht so schwer macht und jemanden, der nicht von ihr verlangt, über Dinge hinwegzusehen, die gegen ihre Moralvorstellungen verstoßen. Aber ich bin zu egoistisch, um ihr das zu sagen. Ich bin zu selbstsüchtig, um das offen zuzugeben. Ich brauche sie.

»Ist Greta da?« Mit dieser Frage bricht sie unser unangenehmes Schweigen, als sie die Tür des Wagens öffnet und ohne auf mich zu warten aussteigt.

Ich schalte den Motor ab, hole tief Luft und steige ebenfalls aus. »Vermutlich.« Daran habe ich selbst nicht gedacht. Ich kann nicht riskieren, dass meine Angestellte dieses Gespräch mithört. »Möchtest du zu dir in die Wohnung fahren, um zu reden?«

Sofort schüttelt sie den Kopf. »Dort ist Claire ...«

»Verstehe«, erwidere ich knapp. Kurz sehe ich mich in der Tiefgarage um und als in den grauen Bentley entdecke, den Javier üblicherweise fährt, frage ich ohne nachzudenken: »Willst du dich hineinsetzen? Dort belauscht uns keiner und es ist etwas gemütlicher.«

Stirnrunzelnd starrt sie zum Bentley, der am Anfang der Reihe meiner Fahrzeuge steht, und zuckt mit den Schultern. »Okay.«

Vermutlich ist es ihr lieber, hierzubleiben, anstatt mit mir nach oben zu fahren. Ob sie denkt, sie wäre in meiner Gegenwart nicht sicher? Scheiße, keine Ahnung. Meine Gedanken machen mich fertig.

»Der Schlüssel ist oben«, lasse ich sie wissen. Als sie mir bloß zunickt und auf den Bentley zuläuft, bekomme ich Panik. Was, wenn ich nach oben fahre und sie bei meiner Rückkehr nicht mehr da ist? Ich will sie nicht alleine lassen, nicht jetzt. Das fühlt sich an, als würde ich die Kontrolle über die Situation abgeben und den Dingen ihren Lauf lassen, was ich nicht kann.

Als würde sie meine Gedanken hören, murmelt sie:»Ich werde hier warten.«

Widerwillig schließe ich den Wagen ab und marschiere auf den Fahrstuhl zu. Als hätte ich es überaus eilig, betätige ich mehrmals den Knopf und steige ein. Oben angekommen verschwende ich keine Zeit, tausche den Schlüssel meines Audis gegen den des Bentleys und steige sofort wieder in den Fahrstuhl, den ich mit einem Fuß in der Tür offengehalten habe. Als ich unten ankomme, laufe ich schon beinahe auf den Bentley zu. Sam steht direkt vor dem Wagen und starrt auf ihre Fingernägel, was mir den dämlichen Gedanken entlockt, dass ich heilfroh bin, dass sie keine Fingernägelbeißerin ist, sonst hätte sie vermutlich nach dem heutigen Tag keine mehr.

Mit einem Knopfdruck öffne ich den Bentley. Es kommt mir idiotisch vor, dass wir uns in einen meiner Wagen verziehen, um etwas so Wichtiges zu besprechen, allerdings will ich sie nicht zwingen, mit mir nach oben zu kommen, und Greta auch nicht über den Weg laufen.

Ich öffne ihr die hintere Wagentür und starre sie auffordernd an. Umgehend steigt sie ein und rutscht bis ans Ende der ledernen Sitzbank. Obwohl ich schon so oft in diesem Wagen und der anderen Limousine gefahren bin, verbinde ich alles darin mit ihr. Es erinnert mich an unser erstes Mal, als wir richtig miteinander geschlafen haben – Liebe gemacht haben. Das erinnert mich unwillkürlich auch an unseren Streit, den wir zuvor hatten, nachdem ich sie während der Vernissage draußen mit dem Künstler entdeckt habe. *Fuck.* Ich wette, dieser würde sich freuen, zu hören, dass das mit uns vorbei ist. Genauso wie ihr treuer Kumpel Aiden …

Die Gedanken machen mich aggressiv.

Ich schließe die Tür hinter mir und drehe mich augenblicklich zu ihr um.»Hast du seit deiner Rückkehr mit Aiden gesprochen?«

»Was?«, fragt sie irritiert. Sie runzelt die Stirn und mustert mich von oben bis unten. »Nein … Ich meine, wie kommst du denn *jetzt* auf das?«

»Gut.« Mein Körper entspannt sich sofort. »Du wirst dich nicht mit ihm treffen?«

Sie steckt ein paar lose Haarsträhnen zurück in ihren geflochtenen Zopf und zieht eine Augenbraue in die Höhe. »Das klingt eher wie ein Befehl, nicht wie eine Frage.«

Ist es auch. Sie darf sich mit niemand anderem treffen, das könnte ich nicht ertragen. Ich muss irgendetwas tun, damit sie bei mir bleibt. Allein diese geringe Distanz, die wir gerade zwischen uns haben, weil sie sich unnötigerweise gegen die Wagentür hinter sich drückt, gefällt mir nicht. Ich würde alles dafür tun, damit sie bei mir bleibt, auch wenn sie das vielleicht gar nicht weiß.

Alles, außer auf meine Rache zu verzichten.

»Über das willst du jetzt sprechen?«, fragt sie unzufrieden. Sie fängt an, unruhig mit ihrem gelben Kleid zu spielen. »Alexander, ganz ehrlich …«

»Sag es nicht«, unterbreche ich sie drängend. Ich rutsche ein Stück näher an sie heran und greife nach ihrem Kinn, damit sie mich ansieht. Ihre Augen sind leicht geschwollen und gerötet. Ich hasse es, sie so zu sehen. »Sag nicht, dass du mich verlassen wirst.«

»Das wollte ich gar nicht sagen«, flüstert sie gepresst. Als würde sie sich bemühen, nicht zu blinzeln, um ihre Tränen zurückzuhalten, reißt sie ihre Lider etwas auf und schaut mich mit großen Augen an. »Ich könnte dich jetzt über jede Person von deiner Liste ausfragen, könnte verlangen, dass du mir alles über sie und die Dinge, die du ihnen angetan hast, erzählst, aber das will ich eigentlich gar nicht.«

Immer noch halte ich ihr Kinn fest, obwohl ich nicht glaube, dass sie den Blick von mir abwenden würde. Sie zu berühren gibt mir ein vermutlich falsches Gefühl von Sicherheit. »Ich bin bereit, dir alles zu erzählen, was du noch wissen möchtest.«

»Ich weiß.« Das erste Mal blinzelt sie und sofort kullert eine

Träne über ihre Wange. Ich wische sie sanft fort. »Ich wünschte, ich würde wissen, was ich jetzt sagen soll. Aber ich weiß es nicht.«

»Das verstehe ich«, sage ich aufrichtig. »Dass du noch immer hier bist, reicht mir.«

Noch mehr Tränen kullern aus ihren Augen. Sie wirkt so verzweifelt und hin- und hergerissen, dass ich ihr die Entscheidung, mich zu verlassen, gerne abnehmen würde, aber ich kann es nicht. Ich bin ein Scheißkerl, das weiß ich.

Trotzdem soll sie bei mir bleiben.

»Was du bisher getan hast, ist mir egal, Alexander. Wirklich. Das hatte nichts mit mir zu tun und jeder Mensch wünscht sich irgendwann einmal Rache, oder? Manche ziehen es durch, manche nicht ... Diese Leute haben deiner Mutter etwas genommen und du hast ihnen etwas genommen. Ich kann das noch irgendwie verstehen ... Aber diese Sache mit Jake Hoskins und meine indirekte Beteiligung daran ... das ist zu viel.«

»Ich verstehe das«, sage ich erneut, weil mir nichts Besseres einfällt. Ich will nicht über diese Sache sprechen. Ich will, dass sie das einfach vergisst, weiß aber auch, dass dieser Wunsch lächerlich ist in Anbetracht des Schweregrades.

Samantha betrachtet mich einige Sekunden lang gedankenverloren, legt ihre Hand auf meinen Hinterkopf und krallt sich mit den Fingern in mein Haar. Das macht sie immer, manchmal sogar unbewusst, und ich weise sie nie daraufhin, weil ich es mag, wie sich ihre zärtlichen Finger um meine Haarsträhnen schlingen und ihre Nägel meine Kopfhaut kratzen. Ich mag jede Berührung, solange sie von ihr stammt.

»Das mit deiner Mutter tut mir so leid«, flüstert sie.

»Ich weiß«, flüstere ich zurück. Mein Körper versteift sich, weil sich diese Sache hier anfühlt wie ein Abschied. »Küss mich«, höre ich mich meinen Gedanken laut aussprechen.

Ihre Augen funkeln unwillkürlich. »Was?« Ihre Stimme klingt nicht abgeneigt, lediglich etwas überrumpelt. Noch bevor ich antworten oder meine Bitte zurückziehen kann, presst sie ganz vorsichtig ihre Lippen auf die meinen. Sie küsst mich sanft, ohne

Zunge, aber sehr lange. Als sie sich wieder zurückzieht, fängt mein Herz an, schneller zu schlagen. »Wir sollten -«

»Bitte«, unterbreche ich sie mit tiefer Stimme. Ich will nicht reden. Ich hasse reden. Überhaupt, wenn das Gespräch vielleicht so enden könnte, dass es unser letztes ist. »Nicht.«

Ich streiche ihr eine lose Haarsträhne aus der Stirn und küsse sie erneut. Diesmal übernehme ich, wie sonst auch, die Führung, öffne ihre vollen Lippen sanft mit meiner Zunge und dringe danach langsam in ihren Mund ein.

Doch das reicht mir nicht. Ich muss sie spüren, muss wissen, dass sie immer noch mir gehört. Mit einer Hand gleite ich an ihrem Arm entlang, streichele ihn sanft, dann lege ich ihr die Hand um die Taille und ziehe mich ein Stück weit zurück, ohne aufzuhören, sie zu küssen. Ich rechne mit Einwänden, als ich sie an mich ziehe und sie schließlich mit dem Rücken auf die Sitzbank drücke, aber es folgen keine. Stattdessen schlingt sie beide Arme um meinen Hals und krallt sich in den Kragen meines Hemdes.

Ich zögere nicht und schiebe ihr bodenlanges Kleid ihre Hüfte hinauf, nachdem ich ihre Beine angewinkelt auf der Bank ausgestreckt und mich dazwischen gekniet habe. Meine Hand findet blind den Weg zu ihrem Höschen, schiebt es eilig beiseite, und bevor ich mich versehe, massiere ich schon mit dem Daumen ihre Klit und lecke über ihren Hals.

Sam bäumt sich leicht auf und keucht, als ich in die empfindliche Stelle hinter ihrem Ohr beiße, doch diesmal stöhnt oder schreit sie nicht, weil ich es sanfter tue als sonst. Ich habe gerade nicht das Bedürfnis, sie zu ficken, sondern ihr einfach nahe zu sein. Bevor ich sie kennengelernt habe, hielt ich es für ausgeschlossen, dass ich je das Bedürfnis danach verspüren könnte, mit jemandem zu schlafen, anstatt zu ficken.

»Alexander …« Ihre Stimme ist ein leises, aufgeregtes Wispern. Sie öffnet mit einer Hand den Knopf meiner Jeans, während ich langsam zwei Finger in sie einführe. »Ich brauche dich.«

»Ich weiß.« Ich küsse ihr Ohr, danach wieder ihren Hals und schließlich richte ich mich auf, um ihre Knie noch mehr anzuwinkeln. Der Ausdruck in ihren Augen ist kaum zu deuten. Ich erkenne Liebe und Zuneigung, Lust und Begierde, aber auch Furcht. Angst vor dem, was hiernach passieren könnte.

»Kannst du es sagen?«, frage ich, ohne es ihr zu befehlen.

Sie lächelt sanft, was mein Herz deutlich unregelmäßiger schlagen lässt. »Ich liebe dich.« Woher sie wusste, dass ich diese drei Worte von ihr hören wollte und nicht die anderen drei, die ich sonst von ihr verlange zu sagen, weiß ich nicht. Vielleicht sagt sie nicht mehr, dass sie mir gehört, weil sie es nicht mehr möchte?

»Ich bin deins.«

Als sie die Worte plötzlich doch ausspricht, fühlt es sich an, als würde mir ein Stein vom Herzen fallen. Ich kann nicht länger warten, während ich ihren Körper abtaste, als würde ich mir jeden Zentimeter davon einprägen wollen, weil ich ihn vielleicht nie wieder spüren kann, und dringe mit einem langsamen Stoß in sie ein. Sofort wirft sie den Kopf in den Nacken und stöhnt auf. Ich zerre schon fast ungeduldig an meiner Unterhose, um sie mir noch ein Stück weit die Hüften hinabzuziehen, und dringe erneut in sie ein. Danach bücke ich mich nach unten, um sie zu küssen.

»Verlass mich nicht«, höre ich mich flüstern. Meine Worte klingen verzweifelt. Ich vergrabe den Kopf in ihrer Halsbeuge, schlinge einen Arm unter ihrem Rücken hindurch, um sie bei mir zu behalten, und gleite immer wieder sanft in sie.

»Ich liebe dich«, antwortet sie stattdessen, und auch beim zweiten Mal klingen ihre Worte aufrichtig. Sie schlingt beide Hände um meinen Rücken, krallt sich an mir fest. Ihr Stöhnen ist Musik in meinen Ohren und spornt mich an, mein Tempo zu beschleunigen. Trotzdem bleibt es zurückhaltend.

Mein Schwanz wird härter, je öfter ich zustoße. Ihre enge Pussy verschlingt mich förmlich. Das Gefühl ist berauschend. Mit jedem Stoß fühle ich mich Sam noch näher und gleichzeitig will ich noch mehr von ihr besitzen. Sie zieht mich an den Haaren sanft zu sich herab, presst ihre Lippen auf die meinen und hebt ihre Hüfte an, um mich noch tiefer in sich aufnehmen zu können.

Während wir uns leidenschaftlich küssen, versuche ich mein kehliges Stöhnen zu unterdrücken und atme ihr stattdessen stoßweise in den Mund. Sie saugt so stark an meiner Unterlippe, dass es sich anfühlt, als würde sie mir all die Dinge, die zwischen uns stehen, aussaugen wollen. *Verdammt.* Ich ziehe meinen Arm unter ihr hervor und greife zwischen uns, um sie zu massieren. Ihre Pussy ist triefend nass. Ich keuche und reibe sie grob und drängend.

Ich brauche ihren Orgasmus. Jetzt.

»Komm für mich.« Ich stoße etwas härter und tiefer zu. »Jetzt.«

Sam schließt ihre Augen und stöhnt immer abgehakter. Ihre Knie beginnen zu zittern und ihre Pussy unter meinen Fingern zu pochen. Ich schließe selbst die Augen und lausche ihren erotischen Lauten, bis sie anfängt, mit den Beinen zu zucken und meine Hände auf ihren Körper lege, um spüren zu können, wie er für mich erbebt.

»Oh Gott …« Sie krallt sich an meinem Bizeps fest. »Alexander.« Mein Name gestöhnt aus ihrem Mund lässt mich beinahe explodieren.

Ich drehe meinen Kopf zur Seite und beiße sanft in ihr Handgelenk. Dann pumpe ich härter in sie und finde meine eigene Erlösung. »Samantha.« Ihr Name entgleitet meinen Lippen, ohne dass ich Einfluss darauf habe. Ich erschauere und stöhne auf.

Ich höre trotzdem nicht auf, in sie einzudringen. Ich will nicht, dass das hier ein Ende hat. Ich will nicht aufhören, sie zu spüren. Als ich fühle, wie sich ihre Muskeln um meinen Schwanz entspannen und der Druck nachlässt, öffne ich langsam die Augen und atme tief aus. Meine Stirn ist feucht und auch auf ihrer Stirn perlen Schweißtropfen.

Sie lächelt mich mit geröteten Wangen an. Ich ziehe sie hoch, schlinge einen Arm um sie und küsse sie stürmisch, wie es alles in mir verlangt. Ich fresse sie förmlich auf, doch sie wehrt sich nicht dagegen. Stattdessen küsst sie mich genauso hungrig zurück.

Fast bin ich wieder bereit für eine nächste Runde, da trifft mich die Erkenntnis, dass das, was wir hier tun, falsch ist, wie ein Schlag. So gerne ich sie auch noch drei Mal hintereinander hier ficken würde, ändert sich nichts an dem, was nun zwischen uns steht. Ich kann es schließlich nicht einfach wegficken, auch wenn ich es gerne wollte.

Ich ziehe mich komplett zurück, rutsche von ihr weg und ziehe mir die Unterhose hoch – fast wie in alten Zeiten, als ich nach dem Ficken mit anderen Frauen schnell das Weite gesucht habe, damit die Frau sich nichts darauf einbildet und mir später lästig wird. Als ich geistesabwesend den Knopf meiner Anzughose schließe, bemerke ich, wie verzweifelt Samantha mich anstarrt. Sie gibt sich nicht mal die Mühe, ihr Kleid zu richten oder mich nach einem Taschentuch zu fragen, um sich zu säubern.

»Habe ich etwas falsch gemacht?«, will sie mit bebender Stimme wissen. Ich schüttele den Kopf, ohne sie dabei anzusehen. »Was ist dann plötzlich los?«

Widerwillig sehe ich auf. Es fällt mir dennoch schwer, ihren durchbohrenden Blick zu erwidern. Da liegen so viele Erwartungen in ihren schönen Augen, die ich nicht erfüllen kann.

Warum tue ich das? Warum verdammte Scheiße binde ich diese Frau an mich, obwohl ich weiß, dass ich sie mit mir in den Abgrund ziehe? Egal, wie eingebildet das auch klingen mag, aber ich weiß leider nur zu gut, welchen Knopf ich bei ihr drücken muss, um von ihr zu bekommen, was ich will. Ich weiß genau, wie ich sie berühren muss, was ich sagen muss und wie ich ihr zeigen muss, was ich möchte, damit sie für uns und nicht gegen mich spielt. Sie hatte nie eine Chance, weil ich ihre Schwächen von Anfang an erkannte und stets gegen sie verwendete, sodass sie es nicht einmal mitbekommen hat. Und jetzt tue ich es wieder. Ich schlafe mit ihr, weil ich weiß, wie viel ihr das bedeutet; weil ich weiß, dass es sie empfänglicher für mich macht. Weil ich weiß, dass uns der Sex verbindet. Das war von Anfang an so.

Ficken ist unser Problemlöser, Streitschlichter, unser Vorwand, um Gesprächen aus dem Weg zu gehen – meist meiner – und meine Art ihr zu zeigen, was ich für sie empfinde, weil ich es anders nicht kann. Mittlerweile sollte sie jedoch mitbekommen haben, mit welch emotionalem Krüppel sie es hier zu tun hat.

»Bitte sag mir irgendetwas, das mir einen Grund gibt, dich nicht zu verlassen«, fleht sie mich plötzlich aufgelöst an. Sie zieht das Kleid ihre Beine hinunter und rutscht so nah neben mich, dass sie beinahe an mir klebt. »Bitte … Ich brauche nur irgendetwas, Alexander. Ich will nicht gehen.«

Die Mauer, die sie mittlerweile längst um mich herum eingerissen hat, baut sich augenblicklich wieder auf. Diesmal, weil ich sie vor mir beschützen möchte. Ich sollte aufhören, solch ein Egoist zu sein, und einmal im Leben nicht an mich denken.

Ich würde sie bloß ruinieren. Ich kann ihr das nicht antun. Sie in meine Dunkelheit hineinzuziehen und dort verrotten lassen. Sie ist besser ohne mich dran, denn meine Dunkelheit kann ich nicht abschütteln. Nicht mal für sie.

Ich hasse es, dass ich sage »Ich kann nicht«, obwohl ich so gerne etwas anderes sagen würde.

Weil ich ihrem fordernden Blick ausweiche, greift sie nach meiner Wange und dreht meinen Kopf in ihre Richtung. Wieder weint sie. »Warum? Ich sage dir doch, dass ich dich nicht verlassen will! Aber dafür … Du musst mir versprechen, dass du das nicht tust, Alexander. Denn wenn du es tust … wenn du …«

»Hör auf«, bitte ich sie. Ich sehe ihr tief in die bernsteinfarbenen Augen und versuche so emotionslos wie nur möglich zu wirken. Das macht es ihr vielleicht leichter, mich zu hassen. »Ich werde nicht von meinem Plan abkommen, Samantha. Auch dann nicht, wenn du mich anflehst.«

»Aber …« Sie zieht ihre Hand zurück, weicht jedoch nicht von mir. Ich spüre ihr Bein an meinem Knie zittern und versuche zu ignorieren, dass sie zu verletzen, auch mich verletzt. »Wenn du mich liebst, dann … dann tust du es nicht. Dann entscheidest du dich für uns und gegen diese Sache, die uns ein für alle Mal

zerstören wird. Ich kann nicht einfach darüber hinwegsehen, dass
-«

»Ich werde es tun.« Mit diesen Worten öffne ich die Tür und
steige aus dem Wagen. Dass mein Herz rast, als stünde ich kurz
vor einem Herzinfarkt, ignoriere ich ebenfalls gekonnt, während
ich auf den Fahrstuhl zusteuere. Hinter mir höre ich ihre
Wagentür aufgehen, danach fällt sie lautstark zu.

»Liebst du mich denn nicht?«, schreit sie mir schluchzend
hinterher. Ich schließe die Augen, während ich einfach weiter
gehe und mich davon abhalte, mich zu ihr umzudrehen. »Ich
würde alles für dich aufgeben, Alexander! Alles für dich tun! Und
du? Du lässt es so weit kommen und entscheidest dich dann
gegen mich? Gegen *uns*?«

Ihre Worte bringen mich unwillkürlich zum Stillstand.
Verdammt, sie hat recht. Sie hat immer und mit allem recht, auch
wenn ich das nie offen zugeben würde.

Aber eines versteht sie nicht – die Tatsache, dass ich das
gerade *für* sie tue und es keine Entscheidung *gegen* sie ist. Ich
könnte ihr sagen, was sie von mir hören will, und es dennoch tun.
Vielleicht würde sie nie erfahren, dass Jake Hoskins tot ist, vielleicht aber doch. Doch dann könnte ich ihr endlich sagen, dass
ich sie liebe, in dem Wissen, dass sie das dazu veranlassen würde,
trotzdem bei mir zu bleiben. Ich könnte so viel tun mit sehr
wenig Aufwand, um sie bei mir zu halten.

Doch zum ersten Mal in meinem Leben entscheide ich mich
dafür, nicht nur zu meinem Besten zu handeln. Ich scheiße auf
meine Bedürfnisse, scheiße darauf, was ich eigentlich möchte und
womit es mir am besten ergehen würde, und beschließe, das zu
tun, womit es ihr am besten geht. *Ohne mich zu leben.* Den
Ballast, den ich mit mir herumschleppe, an ihr abzuladen, war nie
meine Absicht. Dass sie sich mit solchen Dingen herumschlagen
muss, ebenso wenig. Ich kann nicht von ihr verlangen, tatsächlich
zu verstehen, warum ich diesen Hurensohn sterben sehen möchte.
Sie würde vielleicht darüber hinwegsehen, doch sie könnte es nie
vergessen und diese Schuld ein Leben lang mit sich herumtragen.

Was wäre ich für ein Bastard, würde ich ihr das wissentlich zumuten?

»Alexander!« Ihre Stimme bricht. Sie schluchzt so verzweifelt, dass es mir das Herz zerreißt.

Ich weiß nicht, wie ich mich verhalten soll. Ich will nicht dieses Arschloch sein, dass sie einfach stehen lässt, während sie am Boden zerstört ist, das hat sie nicht verdient. Aber das Risiko, von meiner ersten und vermutlich letzten selbstlosen Tat in meinem Leben abzukommen, sobald ich mich umdrehe und sie ansehe, kann ich nicht eingehen.

Also betätige ich den Knopf des Fahrstuhls und sage laut genug, damit sie mich hört: »Das war ein Fehler, Samantha. Wir wissen beide, dass unsere Beziehung geendet hat, als du von meinem Vorhaben erfahren hast. Ich war dir Antworten schuldig – du hast sie bekommen. Du solltest jetzt gehen und dein Leben dort fortsetzen, wo es geendet hat, bevor das mit uns passiert ist.«

Plötzlich lacht sie. Eine unangenehme Gänsehaut breitet sich auf meinen Rücken aus, so als ob ich ihre Stimme bis ins Knochenmark spüren könnte. Ich höre einen lauten Aufprall, drehe mich aber nicht zu ihr um. Falls sie eines meiner Autos beschädigt hat, soll es so sein. Ich hätte verdient, dass sie mein Penthouse in Brand setzt, also kann ich auch mit einem beschädigten Fahrzeug leben.

»Dort fortsetzen, wo es geendet hat? Hörst du dir selbst beim Sprechen zu?«, schreit sie mir hinterher, klingt rasend vor Wut. »Ich habe kein gottverdammtes Leben mehr, Alexander! *Du* bist mein Leben! Ich habe keine Kohle, weil ich keinen Job habe, weil du nicht möchtest, dass ich meine Zeit woanders verbringe als bei dir; ich habe kaum noch Freunde, weil ich sie für dich aufgegeben habe oder keine Zeit für sie aufbringen konnte, weil ich meine gesamte Zeit dir widme; und ich habe sonst nichts, das es mir wert wäre, so viel zu opfern! Also hör auf damit! Du kannst mich jetzt nicht fallenlassen. Nicht so.«

Ihre Vorwürfe brennen wie ein Brandzeichen auf meiner Haut. Ihre Worte schmerzen mich. Ich weiß, dass jedes einzelne

Wort davon der Wahrheit entspricht. Sie hat so viel für mich aufgegeben.

Obwohl ich vehement versuche, mich davon abzuhalten, mich zu ihr umzudrehen, tue ich es dennoch. Als würde mein Körper die Warnsignale meines Hirns überhören und auf eigene Faust handeln. Ihr Anblick versetzt mir einen weiteren Schlag, diesmal tief in die Magengrube. Sie sieht aus wie ein Häufchen Elend, vermutlich genauso, wie sie sich gerade fühlt. Ihr Gesicht ist tränenverschmiert, ihre Haare unordentlich, als hätte sie sich mit den Fingern hineingekrallt, und ihr Blick ist fassungslos und wütend auf mich gerichtet.

Ich muss ein paar Mal zu oft schlucken, bis ich den Mund aufbekomme, doch sie kommt mir zuvor: »Das kannst du jetzt nicht tun, nicht nach allem, was wir durchgemacht haben! Hörst du? *Du* hast mir diesen Vertrag angeboten, *du* hast eingewilligt, eine richtige Beziehung mit mir einzugehen, *du* hast mich verfolgt, als ich vor dir weggelaufen bin, *du* hast mich zurück nach Manhattan gebracht und *du* hast darauf bestanden, dass das mit uns nicht zu Ende ist! Aber jetzt triffst nicht du die Entscheidung, sondern ich! Und ich sage, dass das mit uns nicht auf diese Weise endet!« Sie hat ihren Zeigefinger auf mich gerichtet, doch schafft es vor lauter Zittern kaum, ihren Arm aufrecht in die Höhe zu halten.

Meine Kehle wird eng und meine Brust verkrampft sich zunehmend. Ich kann sie nicht länger ansehen. Wie ein dreckiger Feigling starre ich zu Boden, ignoriere, dass die Aufzugtüren hinter mir schon mehrmals auf und zu gegangen sind, und äußere knapp: »Ich werde das tun, was ich tun muss, Samantha. Und du weißt, was das ist. Das kann ich nicht mit dir an meiner Seite tun, also bitte akzeptiere, dass das mit uns vorbei ist.« Obwohl ich sie nicht ansehe, könnte ich schwören, dass sie ihr Gesicht zu einer ungläubigen Grimasse verzieht. Damit sie nicht auf die Idee kommt, mir zu unterstellen, ich würde lügen oder sie nur von mir stoßen wollen, füge ich mit bewusst kalter Stimmlage hinzu: »Ich will diese Beziehung nicht, weil sie mir nun im Weg steht. Und ich entscheide mich, um es nochmal deutlich zu sagen, gegen dich und für mein Vorhaben.«

Das verschlägt ihr scheinbar die Sprache. Als der Aufzug sich erneut hinter mir öffnet, steige ich impulsiv ein und drücke den Knopf zu meinem Stockwerk, während ich meine Schlüsselkarte vorhalte. Gerade als sich die metallenen Türen schließen wollen, höre ich sie so leise fragen, als hätte sie Angst vor der Antwort: »Liebst du mich, Alexander?«

Durch meine emotionale Unreife und den Schwierigkeiten, die ich damit habe, offen über meine Gefühle zu sprechen, fällt es mir zugegebenermaßen leicht, *Nein* zu sagen. Ich sage es sogar noch einmal, diesmal deutlicher, damit sie es auch mit Sicherheit hört, ehe sich die Türen endgültig schließen.

Als sich der Fahrstuhl in Bewegung setzt, wird mir klar, dass das die größte Lüge ist, die ich je ausgesprochen habe.

Eine Lüge, die ich vermutlich niemals wieder zurücknehmen kann.

KAPITEL 24

SAMANTHA

Nein. Nein. Nein. Nein. Nein. Nein. Nein. Nein. Nein. Nein. Nein. Nein. Nein. Nein. Nein. Nein. Nein. Er hat Nein gesagt. Ich glaube, ich werde dieses Wort niemals wieder hören können, ohne einen Herzanfall zu erleiden. Alexander sagte, dass er mich nicht liebt. Er sagte es sogar zwei Mal, als wäre es beim ersten Mal nicht schon schmerzhaft genug gewesen. Und dabei dachte ich die ganze Zeit über, nicht zu wissen, ob er es tut oder nicht, wäre schlimmer, als zu wissen, dass er es nicht tut. Ein großer Irrtum – keine Antwort ist definitiv besser als die, die er mir gerade gegeben hat.

Deswegen hat er es wohl nie erwidert ... Nicht, weil er nicht im Stande dazu war, sondern, weil er mich nicht anlügen wollte. Weil er mich einfach nicht liebt.

Es fühlt sich an, als hätte man mir das Wertvollste auf der Welt genommen. Als hätte man es mir brutal aus den Händen gerissen, während ich mich, so fest ich konnte, daran geklammert habe, als könnte ich ohne es nicht überleben. In all meinen verzweifelten Stunden habe ich mich stets an den winzigen Funken Hoffnung in mir geklammert, der fest daran glaubte, dass Alexander dasselbe für mich empfindet wie ich für ihn. Jetzt weiß ich, dass dem nicht so ist. Er entscheidet sich gegen mich, gegen uns.

Warum, zum Teufel, fühlt es sich dennoch so an, als würden wir gerade einen schwerwiegenden Fehler begehen? Als wäre es ein Fehler von mir, ihn gehen zu lassen? *Du kannst ihn nicht zwingen, mit dir zusammen zu sein,* erinnert mich meine innere Stimme bitter. *Er liebt dich nicht.*

Heute werde ich nicht darauf warten, dass er zu mir zurückkommt. Er hat alles, was wir hatten, zerstört, und mich mit einem irreparabel gebrochenen Herzen zurückgelassen. Und er war eiskalt dabei.

Ich hasse ihn. *Gott,* ich hasse ihn gerade mehr als ich ihn je lieben könnte. Was für ein verlogenes Arschloch ... ein krankes, verlogenes Arschloch. Ein Arschloch, dem es vermutlich gleichgültig ist, wie ich mich gerade fühle, sonst wäre er nicht einfach in diesem verdammten Fahrstuhl verschwunden, als gäbe es nichts mehr zwischen uns zu sagen. Meine Wut kennt keine Grenzen mehr und verdrängt jegliches Kummergefühl in mir.

Ich laufe aus der Tiefgarage und überquere die Straße. Ungeduldig sehe ich mich nach einem Taxi um und winke jedem vorbeifahrenden hektisch zu. Mir ist kläglich bewusst, dass sich mein halbes Eigentum in Alexanders Penthouse befindet und ich es vermutlich nie wiedersehen werde, sollte ich es mir jetzt nicht holen. Aber ihm nochmal gegenüberzutreten und ihm in seine falsche Visage zu blicken, ertrage ich nicht. Ich werde mir wohl neue Klamotten zulegen müssen, genauso werde ich mir einen neuen Schlüssel für meine Wohnung anfertigen lassen müssen, da mein eigener auf dem Nachtkästchen neben Alexanders Kingsizebett liegt. *Klasse.* Wenigstens mein Handy habe ich bei mir.

Ein Taxi hält direkt vor mir an. Ich reiße die Tür auf und setze mich stürmisch auf die Stoffbank des alten Fords. Als ich aufsehe, um ihm meine Adresse bekannt zu geben, entdecke ich mich in seinem Rückspiegel und zucke zusammen. Mein Gesicht ist nicht nur tränenverschmiert, sondern beinahe komplett schwarz von meiner Wimperntusche. Außerdem sind meine Augen gerötet und geschwollen und mein Haar ganz unordentlich.

»Wohin, Miss?« Der Fahrer gibt sich erst gar nicht die Mühe, sich zu mir umzudrehen, was mir nur recht ist, jetzt nachdem ich meinen grauenhaften Anblick selbst ertragen musste. »Können Sie bezahlen?«

Fuck. Mein Portemonnaie liegt in meiner gelben Umhängetasche und diese liegt in dem Audi, mit dem ich zu Amandas Praxis gefahren bin. *Großartig.* Bevor er mich direkt wieder rausschmeißt, sage ich: »Wenn Sie mich zu meinem Auto fahren, dann schon.« Nur leider habe ich auch den Autoschlüssel des Audis nicht bei mir ... Dieser liegt nämlich in Alexanders Audi. Das wird ja immer besser! *Arrghh!*

»In Ordnung«, gibt er mit misstrauischem Ton zurück, was mich nicht beeindruckt. »Geben Sie mir die Adresse oder zeigen Sie mir den Weg.«

Ich nicke ihm knapp zu, obwohl er es gar nicht sieht, und deute ihm mit einer Handbewegung geradeaus zu fahren. Während der nächsten Minuten bin ich damit beschäftigt, Alexanders Handynummer, seine Festnetznummer, die drei Firmennummern, die ich von ihm besitze, und die Nummer der Servicehotline der Tiefgarage, die er mir für Notfälle gegeben hat, aus meinem Handy zu löschen. Meine Hände zittern so stark, dass ich versehentlich die Nummer einer alten Schulkollegin lösche, was mir jedoch egal ist. Es ist ja nicht so, als hätte ich noch viele soziale Kontakte außer Alexander und Claire.

Ha! Wieder ertappe ich mich dabei, wie ich mich in Selbstmitleid suhle. Zu sagen, dass das alles seine Schuld ist, wäre genauso feige wie sein Abgang. Es war genauso sehr meine Schuld wie seine, weil ich es habe so weit kommen lassen. Ich hätte ihm nie vertrauen dürfen, hätte mich von ihm fernhalten müssen und hätte ihn schon gar nicht lieben dürfen. Die Wut schnürt mir immer noch den Hals zu. Ich fühle mich leer und verlassen, einfach miserabel.

Nie wieder werde ich mich seinetwegen schlecht fühlen – nie wieder! Ab sofort wird jedes Gefühl der Zuneigung, das ich für ihn empfinde, durch Hass ersetzt und jede Faser meines Körpers, die sich nach seinem verzehrt, wird existenziell ignoriert. Soll er doch tun, was er glaubt, tun zu müssen. *Einen Mord begehen ...* Ehrlich? Ich muss doch wirklich im falschen Film feststecken. Alles, was ich in den letzten Tagen und Wochen seinetwegen durchgemacht habe, kommt mir vor wie ein Traum. Einfach surreal.

Ich hasse ihn. Ich hasse ihn. Ich hasse ihn. Ich hasse ihn.

Der Fahrer unterbricht mein wirres Gedankenkarussell. Ich zeige ihm den Weg und bitte ihn, zu halten, als wir den Audi erreichen.

Der Anblick des grässlichen grauen Gebäudes von Amandas Praxis stellt mir alle Nackenhaare auf und macht mich unwillkürlich noch wütender. Ich sollte Amanda einen Besuch abstatten und diesmal nicht gehen, bevor ich ihre Quacksalber-Praxis nicht tatsächlich in Brand gesetzt habe.

»Ich warte dann hier«, höre ich den Taxifahrer rufen, doch ich bin schon längst aus dem Wagen ausgestiegen und laufe auf den Audi zu, den ich wie so oft nicht wirklich ordnungsgemäß geparkt habe.

Tja, da ich keinen Schlüssel besitze, bleibt mir nichts anderes übrig, als auf etwas fragwürdige Methoden zum Öffnen dieses Wagens zurückzugreifen. Da ich keine Autotür aufbrechen kann, muss es wohl noch etwas verrückter werden.

Ich schnappe mir den erstbesten Stein, den ich auf dem Boden entdecke, sehe mich ein paar Mal hektisch in der Straße um und schlage ihn anschließend mit voller Wucht durch die Glasscheibe der Fahrerseite.

Verdammt, fühlt sich das gut an. Wenn ich mir jetzt auch noch vorstelle, das wäre Alexanders Gesicht ... Plötzlich muss ich lächeln und bin mir sicher, dass ich gerade wie eine Irre aussehe, die aus einer Nervenheilanstalt geflohen ist.

Ich lehne mich langsam nach vorne, strecke meinen Arm durch das Fenster und achte stets darauf, mich nicht an den Scherben zu schneiden. Dann schnappe ich mir rasch meine Tasche vom Sitz und sprinte zurück zum Taxi.

Als ich einsteige, starrt mich der Fahrer mit tellergroßen Augen an. »Sie haben gerade ... Ist das Ihr Wagen? Miss, Sie können doch nicht einfach ...«

Ich schenke seinem Entsetzen keinerlei Beachtung. Das hat sich viel zu gut angefühlt, um es jetzt zu bereuen. Eine kaputte Autoscheibe gegen ein gebrochenes Herz – ich denke, Alexander kommt ziemlich gut davon.

Als sich der Fahrer räuspert und über den Beifahrersitz lehnt, um sich den demolierten Wagen näher ansehen zu können, packe ich ihn am Arm und verlange: »Fahren Sie mich jetzt einfach nach Hause, Sir! Das ist mein Wagen, also keine Panik.« Zwar ist der Audi nicht mehr wirklich mein Besitz – war er theoretisch auch nie – aber das muss hier niemand wissen.

Schweigend gurtet er sich wieder an, und ich tue es ihm gleich, einfach weil ich davon ausgehe, dass ihn das beruhigen könnte. Eine Irre macht sich doch auf ihrer Flucht nicht extra die Mühe, sich anzuschnallen, oder?

Als wir dieses verfluchte Gebäude endlich passieren, atme ich erleichtert auf, nur um danach festzustellen, dass das permanente Ziehen in meiner Brust immer noch nicht verschwunden ist. Als würde der Adrenalinschub nachlassen, fühle ich mich plötzlich schwach, regelrecht energielos, und mir ist unendlich kalt.

Ist das heute wirklich alles passiert?

Ich wünsche mir, dass ich einfach aus einem bösen Traum aufwache. Stattdessen hält das Taxi wenig später vor meinem Wohnhaus. Seufzend ziehe ich meine letzten paar Dollarscheine aus der Tasche und überreiche sie dem Fahrer. Danach steige ich aus, senke meinen Blick zu Boden und marschiere beschämt an Peter vorbei.

Er begrüßt mich heute lediglich mit einem schwachen *Hallo*, das ich nicht erwidere, weil ich so schnell wie möglich in meinen vier Wänden verschwinden und nie wieder herauskommen möchte.

~

Tag eins nach Alexander und Tag fünf vor seinem Mord an Jake Hoskins.

Da heute Sonntag ist, fühle ich mich nur halb so miserabel, weil ich den ganzen Tag über in meinem Bett liege und mein Zimmer nicht verlasse. Es ist mittlerweile spät nachmittags und wie zu jeder Tageszeit heute frage ich mich, was Alexander gerade treibt.

Ob er an einem neuen Plan arbeitet, jetzt wo er mich nicht mehr dafür benutzen kann? Ob er sich ein neues Date für die Veranstaltung des Suchtinstitutes besorgt? *Igitt.* Die Gedanken machen mich fertig. Ich weiß nicht, was schlimmer für mich wäre – die Tatsache, dass er in fünf Tagen einen Mord begehen wird, oder die Tatsache, dass er den Abend mit einer anderen Frau verbringen könnte. Wie erbärmlich ist das denn?

Claire hat sich irrsinnig darüber gefreut, mich heute Morgen in meinem Zimmer zu entdecken. Gestern Abend, als ich hier ankam, war sie bei Jacob, um mit ihm über ihren Fehltritt zu sprechen, und scheinbar ist alles gut verlaufen. Zumindest hört sich das Stöhnen, das gerade durch die dünne Wand ertönt, ganz danach an.

Scheint so, als könnten Claire und ich nie gleichzeitig glücklich sein. Entweder hat sie Glück in der Liebe oder ich.

Wenigstens muss ich dadurch, dass sie anderweitig beschäftigt ist, keine Fragen beantworten oder ihr erklären, warum ich von nun an wieder jeden Tag hier sein werde. Bis ihr das auffällt, bin ich hoffentlich längst über Alexander hinweg und schaffe es, über ihn zu sprechen, ohne dabei einen Heulanfall zu erleiden. Optimistisch denken ist mein neues Mantra des Tages.

Ich rolle mich in meinem Bett zusammen und vergleiche das

Poster an meiner Wand, das Manhattans Skyline bei Nacht zeigt, mit dem realen Ausblick, den ich von Alexanders Schlafzimmer aus genießen durfte. Aus irgendeinem Grund muss ich lachen. Ich war doch wirklich so dumm, zu glauben, dass ich in einer Welt wie seiner einen Platz verdient hätte. Dass es ein Happy End für einen Mann wie ihn und ein einfaches Mädchen wie mich geben kann.

Impulsiv schnappe ich mir mein Handy vom Fußboden, öffne meinen Nachrichtenordner und fange an, mir meinen Frust von der Seele zu tippen. Dabei lasse ich kein Schimpfwort, das mir durch den Kopf schießt, aus. Das hat er verdient und er soll verdammt nochmal wissen, was ich von ihm halte!

Doch während ich auf das Display einhaue, als wäre das Handy mein eigentlicher Feind, fällt mir ein, dass ich keinen passenden Absender mehr in meinen Kontakten habe, dem ich diese Nachricht übermitteln könnte. Ich habe all seine Nummern gelöscht. *Prima*. Ob ich deswegen lachen oder weinen soll, weiß ich nicht. Ich fühle mich generell mental verwirrt und wechsele meine Launen innerhalb weniger Minuten. Mal bin ich todtraurig, mal hysterisch, mal wütend und mal verzweifelt.

Plötzlich klingelt das Handy in meinen Händen und ich zucke unwillkürlich zusammen. *Mein Vater.* Instinktiv lehne ich seinen Anruf ab und donnere das Handy zu Boden. Es fühlt sich an, als wäre meinen Vater zu ignorieren die beste Entscheidung, die ich jemals getroffen habe. Vielleicht sogar die einzig gute. Immerhin versucht er mich seit Wochen – seit unserem grauenhaften Abendessen – zu erreichen und quatscht mir die Mailbox mit Sprachnachrichten voll, die ich lösche, ohne sie angehört zu haben. Wenigstens bei ihm schaffe ich es, konsequent zu bleiben. Vielleicht ist mein Handeln zu gefühlsgeleitet, allerdings möchte ich mir nicht auch noch zumuten, mich von ihm runterziehen zu lassen. Alexander hat mir schon den Rest gegeben, ich vertrage definitiv nicht noch mehr. Und da ich weiß, dass mein Vater sich einen Dreck für mich und mein Wohlergehen interessiert, können diese Anrufe nur bedeuten, dass er etwas von mir braucht oder wissen möchte. Oder gar verlangt, dass ich mich bei seiner perfekten Frau und ihrer perfekten Studentin von Tochter entschuldige.

Als es an der Haustür klopft, glaube ich zuerst, die Geräusche stammen aus Claires Zimmer, doch dann ertönt das Klopfen deutlicher und ich rappele mich nur mühsam auf und schleppe mich in das Wohnzimmer. Mein Herz klopft nervös gegen meine Rippen.

Vor der Wohnungstür halte ich inne. Was, wenn die Person hinter der Tür Aiden ist? Oder noch schlimmer – Alexander? Eilig fahre ich mir mit beiden Händen durchs Haar und hole tief Luft. Ich brauche noch ein paar Sekunden, bis ich es schaffe, die Tür zu öffnen. Unwillkürlich bereite ich mich auf ein unangenehmes Gespräch vor, doch mit der Person, die mir nun gegenübersteht, hätte ich am allerwenigsten gerechnet.

»Javier?«

Javier mustert mich sekundenschnell von oben bis unten, woraufhin ich rasch selbst einen Blick an mir hinab werfe. Ich trage löchrige Jogginghosen, ein ausgewaschenes Over-Size-Shirt und flauschige Socken, die eindeutig schon bessere Tage hatten. An meinem rechten Fuß befindet sich auf Zehenhöhe ein so großes Loch, dass drei meiner kleinen Zehen samt Nagel – mit abgesplittertem Nagellack natürlich – zu sehen sind.

Ich räuspere mich beschämt und blinzele wieder zu ihm hoch. »Was ... warum bist du hier?«

Javier wirkt leicht besorgt, versucht es aber nicht so deutlich zu zeigen. Stattdessen zwingt er sich zu lächeln und erklärt in überaus höflichem Tonfall: »Mr Black bat mich, dir deine Sachen vorbeizubringen.« Weil ich ihn mit offenem Mund anstarre, fügt er etwas leiser hinzu: »Die Sachen, die du in seinem Penthouse vergessen hast.«

Vergessen hast ... Dass ich nicht lache! Ich hatte wohl kaum die Möglichkeit, meine Sachen von dort zu entfernen. Und jetzt schickt er mir Javier vorbei, damit er sie mir bringt? Und das nicht einmal vierundzwanzig Stunden nach unserer Trennung? Er konnte es wohl kaum abwarten, mich und mein Zeug loszuwerden ... *Schwein.*

Ich lächele aufgesetzt und verschränke beide Arme vor der Brust. »Großartig. Einfach großartig.« »Javier wirkt etwas überfordert und so, als wüsste er selbst nicht, wie er sich verhalten soll.

Ich beschließe, dass er es nicht verdient hat, meinen Frust abzubekommen, und sage daher etwas freundlicher: »Wo sind denn die Sachen? Ich hole sie mir.«

Er schüttelt schwach lächelnd den Kopf und tritt ein Stück beiseite. »Nicht nötig.« Als ich drei mir unbekannte Männer entdecke, die aus dem Fahrstuhl steigen und haufenweise Taschen und Koffer mit sich schleppen, runzele ich irritiert die Stirn. »Sollen wir dir beim Einräumen helfen?«

»Ähm, nein ... danke«, murmele ich mit dünner Stimme, während die Männer wie selbstverständlich in meine Wohnung eintreten und reihenweise Koffer und Taschen abstellen. Plötzlich ertönt ein lautes Stöhnen aus Claires Zimmer, weshalb die Männer neugierig einen Blick in die Richtung werfen und ich peinlich berührt blinzele.

Als ich mich wieder Javier zuwende, dem die eindeutigen Geräusche offensichtlich auch nicht entgangen sind, meine ich immer noch stirnrunzelnd: »Was ist das für Zeug? So viel Kram besitze ich garantiert nicht.«

»Oh«, stößt er so hervor, als hätte er sich gerade daran erinnert, mir etwas mitzuteilen vergessen zu haben. »Das sind auch die Sachen, die Mr Black für dich besorgt hat. Er wollte, dass du sie behältst..«

Scheiße, das sind doch nicht etwa alle Kleidungsstücke, die er mir gekauft hat? Er mag ja vielleicht fünfundzwanzig Kleiderschränke besitzen, die er mit diesem Zeug füllen kann, ich jedoch besitze lediglich einen und der geht jetzt schon über.

»Ich will das alles nicht haben. Ich brauche nichts von ihm, nur meine Sachen«, beharre ich.

Die Männer verlassen im selben Augenblick die Wohnung und warten bei der Treppe auf Javier. Dieser zuckt entschuldigend die Achseln, während er mich wieder mitfühlend mustert. »Tut mir leid, Sam. Anweisung des Bosses.«

Ich seufze, blicke zu den vielen Koffern und nicke schließlich widerwillig. Ihm zu befehlen, die Sachen auszusortieren und den Rest mitzunehmen, tue ich ihm bestimmt nicht an. Alexanders Geschenke kann ich immer noch entsorgen oder verbrennen. »Schon gut. Danke fürs Vorbeikommen, Javier.«

Er macht eine elegante Handbewegung, fast so, als würde er sich vor mir verbeugen, um sich von mir zu verabschieden, danach lächelt er und tritt zurück. Bevor er nach unten marschiert, meint er mit aufrichtiger Stimme: »Es tut mir sehr leid, dass das mit dir und Mr Black nicht funktioniert hat. Du wirst wieder glücklich werden, da bin ich mir sicher.«

Ich schenke ihm ein dankbares, aber bedrücktes Lächeln und winke ihm zum Abschied. Danach schließe ich angespannt die Tür und starre die vielen Koffer an.

Wenn ich mir bloß so sicher wäre wie Javier.

KAPITEL 25

ALEXANDER

Ich brauche vermutlich mehr als ein Glas Scotch, um in diesen Tag zu starten und ihn auch zu überstehen. Hingegen aller meiner Überzeugungen war das Erste, das ich heute Morgen wollte, hochprozentiger Alkohol, um meine Gedanken zu ertränken, die mich die ganze Nacht lang nicht schlafen ließen. Ich fühle mich übermüdet und gerädert. Statt den gestrigen Tag – meinen offiziell einzigen freien Tag der Woche – ruhig ausklingen zu lassen, habe ich weiter an meinem Plan gearbeitet und ein Meeting mit meinen Männern abgehalten. Um keine Verbindung zwischen uns herzustellen, haben wir uns in einem anderen Stadtviertel getroffen; in einer Bar, in der mich niemand je vermuten würde. Zwar hat mich die Tatsache, wie gut sich mein Plan auch ohne Samantha entwickelt, und die Erkenntnis, dass ich in vier Tagen meine endgültige Rache ausüben kann, zugegebenermaßen innerlich zufrieden gestellt, allerdings hat mich das keineswegs von meinen Schuldgefühlen Samantha gegenüber abgelenkt.

Heute ist es noch schlimmer. Während ich die *Black Group*

betrete und mich durch das Drehkreuz schiebe, Grace mich unmittelbar abfängt und mir meine heutigen Termine bekannt gibt, denke ich nur daran, was Sam gerade tut. Wie ich sie kenne, schläft sie noch oder sie hat genau wie ich kein Auge zu machen können. Javier zu ihr zu schicken war die einzige Möglichkeit für mich, um nicht wie ein noch größeres Arschloch dazustehen. Sie mag ihn und daher hielt ich es für angebracht, ihn vorbeizuschicken anstelle eines Kerls, der ihr fremd ist. Oder gar persönlich zu ihr zu fahren, wozu ich sowieso nicht im Stande gewesen wäre. Die Sachen für mich zu behalten, empfand ich als falsch – ich finde sowieso keine Verwendung für all die Kleider, die ich ihr gekauft habe. Außerdem waren einige persönliche Dinge wie ihr Wohnungsschlüssel noch bei mir im Penthouse.

»Sir?« Grace drückt den Knopf des fünfunddreißigsten Stockwerks und wirft mir einen besorgten Blick zu. Wie immer verhält sie sich professionell, obwohl wir uns schon sehr lange kennen und ich des Öfteren mit ihrem Mann und ihr zu Abend gegessen habe. Sie ist eine gute Angestellte, die ich nur ungern verlieren würde. »Soll ich das Meeting um neun Uhr verschieben?«

»Was?« Ich sehe sie durch den Spiegel an und schüttele abwesend den Kopf. »Nein. Ich habe Zeit.«

»Gut«, murmelt sie gestresst und drückt den Knopf an ihrem Headset. Sie murmelt etwas hinein, anschließend reicht sie mir die Post, wie sie es jeden Morgen tut. »Eine Eilsendung ist auch dabei, Sir.«

Der Fahrstuhl gibt das nervtötende Piepen von sich, das jedes Mal ertönt, wenn er in einem Stockwerk hält. Ich steige aus und sage im Gehen: »Danke, Grace.« Aus einem Impuls heraus bleibe ich ruckartig stehen, drehe mich wieder zu ihr um und strecke einen Arm durch den Fahrstuhl, damit sich die Türen nicht schließen. »Ach und Grace … Kümmern Sie sich doch bitte darum, dass dieses bescheuerte Piepen aufhört. Ich hasse es.«

Sie blinzelt und nickt verwirrt, zieht einen Stift aus ihrer Blusentasche hervor und macht sich umgehend eine Notiz auf dem Block, den sie zu jeder Zeit mit sich herumträgt. »In Ordnung, Sir. Wird erledigt.«

Ohne ihr dafür zu danken oder einen meiner Mitarbeiter im Vorbeigehen zu begrüßen, steuere ich auf mein Büro zu. Dort angekommen lege ich mein Jackett ab, fahre meinen PC hoch und stelle mein Festnetztelefon auf laut. Bevor ich mit meiner Arbeit beginnen kann, muss ich noch ein paar wichtigere Dinge erledigen. Zum Beispiel, mir ein Date für die Veranstaltung am Freitagabend zu organisieren. Da ich nicht vorhabe, eine billige Escortlady zu engagieren oder eine Frau aus meinem privaten Umfeld einzuladen, liegt meine Wahl für die Begleitung wohl auf der Hand. Ich scrolle in meinem Handy durch die Kontakte, tippe Laurens Telefonnummer in mein Festnetztelefon und stelle den Lautsprecher an.

»Weißt du eigentlich, wie spät es ist?«, ertönt es schlaftrunken aus dem Lautsprecher.

»Zeit, aufzustehen.« Nebenbei öffne ich den Mailordner und lese mit einem Auge ein paar eingegangene Mails durch. »Hast du Freitagabend etwas vor?«

Lauren gähnt mehrmals, bis sie sich zu einer Antwort überwinden kann. »Denke nicht. Warum?« Zwei Sekunden später platzt es aus ihr hervor: »Warte! Diesen Freitag? Da ist doch …«

»Genau«, erwidere ich knapp. Über das Telefon in Details darüber zu sprechen, wäre nicht wirklich klug, daher bemühe ich mich, mich so kurz wie möglich zu halten. »Der Plan hat sich geändert. Ich brauche eine Begleitung. Kann ich auf dich zählen?«

»Natürlich«, gibt sie unmittelbar zurück. Nun klingt sie hellwach. Ich kann ihr Hirn bis hierher auf Hochtouren laufen hören. »Aber … Was wurde aus dem bisherigen Plan?«

»Es gab Komplikationen.« *Eine Komplikation namens Samantha Woods.* »Nicht weiter wichtig. Der Plan wird trotzdem durchgeführt. Du musst allerdings die Rede halten.«

»Was?«, fragt sie mit hoher Stimme. »Mal abgesehen davon, dass ich kein neuer Teilhaber der Stiftung bin … Willst du nicht versuchen, diese *Komplikation* bis dahin zu beheben? Die Sache zu bereinigen?«

Angestrengt reibe ich mir über die Stirn und seufze lautstark. Für Lauren ist immer alles so verdammt einfach; ihre Welt besteht aus schwarz und weiß, nichts dazwischen. Aber manche Dinge sind nicht so simpel.»Lauren, ich habe gerade keine Zeit und keine Nerven, dich über die Geschehnisse zu informieren. Es gibt ab sofort keine Änderungen mehr an besagter Sache. Von Anfang an war klar, dass ich entweder mit oder ohne sie an meiner Seite diesen Schritt gehen werde. Nun – wie sich herausgestellt hat, ohne sie.«

»War das ihre Entscheidung oder deine?«, fragt sie in vorwurfsvollem Tonfall. Natürlich denkt sie, ich wäre an der momentanen Lage schuld und dass nicht Sam diejenige gewesen ist, die sich gegen mich entschieden hat. Wie immer behält sie damit recht.

»Meine und ihre«, meine ich dennoch, damit sie mich in Ruhe lässt. Ich öffne eine Mail mit einer hohen Dringlichkeitsstufe, überfliege sie, während Lauren ins Telefon meckert, und unterbreche sie dann, ohne auf weiteres einzugehen:»Dann steht unsere Verabredung für Freitagabend. Wir hören uns.«

»Nicht so schnell, mein Lieber«, schießt es eilig aus ihr hervor. Ich höre das Brummen ihrer Kaffeemaschine im Hintergrund. Ein schlechtes Zeichen. Sie ist somit hellwach und in wenigen Augenblicken bereitet, einen Kaffeetratsch zu führen. Oder wohl eher ein Kaffeeverhör. Doch zu meiner Überraschung meint sie plötzlich:»Ach, weißt du was. Ich komme vorbei. Dann können wir persönlich über dein Versagen sprechen.«

Widerwillig stimme ich zu. Vielleicht tut es mir gut, mit ihr zu sprechen.»Ich bin hier um sechs Uhr fertig.«

Sie bestätigt, dass sie kommen wird, und wir legen auf.

Gut. Den letzten Puzzleteil meines Plans hätte ich also auch zusammengefügt. Jetzt kann ich mich voll und ganz darauf konzentrieren, ein paar Dinge wiedergutzumachen. Samanthas Worte von Samstag stecken mir wie ein ekelhafter Schleimbrocken im Hals. Was sie mir vorgehalten hat und die Art, wie sie über ihr Leben sprach, gehen mir einfach nicht mehr aus dem Kopf. Fast so, als hätte ihr Leben ohne mich keinen Sinn mehr. So als hätte sie nichts, worauf sie sich noch freuen kann. Und irgendwie kann ich es ihr nicht verübeln. Sie hat nach wie vor kein Geld, noch viel schlimmer aber, keinen Job. Sie besitzt keinen Wagen mehr, kann sich also nur noch zu Fuß fortbewegen und sie hat nicht einmal eine Aussicht auf irgendwelche Aufträge als Model, die ihr eine Art Sicherheit geben würden.

Also gehe ich in Gedanken meine Checkliste durch, um mich dann direkt an die Arbeit zu machen.

Sam das Geld, das ihr zusteht, überweisen. Am besten noch mehr, als ich ihr zu Beginn des Vertrages versprochen habe.

Den Audi, den sie teilweise zerstört hat – was ich durch einen Anruf der Polizei gestern Nachmittag erfuhr – reparieren und ihr zustellen lassen.

Daisy McLaren kontaktieren, die Besitzerin der Zeitschrift Woman Style. Natürlich habe ich nicht vergessen, wie begeistert Sam von ihr war, als ich sie ihr vor einigen Wochen auf einer Veranstaltung vorgestellt habe. Ich werde mit der alten Bekannten von mir über einen Job in ihrem Verlag sprechen, von dem ich weiß, dass Sam ihn um alles in der Welt gerne hätte.

Javier vor Sams Wohnung postieren, damit er jeden ihrer Schritte verfolgen kann und sie so im Auge behält. Nicht nur, weil ich nicht riskieren kann, dass sie etwas Unüberlegtes tut, wie zum Beispiel zu den Cops zu gehen, sondern auch, weil ich unsere Trennung anders nicht überstehe. Ein Kontrollfreak bleibt eben ein Kontrollfreak.

Die Liste ist relativ lang, was nicht gerade dazu beiträgt, mich besser zu fühlen. Ich kann nur hoffen, dass Sam meine lächerlichen Wiedergutmachungsversuche annehmen wird, anstatt sich darüber zu beschweren. Ihr Stolz ist beinahe so groß wie meiner, weswegen ich mir sicher bin, dass sie von dem Geld und dem Wagen alles andere als begeistert sein wird, auch wenn sie diese Dinge nun mal dringend benötigt. Die Sache mit dem Job werde ich anders angehen. Ich werde zusehen, dass Daisy ihr *zufällig* über den Weg läuft und sie zu einem Gespräch einlädt –, den Gefallen wird sie mir mit Sicherheit nicht abschlagen. Sam wird somit keine Ahnung davon haben, dass ich das eingefädelt habe, was es ihr leichter machen wird, der Einladung zu folgen. Der Rest liegt ohnehin an ihr. Darauf habe ich trotz meiner Verbindung zu Daisy keinen Einfluss.

Ich zweifele nicht eine Sekunde daran, dass Sam sie begeistern und den Job für sich gewinnen wird.

KAPITEL 26

SAMANTHA

Dienstag. Tag drei nach Alexander und Tag drei vor seinem Mord an Jake Hoskins.

Heute fühle ich mich schon ein winziges Stück besser als gestern und vorgestern. Zugegebenermaßen schaffte ich es auch gestern kaum aus dem Bett, ließ mich allerdings abends dazu breitschlagen, mit Claire eine Pizza essen zu gehen und danach eine Filmvorstellung im Kino zu besuchen. Die Pizza war scheiße, genauso wie der Film. Vielleicht hat sich aber auch bloß meine miese Laune auf alles übertragen.

Gerade komme ich vom Suchtkrankenhaus in Staten Island. Ich habe es tatsächlich geschafft, meiner Mutter endlich einen Besuch abzustatten und bin damit ein paar Plätze auf der Liste *der schlechtesten Töchter der Welt* nach oben gerutscht. Dass es ihr sehr gut geht und sie den Entzug überraschend tapfer verkraftet, macht auch die Tatsache, dass ich meinen letzten Cent für das Zugticket ausgegeben habe, wett. Sie hat sich sehr gefreut, mich zu sehen, aber viel zu viele Fragen wegen Alexander gestellt, die ich ihr nicht beantworten konnte. Ich habe ihr Lügen aufgetischt und sie abgewimmelt.

Irgendwann werde ich ihr von unserer Trennung erzählen oder eher davon, dass er mich abserviert hat, aber nicht jetzt. Und auch nicht morgen.

Als ich endlich wieder in Manhattan bin und den Weg zu meiner Wohnung zu Fuß zurücklege, werfe ich einen kurzen Blick in mein Portemonnaie, um festzustellen, dass ich noch genügend Kleingeld besitze, um mir einen Kaffee-To-Go zu holen. Ich schlendere in das kleine Café in der Nähe meiner Wohnung, lächele die Angestellte hinter der Theke an und bestelle wie üblich einen schwarzen Kaffee.

»Samantha Woods?«

Die weibliche Stimme hinter mir veranlasst mich dazu, meine Stirn in Falten zu legen und mich irritiert umzudrehen.

Unwillkürlich versteife ich mich und schlucke. Vor mir steht niemand Geringeres als Daisy McLaren, Freundin von Alexander und Besitzerin der Zeitschrift *Woman Style*.

Ach, Mist … Natürlich läuft mir jemand Bedeutendes über den Weg, wenn ich wie ausgekotzt aussehe und mich auch genauso fühle.

Ich zwinge mich zu einem strahlenden Lächeln. »Oh, hallo … Mrs McLaren.«

»Daisy«, korrigiert sie mich lächelnd. Ihre ergrauten Haare, die sie in Korkenzieherlocken trägt, fallen ihr in die faltenbesetzte Stirn. Neben ihren neugierigen Augen funkeln mich auch die fetten Diamantohrringe an, die ihre Ohren zieren. Sie sieht in ihrem schwarzweißen Kostüm, welches bestimmt maßgeschneidert ist, wirklich umwerfend aus. »Wie schön, Ihnen hier über den Weg zu laufen. Wollen wir?«

Mit meinem Blick folge ich ihrer Hand, die auf einen Tisch uns gegenüber zeigt, und starre danach auf die Tasse Kaffee, die sie in ihrer anderen Hand hält. Was eine Frau wie sie in solch einem Café treibt, und das ganz allein, ist mir ein Rätsel. Ohne auf meine Antwort zu warten, schnappt sie sich meinen Pappbecher vom Tresen und marschiert zum Tisch. Ein besseres Druckmittel, als mir meinen dringend benötigten Kaffee zu klauen, hätte sie nicht finden können.

Eilig lege ich die Münzen, die ich der Angestellten schulde, auf den Tresen, entschuldige mich für das fehlende Trinkgeld mit einem schwachen Lächeln und steuere danach auf den Tisch zu, auf dem Daisy schon mit strahlender Miene auf mich wartet.

»Sind Sie öfter hier?«, frage ich, als ich mich auf dem Stuhl ihr gegenüber niederlasse.

Sie legt ihre aus Schlangenleder bestehende Prada-Tasche achtsam auf den freien Stuhl, der neben uns steht, und beäugt mich ausführlich. »Nein, Liebes. Ich bin auf dem Weg zu meinem Verlag, da wollte ich mir einen Kaffee gönnen. Was ist mit Ihnen?«

Ich nicke verständnisvoll und räuspere mich nervös. »Ähm, ja. Ziemlich oft sogar.« Als sie nichts darauf erwidert, füge ich eilig hinzu: »Ich wohne um die Ecke und liebe Kaffee.«

»Ach«, stößt sie hervor und nimmt einen ausgiebigen Schluck. »Vielleicht ist das ja Schicksal, dass wir uns hier über den Weg laufen. Die Stelle in meinem Verlag, von der ich Ihnen damals auf der Veranstaltung erzählt habe, ist immer noch frei.«

»Wirklich?« Meine Stimme klingt piepsig. Umgehend noch nervöser streiche ich mein schlabbriges T-Shirt glatt und verfluche mich selbst dafür, dass ich morgens keine bessere Wahl, was mein Outfit angeht, getroffen habe. Skinny-Jeans, Schlabbershirt, Pferdeschwanz und kaum Makeup. Eine Umhängetasche aus einem chinesischen Shop und billige Armbänder machen mein Outfit vollkommen. »Ich weiß nicht so recht …«

»Ich erinnere mich, dass Sie mir sagten, Sie hätten keinerlei Erfahrung in dieser Branche«, beginnt sie, ohne meinen Einwand zu beachten. »Eine Stelle als Praktikantin wäre da doch ideal, nicht? So können Sie sehen, ob Ihnen die Arbeit für eine Modezeitschrift gefällt, und ich kann Sie besser kennenlernen, um zu sehen, ob eine Festanstellung in Frage kommen würde.«

»Ehrlich gesagt, klingt das toll …« … *aber Alexander und ich sprechen nie wieder ein Wort miteinander, und das wäre vielleicht etwas unangebracht, in Anbetracht dessen, dass ich diese Stelle nur angeboten bekomme, weil sie denkt, ich sei seine Partnerin.*

»… aber ich denke leider, dass ich dieses Angebot nicht annehmen kann. Tut mir leid, Mrs McLaren.«

Ihre Augen weiten sich schockiert. Vermutlich, weil niemand so dumm wäre, solch eine unvergleichbare Chance auszuschlagen.

Mehrmals nippt sie an ihrem Kaffee, während ich mich angespannt in dem Café umsehe, danach betrachtet sie mich innig und zieht eine ihrer perfekt gezeichneten Augenbrauen in die Höhe. »Liebes, ich offeriere Ihnen dieses Angebot nicht, weil Sie in einer Beziehung zu Alexander Black stehen. Sondern, weil Sie mir damals positiv ins Auge gestochen sind und meine Menschenkenntnis mir sagt, dass wir gut miteinander auskommen würden.«

Mein Herz macht einen kleinen Satz. Sie weiß also nichts von unserer Trennung, oder zumindest macht sie den Anschein, als würde sie davon ausgehen, wir wären noch zusammen. Und sie will mir dieses Praktikum unabhängig davon anbieten.

Ich frage mich, womit ich so viel Glück verdient habe. Das bin ich einfach nicht gewöhnt. Die Aussicht auf eine so tolle Praktikumsstelle und die Möglichkeit auf eine Festanstellung in dem wohl berühmtesten Verlag Manhattans sind gerade das Licht am Ende meines so finsteren Tunnels.

Kurzerhand beschließe ich, mir einen Ruck zu geben, Alexander für einen Augenblick zu vergessen und meinem Glück nicht selbst im Weg zu stehen. Schließlich wollte ich mein Leben ab sofort ändern, und das hier ist die optimale Chance dazu. »Vergessen Sie bitte, was ich eben gesagt habe. Ich würde mich freuen, eine Chance von Ihnen zu bekommen, *Daisy*. Und die Stelle als Praktikantin klingt toll.«

Sofort strahlt sie wie ein Honigkuchenpferd. »Das freut mich sehr, zu hören!« Sie leert ihren Kaffee und nickt mir euphorisch zu. »Wie sieht es bei Ihnen morgen für ein kurzes Reinschnuppern aus? Ich bin den ganzen Vormittag über im Verlag, Sie

können also jederzeit vorbeikommen, um die anderen kennenzulernen. Den Rest besprechen wir anschließend, ja?«

Ich tue es ihr gleich, exe den Kaffee und lächele bis über beide
Ohren. Ohne zu zögern, nicke ich und strecke ihr meine Hand
entgegen. »Das klingt perfekt! Ich werde da sein.«

»Sehr gut, sehr gut«, murmelt sie vor sich hin, während sie
meine Hand schüttelt und sich gleichzeitig aus dem Stuhl erhebt.
Wieder mustert sie mich ausführlich, lächelt aber beständig
weiter, woraus ich schließe, dass sie mir mein Schmuddel-Outfit
nicht allzu übelnimmt. Morgen wird sie mich kaum wiedererken-
nen, das verspreche ich mir selbst. Keine weiteren Blamagen
mehr. »Also dann bis morgen, Samantha. Genießen Sie den Tag
noch.«

Ich erhebe mich ebenfalls. »Danke, Sie auch!« Als sie aus dem
Café stolziert, blicke ich ihr immer noch fassungslos hinterher
und bemühe mich inständig, nicht wie ein kleines Kind voller
Vorfreude auf und ab zu hüpfen.

Ich habe einen Job. Einen Job bei der Zeitschrift *Woman
Style.* Ist das zu fassen? Gerade *ich* habe solch ein Glück. Endlich
scheint es nach all den Höhen und Tiefen – wobei es definitiv
mehr Tiefen als Höhen waren – wieder bergauf zu gehen. Und es
war so verdammt einfach …

Etwa zu einfach? *Nein.* Ich werde mir das nicht unmittelbar
schlecht oder gar ausreden, auf keinen Fall. Jemand wie ich hat es
verdient, glücklich zu sein, und deswegen bekomme ich diese
Möglichkeit auch. Das Universum kann immerhin nicht immer
gegen mich spielen.

Falls Alexander doch etwas mit dieser Sache zu tun hat …
Tja, dann ist das eben so. Heutzutage bekommt man sowieso nur
mehr durch Kontakte an derartige Jobs.

So glücklich wie schon lange nicht mehr, schnappe ich mir
meine Tasche und hänge sie mir eilig um. Wie ein Wirbelwind
flitze ich aus dem Café und atme die frische Luft ein, während ich
die Augen schließe und die warmen Sonnenstrahlen auf meinem
Gesicht genieße. Nicht nur wegen des Koffeins bin ich plötzlich

263

hyperaktiv. Ich nutze diesen kurzen Augenblick des Glücklich-seins aus und laufe in die andere Richtung als die, die mich zu meiner Wohnung führt. Diesen Erfolgsmoment möchte ich unbe-dingt mit jemandem teilen, und da ich ihn nicht mit Alexander teilen kann, beschließe ich, ihn mit einer Person zu teilen, der ich so oder so noch ein Gespräch schuldig bin. Und jetzt fühle ich mich endlich dazu in der Lage.

~

Das Hochhaus, in dem Aiden wohnt, sieht super teuer und nobel aus. Unwillkürlich frage ich mich, ob er schon einen neuen Job hat oder Jacob nun allein für die Miete aufkommen muss. Tatsächlich fühle ich mich beim Betreten des Gebäudes etwas unwohl. Aiden und ich sind schon relativ lange miteinander befreundet – mehr oder weniger – und noch nie war ich bei ihm zu Hause, obwohl er und Jacob ständig bei uns in der Wohnung herumhängen.

Vielleicht bin ich auch einfach nur verdammt nervös, mich Aiden und seiner vermutlich angebrachten Wut auf mich zu stel-len. Von Claire weiß ich, dass Aidens und Jacobs Wohnung im zehnten Stockwerk liegt, nehme aber trotzdem die Treppen anstatt den Fahrstuhl. Fahrstühle verbinde ich irgendwie mit Alexander, genauso wie Limousinen, Bentleys, Audis, Penthäuser, Bürohochhäuser, Männer im Anzug … *Okay, stopp.* Nicht das schon wieder.

Auf dem Gang des zehnten Stockwerks kann ich Musik hören. Keine normale Musik, wie sie aus einem Radio ertönt. Es klingt so, als würde jemand Klavier spielen.

Natürlich spielen Leute, die hier wohnen, Klavier.

Unsicher wandere ich den Gang entlang bis zur letzten Wohnungstür mit der Nummer 1003. Die Klaviermusik ertönt direkt aus der Wohnung, vor der ich nun stehe. Ich kann jeden Ton deutlich hören und bekomme leichte Gänsehaut, weil die Melodie so schön klingt. Kaum vorstellbar, dass Jacob oder Aiden

Klavier spielen … Oder kenne ich sie einfach nicht gut genug? Oder aber, es ist ein Mädchen zu Besuch.

Egal. Bevor ich es mir wieder anders überlege, klopfe ich an die Tür.

Zwei Sekunden später wird es mucksmäuschenstill. Die Klaviermusik ist nicht mehr zu hören, auch sonst kann ich kein anderes Geräusch wahrnehmen. Ich klopfe erneut, doch im selben Moment schließt jemand die Tür auf.

»Sam?«

Bei Aidens Anblick zucke ich leicht zusammen. Nicht, weil er übel aussieht, und auch nicht, weil er so attraktiv wie sonst auch ist, sondern einfach, weil ich ihn lange nicht mehr gesehen habe. Und weil unsere letzte Begegnung alles andere als gut verlaufen ist.

»Hi«, bringe ich leise hervor, während ich ihn von oben bis unten mustere. Er macht augenblicklich dasselbe bei mir. »Darf ich … lässt du mich rein?«

Als er meinen aufdringlichen Blick auf sich entdeckt, zieht er die kurze schwarze Shorts, die er trägt, ein wenig hinauf, danach zupft er an dem weißen Tanktop herum, obwohl es da gar nichts zu zupfen gibt. Dass er ebenfalls nervös ist, beruhigt mich innerlich.

»Ähm, klar.« Er tritt mit immer noch verwirrtem Gesichtsausdruck beiseite. Nachdem ich die Wohnung betreten habe, schießt es unwillkürlich aus ihm hervor: »Tut mir leid für die Unordnung … Ich habe nicht damit gerechnet, Besuch zu bekommen.«

Ich nicke und werfe einen Blick durch den langen, mit weißen Fliesen ausgelegten Flur, der ins Wohnzimmer und direkt zu dem schwarz glänzenden Flügel führt. »Du spielst Klavier?«

Aiden schließt die Tür hinter mir, wandert eilig an mir vorbei und murmelt etwas vor sich hin, das ich nicht ganz verstehen kann. Anstatt zu fragen, was er gesagt hat, folge ich ihm schweigend ins Wohnzimmer. Ich ertappe ihn dabei, wie er ein paar Kleidungsstücke vom Boden aufhebt und unter einem schwarzen

Kissen auf der Ledercouch verschwinden lässt. Und schon muss ich ungewollt kichern.

»Es ist nicht nötig, dass du aufräumst, Aiden.«

»Du warst noch nie hier«, sagt er, ohne mich dabei anzusehen, während er ein paar Gläser von dem rechteckigen Glastisch einsammelt und damit in die nebenanliegende Küche wandert. »Du sollst nicht denken, dass wir Schweinchen sind. Jacob und Claire waren nur … Na ja, anderweitig beschäftigt, und ich wollte ihren Dreck nicht wegräumen.«

»Claire ist oft hier, oder?«, will ich wissen. Aiden kehrt zurück ins Wohnzimmer und nickt. »Eure Wohnung ist viel schöner, als ich sie mir vorgestellt habe.«

Er hält inne und wirft mir diesen verdutzten Blick zu, den ich früher so an ihm mochte. Dabei zieht er beide Augenbrauen in die Höhe, wobei nur eine es tatsächlich schafft, oben zu bleiben, und rümpft seine Nase, so als würde er etwas Ekelhaftes einatmen. »Wie hast du sie dir denn vorgestellt?«

Ich zucke sanft lächelnd mit den Schultern. »Na ja, nicht so elegant. Und sicher auch nicht so groß. Ihr habt hübsche Deko … Aber unordentlich habe ich sie mir schon vorgestellt.«

Aiden lacht augenblicklich und legt den Kopf schief, während er sich mehrmals durch das wilde Haar fährt, um es glatt zu streichen. Es sieht viel länger aus, als ich es in Erinnerung habe, die dunklen Spitzen erreichen mittlerweile seine Schultern und die leichten Wellen machen seinen Beach-Boy-Look perfekt.

»Du siehst irgendwie beschissen aus«, sagt er mit warmherziger Stimme, danach deutet er auf mein Schlabbershirt. »Das solltest du wegwerfen.«

Mit verschränkten Armen werfe ich einen Blick auf seine nackten Arme, die immer noch sehr trainiert und breit sind, und flunkere: »Du hast abgenommen. Bist ein richtiger Lauch geworden.«

Aiden prustet und schüttelt den Kopf, während er seine Arme betrachtet, als würde er sich versichern wollen, dass meine Unterstellung nicht stimmt. »Schon klar. Das Eis ist hiermit wohl gebrochen.« Plötzlich hört er auf zu lachen und sieht mich mit ernstem Gesichtsausdruck an. »Also ... Warum bist du hier? Hat die letzten Tage nicht den Eindruck gemacht, als würdest du mich sehen oder mit mir sprechen wollen.«

Ich muss schlucken. Natürlich können wir nicht einfach so tun, als wäre nie etwas zwischen uns vorgefallen, allerdings habe ich es mir insgeheim gewünscht. Schließlich verwerfe ich den unrealistischen Wunsch und gebe mich geschlagen.

»Tut mir leid«, murmele ich und mache ein paar Schritte auf ihn zu. Neben dem Flügel bleibe ich stehen und starre bedrückt auf die weißen Tasten. »Bitte sei nicht sauer auf mich. Ich bin es auch nicht auf dich.«

»Ach ja?« Seine Finger tauchen in meinem Blickfeld auf, als er sie langsam über jede einzelne Taste gleiten lässt. »Ich bin nicht wirklich sauer auf dich, Sam.«

»Ach ja?«, frage ich im selben Ton wie er und hebe den Kopf, um ihn ansehen zu können. Sein Blick gilt allerdings dem Klavier, weshalb ich nur sein perfektes Profil mustern kann. In seiner Nähe fühle ich mich wohl, sogar trotz der unangenehmen Situation zwischen uns. Das war schon immer so und wird sich vermutlich nie ändern.

Er hebt seinen Kopf und sieht mir tief in die Augen. »Ich bin enttäuscht, nicht sauer, Sam. Und mir tut es auch leid. Du weißt schon ...«

»Ich weiß«, erwidere ich leise. Die richtigen Worte zu finden, fällt mir schwerer als gedacht. Aiden macht ebenfalls nicht den Anschein, als würde er genau wissen, was er äußern soll. Daher lächele ich einfach vorsichtig und frage: »Wieder Freunde?«

Er lacht etwas verzweifelt auf. »Freunde«, wiederholt er dann und starrt erneut auf den Flügel. »Weißt du, Sam ... Mit dir befreundet zu sein ist ziemlich schwer. Aber ich verstehe schon. Du hast dich für Mr Rich entschieden und bist glücklich. Glücklicher als mit mir.«

»Ich bin nicht mehr mit ihm zusammen«, höre ich mich meinen Gedanken laut aussprechen. *Mist.* Das hätte ich vermutlich nicht sagen sollen. Allerdings fühle ich mich befreit, jetzt da ich es endlich laut ausgesprochen und jemandem erzählt habe. So als hätte ich das gebraucht, um es selbst zu realisieren.

Aiden wirkt nicht sehr traurig über diese Mitteilung. Es ist unbestreitbar, dass er sich über diese Information freut – ich kann es ihm nach allem, was geschehen ist, nicht verübeln. »Ihr habt euch getrennt?«

Ich schüttele den Kopf und zucke mit den Schultern. »Na ja, also … er hat mich abserviert.«

»Ach, Quatsch«, stößt er hervor, als wäre das abwegig. »Wer würde dich denn abservieren?«

»Er«, meine ich lediglich. Über unsere Trennung zu lachen, schaffe ich leider noch nicht. Allerdings gibt mir das, was Aiden sagt, ein gutes Gefühl und verleiht mir unmittelbar dringend benötigtes Selbstvertrauen. »Ich habe eine Praktikumsstelle bei *Woman Style*«, eröffne ich ihm schließlich, um vom Thema abzulenken.

Sofort weiten sich Aidens Augen. »Quatsch«, schießt es erneut aus ihm hervor, diesmal klingt er euphorisch.

Ich drücke ein paar der Klaviertasten und meine stolz: »Kein Quatsch.«

»Wow, das ist toll.« Er lächelt mich an. Es war eine gute Idee, hierher zu kommen. »Ich freue mich für dich, Sam.«

»Was ist mit dir?«, will ich eilig wissen. »Hast du schon etwas gefunden?«

»Ich war bei einigen Vorstellungsgesprächen. Die Antworten erhalte ich diese Woche.«

Ich nicke ihm zu, danach setze ich mich auf die lederne, niedrige Bank, die vor dem Klavier steht. »Kannst du etwas spielen?«

Er winkt ab. »Ich bin nicht so gut.«

»Was redest du denn da?« Ich sehe ihn an und runzele die Stirn. »Ich habe dich im Stiegenhaus gehört. Es klang wunderschön. *Riverside* von *Agnes Obel*, richtig?«

Etwas überrascht nickt er und setzt sich neben mich auf die

Bank. »Du kennst das Lied? Ich spiele es nur wegen der Melodie. Ist nicht so schwer und hat irgendwie was Beruhigendes.«

»Das Lied ist schön«, murmele ich vor mich hin. Ich sehe ihn auffordernd an. »Kannst du es noch mal für mich spielen? Bitte.«

Er zögert, lässt sich jedoch dazu überreden. Ein kurzer Blick auf die Notenblätter vor ihm reicht aus, danach fängt er umgehend an zu spielen, ohne sie noch ein weiteres Mal ansehen zu müssen.

Ich lausche dem Klang der Melodie und beobachte, wie er seine flinken Finger gekonnt über die vielen Tasten gleiten lässt. Aus irgendeinem Grund bekomme ich Gänsehaut. Unbewusst starre ich ihn eine gefühlte Ewigkeit lang von der Seite an, während ich ihn plötzlich aus einer ganz neuen Perspektive betrachte. So, als würde ich ihn nun mit anderen Augen sehen und einen tieferen Blick in seine Seele werfen können. Niemals hätte ich gedacht, dass er etwas für diese Art von Musik oder Klavierspielen übrighat. Das schreit viel zu sehr nach Romantik und Schnulze, eigentlich ganz untypisch für ihn.

Mitten im Stück hört er plötzlich auf zu spielen, dreht sich beinahe ruckartig zu mir um und packt mein Gesicht mit beiden Händen, so als hätte er die ganze Zeit überlegt, das zu tun. Er sieht mir verzweifelt in die Augen, wirkt ein bisschen verlegen, aber entschlossen, und noch bevor ich etwas sagen kann, presst er seine Lippen auf die meinen.

Mein Herzschlag setzt aus.

Nach einem kurzen Schockmoment schließe ich die Augen und lasse seine Zunge in meinen Mund eintauchen. Sein Kuss ist hungrig und ungeduldig, als würde er versuchen, sich all das auf einmal zu nehmen, wonach er sich lange Zeit verzehrt hat. Alles, was ich ihm verwehrt habe, scheint er sich nun holen zu wollen, bevor es ihm wieder entrissen wird.

In meinem Kopf herrscht Leere. Ich kann mich bloß auf den Geschmack von Minze konzentrieren, der sich in meinem Mund ausbreitet. All meine Gedanken, Zweifel und Bedenken werden wie weggefegt, während sich seine Lippen an den meinen festsaugen.

Schließlich lege ich beide Hände um seinen Hals und ziehe ihn an mich. Jetzt bin ich diejenige, die sich all das nimmt, was sie möchte. Oder denkt in diesem Moment zu wollen. Die Welt um uns herum verschwimmt. Ich blende jeden warnenden Gedanken in meinem Kopf aus und rutsche impulsiv noch ein Stück näher an ihn heran. Eilig packt er mich an den Hüften, hebt mich hoch und setzt mich rittlings auf seinen Schoß. Ich kann seine Erektion spüren und keuche auf.

Aiden wird sofort noch ungeduldiger. Er greift unter mein Shirt und schiebt es gleichzeitig nach oben. Seine Lippen saugen und knabbern an mir, wandern dann meinen Kiefer entlang bis zu meinem Hals. Als er seine Finger sanft in meiner rechten Brust vergräbt, stöhne ich leise auf. Meine Augen sind geschlossen und mein Puls rast, während er gierig meinen Körper für sich beansprucht.

Als er meinen BH langsam beiseiteschiebt, trifft mich schlagartig eine Erkenntnis. Sie wird durch das Verlangen nach mehr hervorgerufen, nach einem bittersüßen Schmerz, der fehlt, und diese raue, tiefe Stimme, die mir sagt, was ich zu tun habe.

Alexander.

Plötzlich denke ich nur noch an ihn.

Scheiße. Was, zum Teufel, tue ich hier?

»Hör auf«, bringe ich so leise hervor, dass ich es selbst kaum höre. Aiden saugt weiterhin an mir, während seine andere Hand den Weg zu meinem Hosenknopf findet und daran zerrt. »Aiden! Stopp!«

»Was?«, keucht er und lässt schlagartig von mir ab. Als er die Panik in meinen geweiteten Augen bemerkt, weicht er verwirrt zurück. »Was ist los?«

Ich schweige, bin überfordert. Aiden scheint zu verstehen, was los ist.

»Tu das nicht, Sam …«

Fast schon grob stoße ich ihn von mir, krabbele von seinem

Schoß und atme schwer aus. »Verdammt«, fluche ich vor mir hin und stehe auf. Als Aiden sich erhebt und auf mich zukommt, warne ich ihn eilig: »Nein! Das ist falsch, Aiden … Wir können das nicht tun.«

»Sam …« Ganz langsam wagt er es, einen Schritt auf mich zuzumachen, dann streckt er in Zeitlupe eine Hand nach mir aus. »Bitte lauf jetzt nicht wieder weg … Du hast gesagt, dass ihr getrennt seid. Du tust nichts Falsches.«

Doch. Das tue ich. Das hier ist abgrundtief falsch und verwerflich, weil ich damit nicht nur Alexander und mich, sondern auch Aiden hintergehe. Wieder einmal spiele ich mit seinen Gefühlen und nehme keinerlei Rücksicht auf ihn. *Weil ich zum Teufel nochmal nie nachdenke!*

Fuck. Fuck. *Fuck!* Auch wenn Alexander und ich Geschichte sind, kann ich das nicht tun. Ich kann mich nicht sofort in etwas Neues – oder Altes – hineinstürzen, als hätte es uns gar nicht gegeben. Als würde ich ihn gar nicht lieben und jeden Tag dafür beten, dass er zu mir zurückkommt und sich gegen seinen Plan entscheidet.

Gott, bin ich erbärmlich. Aiden als Lückenbüßer zu missbrauchen ist das Letzte, das ich wollte.

»Es war ein Fehler, hierher zu kommen«, schießt es schuldbewusst aus mir hervor. Ich schnappe mir meine Tasche, die vorhin zu Boden gefallen ist, und laufe damit in den Flur.

Aiden sprintet mir augenblicklich hinterher. Er packt mich am Ellenbogen, bevor ich die Wohnungstür erreichen kann, und fleht mich förmlich an: »Sam, bleib hier! Bitte!«

»Es tut mir leid«, sage ich mit zittriger Stimme. Ich schüttele ihn ab.

Aiden funkelt mich verzweifelt an. Seine Miese ist deprimiert und enttäuscht. »Stoß mich nicht immer von dir.«

Ich schlucke hart.

»Ich liebe dich, Sam. Scheiße, du hast keine Ahnung, was ich dafür tun würde, um mit dir zusammen zu sein.«

Mein Atem stockt. *Ich liebe dich* … Aiden sagt mir ins

Gesicht, dass er mich liebt – etwas, das ich um alles auf der Welt von jemand anderem hören möchte.

Ich dachte, ich könnte einfach mit Alexander abschließen und mein Leben weiterleben, als hätte es ihn niemals gegeben, aber das war ein Irrtum. Ein riesiger Fehler. Auch wenn er mich nicht will – ich muss akzeptieren, dass ich mehr Zeit brauche, um über ihn hinwegzukommen.

Ich lasse meinen Tränen freien Lauf und fange an, zu schluchzen. Gleichzeitig reiße ich die Wohnungstür auf und werfe Aiden einen entschuldigenden Blick zu. »Aber ich liebe *ihn*. Es tut mir so leid, Aiden. Bitte hass mich nicht.«

Mit diesen Worten stürme ich zur Tür heraus und überschlage mich beinahe auf den Treppen, fange mich aber im letzten Moment. Dann flüchte ich mal wieder.

Und nun fühle ich mich genauso beschissen wie vor drei verdammten Tagen, als ich aus Alexanders Tiefgarage gestürmt bin.

KAPITEL 27

ALEXANDER

»Danke, Daisy. Ich schulde dir etwas«, sage ich zufrieden und lege auf.

Zu hören, dass mein Plan funktioniert hat, und Daisy Samantha tatsächlich in dem kleinen Café, das sie stets besucht, um sich ihren Kaffee-To-Go zu holen, über den Weg gelaufen ist, ist überaus befriedigend für mein Gewissen. Auch die eine Million Dollar, die ich ihr gestern auf ihr privates Konto überwiesen habe, sind mittlerweile dort angekommen. Jetzt möchte ich mich nur noch vergewissern, dass die Reparatur des Audis erledigt ist und mir ein kleines Update von Javier einholen. Dann kann ich in aller Ruhe aus dem Büro verschwinden und mich zu Hause betrinken, wie ich es bereits gestern getan habe.

Mir ist absolut gleichgültig, wie jämmerlich und verantwortungslos ich mich dadurch verhalte – wie ein Teenager, der seinen ersten Liebeskummer durchlebt. Der Alkohol ist das Einzige, das mich schlafen lässt, und auch zurzeit mein einziger Freund, obwohl ich nie dachte, den Alkohol jemals als etwas anderes als den Feind zu betrachten.

Trotzdem werde ich auch heute darauf achten, nicht über die Grenze hinaus zu trinken, die mich davor bewahrt, unüberlegte Dinge zu tun. Wie zum Beispiel zu Samantha zu fahren und ihr zu sagen, dass ich ein verdammter Bastard bin und gelogen habe, was meine Gefühle für sie anbelangt. Lauren gestern zu Besuch bei mir zu haben, war anstrengend. Zwar habe ich mich zugegebenermaßen erleichtert gefühlt, ihr zu erzählen, was zwischen Sam und mir vorgefallen ist, trotzdem waren ihre vielen Fragen nervtötend. Dass sie kaum glauben konnte, dass ich die Sache beendet habe, um Sam damit einen Gefallen zu tun, hat mir nur bestätigt, dass auch sie mich für einen egoistischen Bastard hält. Und der bin ich nun mal auch. Selbstlos zu handeln ist wahrlich keine meiner Stärken. Bisher jedenfalls. Trotzdem wird diese eine nicht egoistische Tat in meinem Leben nicht ausreichen, um mich vor der Hölle zu bewahren.

Ich wähle Javiers Nummer, aktiviere den Lautsprecher und lasse mich mit dem Rücken gegen den Lederstuhl fallen. Der Tag war lang und nervenaufreibend, ein paar gute Nachrichten können da nicht schaden. Gestern habe ich Javier bestimmt sechs Mal angerufen, um mich zu erkundigen, ob Sam ihre Wohnung verlassen hat. Erst abends, als ich längst zu Hause war, rief Javier mich an, um mir zu sagen, dass sie mit Claire unterwegs ist. Natürlich schrillten umgehend alle Alarmglocken bei mir. Jedoch verging das beschissene Gefühl, das sich immer in mir auftut, sobald ich keine Kontrolle über etwas habe, als Javier mir kurz darauf berichtete, dass die beiden lediglich ins Kino gegangen sind, um sich eine Spätvorstellung anzusehen.

»Sir«, begrüßt mich Javier wie gewohnt höflich.

»Bringen Sie mich bitte auf den neuesten Stand«, verlange ich schon fast ungeduldig, da ich die letzten Stunden keine Zeit hatte, ihn auszufragen. »Wie sieht es mit dem Wagen aus?«

»Der ist so gut wie fertig und wird noch heute von mir an Miss Woods übergeben.«

Ich sammele ein paar ausgedruckte Mails von meinem

Schreibtisch ein und verstaue sie in den Ordnern neben meinem Bildschirm. »Sehr gut.« Kurz überlege ich, ihr den Wagen selbst vorbeizubringen, entscheide mich jedoch dagegen. Ich muss konsequent bleiben und darf nicht wieder in alte Muster verfallen, nur um mich selbst zufriedenzustellen. Das Bedürfnis, Sam zu sehen, muss ich daher weiterhin ignorieren, auch wenn mir das schwerer fällt als gedacht. »Fangen Sie mit heute Morgen an, Javier. Ich höre zu.«

Nach kurzem Zögern erzählt er wie einstudiert: »Gegen zehn Uhr hat sie ihre Wohnung verlassen, um mit dem Zug nach Staten Island zu fahren. Dort war sie ungefähr eineinhalb Stunden lang, bis sie mit dem Zug zurück nach Manhattan gefahren ist.«

»Bei ihrer Mutter?«, will ich wissen, obwohl ich mir sicher bin, dass sie niemanden sonst in Staten Island besuchen war.

»Ja, Sir. Im Suchtkrankenhaus«, bestätigt er mir. Als ich nicht antworte, fährt er ohne zu zögern fort: »Zurück in Manhattan war sie für knapp fünfzehn Minuten lang im *Café Rics*.«

In dem Café, in dem sie Daisy getroffen hat. Es liegt nicht weit entfernt von ihrer Wohnung entfernt. »Sehr gut, Javier. Danke.«

»Da ist noch etwas, Sir«, lässt er mich mit unsicherer Stimme wissen. Die Tatsache, dass er gezögert hat, mir das zu sagen, gefällt mir gar nicht.

Ich höre schlagartig auf, meinen Schreibtisch aufzuräumen, und versteife mich. »Ich höre.«

»Nach ihrem Besuch in dem Café ist sie zu Fuß zu einem Wohngebäude gelaufen. Anschließend ist sie darin verschwunden.«

Meine Hand ballt sich zur Faust. Ich presse die Zähne fest aufeinander. Wenn er mir jetzt die falsche Antwort gibt, verliere ich mich. »Nennen Sie mir die Adresse, Javier.«

»Maltonstreet 58, Sir. Upper East Side«, sagt er schon fast flüsternd, als wollte er mir diese Information gar nicht geben. Nun verstehe ich auch, warum.

Mein Puls schießt gefährlich in die Höhe, während die Adern

an meiner Stirn drohen zu platzen. Ich kann nicht glauben, was ich da höre. Denn ich weiß verdammt nochmal genau, wem diese Adresse zuzuordnen ist …

Diesem Bastard Aiden.

Ich werde rasend vor Wut. Drei verdammte Tage nach unserer Trennung ist sie zu diesem Hurensohn gelaufen.

Das kann doch nicht ihr Ernst sein. Nur ein logischer Grund fällt mir dazu ein: Sie und Aiden sind jetzt ein Paar. Nun hat er sie sich endlich krallen können. Für Samantha ist er vermutlich bloß ein Lückenfüller, aber das macht den Gedanken nicht besser. Aiden liebt sie und eine Freundschaft zwischen den beiden funktioniert nicht. Sein jämmerlicher Versuch, sie sich mit Claire aus dem Kopf zu vögeln, ist ebenso gescheitert wie sein Versuch, mich aus ihrem Leben zu vertreiben.

Hat sie nun also beschlossen, es doch mit ihm zu versuchen? Jetzt, wo es mich nicht mehr gibt? Das wäre erbärmlich.

Mich nicht mehr gibt … Ob sie das wirklich denkt?

Sie irrt sich. Am liebsten würde ich meinem Impuls nachgeben, zu ihr fahren und ihr zeigen, was ich davon halte, dass sie sich mit diesem Bastard getroffen hat. Ich würde sie gerne daran erinnern, warum sie mich ihm vorgezogen hat.

Was, wenn er seine dreckigen Finger auf ihr hatte?

Ich schlage den Hörer auf den Apparat, ohne mich von Javier zu verabschieden, und schleudere mit einer Hand ein paar Ordner zu Boden. In meinem Kopf dröhnt es und mich überkommt der starke Drang, alles in diesem perfekt eingerichteten Büro klitzeklein zu schlagen.

Mit beiden Händen packe das Festnetztelefon und bin kurz davor, die Anschlusskabel aus der Wand zu reißen, da klopft es an meiner Tür.

Ich halte inne, starre auf das Telefon herab und lasse es nur widerwillig wieder los. Wieder ballen sich meine Hände zu Fäusten – ein ungewollter Reflex, den ich nicht abstellen kann. Wenn ich meine Wut nicht sofort irgendwo herauslasse, wird das hier schlimm enden. Für mich, für sie und für Aiden.

»Mr Black?« Miss Adams hohe Stimme ertönt, kurz darauf klopft es erneut an meiner geschlossenen Bürotür. »Ist alles in Ordnung? Darf ich hereinkommen?« Ich werfe einen Blick zu Boden, starre die Ordner an, die nun verstreut und unordentlich neben meinem Schreibtisch liegen und atme tief durch. »Herein.« Keine Sekunde später steht Miss Adams in ihrem roten Kleid vor mir und blinzelt mich etwas unsicher an. »Sir ... Ich habe Geräusche gehört und wollte sichergehen, dass bei Ihnen alles in Ordnung ist.«

Natürlich wollte sie das. Wie auch nicht – die Frau ist wie eine Fliege. Sie schwirrt den ganzen Tag um mich und mein Büro herum, als wäre ich ein verdammter Haufen Scheiße, auf den sie sich setzen möchte.

Ich starre sie ausdruckslos an, mustere sie auffällig von oben bis unten und stoße emotionslos hervor: »Alles in Ordnung. Sie können wieder gehen.«

Trotzdem verlässt sie mein Büro nicht. Während ich ihre schmale Taille begutachte, die gemachten Titten, die ihre Bluse sprengen, und die blonden Haare, die sie heute zur Abwechslung elegant zurückgestreckt hat, denke ich bloß daran, was Sam mit diesem Wichser womöglich hat.

»Sie sehen nicht so aus, als würde es Ihnen gut gehen«, sagt sie.

In ihren Händen hält sie ein paar Dokumente, die sie bewusst von ihrer Brust entfernt, um mir einen noch besseren Blick auf ihre Titten zu gewähren. Sie klimpert mich mit ihren falschen Wimpern erwartungsvoll an, rührt sich dabei nicht von der Stelle. Ich bin immer noch so wütend, dass ich eigenhändig Bäume ausreißen könnte, was man mir deutlich ansieht. Ich brauche ein Ventil für meine Aggression. Jetzt.

Ich bin geneigt, ihr zu befehlen, die Tür abzuschließen und mir meinen Schwanz zu lutschen. Ich stehe kurz davor, den Gedanken in die Realität umzusetzen. Es wäre so leicht und es würde mir helfen, meine Laune in den Griff zu bekommen.

Aber ich tue es nicht.

Das überrascht mich selbst.

»Gehen Sie«, befehle ich ihr schroff. »Raus hier!«

Sie zuckt zusammen. Ruckartig dreht sie sich dann um und verlässt mein Büro auf ihren hohen Absätzen.

Verdammt.

Wenn ich es nicht einmal schaffe, mir von einer anderen einen blasen zu lassen, obwohl ich nun weiß, dass Samantha sich ebenfalls bereits mit jemand anderem trifft ... Wie soll ich es je schaffen, über sie hinwegzukommen?

KAPITEL 28

SAMANTHA

Mittwoch. Tag vier nach Alexander und Tag zwei vor seinem geplanten Mord an Jake Hoskins.

Das Verlagshaus McLaren ist mörderisch groß. Ich habe zwar damit gerechnet, dass ich eine von vielen Angestellten sein werde, allerdings nicht damit, dass *so* viele Menschen um mich herumschwirren, sodass ich kaum durch die Menge blicken kann.

Pünktlich auf die Minute stand ich bei Arbeitsbeginn – um 9 Uhr – vor der Tür und bat die Empfangsdame, mich zu Mrs McLaren zu begleiten. Diese war begeistert von meinem frühen Erscheinen und verschwendete nicht viel Zeit, ehe sie mich ein paar ihrer wichtigsten Mitarbeiter vorstellte. Hier arbeiten zu meiner Überraschung gleichermaßen viele Männer wie Frauen in allen Altersgruppen. Anschließend bekam ich eine Führung durch die Abteilungen, die für die Zeitschrift *Woman Style* zuständig sind, und später trank ich einen Kaffee mit Mrs McLaren, während wir die Einzelheiten meines Praktikums besprachen. Ich bin absolut begeistert von dem Verlagshaus. Zu sehen, wie die Mitarbeiter hier vor Stress beinahe umfallen, weckt in mir das starke Bedürfnis, endlich wieder Routine in meinen Alltag zu bringen. *Aufstehen, sich stressen, arbeiten, sich stressen, nach Hause gehen, tot müde sein, schlafen.*

Nachdem ich zwei Mädchen in meinem Alter ein bisschen bei ihrer Arbeit zusehen durfte, mache ich mich nun wieder auf die Suche nach Mrs McLaren, da die zwei nun auf Mittagspause gehen und ich keine Ahnung habe, womit ich mich beschäftigen soll. Zwar ist das hier kein richtiger Arbeitstag, sondern lediglich ein kurzes Hineinschnuppern, allerdings möchte ich mich nicht gleich als nutzlos erweisen und unbeholfen herumstehen.

Ich entdecke Mrs McLaren bei einer Gruppe von jungen Männern, die ihr allesamt Fotos vors Gesicht halten und wie verrückt auf sie einreden. Vermutlich handelt es sich um potenzielle Titelfotos der bevorstehenden Ausgabe. Mich räuspernd bleibe ich hinter ihr stehen und lächele zurückhaltend.

»Ja, Liebes?«, fragt sie, ehe sie sich zu mir umdreht. Sie streicht sich eine ihrer losen Haarsträhnen aus dem Gesicht und wirft einen Blick auf die riesige metallene Uhr an der Wand. »Oh du meine Güte! Es ist ja schon beinahe zwei Uhr. Das tut mir sehr leid, Samantha. Eigentlich wollte ich Sie nicht so lange einspannen.«

Ich zucke die Achseln und winke ab. »Das macht überhaupt nichts.«

Sie nickt gestresst, wirft einem der jungen Männer einen kurzen Blick zu, danach deutet sie mit dem Zeigefinger auf das Foto in seiner Hand, woraufhin er zufrieden grinst und den anderen Männern einen triumphierenden Blick zuwirft. Diese verziehen sich ohne ein weiteres Wort. »Also, Samantha … Sie können ruhig gehen. Wir sehen uns wie besprochen nächste Woche Montag – ihr offizieller erster Arbeitstag.«

Ich lächele sie glücklich an. »Danke, Daisy. Ich freue mich schon.« Nach einem kurzen Händeschütteln dränge ich mich durch die Meute an Mitarbeitern und wandere zu den Fahrstühlen.

Das wäre geschafft. Trotz meines schrecklichen Abends

gestern, habe ich meine Schlaflosigkeit und die üble Laune gut zu überspielen gewusst. Außerdem glaube ich kaum, dass hier jemand die Zeit gehabt hätte, sich Gedanken über mich zu machen.

Trotz des erfolgreichen Starts in den Tag und dem Wissen, dass ich ab Montag meine Praktikumsstelle antreten werde, will ich nichts wie nach Hause. Eigentlich sagt man, Liebeskummer würde von Tag zu Tag besser werden, passend zu dem Sprichwort *Zeit heilt alle Wunden.* Bei mir ist das nicht der Fall. Im Gegenteil – es kommt mir vor, als würde ich mich jeden Tag auf Neue grauenhafter fühlen. Als würde mir jeden Tag bewusster werden, was die Trennung von Alexander für mich bedeutet. Und mit jedem Tag, der vergeht, rückt der Tag seiner Abrechnung näher, und dieses Wissen sorgt für durchgehende Übelkeit in meinem Magen.

Fast zu Hause angekommen trinke ich meinen Kaffee-To-Go aus und werfe den Pappbecher in den Müllbehälter, der sich ein paar Meter entfernt von meinem Wohngebäude befindet. Gedankenverloren wandere ich anschließend zu meinem Gebäude und direkt an Peter vorbei, der mich zu meiner Überraschung mit einem Winken aufhält. Verwundert bleibe ich stehen.

»Miss Woods«, stößt er freundlich hervor und macht einen Schritt auf mich zu. »Ich habe Sie heute Morgen nicht erwischt, weil Sie es so eilig hatten. Jemand hat mir das für Sie übergeben.«

Stirnrunzelnd starre ich auf seine ausgestreckte Hand. Ein mir nur zu gut bekannter Wagenschlüssel mit dem Logo aus vier ineinander steckenden Ringen befindet sich auf seiner Handfläche. Unwillkürlich verenge ich meine Augen und sehe zu Peter hoch. »Wer hat Ihnen den gegeben?«

»Wie der Mann heißt, weiß ich leider nicht, Miss. Allerdings war er vor ein paar Tagen schon hier und hatte Begleitung dabei«, erklärt er mir.

Javier. Wer sonst. Plötzlich bin ich enttäuscht, dass Alexander nicht persönlich hier war, weil das das erste Lebenszeichen seit Tagen von ihm gewesen wäre. Doch dann erinnere ich mich wieder daran, dass ich ihn eigentlich hassen sollte.

Entschieden schüttele ich den Kopf. »Der Wagen gehört mir nicht. Ich will den Schlüssel nicht.«

Peter zieht eine Grimasse aus einem schiefen Lächeln und halb gerunzelter Stirn. »Miss Woods ... Leider kann ich den Schlüssel nicht behalten. Mir gehört der Wagen auch nicht.«

Ich seufze. Unwillkürlich mache ich ein paar Schritte hinaus und starre auf die vielen parkenden Autos vor mir. *Natürlich.* Der Audi, dessen Fensterscheibe ich vor kurzem zerschmettert habe, steht wie nagelneu vor mir.

Wieder seufze ich angestrengt. Was soll das? Warum, zum Teufel, überlässt Alexander mir den Schlüssel für den Wagen? Ob er denkt, wenn er mir den Wagen schenkt, würde ich ihn weniger verabscheuen? Na gut, *verabscheuen* trifft es nicht im Geringsten, aber ich hoffe, dass er das denkt. Ich wünsche mir sogar insgeheim, er würde mich wegen Vandalismus seines Eigentums anzeigen, dann hätte ich noch einen Grund mehr, ihn zu hassen. Stattdessen lässt er den Schaden für mich reparieren und will mir den Wagen zurückgeben ... *Gott.*

Er ist trotzdem ein Schwein.

Mit verschränkten Armen und missmutigem Blick kehre ich zurück in das Gebäude und nicke Peter knapp zu, während ich ihm widerwillig den Schlüssel abnehme. »Danke, Peter. Schönen Tag noch.«

»Ihnen ebenfalls, Miss Woods«, ruft er mir freundlich hinterher, als ich in den Fahrstuhl einsteige.

Meine Gedanken drehen sich wie immer im Kreis. Ich weiß nicht so recht, ob ich wütend oder berührt von dieser Geste sein soll; es ist irgendwie eine Mischung aus beidem, was mich nervt. Was fange ich jetzt bloß mit diesem Sportwagen an? Ihn einfach anzunehmen und zu fahren, fände ich falsch. Das wäre unangebracht in Anbetracht unserer Situation.

Die Fahrstuhltüren öffnen sich und ich erstarre unwillkürlich.

Was zum Teufel …

Als der Fahrstuhl ein *Ping* von sich gibt, steige ich eilig aus. Danach bleibe ich wieder perplex im Flur stehen. Große Glubschaugen starren mich an und ein Rosenstrauß wird mir entgegengestreckt.

Vor meiner Wohnungstür sitzt Mister Bear. Er sitzt auf seinem Po, die langen Beine ausgestreckt und sieht aus, als würde er auf mich warten.

Ob Javier ihn hier platziert hat? Das hätte Peter doch erwähnt, oder? Moment … Javier muss gestern Abend hier gewesen sein! Ich erinnere mich, dass es geklopft hat, war allerdings nicht im Stande dazu, die Tür zu öffnen, da ich damit beschäftigt war, mir eine Liebesschnulze auf meinem Laptop reinzuziehen und fünf Kilo Schokoladeneis zu verdrücken. Claire war mit Jacob im Nebenzimmer beschäftigt. Heute Morgen war Mister Bear nicht da, das weiß ich mit Sicherheit – wie könnte ich ihn auch übersehen haben –, also muss ihn jemand in der Zeit, in der ich im Verlag war, hierhergebracht haben. *Alexander?*

Etwas bedrückt hebe ich Mister Bear vom Fußboden des Flures auf und klammere mir seinen Kopf unter den rechten Arm, während ich die Wohnung aufschließe. Die Erinnerungen an den Abend, als Alexander mir Mister Bear geschenkt hat, kommen allesamt in mir hoch und bringen mein Herz dazu, sich zu verkrampfen. Ich erinnere mich noch ganz genau daran, wie unangenehm ihm diese Geste war, wie blöd er sich dabei vorkam … und wie gerührt ich deshalb war.

In einem Moment der Schwäche setze ich mich mit Mister Bear auf die kleine Couch, die unter ihm unmittelbar noch winziger aussieht, und starre ihn an. Ich streichele über sein flauschiges Fell und erinnere mich nun auch an den Morgen, als ich völlig verkatert neben ihm aufwacht bin, nachdem Alexander ihn mir extra ins Bett gelegt hat.

Scheiße. Meine Wut auf ihn lässt ungewollt nach und ich kann nur noch daran denken, wie sehr ich ihn vermisse. Auch wenn er mir gesagt hat, dass er mich nicht liebt, hat er mir dennoch immer das Gefühl gegeben, geliebt zu werden. Ich vermisse seinen männlichen Geruch und seine vereinnahmende Nähe. Ich vermisse seine Härte, die meinetwegen so oft gebröckelt hat. Ich vermisse den Sturm in seinen blaugrauen Augen und das Schimmern darin, das immer da ist, sobald er mich ansieht. Ich vermisse den Sex. Ich vermisse es, seine Berührungen auf meiner Haut zu spüren, egal ob grob oder zärtlich. Ich liebe beides. Ich vermisse …

Stopp. Moment mal … Was hat er angestellt, dieser Mistkerl?

Das letzte Mal, als er eine dermaßen »unmännliche« Geste vollbracht hat, indem er mir diesen monströsen Teddybären gekauft hat, war das eine Art Entschuldigung für sein Verhalten während unseres Streites. Er hat etwas falsch gemacht und hatte deswegen Schuldgefühle, nur deswegen gibt es Mister Bear überhaupt! Und jetzt, vier Tage nach unserer Trennung, hat er ihn mir vor die Wohnungstür gesetzt. Was, zur Hölle, hat er getan, das ihm Schuldgefühle bereitet und ihn dazu veranlasst, ihn hierherzubringen?

Ich schlage auf Mister Bear ein, obwohl er gar nichts dafür kann. Danach springe ich fuchsteufelswild von der Couch auf und laufe in mein Zimmer. Grob reiße ich mir den Blazer vom Leib, reiße die weiße Bluse sekundenschnell aus meinem Bleistiftrock heraus und gebe einen Schrei voller Wut von mir.

Er hat es mit einer anderen Frau getrieben, das muss es sein! Er hat sie gevögelt, ganz bestimmt. Ich kann nicht glauben, dass er plötzlich romantisch geworden ist oder einfach grundlos etwas so Süßes tut.

Mein Herz rast. Ich laufe wie wild in meinem kleinen Zimmer auf und ab und versuche mich davon abzuhalten, diesen Mistkerl zu kontaktieren. Da ich auf meinem Laptop noch die alten Mails von ihm habe, wäre es leicht, ihm eine Nachricht zu schicken.

Doch was, wenn ich das falsch interpretiere und er Mister Bear tatsächlich nur aus Nettigkeit vorbeigebracht hat? Oder wenn er von Aidens und meinem Herumgeknutsche weiß und mir damit Schuldgefühle bereiten wollte? Er kennt mich immerhin gut … Vielleicht dachte er, ich würde die Sache mit Aiden bereuen, falls es bisher nicht so gewesen sein sollte. Aber woher sollte er von meinem Besuch bei Aiden wissen?

Er lässt mich doch nicht etwa wie damals beschatten?

Natürlich tut er das. Wie konnte mir das nicht eher in den Sinn kommen? Ich bin wirklich dumm und naiv. Niemals würde er den Dingen seinen Lauf lassen oder mich mein Leben leben lassen. Wir reden hier immerhin von Alexander Kontrollfreak Black mit Besitzansprüchen, die so hoch sind wie der Mount Everest. Ob er Mister Bear wegen meiner oder seiner Schuldgefühle hierher verfrachtet hat, weiß ich nicht, aber eines weiß ich sicher: er ist sich über jeden meiner Schritte bewusst. Wie immer.

Ich darf ihn nicht kontaktieren. Wenn ich das tue, knicke ich vielleicht noch ein und gebe nach. Wobei … er will mich ja sowieso nicht mehr, also ist es auch egal. Er hat sich von mir getrennt, nicht ich mich von ihm.

Verdammt noch mal, warum habe nicht ich mich von ihm getrennt? Dieser Mann gesteht mir, dass er einen Mord begehen will, und ich bin anschließend die, die verlassen wird? Irgendetwas ist da wohl mächtig schiefgelaufen.

Bei mir. In der Birne.

Eilig schnappe ich mir mein Handy und überlege mir, wie ich Lauren erreichen könnte. Ich will diesen Mistkerl nicht selbst anrufen und sie ist nun mal die Einzige, die mit ihm in Kontakt steht und sicherlich über unsere aktuelle Situation Bescheid weiß.

In Google gebe ich ihren vollen Namen ein, finde aber, wie vermutet, keine Kontaktinformationen zu ihrer Person. Ich will verdammt nochmal, dass er weiß, dass *ich* weiß, dass er mich verfolgen lässt! Und es soll aufhören. Das ist ja wie in einem schlechten Spionagefilm.

Plötzlich fällt es mir ein – Grace! Natürlich. Grace arbeitet schon sehr lange für Alexander und kennt auch Lauren. Das weiß ich noch von Laurens SMS an ihn. Bestimmt hat sie ihre Nummer, immerhin ist sie so etwas wie Alexanders Assistentin. Wild tippe ich auf dem Display meines Handys herum, bis ich die Festnetznummer des allgemeinen Empfangsbereichs der Black Group Int. entdecke. Ohne zu zögern, rufe ich an. Wenn ich Glück habe, weiß Grace nicht, dass Alexander und ich getrennt sind, und gibt mir die Nummer ohne Fragen zu stellen. Es klingelt.

»Black Group Int., Erdgeschoss Empfangsbereich, Miss Jones am Apparat, was kann Ich für Sie tun?« Die Stimme und der Name sind mir unbekannt, allerdings bin ich schon mal mit dem richtigen Stockwerk verbunden.

»Hi«, sage ich bemüht höflich. »Samantha Woods am Apparat, Mr Blacks Freundin … Ähm, wären Sie so freundlich und würden mir Grace ans Telefon holen? Oder mich mit ihr verbinden?«

Ohne zu zögern, erwidert sie in freundlichem Tonfall: »Sehr gerne. Einen Moment bitte, Miss Woods.« Wieder klingelt es. Ich nehme an, dass sie mich direkt mit ihr verbindet. Vermutlich mit diesem bescheuerten Headset, das Grace stets auf dem Kopf trägt.

»Grace hier. Wer spricht?«

»Hi, Grace«, plappere ich nervös und kaue währenddessen an meinen Fingernägeln. »Samantha Woods spricht. Ich bräuchte bitte dringend die Nummer von Lauren, Alexanders Cousine … Und das so schnell wie möglich. Könnten Sie sie mir durchgeben?«

»Ist etwas nicht in Ordnung? Soll ich Sie zu Mr Blacks Büro verbinden?«, fragt sie mit unsicherer Stimme.

»Nein!«, brülle ich beinahe und räuspere mich schnell. »Ich meine, das ist nicht nötig, Grace. Danke. Ich bräuchte nur die Nummer. Eine private Angelegenheit …«

»Haben Sie etwas zum Schreiben bei sich?«

»Ja.« Ich wühle auf unserem Couchtisch, reiße eine Seite des Fernsehprogramms ab und schnappe mir hastig den Kugelschreiber, der daneben liegt. Während Grace mir die Nummer durchgibt, kritzele ich sie auf eine freie Stelle der bedruckten Zeitschrift. »Danke vielmals, Grace. Schönen Tag noch.«

Bevor sie mir irgendeine unangenehme Frage stellen kann, lege ich auf. Sofort tippe ich Laurens Nummer in mein Handy und rufe an. Sie geht nach dem dritten Klingeln ran, sagt aber kein Wort.

»Lauren? Ich bin's, Sam.«

»Sam!«, stößt sie erleichtert hervor und lacht gleich danach lauf auf. »Gott sei Dank! Ich dachte, du wärst Luke. Du weißt schon, dieser Typ von dem furchtbaren Date, der mit dem Hund. Der ruft mich ständig an.«

Unwillkürlich muss ich lachen, obwohl ich eigentlich stinksauer bin. Lauren ist wirklich sympathisch. »Du solltest seine Nummer blockieren. Geht ganz einfach in den Anrufeinstellungen.«

»Du hast recht. Das werde ich machen, Süße. Und?«

»Was, und?«

Lauren lacht wieder. »Na ja, es gibt doch bestimmt einen Grund für deinen Anruf. Oder wolltest du bloß quatschen?«

Ich lasse mich auf die Couch fallen und seufze. »Den gibt es.« Ich überlege mir eine passende Formulierung für meine Bitte, beschließe dann jedoch, ihr einfach direkt zu sagen, was mir auf der Seele liegt. »Hör zu, du weißt bestimmt von unserer Trennung … Und ich fände es toll, wenn du Alexander sagen könntest, dass er bitte damit aufhören soll, mich beschatten zu lassen. Ich meine, das ist nicht gerade normal … Und warum hat er noch Interesse daran, was ich tue? Er hat mich abserviert und lässt mich trotzdem verfolgen. Das entzieht sich jeglicher Logik. Und außerdem … Ich will keine Geschenke mehr von ihm haben. Wenn du das noch dazu erwähnen könntest, wäre ich dir echt dankbar.«

»Nein«, erwidert sie einfach. »Süße … Das solltest du ihm selbst sagen. Er würde sich freuen, von dir zu hören. Wenn er wüsste, dass du *mich* deswegen angerufen hast, wäre er wohl sehr enttäuscht.«

Hä? »Lauren, er hat mit mir Schluss gemacht.«

Wieder lacht sie. Es klingt herzlich und irgendwie mitfühlend. »Das hat er doch nur deinetwegen getan. Das weißt du doch, oder?«

Meinetwegen? Habe ich unbemerkt darum gebettelt, dass er mir das Herz bricht, oder wie soll ich das verstehen? »Ich weiß nicht, was er dir erzählt hat, aber es klang nicht so, als hätte er das meinetwegen getan. Er hat mir zweimal gesagt, dass er mich nicht liebt, nachdem er mir eröffnet hat, dass ihm unsere Beziehung bei seinem bescheuerten Plan im Weg steht.«

»Natürlich, Süße. Hättest du denn mit dem Wissen leben können, was Freitagabend passieren wird?«, fragt sie ohne Umschweife.

Augenblicklich schüttele ich den Kopf und meine: »Natürlich nicht. Aber -«

»Siehst du«, unterbricht sie mich. »Das wusste er. Damit es dir leichter fällt, hat er dir die Entscheidung abgenommen. Er hat ein paar böse Dinge gesagt, die dich dazu bringen, ihn zum Teufel zu wünschen, und hat dich ziehen lassen. Gewollt hat er das mit Sicherheit nicht, sonst würde er sich nicht jeden Abend betrinken und Javier non Stopp anrufen, um zu fragen, was du machst oder wo du bist.«

Von ihren Worten bekomme ich Herzrasen. *Alexander trinkt?* Lauren klingt so überzeugt von dem, was sie sagt, dass ich annehme, dass sie mit Alexander darüber gesprochen haben muss.

Ob es stimmt, was sie erzählt? Aber … das passt doch gar nicht zu ihm. Ich meine, er lässt mich freiwillig ziehen, damit es *mir* gut geht? Und ihm schlecht? Klingt nicht nach ihm.

»Aber wenn er mit mir zusammen sein will, hätte er sich für mich entschieden und nicht für seine Rache«, murmele ich mit gekränkter Stimme. Vor Lauren muss ich mich nicht verstellen. Sie kann sich gewiss denken, wie es mir damit geht.

»Ich glaube schon, dass er das tun würde«, meint sie nach einer kurzen Schweigeminute. »Wenn du ihm klarmachen würdest, dass du mit ihm zusammen sein willst. Komme, was wolle.«

»Das habe ich doch!«, verteidige ich mich verzweifelt. »Ich laufe ihm sicher nicht hinterher.«

Etwas wehmütig lacht sie leise, dann sagt sie lediglich: »Deine Sache, Süße.«

Ich fühle mich wieder mal beschissen. Gott, jeden Tag fühle ich mich beschissener – hört das denn endlich irgendwann auf? Und jetzt macht mir Lauren auch noch unerwartete Hoffnungen auf eine Reunion mit Alexander …

Bevor mein Kopf platzt, verabschiede ich mich von ihr und beende das Telefonat.

Toll. Und wieder bin ich ganz am Anfang meiner Trauerphase. Ein Teufelskreis, aus dem ich irgendwie nicht mehr hinauszukommen scheine.

KAPITEL 29

ALEXANDER

Es ist Donnerstagabend. Ich sitze in meinem privaten Arbeitszimmer und starre das Foto von meinem wohl größten Feind an. Jake Hoskins.

Ich hasse jeden seiner Gesichtszüge. Wenn ich in seine schwarzen Augen sehe, stelle ich mir unwillkürlich vor, wie diese Augen meine Mutter betrachteten, während sie dieser Bastard vergewaltigt hat. Das, was ich hier tue, ist mit Sicherheit nicht zielführend oder hilfreich für meine Heilung, allerdings ist heute der letzte Abend vor meiner endgültigen Rache und es wird das letzte Mal sein, dass ich vor diesem Foto sitze und mir wünsche, er würde sterben.

Denn morgen wird er das. Ich werde ihm die Kehle aufschneiden und ihn verbluten lassen, danach werde ich nie wieder zurückblicken und anfangen, meinen Kummer zu verarbeiten. Ihm Leid zuzufügen, wird mir dabei helfen, meines zu überwinden. Da bin ich mir sicher. Ich habe kein anderes Mittel, um mir über den Tod meiner Mutter hinwegzuhelfen. Darüber zu sprechen ist hart – manchmal hilft es, manchmal tut es genau das

Gegenteil. An sie zu denken schmerzt, weshalb ich es vehement vermeide. Ich habe mich von allen Fotos befreit, die ich von ihr besitze, um mich nicht permanent an sie erinnern zu müssen. Es tut einfach so gottverdammt weh und ich fühle mich jeden Tag schuldig, weil ich es so weit habe kommen lassen. Mit jeder Minute, in der ich nichts unternehme, um ihren Tod zu rächen, fühle ich mich schuldiger. Und ich hasse dieses Gefühl.

Ich exe den Scotch und gurgele ihn in meiner Kehle. Er verätzt mir den Rachen und das führt unmittelbar zu Sodbrennen, das ich seit einigen Tagen permanent habe. Meine linke Hand liegt auf dem Messer, welches ich morgen für Jake Hoskins gebrauchen werde. Ich verliere mich im Glanz der fünfzehn Zentimeter langen Klinge, die schärfer nicht sein könnte, und betrachte das perfekt verarbeitete Holz am Griff. Dieses Messer war nicht meine erste Wahl und auch nicht meine einzige. Erst wollte ich ihn foltern. Ich wollte ihm alle Fingernägel mit einer Zange ziehen und ihm dabei zusehen, wie er sich vor Schmerz windet, während er an einen Stuhl gefesselt mir ausgeliefert ist und sich nicht bewegen kann. Dann wollte ich ihm die Haut an seinem Arm abziehen, doch kurz darauf fand ich keinen Gefallen mehr an diesem Gedanken. Meine Männer machten mich darauf aufmerksam, dass ich nicht viel Zeit haben werde, da man mich sonst auf der Veranstaltung vermissen würde. Die Rede, die Lauren statt Sam halten wird, ist nicht nur dafür da, um von meiner Abwesenheit abzulenken, sondern auch, weil es mir einen Grund gibt, meine Begleitung – die Rednerin – hinter die Bühne zu begleiten und so aus einem guten Grund aus dem Saal zu verschwinden. Keiner wird wissen, dass ich mich durch den Hinterausgang schleiche, anstatt hinter der Bühne auf meine Begleitung zu warten. Ich habe höchstens fünfzehn Minuten Zeit für mein Eintreffen am Tatort und die Tat an sich, danach muss ich es schaffen, innerhalb fünf Minuten wieder zurück im *Palais LYE* zu sein und an der Seite meiner Begleitung zurück in den Saal zu gehen. Die Leute werden uns die Hände schütteln und mich so registrieren, obwohl sie das so oder so tun, dafür brauche ich mich nicht großartig anzustrengen. Wenn der Mord publik wird und die Polizei anfängt Fragen zu stellen – vermutlich auch den Gästen der Veranstaltung, da das *Palais LYE* direkt neben dem verlassenen Gebäude, in das meine Männer Jake Hoskins bringen werden, liegt – werden alle aussagen, dass keiner der geladenen Gäste die Örtlichkeit verlassen hat. So oder so wird mich niemand mit dem Mord in Verbindung bringen, weil niemand außer mir und meinen Komplizen weiß, dass es einen Zusammenhang zwischen dem Opfer und mir aufgrund meiner Mutter gibt. Ich gehe jedoch auf Nummer sicher, wie ich es immer tue. Es ist der perfekte Plan für einen perfekten Mord.

Wieder denke ich an Sam. Nachdem morgen alles vorbei ist, wird es mir noch schwerer fallen, sie aus dem Kopf zu bekommen und mich mit unserer Situation abzufinden. Momentan habe ich noch etwas, auf das ich mich konzentrieren kann – etwas, das mich von der Frau, die ich liebe, ablenkt, aber morgen ist das vorbei. Für immer. Danach gibt es nur mehr mich und mein neues Leid.

Schon komisch … Die Leute halten mein Leben für perfekt, weil sie nur das sehen, was ich ihnen zeige, dabei ist mein Leben ein reines Chaos. Ich bin alles andere als perfekt. Ich bin nicht einmal gut. Ich würde sofort mit jedem tauschen, auch wenn das bedeuten würde, dass mein Konto nicht mehr vor Millionen Dollar platzt und ich in keinem teuren Penthouse wohnen kann. Auch wenn ich kein dreihundert Quadratmeter großes Haus in Staten Island besitzen würde, kein Imperium mehr, von dem ich stolz behaupten kann, es selbst aufgebaut zu haben.

All das würde ich aufgeben, nur um mit einer normalen Frau wie Samantha Woods zusammen sein zu können und ein unspektakuläres Leben zu führen.

Für sie würde ich alles aufgeben, nur nicht meine Rache. Aber ich halte an dem Glauben fest, dass ich die Sache mit uns wieder hinbiegen kann. Das muss ich. Nachdem morgen alles vorbei ist, werde ich sie darum bitten, mir noch eine Chance zu geben. Vermutlich wird sie wissen wollen, ob ich den Mord begangen habe, woraufhin ich aufrichtig sein werde. Ich will nicht mehr lügen und will keine weiteren Geheimnisse vor ihr haben. Ich will sie einfach zurück. Falls sie mich dann nicht mehr zurücknehmen sollte ... Fuck, keine Ahnung.

Würde ich es schaffen, meinen Plan für sie fallen zu lassen, würde ich es tun. Aber ich kann nicht. Ich brauche das so sehr, wie ich sie brauche, wenn nicht noch ein bisschen mehr. All die letzten Jahre war mein einziger Lichtblick der Gedanke, dass ich dem Leben dieses Monsters ein Ende setzen werde. Er wird nie wieder jemanden derart verletzten und genauso wird er den Leuten nicht mehr ihr Eigentum rauben, für das sie hart gearbeitet haben. Er wird einfach verschwinden und durch meine vielen Nachforschungen weiß ich auch, dass ihn niemand vermissen wird. Jake ist wie eine Kanalratte – er bewegt sich immer weiter und wird nirgendwo sesshaft. Aus diesem Grund war es auch so verdammt wichtig, ihn Tag für Tag beschatten zu lassen, mir seine Gewohnheiten zu notieren, die Städte, in denen er tage- und wochenweise gelebt hat. Momentan befindet er sich in Brooklyn, aber das wird sich schon morgen Mittag ändern. Denn meine Männer sind heute bereits unterwegs, um ihn genau im Auge zu behalten, damit er uns ja nicht entwischt, dieser Bastard.

Ich starre auf mein Handy und betrachte apathisch die digitale Uhr. Die Minuten gehen fast sekundenschnell vorbei, zumindest kommt es mir so vor. Ich frage mich, warum Sam mich nicht kontaktiert hat. Ich habe ihr Mister Bear gebracht und befürchte mittlerweile, dass die Geste nicht so gut bei ihr ankam. Oder sie sie falsch interpretiert. Ich wollte bloß etwas Nettes für sie tun. Ich weiß, wie sehr sie diesen Teddybären mag.

Und vielleicht wollte ich ihr damit auch Aiden aus dem Kopf schlagen. Wenn sie sich schuldig fühlt, trifft sie ihn vielleicht nicht mehr. Aber scheinbar war ihr die Geste egal, denn sie hat kein Lebenszeichen von sich gegeben. Keine E-Mail, keine Nachricht und auch kein Anruf.

Egal, wie wütend ich wegen ihrem Treffen mit diesem Wichser auf sie bin, ich will sie immer noch zurück.

Niemand nimmt sie mir weg. *Niemand!* Wenn ich sie nicht haben kann, dann auch kein anderer. Sie gehört zu mir. Aus. Ende.

Und gerade bin ich mehr denn je davon überzeugt, dass ich alles dafür tun werde, dass sie das auch nicht vergisst.

KAPITEL 30

SAMANTHA

Freitag, 7. August. 15:00 Uhr. Der Tag von Alexanders Abrechnung ist gekommen. Und somit der Tag meiner Entscheidung.

Ich fühle mich wie ein wandelndes Nervenbündel. Ich habe nicht geschlafen, bin übermüdet und ausgelaugt, habe Kopfschmerzen und seit gestern Nachmittag keinen Appetit. Alles, was ich herunterwürge, kündigt sich direkt an, wieder hochzukommen. Ich weiß nicht, was ich tun oder denken soll. Jede Sekunde meines Lebens dreht sich nur noch um Alexander.

In genau fünf Stunden wird Alexander im Palais LYE eintreffen und in sechs Stunden wird er sich auf den Weg machen, um einen Mord zu begehen. Das bedeutet, dass ich nur noch wenige Stunden Zeit habe, um mir darüber klarzuwerden, was ich tun werde. Ich muss eine Entscheidung treffen und diese wird endgültig sein. Nach dem Telefonat mit Lauren vorgestern war ich davon überzeugt, zu Alexander zu fahren und mit ihm zu sprechen. Allerdings fehlte mir noch der Mut. Jetzt da ich weiß, dass er denkt, er hätte mir etwas Gutes getan, als er mir die

Entscheidung abnahm, unsere Beziehung fortzusetzen oder nicht, fühle ich mich verpflichtet, ihm zu sagen, dass er das nicht hat. Ich will meine eigenen Entscheidungen treffen. Ich sollte diejenige sein, die darüber entscheidet, ob sie mit einem Mann zusammen sein kann, der etwas derart Unverzeihliches tun möchte. Den ganzen gestrigen Tag über habe ich mir den Kopf über diese Entscheidung zerbrochen. Mal überwogen meine Gefühle, die ich für Alexander hege, mal überwog der Groll, den ich auf ihn habe. Mal überwog die Abneigung ihm gegenüber, weil er zu so einer Tat fähig ist, mal überwog das Verständnis dafür, warum er diese Tat meint, begehen zu müssen. *Gott.* Ich landete jedes Mal aufs Neue in einer Sackgasse.

In meiner schlaflosen Nacht kam ich dann endlich zu einem Entschluss. Ich musste mir selbst eingestehen, dass ich – egal wie sehr ich Alexander auch liebe – niemals mit jemandem zusammen sein könnte, der solch eine Tat begeht. Einen Mord. Ich kann nicht mit dem Wissen leben, mir das Bett mit einem Mörder zu teilen. Das funktioniert nicht, so ehrlich muss ich zu mir selbst sein. Aufgrund meiner Liebe zu ihm kann ich über mein Wissen schweigen, obwohl das bereits unmoralisch verwerflich ist. Aber das nehme ich in Kauf. Ich würde ihn niemals verraten.

Doch ich kann nicht zu Hause herumsitzen und den Dingen ihren Lauf lassen. Das konnte ich noch nie. Ich werde also alles dafür tun, um ihn aufzuhalten und ihn davor zu bewahren, einen Fehler zu begehen. Einen Fehler, der sein und unser Leben für immer zerstören wird. Denn Liebe kann zwar jeden Krieg besiegen, allerdings hat sie längst verloren, wenn der Krieg Opfer gefordert hat.

Vollkommen hektisch reiße ich jede Tasche auf, die mir Javier vor ein paar Tagen gebracht hat, und krame darin herum. Ich brauche eines dieser sündhaft teuren Abendkleider, die mir Alexander gekauft hat, damit man mich zu der Veranstaltung lässt. Da ich nicht weiß, ob mein Name immer noch auf der Gästeliste steht, muss ich dementsprechend gekleidet sein, um es wie einen

Fehler aussehen zu lassen, falls dem nicht so ist. Danach werde ich Alexander suchen und mit ihm sprechen. Besser gesagt, werde ich ihn anbetteln, es nicht zu tun, und wenn das nichts hilft, werde ich ihm ein Ultimatum stellen. *Entweder ich oder Jake Hoskins.* Dafür muss ich wohl alle Register ziehen. Ich werde ihm klar machen, dass es kein Zurück mehr gibt und das unsere letzte und einzige Chance auf eine gemeinsame Zukunft ist.

Ein schwarzes, paillettenbesetztes Kleid fällt mir ins Auge. Es ist bodenlang und hat einen tiefen Ausschnitt am Dekolleté. Perfekt. Ich muss heute besser aussehen, als ich jemals zuvor ausgesehen habe. Schließlich muss ich überzeugend sein und Alexander soll sehen, was er verpasst, wenn er sich falsch entscheidet. Ich reiße mir den Pyjama vom Leib und schlüpfe eilig in das Kleid. Es passt wie angegossen. Der Ausschnitt reicht bis tief ins Tal zwischen meinen Brüsten und der enge Stoff drückt sie so fest zusammen, dass sie auch ohne BH aussehen wie zwei pralle Äpfel. Außerdem ist es untenherum genauso eng, was meine Kurven betont.

Ich schlüpfe umgehend wieder heraus, werfe es auf mein Bett und husche splitterfasernackt ins Badezimmer. Ich bin so verdammt nervös, dass meine Hände zittern, als hätte ich eine Krankheit, und mein Magen droht, die wenigen Bissen des Sandwiches, das ich vorhin gegessen habe, wieder hochzuwürgen.

Die Symptome meines Nervenzusammenbruchs ignorierend, steige ich in die Dusche und drehe das kalte Wasser auf, um mich zu beruhigen. Ich lasse es in mein Gesicht plätschern und zucke kein bisschen, als ich mich mit dem gesamten Körper unter den eiskalten Wasserstrahl stelle. *Das tut gut.* Als würde die Kälte all die Anspannung aus meinem Körper ziehen. Augenblicklich fühle ich mich weniger fiebrig und auch das Dröhnen in meinem Kopf lässt nach.

Jetzt muss ich es nur schaffen, die nächsten Stunden zu überleben, ohne tatsächlich einen Nervenzusammenbruch zu erleiden, und dann wird alles gut werden.

Oder?

Ich kann nicht mehr warten. Es ist nicht einmal sieben Uhr und ich sitze fertig gestylt in diesem sündhaft teuren Abendkleid auf meinem Bett und starre in die Luft. Die Veranstaltung beginnt erst um acht Uhr und ich habe keine Ahnung, wie ich die nächste Stunde überstehen soll, weil ich mir mit meiner inneren Unruhe selbst auf den Geist gehe. Ich bin unerträglich nervös und meine Gedanken sind zwiegespalten wie die einer Geisteskranken. Ständig frage ich mich, was ich tun werde, sollte sich Alexander gegen mich entscheiden, doch ich verdränge die sinnlosen Fragen und hebe sie mir für später auf. Die Tatsache, Alexander heute wieder zu sehen, macht mich noch unruhiger. Es ist ein unangenehmes Gefühl der Aufregung, gemischt mit einem Gefühl der Panik, das mich in einen Angstzustand versetzt. So lange wie bisher herrschte noch nie Funkstille zwischen uns und nicht gesehen haben wir uns so lange am Stück auch noch nie.

Morgen ist es genau sieben Tage her, seit wir diesen schrecklichen Streit in der Tiefgarage hatten. Sieben Tage, in denen ich mir ausnahmslos jeden Tag die Seele aus dem Leib geheult habe. Doch keinen einzigen Tag davon habe ich mich wirklich mit dem heutigen Ereignis auseinandergesetzt, sondern lediglich mit unserer Trennung. Nun ist alles anders. Heute geht es wortwörtlich um Leben und Tod.

Scheiß drauf. Ich kann nicht länger warten. Wenn ich nicht sofort aktiv werde, drehe ich noch völlig durch. Abrupt schnappe ich mir meine schwarze Clutch, kontrolliere, ob ich alles Wichtige bei mir habe, und stürme aus der Wohnung. Ich schlage auf den Knopf des Fahrstuhls ein, doch er braucht zu lange. Während ich überlege, ob ich es mit diesen zehn Zentimeter hohen Absätzen die vielen Stufen hinab schaffe, ohne mir dabei die Beine zu brechen, steige ich ungeduldig von einem Fuß auf den anderen. Als der Aufzug endlich in meinem Stockwerk anhält, renne ich, ohne hochzusehen, hinein, und pralle hart an jemandem ab. *Autsch.*

»Wow … du siehst …« Aiden reißt seine Augen weit auf und lässt seinen Blick an mir hinuntergleiten. »Was hast du denn vor?«

Ich starre ihn entgeistert an. Damit, ihn zu sehen, habe ich nicht gerechnet, und es könnte wohl keinen schlechteren Zeitpunkt für ein Gespräch mit ihm geben. Angespannt mustere ich ihn ebenfalls, drücke gleichzeitig den Knopf des untersten Stockwerks und presse mich mit dem Rücken gegen die Türen, als sie sich schließen. »Was machst du denn hier?«

»Ich wollte mit dir reden«, erklärt er mit merkwürdig bebender Stimme, so als müsse er die Worte hervorwürgen. Er vergräbt beide Hände in den Hosentaschen seiner dunkelblauen Jeans und zieht eine Augenbraue in die Höhe. »Schlechtes Timing?«

»Verdammt schlecht«, murmele ich vor mich hin, ohne gemein klingen zu wollen.

»Verstehe.« Aiden räuspert sich und greift ruckartig nach meiner Hand, als sich die Fahrstuhltüren öffnen und ich den Halt verliere. »Wir müssen reden. Ich will nicht, dass das so endet wie beim letzten Mal.«

Innerlich seufze ich. Seine Augen sind auffordernd auf mich gerichtet, doch ich schaffe es nicht, dem Blick standzuhalten. Ausweichend erkläre ich: »Ich muss mich beeilen, Aiden. Jetzt ist kein guter Zeitpunkt.«

»Wann dann?«, drängt er energisch. Immer noch hält er mich an der Hand fest. »Du gehst mir aus dem Weg. Kein Zeitpunkt wäre für dich passend.«

Unwillkürlich schüttele ich den Kopf. »Ich möchte mit dir sprechen, wirklich. Aber …« Mit meiner freien Hand deute ich auf mein Outfit. »… du siehst doch, dass ich etwas vorhabe. Oder denkst du, ich laufe plötzlich jeden Tag wie eine reiche Göre aus der Oberschicht herum?«

Aiden schmunzelt. »Wäre es unangebracht, dir zu sagen, dass du noch nie heißer ausgesehen hast?«

Das bringt mich ungewollt zum Lachen. Ich ziehe meinen

Arm langsam zurück und lächele ihn an. »Wir werden reden. Ich schwöre es. Aber jetzt geht es nicht, okay?«

Widerwillig gibt er mich frei und nickt. Kurz scheint er angestrengt nachzudenken und platzt dann ernst hervor: »Ich weiß, dass das, was zwischen uns passiert ist, falsch war. Und ich nehme dir nicht übel, dass du die Flucht ergriffen hast. Ich hätte es besser wissen müssen. Dass du ihn liebst, ist mir schon lange klar und allmählich glaube ich, dass ich mich hätte von Anfang an anders verhalten müssen. Außerdem hätte ich deinen Liebeskummer nicht ausnutzen dürfen … Also in diesem Sinne: Es tut mir leid.«

Überrascht starre ich ihn an. »Und hey … Ich hoffe, Mr Rich und du bekommt das wieder hin.«

»Wirklich?«, schießt es ungläubig aus mir hervor. »Oder sagst du das nur so?«

Er zuckt amüsiert mit den Schultern. »Frag mich das in ein paar Wochen noch mal. Dann meine ich es vielleicht wirklich so.« Wir lachen beide, während wir gemeinsam das Gebäude verlassen. »Aber alles, was ich davor gesagt habe, meine ich wirklich so.«

Ich nicke. Seine Worte verleihen mir ein gutes Gefühl und ich fühle mich in unserer Freundschaft bestätigt. Nachdem Peter uns die Tür aufgehalten und mir ein beeindrucktes Nicken geschenkt hat, bleibe ich auf der Straße noch einmal stehen und drehe mich zu Aiden um. Dieser wirkt immer noch wie hypnotisiert von meinem Anblick. »Du bist der beste Freund, den ich jemals gehabt habe, weißt du das eigentlich?«

Etwas verlegen von meinen Worten verlagert er sein Gewicht auf den anderen Fuß und fährt sich mit einer schnellen Handbewegung durch die Haare. Wieder schmunzelt er. »Und du die schlimmste Freundin, die ich jemals gehabt habe.«

Aus einem drängenden Impuls heraus schlinge ich meine Arme um seinen Hals und schenke ihm eine dankbare Umarmung. Man kann über Aiden vieles sagen, aber im Stich gelassen hat er mich noch nie. Ebenso hat er mir nie das Gefühl gegeben, er würde sich von mir abwenden oder distanzieren, egal, was zwischen uns geschehen ist. Das bringt mich plötzlich auf eine

Idee und erinnert mich daran, dass ich mir vorgenommen habe, alle Register zu ziehen, um Alexander seine Entscheidung zu erleichtern und ihn von seinem Vorhaben abzuhalten.

Ich löse mich eilig aus seinen Armen, die er gerade eben erst um mich geschlungen hat, und plappere drauf los: »Hast du noch den Anzug, den du damals auf der Wohltätigkeitsveranstaltung getragen hast?«

Aiden nickt zögerlich. »Warum?«

»Ich weiß, das ist bescheuert und egoistisch, aber … würdest du mir einen Gefallen tun? Er ist ziemlich groß.«

Aidens Neugierde ist geweckt. Zu meinem Glück ist er nicht unmittelbar abgeschreckt von meiner Bitte. Er starrt gespielt nachdenklich in die Luft, reibt sich mit dem Zeigefinger über das Kinn und lacht leise, als ich deswegen theatralisch seufze. Danach zuckt er mit den Schultern. »Warum nicht.«

Ein Grinsen bereitet sich in meinem Gesicht aus. Ich werfe eilig einen Blick auf die Armbanduhr, die ich trage, und berechne die Zeit, die ich für mein Vorhaben brauche. Schließlich nicke ich. »Vergiss nicht, wie gerne du mich hast, okay? Dafür verspreche ich, einzuschreiten, falls die Sache zu eskalieren droht.«

»Okay, warte«, stößt er umgehend hervor er und schüttelt mit großen Augen den Kopf. »Diesen Blick kenne ich und -«

Doch meine Entscheidung ist längst gefallen. Ich packe ihn am Arm, ziehe ihn hinter mir her und rufe ein Taxi herbei. »Zu spät, um einen Rückzieher zu machen.«

Es ist kurz nach acht Uhr, als Aiden und ich vor dem *Palais LYE* aus dem Taxi aussteigen. Viel zu lange hat er dafür gebraucht, sich bei sich zu Hause in den eleganten, dreiteiligen Anzug zu werfen, seine Haare zu stylen und sich zu parfümieren, als hinge sein Leben davon ab, gut zu riechen. Als er endlich startklar war und ich ihn in meinen Plan eingeweiht habe, brauchte es einige Minuten, um ihn dazu zu überreden, aber letztendlich haben seine

Argumente nicht gereicht, um meinem Betteln ein Ende zu setzen. Vermutlich denkt er, ich möchte Alexander bloß eifersüchtig machen, und das ist mir recht. Keinesfalls darf er die Wahrheit wissen. Klar ist das, was ich von ihm verlange, bescheuert und riskant, allerdings verschafft es mir einen Vorteil, um Alexanders Aufmerksamkeit von seinem Plan weg und auf mich zu lenken.

»Ich stehe nicht auf der Gästeliste«, flüstert Aiden mir zu, während wir auf den Sicherheitsbeamten vor dem Eingang zugehen. »Das wird peinlich.«

Ich schüttele den Kopf. »Keine Sorge, ich regele das.«

Ich lächle den Muskelprotz an, erlaube ihm einen kurzen Blick in meine geöffnete Clutch und nicke anschließend, als er uns bedeutet, hineingehen zu dürfen. Ein paar Meter durch den hohen Flur führen uns direkt zu der adrett gekleideten Angestellten, die mit einer Liste in den Händen dasteht und gerade ein älteres Ehepaar begrüßt. Wir stellen uns hinter dem Paar an.

»Guten Abend«, begrüßt sie uns kurz darauf, als das Paar in den Saal eintritt. »Ihr Name?«

»Samantha Woods.« Ich werfe Aiden einen Blick zu, dessen Blick am Dekolleté der Angestellten hängt. *Männer ...* »Das ist mein Begleiter.«

Die Frau mit den dunkelblonden Haaren rümpft die gemachte Nase, während sie die Liste studiert. »Miss Woods steht hier neben Mr Black. Doch dieser befindet sich schon im Saal.« Ihre Augen wandern von der Liste zu Aiden, danach prüft sie auffällig sein Aussehen. »Ihr Name?«

Ich räuspere mich, bevor Aiden darauf antworten kann. »Miss, hier muss eine Verwechslung vorliegen. Ich habe dringend darum gebeten, meinen Namen plus Begleitung auf die Liste zu setzen. Was ist denn noch nötig, außer Teilhaberin des Institutes zu sein und einen großen Haufen Geld zu spenden? Außerdem bin ich eine der Rednerinnen.« Heute scheint mir das Lügen überhaupt nicht schwer zu fallen.

»Oh, das tut mir leid«, bringt sie beschwichtigend hervor. »Da muss jemand vergessen habe, die Liste zu aktualisieren. Natürlich können Sie eintreten. Ich wünsche Ihnen viel Spaß und bedanke mich für Ihr Kommen.«

Aiden zwickt mir lachend in den Oberarm, als wir uns zusammen durch den Eingang quetschen. Ich werfe umgehend einen Blick durch den mörderisch großen Saal. Damit, dass sich hier noch an die hundert Leute mehr befinden als auf der letzten Veranstaltung des Institutes für Suchtkranke habe ich nicht gerechnet. Wie soll ich in diesem Chaos an Menschen Alexander finden?

»Wie sieht der Plan nun genau aus?«, will Aiden leise wissen. Er lässt seinen Blick durch den Saal schweifen und hebt eine Augenbraue. »Großartig. Zweihundertfünfzig Zeugen für meinen Versuch, einen Streit mit dem Kerl anzufangen. Ich kann ihm vor all den Leuten ja nicht mal eine reinhauen.«

»Du sollst ihm auch keine reinhauen!«, zische ich und ziehe ihn mit mir mit. Ich halte vor einem hübsch dekorierten Tisch, auf dem noch niemand sitzt, und schnappe mir zwei Gläser Champagner von einem Tablett, als ein Kellner an uns vorbeiläuft. »Du sollst nur seine Aufmerksamkeit auf dich lenken. Von mir aus kannst du ihn provozieren. Alles ist mir recht, damit du ihn ablenkst. Bis auf eine Prügelei natürlich.«

»Ich denke, es ist Provokation genug, dass ich hier mit dir an meiner Seite auftauche«, murmelt er und ext das Glas Champagner. »Woah! Diese teure Scheiße schmeckt so ekelhaft.«

Kopfschüttelnd konzentriere ich mich wieder darauf, Alexander zu finden. Mein Plan sollte funktionieren. Sobald Alexander Aiden entdeckt, wird er sich unwillkürlich nach mir umsehen. Alle seine Nerven und Probleme werden sich in Luft auflösen, sobald er realisiert, dass ich tatsächlich mit Aiden hierhergekommen bin, und er wird nichts anderes mehr im Kopf haben, als Aiden und mich umzubringen. *Nicht wie Jake Hoskins, natürlich.* Nachdem er sich ein wenig mit Aiden gestritten hat, werde ich einschreiten und das Gespräch mit ihm suchen. Ich appelliere an seine hohen Besitzansprüche und hoffe, dass ihn seine Eifersucht empfänglicher machen wird. Vielleicht schaffe ich es sogar, das Gespräch so lange hinauszuzögern, bis er den geplanten Zeitpunkt, um zu verschwinden, verpasst.

»Ich glaube, da ist er«, stößt Aiden plötzlich hervor und deutet unauffällig mit einem Kopfnicken auf das Ende des großen Saals. Meine Sehstärke ist zu schwach, um bis dorthin sehen zu können. Ich verenge meine Augen und folge Aidens Blick angestrengt. »Da hinten links. Dunkelblauer Anzug. Wer ist die Frau neben ihm?«

»Frau?«, quietsche ich augenblicklich. »Ich kann verdammt nochmal nichts sehen – diese Menschen stehen mir alle im Weg!«

Aiden zieht mich ruckartig beiseite, dreht meinen Kopf exakt in Alexanders Richtung und flüstert: »Siehst du ihn jetzt, du Blinde?«

Ich sehe ihn. *Gott*, wie könnte ich nicht? Er sieht so verdammt gut aus, einfach unfair! Sein maßgeschneiderter, dunkelblauer Anzug sitzt eng und lässt einen sogar von dieser Entfernung aus erahnen, wie trainiert der Körper unter dem teuren Stoff ist. Sein Hemd ist strahlend weiß und er trägt eine blaugraue Krawatte, die dieselbe Farbe hat wie seine Augen. Er sieht gebräunt aus, was seine Zähne noch heller wirken lässt, während er lächelt. Sein dunkles Haar ist an den Seiten gekürzt, oben hat er es mit Haarspray nach hinten fixiert. Und seine silberne, große Armbanduhr glänzt bis hierher und lenkt meine Aufmerksamkeit unwillkürlich auf seine großen, männlichen Hände. Ich liebe, wie die Adern auf seinem Handrücken hervortreten … *Verflucht!* Gott sei Dank ist die Frau neben ihm Lauren und keine dahergelaufene Schlampe.

»Bitte fang in meiner Gegenwart nicht an zu sabbern«, seufzt Aiden und wendet den Blick von Alexander ab.

Ich schüttele mich wie ein nasser Hund und hole tief Luft. *Let the show begin.* »Dein Einsatz, Aiden. Und hey!« Ich stelle mich vor ihn, starre ihm eindringlich in die Augen und warne ihn mit ernster Stimme: »Bitte treib es nicht zu weit, okay? Ich will nicht bereuen, dich um Hilfe gebeten zu haben.«

»Ja, ja.« Er nickt gelangweilt, lächelt aber. »Ich verschone deinen Mr Rich. Obwohl ich ihm noch einen fetten Kinnhaken von damals schuldig bin.«

»Du warst zu langsam«, ziehe ich ihn auf. »Er hat dich nun mal direkt ausgeknockt. Sei kein schlechter Verlierer.«

Mit diesen Worten drehe ich mich und mische mich unter die Gäste. Als ich Aiden aus ein paar Metern Entfernung zunicke, stolziert er mit selbstbewussten Schritten auf Alexander zu.

Gott steh mir bei. Hoffentlich erweist sich das nicht als fataler Fehler.

KAPITEL 31

ALEXANDER

»Wie spät ist es?« Lauren richtet ihr cremefarbenes Kleid, welches ich ihr aufgetragen habe, zu tragen. Es ist elegant und sexy, nicht so billig wie die Hälfte ihrer anderen Kleider. Die Frau sieht ohnehin wie eine Pornodarstellerin aus, sie muss sich nicht noch wie eine Hure anziehen. Mit diesem Kleid ist sie die schönste Frau in diesem Raum, aber das ist nichts Neues. »Reichst du mir den Champagner?«

Während ich das tue, fällt mir auf, dass wir scheinbar die Hauptattraktion des Abends sind. Die anwesenden Männer starren Lauren an, als wäre sie Freiwild, wenden jedoch den gierigen Blick unverzüglich von ihr ab, wenn sie mich entdecken. Ich glaube nicht, dass viele hier wissen, dass Lauren und ich verwandt sind und selbst wenn doch – niemand besitzt das Recht, meine Begleitung derart mit den Blicken auszuziehen. Nicht in meiner Gegenwart.

Die Frauen schmachten mich wie immer an. Egal ob verheiratet, ledig, verwitwet – ich könnte sie alle haben. Ihr offenkundiges Interesse ist ein wahrer Abturn.

»Ich fragte, wie spät es ist«, wiederholt Lauren und stellt ihr bereits wieder leeres Glas auf unserem Tisch ab. Aufgrund meiner neuesten Alkoholbesessenheit halte ich ihr heute keine Predigt über ihren Alkoholkonsum.

Unruhig werfe ich einen Blick auf meine Rolex. Es ist zwanzig vor Neun. Anstatt ihr die Zeit zu nennen, halte ich ihr meinen umgedrehten Arm entgegen und stecke die andere Hand in die Tasche meiner Anzughose. Sie nickt, beugt sich näher zu mir, um mir etwas zuzuflüstern, doch ein alter Geschäftspartner von mir unterbricht sie dabei.

»Mr Black! Wie schön, Sie hier zu sehen«, bringt er mit tiefer Stimme hervor und reicht mir seine Hand. Ich schüttele sie kraftvoll und nicke ihm zu. »Halten Sie heute Abend eine Rede?«

»Meine Begleitung wird das tun«, erwidere ich gezwungen lächelnd. Auf Smalltalk habe ich gerade absolut keinen Bock. In meinem Kopf herrscht nichts als Chaos, meine Gedanken kreisen einzig und alleine um Jake Hoskins und die Nachricht, die ich von einem meiner Männer erwarte. In wenigen Minuten sollte ich sie erhalten und kann mich endlich auf den Weg machen.

Sofern alles nach Plan verlaufen ist.

Lauren strahlt den Mann, dessen Name ich nach all den Jahren vergessen habe, verführerisch an und hakt sich bei mir unter. Er kann seinen Blick kaum von ihren Titten nehmen, auch nicht, als er sagt: »Schön, schön. Möchten Sie sich währenddessen an unseren Tisch setzen? Meine Frau hat gerade heute von Ihnen gesprochen.«

»Meine Begleitung ist etwas nervös, daher werde ich sie hinter die Bühne begleiten und Sie von dort aus unterstützen«, erwidere ich monoton. Als er mich auffordernd anstarrt, verkneife ich mir ein Seufzen und meine: »Ah, natürlich, tut mir leid. Lauren, das ist …« *Fuck.* Sein Name will mir partout nicht einfallen.

»James Gover«, beendet er meinen Satz, ohne sich anmerken zu lassen, dass er von meiner Unwissenheit beleidigt ist. Charmant streckt er Lauren die Hand entgegen, die diese ohne zu zögern schüttelt.

Weil ich empfinde, dass die beiden nun genug Körperkontakt miteinander ausgetauscht haben und sein lästiger Blick mir allmählich auf den Geist geht, schiebe ich Lauren fast unmerklich hinter mich und klopfe dem notgeilen Sack auf die Schulter.

»Schönen Abend noch, Mr Gover.«

»Ob er jemals mit seiner Frau vögelt?«, flüstert Lauren amüsiert, als wir uns von ihm wegdrehen. »Der hat sicher seit Jahren nicht mehr abgespritzt.«

Ich starre sie entgeistert an. Wie kann sie in dieser Situation an so etwas denken? Die Frau hat sie nicht mehr alle, ähnlich wie ich. »Du solltest dich mit dem Trinken zurückhalten«, erwidere ich stattdessen und schüttele den Kopf, als einer der Kellner an uns vorbeiläuft und uns das Tablett auf seiner Hand entgegenstreckt. »Du musst die Rede bis zum Ende halten, Lauren. Ich brauche die Zeit, das weißt du. Also versau es nicht.«

Wie eine Dramaqueen wirft sie sich das gelockte Haar über die Schulter, rollt mit den Augen und lächelt mich mit ihrem One-Million-Dollar-Smile an. »Du weißt, dass du dich auf mich verlassen kannst. Ich ziehe die Rede in die Länge und warte anschließend hinter der Bühne auf dich. Vergiss nicht, darauf zu achten, dein hübsches Hemd nicht zu *bekleckern.*«

Ich nicke zufrieden. »Ich habe Wechselkleidung organisiert.«

Darüber zu sprechen, macht mich ungeduldig. Ich ziehe mein Handy aus meiner Hosentasche und werfe einen Blick darauf. Noch keine Nachricht. Meine Nerven sind nicht mehr als dünne Fäden, die jeden Moment drohen zu reißen; ich bemühe mich inständig, das zu verhindern. *Wir liegen in der Zeit, alles läuft nach Plan.*

Ich werfe noch einen Blick auf meine Uhr. Noch fünfzehn Minuten, bis Lauren aufgerufen wird, hinter die Bühne zu gehen und sich vorzubereiten. Fünfzehn Minuten sind gerade eine verdammte Ewigkeit für mich.

Gerade als ich mein Handy zurück in die Hosentasche stecke, spüre ich einen brennenden Blick auf mir. Ich bemerke ausnahmslos, wenn mich jemand anstarrt, doch momentan fühlt es sich nicht nach dem Blick einer hungrigen Frau an, die lange nicht mehr richtig durchgevögelt wurde, sondern nach einem, der mich am liebsten töten würde.

Ich sehe auf. Und ich wünsche mir unmittelbar, ich hätte es nicht getan.

»Hi«, höre ich diesen Hurensohn sagen. Sie wird lauter, als er sich uns annähert und Lauren mit einem verführerischen Lächeln beäugt. »Ich bin Aiden.«

Lauren legt den Kopf schief und entfernt sich ein Stück weit von mir, um Aiden näher betrachten zu können. »Lauren.« Sie schütteln sich die Hand, während Aiden mich ansieht, als würde er mich zu einem Duell herausfordern wollen.

Was zum Teufel hat dieser Mistkerl hier verloren? Er ist doch nicht etwa mit Sam hier? Und warum, zur Hölle, wagt er es, sich mir und meiner Begleitung anzunähern? Mein Körper versteift sich augenblicklich, während ich in die Defensive gehe und seinem Blick ohne zu blinzeln standhalte. Er hat sich wirklich einen verdammt schlechten Zeitpunkt ausgesucht, um mich zu reizen. Die dünnen Fäden, die meine Nerven darstellen, drohen nun tatsächlich zu reißen.

»Verschwinde.« Meine Stimme könnte düsterer nicht klingen.

Aiden grinst mich an, als hätte er irgendetwas gegen mich in der Hand und würde sich freuen, diese Karte gleich ausspielen zu können. Das bestärkt mein Misstrauen. Ich ziehe Lauren grob von ihm weg, werfe ihr einen warnenden Blick zu und bin zufrieden, als sie mir knapp zunickt und sich von uns entfernt.

»Ach, du hättest deine Begleitung nicht direkt verscheuchen müssen«, stößt Aiden spöttisch hervor. »Ich hatte gar nicht vor, mit ihr in der Damentoilette zu verschwinden.«

Will dieser Hurensohn mich mit Absicht gegen sich aufbringen? So dumm kann doch nicht einmal einer wie er sein – ein unreifer Junge mit Wischmopp-Frisur. Glaubt er denn etwa, die Leute um uns herum würden sich auf seine Seite stellen anstatt auf meine? Lächerlich.

»Ich glaube, du solltest Leine ziehen. Ich werde es dir nicht noch einmal sagen.« Plötzlich tätschelt er meine Schulter, was mich dazu veranlasst, blitzschnell sein Handgelenk zu packen und grob hinter seinen Rücken zu drehen. *Fuck*, ich will es ihm brechen. Mehrmals. »Du hast Glück, dass ich keine Zeit habe, dir zu zeigen, was ich von deinem Auftreten halte«, knurre ich ihm ins Ohr, während er sich grob aus meinem Griff befreit.

Aiden richtet sich fast aggressiv das Jackett, das er trägt, und lässt den Blick verdächtig durch den Saal schweifen. Nach wem hält er Ausschau? Als er anfängt zu lächeln, runzele ich die Stirn und drehe mich irritiert um. »Danke, übrigens. Scheinbar hast du dich wie ein Arschloch verhalten, was mir den Weg zu Samanthas … Herz geöffnet hat. Man sieht sich.«

Ich weiß nicht, wem ich weniger traue. Meinen Ohren oder meinen Augen, die langes, schwarzes Haar entdecken, das an einer zierlichen Schulter hinabfällt, und in bernsteinfarbene Reh-Augen blicken, die mich gefährlich intensiv mustern. Ich brauche einige Sekunden, um zu verstehen, was dieser Hurensohn mir gerade mitgeteilt hat und um wessen Taille er nun seine dreckigen Finger schlingt.

Die Pause vor dem Wort *Herz* lässt mich innerlich explodieren. Bastard.

»Ganz ruhig«, höre ich Laurens Stimme dicht hinter mir. Ich spüre ihre Hand fest auf meinem Ellenbogen, als würde sie nicht zulassen wollen, dass ich mich von der Stelle rühre. »Entspann dich. Dafür hast du später Zeit.«

Ich könnte mich nicht mehr *ver*spannen. Die Wut in mir bringt mein Blut zum Kochen und lässt mein Herz rasen. Meine Hände bilden Fäuste, während ich dabei zusehen muss, wie Samantha und Aiden vor mir posieren, als würden sie gerade ein Fotoshooting abhalten.

Ich bringe sie beide um. Jetzt.

Ohne ein Wort von mir zu geben, reiße ich mich von Lauren los, laufe auf die Turteltäubchen zu und packe Samanthas Nacken so schnell, dass ihr keine Möglichkeit bleibt, meinem besitzergreifenden Griff auszuweichen. »Raus hier. Sofort.«

Zu meiner Überraschung entfernt sich Aiden wortlos von uns, anstatt ihr zu helfen. *Gute Entscheidung.* Sam blinzelt mich leicht ängstlich an, ihr Gesicht ist starr. »Okay.«

Wenigstens sträubt sie sich nicht, sonst müsste ich härtere Maßnahmen ergreifen, um sie mit mir nach draußen zu befördern. Ohne ihren Nacken loszulassen, marschiere ich vorwärts, direkt auf den Ausgang zu. Sie windet sich ein wenig unter meinem vermutlich zu festen Griff, der sie dazu veranlasst, den Kopf gesenkt zu halten, doch das interessiert mich nicht. Wie kann sich in diesem hübschen Köpfchen so viel Unsinn verstecken? Warum, zum Teufel, tut sie mir das an, obwohl sie weiß, wie leicht ich einen Wutanfall erleide? Scheiße aber auch, sie weiß verdammt noch mal genau, wie ich ticke. Sie weiß es besser als die meisten Menschen. Sie kann nicht so dumm sein und gedacht haben, ich würde einfach akzeptieren, welche Show sie hier abzieht und mit wem.

Als wir den Saal verlassen haben und durch den langen Flur, der zur Straße führt, marschieren, lasse ich sie mit einem leichten Stoß los und schiebe sie mit einer Hand auf ihrem Kreuz vorwärts. Ich laufe viel zu schnell für die nuttigen Absatzschuhe, die sie trägt, sodass sie mehrmals stolpert, was ich jedoch nicht weiter beachte.

»Rechts«, knurre ich.

Sie gehorcht zu ihrem Glück und läuft die Straße nach rechts hinauf, nachdem wir den Sicherheitsbeamten passieren. Als ich empfinde, dass der Abstand zwischen ihm und uns ausreicht, damit er unser Gespräch nicht belauschen kann, auch wenn es lauter werden sollte, packe ich ihren Arm, wirbele sieh herum und presse sie mit dem Rücken gegen die Mauer. Ich presse mich so dicht an sie, dass es von weitem vermutlich den Anschein macht, als würden wir uns gleich miteinander vergnügen, allerdings tue ich das nur, damit sie die folgenden Worte auch gut genug versteht.

»Du hörst mir jetzt ganz genau zu, Samantha. Du wirst dich nie wieder in die Nähe dieses Hurensohns begeben, du wirst dich nie wieder von ihm anfassen lassen und du wirst nie wieder an ihn denken, so wahr mir Gott helfe. Du weißt, dass du mir gehörst, und du weißt, wozu ich fähig bin. Teste meine Grenzen nicht aus, nicht heute Abend. Du wirst dich nach diesem Gespräch in ein Taxi setzen, nach Hause fahren und beten, dass ich diese Sache mit einer Flasche Scotch aus meinem Kopf vertreiben kann. Denn wenn nicht …«

Ich stoße mich an der Mauer ab und lasse meinen Blick an ihr auf und abgleiten. Erst jetzt fällt mir auf, wie verdammt sexy sie aussieht. Ich glaube, sie hat noch nie besser ausgesehen. Und sie trägt eines der Kleider, das ich für sie ausgesucht habe … ein Volltreffer. *Verfickt noch mal,* sie ist schärfer, als mir lieb ist. Jeder notgeile Sack wird sie mit seinen Blicken ausziehen. Ich bereue, ihr ein derart enges und weit ausgeschnittenes Kleid gekauft zu haben. Diese Titten müssen eindeutig versteckt werden.

Als mich ihre Augen ängstlich anblinzeln, fahre ich dennoch rasend vor Wut fort:»… wirst du dir wünschen, mich niemals kennengelernt zu haben.«

Plötzlich heben sich ihre Mundwinkel an und bilden ein verführerisches Lächeln. Ich glaube, zu träumen. Hat sie mir eigentlich zugehört? Sie stößt sich ebenfalls von der Wand ab, verschränkt ihre Arme vor der Brust und wirft mir einen fast herausfordernden Blick zu.»Nein.«

»Was von alldem findest du witzig?«, stoße ich wütend hervor. Meine Hände bilden wieder Fäuste, als ich einen Schritt auf sie zumache. Sie weicht nicht zurück.»Und das Wort *Nein* existiert für dich nicht.«

Mit all dem Mut, den sie besitzt, entgegnet sie ruhig:»Wenn du willst, dass ich dir gehöre, musst du dich auch dementspre-chend verhalten. Du hast mich abserviert, schon vergessen? Ich kann tun und lassen, was ich will. Und mit wem ich es will.«

Meine Faust landet in der Mauer neben ihr, ohne dass ich es verhindern kann. Der Schmerz schießt mir bis ins Hirn und ich fluche lautstark vor mich hin. Mit der anderen Hand greife ich nach ihr, um zu verhindern, dass sie wegläuft, doch das versucht sie gar nicht.

»Hat er dich gefickt?«

Ihre Lippen bleiben geschlossen. Ich bekämpfe den Drang, meine Knöchel zur Gänze in diese Mauer zu rammen, und umfasse grob ihr Kinn, damit sie mir in die Augen sehen muss.

»Hat er dich angefasst? Antworte mir, verdammt noch mal!«

»Was ist mit dir?«, fragt sie stattdessen. Mit zusammengekniffenen Augen fixiert sie die meinen. »Oder warum landete Mister Bear vor meiner Tür?«

»Das ist keine Antwort auf meine Frage«, knurre ich. Ich verstärke den Griff um ihr Kinn und presse mich noch fester an ihren leicht zitternden Körper, der mir verrät, dass sie nicht ganz so gelassen ist, wie sie gerade tut. »Samantha, du treibst mich zur -«

»Ich habe nicht mit ihm geschlafen«, unterbricht sie mich plötzlich eilig, als lägen ihr die Worte schon ewig auf der Zunge. »Warum sollte ich das tun? Ich liebe *dich*.«

Schlagartig weiche ich von ihr zurück. Mein Herzschlag verlangsamt sich, während sich der Krampf in meinen Fingern löst Ich spüre, wie ein heißes Gefühl in meiner Brust aufkeimt.

Zu hören, dass sie mich noch liebt, ist wie Nervennahrung für mich.

»Du gehörst nicht zu ihm«, höre ich mich meinen Gedanken laut aussprechen. »Du gehörst zu mir und das wird auch immer so bleiben. Mach also keine Dummheiten, Samantha.«

»So wie du?«, reizt sie mich mit hochgezogenen Augenbrauen. Sie kommt einen Schritt auf mich zu und sieht trotzig zu mir hoch. »Ich gehöre nur zu dir, wenn du dich auch für mich entscheidest, Alexander.«

Ihre Nähe macht mich zunehmend unruhig. Mir läuft die Zeit davon und ich will diese Unterhaltung nicht jetzt führen.

»Ich habe mich schon vor langer Zeit für dich entschieden und das wird sich auch nicht ändern. Gib mir Zeit.« Mit diesen

Worten lasse ich sie stehen und marschiere in eiligen Schritten zum Eingang zurück.

Sam holt mich trotz ihrer hohen Schuhe Sekunden später ein und stellt sich wie eine Mauer vor mich, um mir den Weg zu versperren. »Zeit, um Jake Hoskins umzubringen?« Ihre Stimme zittert, als wäre sie kurz davor, zu weinen.

»Samantha.« Mit finsterer Miene lasse ich meinen Blick umherhuschen, um sicher zu gehen, dass uns niemand hören kann. »Lass das.«

»Nein!«, schreit sie beinahe und packt mich an beiden Händen. Ihre Handfläche ist feucht und kalt. »Du kannst das nicht tun, hörst du? Damit zerstörst du alles, was wir haben! Bitte!« Das letzte Wort spricht sie bettelnd aus.

Ich halte noch kurz an ihren Fingern fest, lasse ihre Berührung auf mich wirken und zwinge mich anschließend, mich von ihr zu lösen. Mit glasigen Augen verfolgt sie die Bewegungen meiner Arme, als ich sie vor der Brust verschränke. »Ich habe dir gesagt, dass ich deinetwegen nicht von meinem Plan abweichen werde. Ich werde bekommen, was ich will, und das ist meine Rache *und* dich. Und jetzt nimm dir ein Taxi und fahr nach Hause. Ich will dich nicht hierhaben.«

Sie presst ihre Lippen fest aufeinander und steigt von einem Fuß auf den anderen. »Ich lasse mich nicht wieder von dir verscheuchen. Ich werde alles tun, um dich vor diesem Fehler zu bewahren.«

Niedlich, aber auch so verdammt naiv. Ich nicke ihr verständnisvoll zu, weil ich ihre Bemühungen schätze, allerdings werden sie sie nicht weit bringen. »Das verstehe ich. Ich werde nämlich dasselbe tun, um das zu verhindern.«

»Was?«, ruft sie mir panisch hinterher, während ich in schnellen Schritten auf den Sicherheitsbeamten zulaufe. »Was soll das heißen?«

Ich befehle ihm umgehend, Samantha nicht mehr in das Gebäude zu lassen. Da er weiß, mit wem er es hier zu tun hat, nickt er, ohne meinen Befehl zu hinterfragen. Kaum erreicht uns

Sam, betrete ich das Gebäude, ohne sie noch einmal anzusehen. Sie schreit mir lautstark hinterher, flucht und ruft meinen Namen, doch an dem fehlenden Klappern ihrer Absätze erkenne ich, dass der Mann seinen Job macht und sie daran hindert, mir zu folgen.

Lauren läuft mir im selben Moment entgegen. Sie schnippt sich genervt eine ihrer lockigen Haarsträhnen aus dem Gesicht, als wäre sie eine lästige Fliege, die um sie herumschwirrt, und stößt atemlos hervor: »Wir müssen uns beeilen. Komm schon!«

Während ich ihr schweigend in Richtung der Bühne folge und mich zwinge, Sam für die nächsten zwanzig Minuten aus meinem Kopf zu verbannen, fische ich mein Handy aus meiner Tasche und öffne die Nachricht, die ich vor sieben Minuten erhalten habe. Sie ist von einem meiner Männer.

Alles bereit, Sir.

KAPITEL 32

SAMANTHA

»Lassen Sie mich rein! Bitte!«, flehe ich den Muskelprotz, der mich mit beiden Armen festhält, an. Ich habe trotz größter Bemühungen keine Chance, mich aus seinem Griff zu befreien. *Fuck! Warum bin ich auch so verdammt klein?!* »Sie müssen mich durchlassen! Es ist sehr wichtig!«

»Nein«, sagt er zum gefühlt eintausendsten Mal und bläst angestrengt die Luft aus seiner Lunge. »Treten Sie jetzt bitte zurück.«

Nachdem ich noch weitere zwei Minuten versuche, mich an ihm vorbeizudrängen, gebe ich auf. Ich verliere bloß wertvolle Zeit. »Arschloch«, zische ich und stürme die Straße hinunter.

Mein Handy klingelt. In der Hoffnung, dass die Nachricht von Alexander ist, hole ich es aus meiner Tasche hervor und beginne beinahe zu weinen, als ich sehe, dass sie von Aiden stammt.

> Alles okay? Wo bist du?

. . .

Mit zittrigen Fingern verfasse ich in Windeseile eine Antwort, laufe währenddessen in eine Frau hinein, was ich jedoch nicht weiter beachte, und achte auch auf die endlos vielen Rechtschreibfehler nicht, bevor ich die Lüge absende.

> **Auf dem Nachhausewg. Hat fuktioniertt. Danke!!**
> **Bin dir was sxhuldig.**

Natürlich bin ich nicht auf dem Nachhauseweg. Und funktioniert hat hier leider gar nichts. Ich konnte Alexander noch nicht einmal alles sagen, was ich ihm so dringend sagen wollte, und war auch nicht wirklich überzeugend, wie ich es eigentlich hätte sein sollen. Wie immer haben mich die Strenge, die er an den Tag gelegt hat, und der raue Befehlston von meinem eigentlichen Vorhaben abgelenkt. Ich kann einfach nie verhindern, dass mich seine Eifersucht und die Art, wie er Ansprüche auf mich stellt, innerlich zum Dahinschmelzen bringen. Ziemlich krank, ich weiß, dennoch lässt mich seine unnachgiebige Männlichkeit jedes Mal beinahe auslaufen.

Ich muss ihn finden! Das größte Problem daran ist, dass ich weder weiß, durch welchen Hinterausgang er verschwindet, noch weiß ich, wohin genau er sich schleicht. Ich habe diese dämliche Adresse vergessen! Jedoch kann das Gebäude nicht weit entfernt sein, sonst würde er all das nicht in solch kurzer Zeit erledigen können.

Die Tat nicht beim Namen zu nennen, hilft mir ein wenig, einen klaren Kopf zu behalten.

Ich umkreise das Gebäude und suche nach weiteren Ausgängen. Fehlanzeige. Daraus schließe ich, dass es einen Ausgang auf der Seite des Gebäudes geben muss, auf der wir uns gerade befunden haben. Wieder laufe ich los, umkreise das Gebäude erneut und werfe dem Sicherheitsbeamten beim Vorbeilaufen einen giftigen Blick zu. Keuchend halte ich an einer Ecke des Gebäudes an und vertiefe mich in meinen dramatisch umherhuschenden Blick.

Da ist eine Tür. Man kann sie kaum sehen, da das Gebäude auf der Kehrseite kaum beleuchtet ist, doch jetzt wo ich näher herantrete, sehe ich sie eindeutig. Plötzlich wird sie aufgerissen und Alexander stürmt in hohem Bogen hinaus. Steif und starr vor Schreck bleibe ich wie angewurzelt stehen und bete innerlich, dass er sich nicht umdreht und mich entdeckt. Doch er scheint total geistesabwesend zu sein und nur ein Ziel vor Augen zu haben.

Seine Umrisse werden immer ungenauer, je weiter er sich von mir entfernt, also schlüpfe ich intuitiv aus meinen Heels, drücke sie mir samt meiner Tasche gegen die Brust und laufe. Kleine Kieselsteine und steinkalter Asphalt lassen mich diese Entscheidung kurz darauf bereuen, allerdings ist es mir anders nicht möglich, ihn zu verfolgen. Der Mann hat ein Tempo drauf, da würden kaum galoppierende Pferde mithalten können.

Jetzt laufen wir durch eine Nebengasse, die zu meiner Erleichterung menschenleer ist. Es würde vermutlich merkwürdig aussehen, wenn mich jemand in diesem *Alexander McQueen* Kleid barfuß durch Manhattans Straßen laufen sieht. Ich stoße mir den großen Zeh an der Bordsteinkante und gebe ungewollt einen kleinen Schrei von mir.

Sofort schlage ich mir die Hand auf den Mund und erstarre. Als ich sehe, dass Alexander langsamer wird und sich schließlich droht umzudrehen, sprinte ich zu dem gegenüberliegenden Gehweg und presse mich hockend an einen übelriechenden Müllcontainer. *Wuah.*

Seine Schritte ertönen wieder schneller und hallen wie ein Echo durch die sonst so stille Gasse. Ich nehme die Spur wieder auf und bemühe mich, noch einen Zahn zuzulegen, um ihn nicht zu verlieren. Jedoch scheint er kurz darauf vor seinem Ziel angekommen zu sein.

Ein Gebäude, das aussieht wie ein Wohnhaus. Davor eine Baustelle. Natürlich – ein aufgrund von Renovierungsarbeiten verlassenes Gebäude! Gegenüber befindet sich kein Wohnhaus und durch die vielen Metallstangen, die meterhoch in die Luft ragen, hat man sowieso keinen Blick durch die finsteren Fenster. *Der perfekte Tatort.*

Ich beobachte, wie ein groß gewachsener Mann die Tür öffnet und Alexander eintreten lässt. Davor drückt er ihm eine Plastiktüte in die Hand. Mir wird schlecht. *Gott, nein! Bitte nicht übergeben! Nicht jetzt!*

Erneut presse ich mir die Hand vor den Mund und zwinge mich, nicht weiter darüber nachzudenken, was er alles mit dieser Plastiktüte anstellen könnte. Als die beiden in dem Gebäude verschwinden und die massive Tür hinter sich schließen, zögere ich keine Sekunde und laufe darauf zu.

Vor der Tür halte ich noch mal inne. Panik kriecht in mir hoch und bereitet mir ein schmerzendes Kribbeln überall in meinem Körper. Ich muss hineingehen. Und das jetzt. Doch meine Beine bewegen sich nicht von der Stelle. Meine Fußsohlen schmerzen und ich bin mir fast sicher, dass mein rechter Fuß verletzt ist, kümmere mich jedoch nicht weiter darum. Noch einmal schließe ich die Augen, hole tief Luft und strecke meinen zitternden Arm nach der Tür aus. Egal wie sehr ich mich auch bemühe, ruhig zu bleiben, mein Arm zuckt in alle Richtungen. Ich habe meinen Körper vor Panik und Unbehagen einfach nicht unter Kontrolle. Kaum erfasse ich den Griff, umklammere ich ihn so fest ich kann. Danach drücke ich ihn hinunter.

Es geschieht nichts. *Scheiße*, warum ist die Tür verschlossen? Ich ignoriere die Tatsache, wie naiv es von mir war, zu denken, er würde die Tür unverschlossen lassen, damit jeder vorbeilaufende Passant hineinplatzen und ihn ertappen könnte, und beschäftige mich stattdessen mit der Frage, wie ich sie aufbrechen könnte. Jedoch ist diese Frage eine Sekunde später hinfällig, als die Tür aufgerissen wird und ich einem Mann mit finsterem Blick und wütend auf mich gerichteten Augen gegenüberstehe.

»Weg! Weg!«, schreit er mich an und ich zucke zusammen. Er hat einen deutlichen Akzent, ich habe allerdings keine Ahnung, aus welchem Land er stammt. »Hörst du nicht?«

Ich schreie Alexanders Namen. Etwas anderes fällt mir bei Gott nicht ein. Mich mit diesem Hulk anzulegen, kommt nicht in Frage. Der könnte mir mit zwei Fingern das Genick brechen.

»Fuck!«, höre ich jemanden vom Inneren aus fluchen. *Alexander.*

In einem kurzen Moment der Unachtsamkeit, als Hulk sich zu Alexander umdreht, husche ich neben ihm in das Gebäude hinein und erstarre unwillkürlich. Nicht einmal zehn Meter von mir entfernt befindet sich ein Stuhl, auf dem Jake Hoskins gefesselt ist. Zwei Meter daneben steht Alexander, der einen schwarzen Pulli über seinem weißen Hemd und Lederhandschuhe trägt.

Ich muss mehrmals schlucken, während ich spüre, wie mich Jake Hoskins Blick durchlöchert. Mir steigt die Magensäure den Rachen hoch. Sein Mund ist mit grauem Klebeband beklebt, weshalb er keinen deutlich hörbaren Ton von sich geben kann, und er ist mit einem hellbraunen Seil zwei Mal auf dem Oberkörper an den Stuhl gefesselt, auch seine Waden und Oberschenkel sind fest mit dem Stuhl zusammengebunden. Er hat absolut keine Möglichkeit, zu flüchten.

Plötzlich packen mich zwei starke Arme von hinten und heben mich hoch. Ich kreische, strampele,und schlage nach dem Kerl, doch erst als Alexander seinen Namen sagt, lässt er mich los. In Windeseile richte ich mein Kleid und gebe ein lautes Schluchzen von mir. All die Emotionen in mir brechen mit einem Mal aus mir heraus.

Er kann das doch nicht wirklich tun. Er *darf* das nicht tun.

»Das hättest du nicht tun sollen.« Das ist das Einzige, was Alexander sagt, bevor er einen anderen Namen ruft und daraufhin zwei weitere Männer, die noch angsteinflößender als der Hulk hinter mir aussehen, den leerstehenden Raum betreten. »Schafft sie hier weg.«

»Was? Nein!«, stoße ich krächzend hervor und laufe rückwärts in die Ecke des Raumes. Dort angekommen presse ich mich abwehrend gegen die Wand und werde panischer, als die zwei Männer mit ausdruckslosem Blick auf mich zukommen. Hulk Nummer eins nähert sich Alexander und flüstert ihm etwas zu. Er klingt wütend oder verunsichert, ich kann es nicht genau deuten. Dann höre ich Alexander murmeln:»Sie wird vergessen, was sie gesehen hat. Sie ist keine Gefahr für uns.«»Alexander, bitte! Hör mir zu, bevor du etwas tust, das du bereuen wirst! Ich flehe dich an!«, schreie ich erbärmlich bettelnd und sacke auf dem Fußboden zusammen. Eigentlich wollte ich mich unter Kontrolle halten, nicht weinen und keinesfalls schreien, allerdings ist zu sehen, wie er sich darauf vorbereitet, diesen Mann zu töten, um einiges schlimmer, als nur darüber nachzudenken. Jetzt ist es so real. Zu real.»Bitte! Hör auf! Wenn du mich liebst, tust du das nicht! Alexander …«

Beide Männer greifen nach meinen Armen und zerren mich vom Fußboden hoch. Sie sind nicht grob, allerdings auch nicht sanft. Ohne meine Einwände zu beachten, schieben sie mich in Richtung der Tür, während Alexander vor sich hin flucht und sich zwingt, den Blick von mir abzuwenden. Nun höre ich Jake Hoskins das erste Mal schreien, falls man das so nennen kann. Es klingt, als hätte er zusätzlich zu dem Klebeband auch noch etwas im Mund. Ich drehe meinen Kopf ruckartig zu ihm um, während ich immer näher in Richtung Tür geschleift werde, und schnappe hastig nach Luft, als ich in Jakes dunkle, vor Angst geweitete Augen sehe. Sein Gesicht ist aschfahl und mit Schweiß benetzt. Genau so stelle ich mir jemanden vor, der weiß, dass er gleich sterben wird. Seine Augen könnten nicht mehr vor Verzweiflung schreien.

»Stopp!«, höre ich Alexander unerwartet hervorstoßen. Die Männer halten inne.»Lasst sie los.«

Augenblicklich streiche ich mir weinend über die Arme, obwohl sie mir gar nicht wehtun. Ich weiß nur leider nicht, was ich sonst tun soll. Im nächsten Moment werde ich an der Schulter gefasst und umgedreht. Alexanders blaugraue Augen sind leer und sein Brustkorb hebt und senkt sich dreimal so schnell, wie es normalerweise sein sollte. »Samantha.« Seine Stimme bebt. Sie klingt hasserfüllt, doch dieser Hass richtet sich nicht auf mich. »Du musst jetzt gehen. Du hättest niemals hierherkommen sollen. Es tut mir leid. Das tut es wirklich.« »Wenn du das jetzt tust, wirst du mich nie wiedersehen«, schluchze ich völlig aufgelöst. Mir wird leicht schwarz vor Augen. Das alles ist zu viel. »Du bist kein Mörder! Ich weiß, was er deiner Mutter angetan hat, und ja, vielleicht verdient er es, zu sterben, aber du bist nicht wie er! Du bist besser, ein guter Mensch! Und gute Menschen tun so etwas nicht!« Meine Stimme versagt und ich schluchze wieder auf. »Ich kann nicht mit dir zusammen sein, wenn du das jetzt tust! Verstehst du das? Es geht hier nicht mehr nur um deine Rache, sondern um uns! Ich schwöre dir bei allem, was mir heilig ist, dass ich dich nie wieder eines Blickes würdigen werde, wenn du diesem Mann etwas antust. Ich könnte es einfach nicht.«

Er weicht einen Schritt vor mir zurück, sein Gesicht zeigt keinerlei Regung. Ich habe keine Ahnung, ob ihn meine Worte überhaupt interessieren, ob er versteht, was ich ihm gerade mitteile, oder ob sein Kopf genauso leer wie sein Blick ist. Vielleicht genau deswegen stoße ich ihn mit aller Kraft, die ich besitze, an der Brust noch weiter von mir weg und spreche einfach weiter: »Bitte entscheide dich für mich, Alexander! Nachdem du das getan hast, wirst du nichts mehr haben, *nichts*! Das ist es nicht wert. Wenn du nicht auf mich hörst, weil du mich wirklich nicht liebst, dann hör doch wenigstens um deinetwillen auf mich. Ich versuche dich vor einem großen Fehler zu bewahren. Du denkst jetzt vielleicht, dass dir das hier dabei helfen könnte, zu heilen, aber das Gegenteil wird der Fall sein. Dann bist du für immer verloren. Und ich werde nicht da sein, um dich zu retten.«

Die nächsten Sekunden vergehen viel zu schnell. Alexander blinzelt das erste Mal richtig, verkrampft sich und schluckt danach sichtlich hart. Ich kann den Sturm an Gefühlen in seinen

Augen erkennen, der in ihm tobt. Nun erkenne ich, dass meine Worte Wirkung auf ihn haben.

Doch seine nächsten Worte zerstören jeglichen Funken Hoffnung, der mir noch geblieben ist. »Bringt sie weg.« Er dreht mir den Rücken zu und marschiert zielstrebig und ohne zurückzublicken auf Jake Hoskins zu, der aussieht, als wäre er ohnmächtig. Und im nächsten Moment stehe ich vor verschlossener Tür. Meine kleine Welt fällt wie ein Kartenhaus in sich zusammen. Ich fühle mich innerlich zerrissen und zerstört, mein Herz unwiderruflich beschädigt. Ich fühle mich ausgesetzt und zurückgelassen, und als wäre ich mit Schuld daran, was diesem Mann nun zustoßen wird.

Ich kann das alles nicht glauben ... Meine Haut brennt, mein Körper zittert und mein Brustkorb zieht sich so eng zusammen, dass ich befürchte, zu ersticken. Ich bücke mich mit dem Oberkörper nach unten, starre auf meine Absatzschuhe, die ich vorhin zu Boden fallen ließ, und würge. Ich würge und würge, doch mehr als Speichel spucke ich nicht aus. Mein Magen ist leer und fühlt sich dennoch eigenartig schwer an. Wieder wird mir schwarz vor Augen, während ich mir mit dem Handrücken über den nassen Mund wische. Danach stütze ich mich apathisch an einem der metallenen Stützstäbe der Baustelle ab und versuche meine Lunge mit Sauerstoff zu füllen, indem ich den Mund weit aufreiße und laut einatme.

Ich habe verloren. Ich habe alles verloren, woran ich geglaubt habe. Doch am allermeisten trifft mich das Wissen, dass Alexander eines Tages zurückblicken und diesen Tag bereuen wird. Nicht nur unseretwegen, sondern auch, weil er irgendwann – und der Tag wird kommen – wissen wird, dass er etwas Unverzeihliches getan hat und ihm das keinesfalls bei der Verarbeitung seines Leids weiterhelfen wird. Stattdessen wird seine Welt noch ein Stück mehr zerbrechen und irgendwann wird sie völlig einstürzen. Aber daran kann ich nichts mehr ändern.

Ich habe alles getan, was in meiner Macht stand.

Ich schleife mich von diesem mörderischen Gebäude weg.

Der Schock steht mir vermutlich wie ins Gesicht geschrieben und der Gedanke, dass Alexander diesem Mann gerade ein Messer in den Körper rammt, tötet auch irgendetwas in mir.

Bevor ich überhaupt daran denken kann, was ich nun toll soll, bin ich schon eine kleine Strecke gelaufen und steige geistesabwesend in ein Taxi am Straßenrand. Mit beiden Händen wische ich mir die Tränen aus dem Gesicht, starre in den Rückspiegel des Fahrers, und korrigiere mit dem Finger auch meinen verschmierten Lippenstift. Bis ich mein Aussehen nicht in Ordnung gebracht habe, gebe ich kein Wort von mir. Auch nicht, als der dunkelhäutige Fahrer mich zum wiederholten Mal fragt, wo er mich absetzen soll.

Keine Ahnung, ob ich mich immer noch in einem Schockzustand befinde oder einfach einen Nervenzusammenbruch erleide, aber ich vergieße keine Träne mehr und auch die Schmerzen sind aus meinem Körper entwichen. Mein Atem geht zwar schnell und stoßweise, aber ansonsten nehme ich nichts mehr wahr. Ich fühle mich innerlich tot.

»Manolo's Bar«, höre ich mich sagen.

Das ist der erste Ort, der mir einfällt. Zwischen vielen fremden Menschen und mit der Möglichkeit, mich volllaufen zu lassen, was ich bestimmt tun werde, ist das auch der einzige Ort, an dem ich gerade sein möchte. Es handelt sich um die Bar, in der mich Alexander das erste Mal angesprochen hat. Dort, wo alles begann. Dort konnte ich zum ersten Mal in seine blaugrauen Augen sehen und mich darin verlieren.

Und jetzt endet es dort. Der perfekte Ort, um mich innerlich von ihm zu verabschieden und dieses Kapitel meines Lebens zuzuschlagen.

Ich schwöre mir, dass ich, nachdem ich die Bar verlassen habe, nie wieder einen Gedanken an die heutige Nacht oder meine Zeit mit Alexander verschwenden werde. Nie wieder.

〜

»Dich kenne ich doch«, ruft mir Brooke – die Barfrau, die ich damals für meine beste Freundin gehalten habe – über den Tresen durch die laute Musik hindurch zu. »Ist schon eine Weile her, nicht wahr? Du warst damals völlig hinüber.« Sie kichert und schnappt sich ein Glas, um es zu polieren.

Ich setze mich direkt vor sie, auf denselben Barhocker, auf dem ich damals gesessen bin, und lasse meine Clutch auf meinen Schoß fallen. Dass ich viel zu overdressed für diese Bar bin, ist mir gerade egal, genauso wie alles andere auch. »Ja, stimmt.« Ich streiche mir die losen Haarsträhnen aus der Stirn und verdecke mein Gesicht hinter beiden Händen. »Und das möchte ich auch heute sein. *Völlig hinüber.*«

»Was trinkst du?«, fragt sie mich sofort. Ihre Stimme kommt näher, als sie sich etwas über die Theke lehnt und mit einem Arm neben meinem Kopf abstützt. »Worauf hättest du Lust? Ich erinnere mich nicht mehr, was du damals getrunken hast. Sorry, Süße.«

»Macht nichts. Heute nehme ich alles«, murmele ich. Als ich den Kopf hebe, um sie anzusehen, füge ich hinzu: »Alles, was mich dicht macht. Und auf Vorrat, wenn es geht.«

Sie wirft mir ein teuflisches Grinsen zu, welches ich jedoch nicht erwidere. Zwei Minuten später, die mir vorkommen wie sieben Tage, stellt sie mir zehn Shots nebeneinander vor die Nase. »Erdbeer-Shot, Mango-Shot, Tequila und *Red Headed Slut.*«

Letzteres erweckt das erste Lebenszeichen in mir. Stirnrunzelnd starre ich auf den Shot, der mit dunkelrotem Inhalt gefüllt ist. »*Red Headed Slut?*«

Brooke zwinkert mir zu. »Schmeckt genauso versaut, wie es klingt. Pfirsich Schnaps, Jägermeister, Cranberrysaft und -«

Ich habe ihn bereits geext. Etwas Ekelhafteres als diesen Shot habe ich in meinem Leben noch nie getrunken.

»Mach mir noch ein paar davon«, sage ich dennoch, während ich darüber nachdenke, welchen Shot ich als nächstes exen soll. Ich entscheide mich für den Tequila. Nach den drei Shots, die davon auf dem Tresen stehen, bin ich sowieso schon hackedicht.

Ich habe nichts gegessen und Tequila vertrage ich auch trotz vollem Magen nicht gut.

Als ich die vier Shots intus habe und Brooke mir die vorhin bestellten auf den Tresen stellt und sich danach einem anderen Gast zuwendet, fühle ich mich verarscht. Der gewünschte Rausch benebelt immer noch nicht komplett mein Hirn und ich habe auch nicht das Gefühl, brechen zu müssen. Allerdings brauche ich genau diesen Rausch, um meinen Kopf vor dem Explodieren zu bewahren. Ich brauche etwas, das mich ohne mein weiteres Zutun dazu bringt, meine Gedanken zu ersticken und mich, ob gewollt oder nicht, mit etwas anderem als Alexander beschäftigen lässt. Dass das auch nach dem fünften und sechsten Shot nicht der Fall ist, bringt mich beinahe zum Heulen.

Was ist bloß aus mir geworden? Außer, dass ich nun ultimativ wieder an demselben Punkt bin, an dem ich war, bevor ich Alexander in dieser beschissenen Bar kennenlernte, hat sich nicht viel verändert. Natürlich nur die Tatsache, dass mein Leben nun noch widerwertiger ist. Zu all meinen früheren Problemen, die ich heute teilweise noch immer habe, kommt nun auch noch Liebeskummer hinzu. Jetzt hat es tatsächlich überhaupt keinen Sinn mehr. Nicht einmal den Job, den ich ab Montag antreten sollte, kann ich für meine Aufmunterung in Betracht ziehen. Ich kann nicht riskieren, Alexander im Verlag oder jemals wieder irgendwo über den Weg zu laufen, also muss ich ihn widerwillig ausschlagen.

Seine verdammten Augen … diese Mörder-Augen. Ich will sie nie wieder sehen. Ich will ihn nie wieder riechen und will nie wieder seine Stimme hören. Vielleicht ist er sich gar nicht dessen bewusst, was er mir alles genommen hat. Und was er *mir* mit seinem Vorhaben angetan hat. Ich werde wohl nie vergessen können, was ich weiß. Das Wissen über seine Tat wird mich bei jedem Schritt verfolgen und ich lande seinetwegen vermutlich in der Hölle, weil ich darüber schweigen werde. Höchstwahrscheinlich werde ich jedes Mal spucken müssen, wenn ich in der Zeitung über den ungelösten Mordfall jener Nacht lesen werde, und Jake Hoskins angsterfüllte Augen werden mich in jeder Nacht und jedem Albtraum heimsuchen.

Mein Leben ist echt ein Witz.

Ich exe Shot Nummer sieben und acht und rülpse leise. Der Alkohol verätzt mir die Kehle, doch es fühlt sich gut an. Wenigstens das fühle ich noch. Ansonsten herrscht in mir drin immer noch erdrückende Leere. Ob ich jemals wieder so empfinden werde, wie ich es für Alexander getan habe? Ob dieses Herzflattern jemals wieder einsetzt, das ich jedes Mal habe, wenn ich seinen starken Körper und das gemeißelte Gesicht betrachte? Dieses Bauchkribbeln, wenn er mich berührt? Wird mich überhaupt je wieder jemand so sehr für sich gewinnen können?

Ich glaube nicht. *Ich weiß es.*

Das veranlasst mich dazu, Shot Nummer neun und zehn zu trinken. Fast bin ich sauer, als ich die leeren Shot-Gläser sehe und sie gedankenverloren ineinander stapele. Doch dann entdecke ich die drei, die mir Brooke nachträglich gebracht hat und schlinge sofort meine Finger um einen von ihnen. Mein Kopf fängt etwas an zu dröhnen – ein gutes Zeichen. Ich nehme die Musik lauter wahr und reagiere aggressiver auf die ruckartigen Bewegungen meines Barhockernachbarn. Das bedeutet, dass ich ziemlich sicher kurz davor bin, völlig hinüber zu sein.

»Beschissener Tag?«

Gott, bitte nicht. Nein. Etwas Schlimmeres, als dass mich genau jetzt, in dieser Situation, in dieser verdammten Bar, wieder ein Typ auf meine beschissene Laune anspricht, könnte nicht passieren.

Ich reagiere nicht und muss beinahe lachen, weil das Schicksal es offenbar aus irgendeinem Grund wirklich übel mit mir meint. Und weil die Frage mich unwillkürlich an das Gespräch, das ich damals mit Alexander auf diesem Stuhl führte, erinnert. Ich habe ihn mit meinen Problemen vollgelabert und verwendete dabei mehr Flüche und Schimpfwörter, als ich im gesamten letzten Jahr verwendet habe.

»Beschissenes Leben?«

Wieder diese Stimme. Durch das Dröhnen in meinem Kopf und den hämmernden Bass der Musik kann ich mich kaum auf ihren Klang konzentrieren. Sie soll verflucht noch einmal verschwunden.

Ich starre Brooke an, die dem Besitzer der mysteriösen Stimme hinter mir zulächelt, und seufze. *Ups.* Beinahe hätte ich wieder gerülpst. Ob jetzt endlich die Phase der Übelkeit eintritt? *Gott,* ich hoffe es. Der Kerl will mir bestimmt nicht die Haare halten, um weiterhin mit mir zu sprechen, während ich breche.

»Geh weg«, höre ich mich schwach sagen. Ich versuche den Shot, den ich mit meinen Fingern umklammere, hochzuheben, doch eine große Hand legt sich auf die meine und verhindert dies gekonnt.

»Was soll das?«, nuschele ich aufgebracht. »Finger weg!« Rabiat zwicke ich in die seidige Haut des Handrückens, doch die Hand bleibt an Ort und Stelle.

»Ich habe dir schon genug Shots gewährt, Baby.«

Mein Atem stockt. Ich fühle mich mit einem Schlag stocknüchtern. Der unverkennbar raue Klang der Stimme peitscht mir die entschlossenen Worte wie eine Ohrfeige ins Gesicht. Mein komatöser Zustand, der eben erst eingetreten war, löst sich in Luft auf und stattdessen werde ich feuerrot im Gesicht und alles in mir erwacht wieder zum Leben. Und diese starke, große Hand … Ich kenne sie. Sie hat mich eintausend Mal berührt.

In Zeitlupe blicke ich hoch, drehe den Kopf nach links um und schlucke. »Geh weg«, sage ich diesmal mit zittriger Stimme. »Bitte.«

»Interessant, dass du hierhergekommen bist.« In dem Licht, dass die Spots ober uns auf ihn werfen, sieht Alexander älter aus, seine Gesichtszüge wirken härter. Nur seine Augen strahlen Wärme und Zuneigung aus, während sie mich intensiv mustern. »Wäre nicht meine erste Wahl gewesen, aber gut.« Er nimmt einen Schluck seines schon halb leeren Scotchs und schmunzelt mich plötzlich an, während ich ihn immer noch überfordert und unschlüssig betrachte. »Muss ich wirklich von der Zahnpasta-

Werbung anfangen, damit du mir antwortest und erzählst, welch beschissenes Leben du hast?«

»W-w-was?« Ich stottere. »Was soll das werden?«

Zu meiner Verwirrung streckt er mir eine Hand entgegen und lächelt. »Hi. Alexander Black. Darf ich Ihnen einen Drink spendieren?«

Ich studiere sein Gesicht, danach blicke ich auf seinen ausgestreckten Arm. Er trägt immer noch den schwarzen Pulli über dem weißen Hemd. Er ist sauber und weist keinerlei Blutflecken auf.

Ich verstehe die Welt nicht mehr. Vielleicht bin ich auch einfach schon zu dicht.

»Alexander ... wenn du denkst, wir könnten nach dem, was du heute getan hast, neu anfangen, dann -«

»Du hast recht«, unterbricht er mich immer noch lächelnd. Seine Gesichtszüge sind weich und seine vollen Lippen glänzen einladend von dem Scotch, an dem er genippt hat. »Üblicherweise verfolge ich die Frauen, die ich kennenlernen möchte, nicht in eine Bar. Bei dir ließ sich das leider nicht verhindern, Baby.«

Von seinem merkwürdigen Verhalten – diesem *es ist nie etwas geschehen-Verhalten* –, wird mir schwindelig. *Soll das eine Art krankes Spielchen werden?* Der Alkohol steigt mir die Kehle hoch und ich verziehe angewidert das Gesicht. Ich stelle meine wackeligen Beine auf dem Boden ab, um von dem Barhocker aufzustehen.

»Hör auf, so bescheuert zu lächeln.« Ich schüttele mehr durcheinander als wütend den Kopf, kralle mir meine Clutch und mache einen Schritt vorwärts. Das kommt ihm scheinbar nur gelegen, denn er schlingt mühelos beide Arme um mich und zieht mich zwischen seine ausgebreiteten Beine. »Lass das! Ich bin betrunken.«

»Das sehe ich. Langsam ist das nichts Neues«, erwidert er amüsiert, ohne vorwurfsvoll zu klingen. Seine Arme üben stärkeren Druck aus, sodass ich noch enger an ihn geschmiegt dastehen muss. Er vergräbt seinen Kopf in meinen Haaren, saugt ihren Duft ein und flüstert ganz nah an meinem Ohr:»Jeder hier soll wissen, dass du mir gehörst.«

Ich runzle die Stirn, drücke ihn, so gut ich kann, an der Brust von mir und ziehe meinen Kopf mühevoll zurück.»Ich gehöre dir nicht. Nicht mehr. Ich will dich … ich will dich nie wiedersehen.«

Sein Lächeln verfliegt und er legt den Kopf schief. Tatsächlich sieht er so aus, als würden ihn meine Worte verletzen.»Schau mich an«, fordert er mich auf. Ich gehorche nicht.»Samantha.«

»Bist du eigentlich irgendwie verrückt? Ich meine, ich weiß, dass du zu einer Therapeutin gehst, aber … Das hier ist noch mal eine ganze Nummer gestörter als deine sonstigen Macken«, nuschele ich mit stoischem Blick und presse mich mit beiden Händen gegen ihn, damit er mich endlich loslässt.

»Verrückt nach dir, Samantha Woods.« Er streichelt mir mit einer Hand über den Rücken bis hinauf zu meinem Hals, danach vergräbt er seine Finger in meinen Haaren und wickelt sich anschließend eine Haarsträhne um den Zeigefinger. Verräterische Gänsehaut bildet sich auf meiner Kopfhaut.»So sehr, dass ich alles dafür tun würde, damit du mich nicht verlässt.«

Ich stoße ein verbittertes Lachen hervor.»Das hättest du dir vorher überlegen sollen, Alexander. Bitte, lass mich jetzt los. Ich will das nicht.«

»Ich habe es mir doch überlegt. Warum denkst du, bin ich dir hinterhergefahren?«, fragt er mich. Sein Gesicht ist so nah vor dem meinen, dass ich trotz des Zigarettenrauches in der Luft seinen heißen Atem auf meiner Wange spüren und den Scotch riechen kann.»Ich würde mich nie gegen dich entscheiden. Nicht, wenn ich dich dadurch für immer verlieren könnte.«

»Was soll das bedeuten?«, will ich nervös wissen. Wieder lasse ich meinen Blick prüfend an ihm auf und abgleiten. Wie konnte er überhaupt so schnell hier sein? Er müsste mir direkt gefolgt sein … und das würde bedeuten …

»Ich habe es nicht getan«, gesteht er mit gesenkter Stimme. Sie bebt kaum hörbar, jedoch klingt sie immer noch aufrichtig und warm. »Ich dachte, ich würde nie etwas finden, das mir wichtiger sein könnte als meine Rache. Aber das habe ich. *Dich.*«

Ich schlucke. Mein Herz macht einen Satz, doch der misstrauische Teil meines Verstandes lässt nicht zu, dass ich ihm blind glaube. »Du lügst.«

Er schüttelt den Kopf, wirkt aufrichtig. »Tue ich nicht. Wenn du möchtest, fahren wir Jake Hoskins demnächst besuchen. Es wird vermutlich etwas schwierig werden, ihn zu finden, da ich ihm gesagt habe, dass er so schnell und weit wie nur möglich von hier weglaufen und sich nie wieder in der Stadt blicken lassen soll, aber es liegt durchaus im Bereich des Möglichen, ihn zu finden.« Ich starre ihn schweigend an. Er schmunzelt. »Ich tippe auf Mexico, Kanada … Etwas in der Richtung. Wir könnten dort Urlaub machen.«

»Du … du hast ihn gehen lassen? Wirklich?«, stottere ich mit rasendem Herzen. Er nickt lediglich. »Aber … du hast mich fortgeschickt. Du hast dich gegen mich entschieden und du … Ich …«

»Ich liebe dich.«

Plötzlich wird alles um uns herum still. Ich höre und sehe nur noch ihn.

Ich liebe dich. Hat er das gerade wirklich gesagt?

Die Worte kommen so stockend aus seinem Mund, als würde er sich zwingen müssen, sie hervorzupressen. Und dann tut er es direkt ein weiteres Mal, diesmal etwas flüssiger: »Ich liebe dich, Samantha.«

Mein Gesicht verliert an Farbe, nur um kurz darauf erneut feuerrot anzulaufen. Ich atme ihm schwer ins Gesicht, während ich mich im Glanz seiner blaugrauen Augen verliere. *Ich liebe dich* … Er hat es tatsächlich gesagt.

Und er hat sich für mich entschieden. Endgültig.

Ohne Vorwarnung lasse ich meinen Kopf auf seine Schulter fallen und schlinge meine Arme stürmisch um ihn. Ich erdrücke ich beinahe, so fest umklammere ich seinen Hals, während es mir immer noch die Sprache verschlagen hat.

Passiert das gerade wirklich? Oder halluziniere ich vor Trunkenheit?

Dicht an meinem Ohr flüstert er:»Ich dachte, die Entscheidung würde mir schwerfallen, aber als du weg warst, war es ganz einfach. Ich habe keine Sekunde lang gezögert. Ich muss ihm bloß erst noch klarmachen, unter welchen Bedingungen ich ihn laufen lasse. Sonst wäre ich früher hier gewesen.«

»Wie hast du mich gefunden?«, flüstere ich zurück. Meine Stimme klingt immer noch ungläubig. »Du hast mich wieder verfolgen lassen, nicht wahr?«

Seine weichen Lippen streichen über mein Ohrläppchen, als er raunt:»Ich bin eben besessen von dir. Nimmst du es mir übel?«

Bis über beide Ohren strahlend ziehe ich meinen Kopf zurück und schüttele heftig den Kopf. Dabei wird mir etwas schwindelig. Seine Augen funkeln mich wie Sterne am Himmel an.»Das Wort, das ich sagen möchte, wurde mir verboten. Es existiert für mich nicht.« Ich schmunzele neckisch.»*Sir*.« Ob der Alkohol oder die Freude aus mir spricht, weiß ich nicht. In mir tobt ein Tornado an Gefühlen und sie alle sind schön. All die negativen Emotionen sind mit einem Mal wie ausgelöscht.

Alexander hebt eine Augenbraue, betrachtet mich mit seinem gewohnt strengen Blick und schmunzelt teuflisch.»Du weißt, dass ich dich wegen deiner Showeinlage mit Aiden bestrafen werde müssen?«

Das Blut schießt mir in die Wangen und ich presse die Schenkel zusammen, weil mein Slip plötzlich ganz feucht ist. Ich fühle mich genau wie in alten Zeiten, völlig von dem Mann mir gegenüber eingenommen, seiner magnetischen Anziehungskraft ausgeliefert und willig, alles mit mir machen zu lassen. Ich nicke an meiner Unterlippe kauend.

»Gut.« Seine Hand rutscht gefährlich langsam meine Hüfte hinab, während er mich am Nacken besitzergreifend an sich zieht. »Ich werde diese Bestrafung genießen. Genauso sehr wie ich es genießen werde, deine feuchte Pussy zu lecken und dich meinen Namen schreien zu hören.«

Gott, ist mir plötzlich heiß. Und es liegt nicht am Alkohol. Ich schlucke, schließe die Augen und blende alles um uns herum aus.

Kaum vorstellbar, dass ich mich vor wenigen Minuten noch so miserabel gefühlt hab, und nun nur noch daran denken kann, wie es sich anfühlt, ihn endlich wieder in mir zu spüren. Das ist der Alexander-Effekt. Dieser Mann ist wie Sturm, der einen sekundenschnell mit sich reißt und das ohne Vorwarnung. Nur er schafft es, jemandem derartig intensive Gefühle zu entlocken. Solange Gefühle wie diese dabei sind, von denen mein Slip von meiner Lust durchtränkt wird, werde ich mich nicht darüber beschweren.

»Jetzt gibt es nur mehr dich und mich, Baby ... Nichts mehr, das uns im Weg steht, keine Geheimnisse oder Lügen. Nur dich und mich. Dadurch habe ich sehr viel Zeit, um mir zu nehmen, wonach ich mich in den letzten Tagen gesehnt habe. Und glaube mir, das werde ich. Jeden Tag, wie und wann ich will. Wirst du mir gehorchen?«

Scheiße, ja! Ich nicke bloß.

Alexander drückt mir einen im Vergleich zu seinen Worten zärtlichen Kuss auf den Mund. »Wirst du ein braves Mädchen sein?«

Wieder nicke ich. Dann bildet sich ein breites Lächeln auf meinen Lippen.

Seine Augen schimmern und strahlen vor Liebe, obwohl er über solch versautes Zeug spricht. Die Anrüchigkeit in seiner Stimme verschwindet, als er flüstert: »Wirst du dir jemals wünschen, ich hätte mich anders entschieden?«

»Nein«, schießt es augenblicklich aus mir hervor. Ich lege ihm eine Hand auf die stoppelige Wange und streichele darüber. »Ich liebe dich, Alexander Black. Und deshalb werde ich auch für immer dein braves Mädchen bleiben.«

Er lächelt ebenso sanft zurück und greift nach meiner Hand, um sie sich in den Schoß zu legen. »Das hoffe ich, Baby. Und jetzt lass uns nach Hause gehen, bevor ich allen hier das Genick brechen muss, weil sie anstarren, was mir gehört.«

Ich lache.

Und nun wird mir klar, dass es stimmt, was man sagt: Oft müssen erst schlimme Dinge passieren, damit gute folgen können. Auf Regen folgt Sonne. Manchmal scheint es, als würde das Universum gegen einen spielen, dabei spielt es immer für einen. Es nimmt dir oft erst etwas, um dir daraufhin etwas Besseres zu geben.

Und ich habe den Jackpot erhalten.

EPILOG

WARME HÄNDE LEGEN sich auf meine Oberschenkel, streicheln über meine Hüfte, kneifen in meinen Hintern und verharren anschließend auf meinen Brüsten. Ich blinzele, erkenne nur Dunkelheit und ein paar Lichter der Skyline von Manhattan, die durch die deckenhohen Glasfenster in mein müdes Gesicht strahlen. Ich seufze genießerisch, als ich meinen absoluten Lieblingsgeruch einatme. *Ihn.*

»Du bist da«, flüstere ich und schmiege mich automatisch mit dem Rücken an seine warme Brust.

Alexander küsst meinen Hals. »Ich bin da.« Seine rechte Hand wandert in den Ausschnitt meines Schlafshirts und seine Finger zögern nicht, meinen Nippel zu zwirbeln, als sie ihn ertasten. »Ich habe dich vermisst.«

Ich lächele müde und winde mich gleichzeitig unter der bittersüßen Folter. »Tut mir leid, dass ich dich nicht zu dem Essen begleiten konnte. Daisy verlangt bis morgen Früh eine Liste mit den Namen aller Praktikanten, die wir die letzten Wochen über beschäftigt haben. Sie will, dass ich über jeden einzelnen einen kurzen Bericht verfasse und ein Feedback abgebe. Außerdem soll ich beurteilen, in welche Abteilung des Magazins sie am besten passen würden. Ich bin ewig daran gesessen.«

Ich freue mich über die Verantwortung, die ich inzwischen in meinem Job tragen darf, doch manchmal bin ich davon überfordert, welche Stellung ich für Daisy im Verlag habe. Sie hält viel auf mich. Und dementsprechend viel bürdet sie mir auf.

Trotzdem würde ich den Job niemals wechseln wollen. Ich liebe meine Arbeit bei dem Magazin.

»Nicht reden«, raunt Alexander an meiner Wange, danach leckt er mit der Zunge über mein Ohr. Ich kichere. »Sei still.«

Seine gierige Hand bahnt sich einen Weg unter mein langes Schlafshirt, drängt sich zwischen meine Schenkel und schließlich in mein Höschen.

Ich bin gezwungen, die Beine zu spreizen, drehe mich aber nicht zu ihm um. »Alexander, ich -«

»Wenn du nicht still bist, bringe ich dich zum Schweigen.« Noch einmal leckt er über mein Ohr, was mir eine prickelnde Gänsehaut am Nacken bereitet, dann spüre ich seine talentierten Finger zwischen meinen Falten. Ich bin bereits nass, wie jedes Mal, wenn er mich berührt. »Fuck, ich habe dich so vermisst, Baby.«

»Ich dich auch«, keuche ich, als er zwei Finger in meinen Eingang schiebt. Daran, dass er unmittelbar anfängt, mich hart und ungestüm zu ficken, erkenne ich, wie *sehr* er mich tatsächlich vermisst hat. »Oh Gott …«

Seine andere Hand ballt eine Faust um mein Haar und zwingt meinen Kopf in seine Richtung. Durch die Dunkelheit im Schlafzimmer erkenne ich bloß seine Umrisse und die blaugrauen Augen, die aufblitzen, als meine darauf treffen. »Willst du kommen, Baby?« Nun lässt er die Finger in mir kreisen und stimuliert den magischen Punkt tief in mir.

Ich schließe die Augen, als er seine butterweichen Lippen auf die meinen presst und mich mit seinem verzehrenden Kuss verschlingt, noch ehe ich antworten kann. Wie immer nimmt er sich alles von mir, sogar den letzten Sauerstoff in meiner Lunge.

»Ja. Gott, ja …« Fuck. Ich spüre das erste Beben, das meinen Körper erschüttert, und kralle mich mit einer Hand in sein seidiges Haar. An seinen Lippen keuche ich:»Lass mich kommen.«

Alexander drückt mir einen Kuss auf den Mund, saugt an meiner Unterlippe und zieht seine Finger aus mir. Ich winsele unbefriedigt, doch er verschwendet keine Zeit, erhebt sich, um sich die engen Boxershorts auszuziehen, und packt mich an beiden Knien. Mit einem kräftigen Ruck zieht er mich an sich, sodass er nun zwischen meinen gespreizten Beinen kniet, und entledigt mich meines Höschens, indem er es kurzerhand zerreißt. Dann saugt er mit den Lippen die Nässe von meinem Lustzentrum.

»Alexander …« Ich kralle mich mit beiden Händen in die Laken und schlage den Kopf zurück auf die Matratze. Er lässt die Zunge auf meinen Kitzler schnalzen, neckt mich und überreizt meine Nerven, indem er mir den Orgasmus immer wieder geschickt verwehrt. Ich erzittere unter ihm.

»Sag es«, befiehlt er rau. Er platziert seinen harten Schwanz an meinem Eingang, ohne in mich einzudringen. »Sag mir, was ich hören will.« Seine starken Hände reißen mein Shirt hoch, um meine Brüste grob zu kneten. Er wird immer wilder.

Ich strecke die Hände nach seinen starken Unterarmen aus und kralle meine Nägel hinein. Scheiße, ich will ihn. *Jetzt.*

»Ich gehöre dir.« Mein Gehorsam wird damit belohnt, dass er seine mächtige Länge mit einem Stoß in mich bohrt. Ich stöhne laut auf.

»Sag es«, verlangt er erneut, während er rhythmisch in mich pumpt. Mein Unterleib zieht sich ruckartig zusammen. »Das andere.«

»Ich liebe dich«, flüstere ich heiser.

Daraufhin fickt er mich. Lange und hart. Tief und unbarmherzig. Und doch so voller Liebe. Seine Hände sind überall, kneten und streicheln mich, seine Lippen bedecken meinen Oberkörper und Hals mit Küssen. Ich winde mich unter den harten Stößen und genieße das Klatschen unserer feuchten Haut, das ertönt, wenn seine prallen Hoden gegen meinen Hintern schlagen. Noch viel mehr aber die gutturalen Laute, die er von sich gibt, während er mich in Besitz nimmt. Ich spüre den Sog seiner Lippen auf jedem Fetzen meiner glühenden Haut.

Als hätte er sich ewig nach mir verzehrt, vögelt er mich bis in die Morgenstunden und schenkt mir drei atemberaubende Orgasmen. Er selbst kommt beim letzten Mal nicht mehr, aber er hört nicht auf, mich zu verwöhnen.

Wie immer.

Denn obwohl er mir seine Liebe gestanden hat, hat er es in dem einen Jahr, seit er die drei kleinen Worte zum ersten Mal ausgesprochen hat, lediglich vier weitere Mal geschafft, mir seine Liebe mit Wörtern zu offenbaren. So selten, dass ich mir jedes einzelne Mal gemerkt habe. Es ist einfach nicht sein Ding, über Gefühle zu sprechen. Er zeigt mir, dass er mich liebt, *indem* er mich liebt. Durch seine Taten und körperlich. Indem er Rücksicht auf meine Gefühle nimmt, wie beispielsweise bei der Sache mit Amanda. Er hat sich meinetwegen von ihr abgewandt und besucht nun eine andere Therapeutin.

Das reicht mir. *Meistens.* Denn so wie jetzt könnte ich mich nirgendwo geborgener fühlen als in seinen Armen, nachdem er mich die ganze Nacht lang geliebt hat. Könnte mir nichts Schöneres vorstellen, als den Sog seiner Lippen auf meiner Haut zu spüren, während ich langsam aber sicher in einen friedlichen Schlaf gleite. Oder den einzigartigen Geruch von Männlichkeit und Macht einzuatmen, den nur er trägt.

Meistens.

»Ich bin glücklich mit dir«, höre ich ihn plötzlich hinter mir sagen.

Müde blinzele ich. Ein Lächeln bildet sich auf meinen Lippen. »Ja?«

»Ja.« Ich spüre, wie er sich ein wenig aufrichtet, und tue es ihm gleich. Als sich unsere Blicke in der Dunkelheit des Schlafzimmers treffen, galoppiert mein Herz wie wild. In seinen Augen liegt so viel Liebe. So viel Wärme. »Mein Leben ist viel besser, seit ich es mit dir teile.«

Nun droht mein Herz, aus meiner Brust zu springen. Ich lehne den Kopf an seiner Brust an und seufze leise. Eigentlich sollte es mich glücklich machen, dass er solch schöne Dinge zu mir sagt, aber es würde mich noch glücklicher machen, wenn er eine bestimmte Sache zu mir sagen würde.

»Warum sagst du mir dann nie, dass du mich liebst?«

Sein Körper versteift sich unwillkürlich. Die Hand, die über meinen Oberschenkel streichelt, hält inne. Schuld blitzt in seinen stechend blaugrauen Augen auf, was den eisernen Ring um mein Herz noch enger zusammenzieht. »Baby ...«

»Warum nicht?«, wispere ich enttäuscht. »Manchmal glaube ich, dass du es damals nur gesagt hast, um mich zu halten, und nicht, weil du es auch tatsächlich tust. *Mich lieben.*« Ich löse mich ein wenig von ihm. »Ich wollte dich das so oft fragen, aber ich hatte Angst vor der Antwort. Jetzt brauche ich sie.«

Alexander sieht mich an, als hätte ich ihm gerade eine Ohrfeige verpasst. Regelrecht fassungslos. In der nächsten Sekunde hat er mich mit dem Rücken an die Wand gepresst und seine Lippen auf die meinen gedrückt. Sein Kuss ist voller Leidenschaft und Verzweiflung. Als er nach einer gefühlten Ewigkeit von mir ablässt, sieht er mir tief in die Augen und nimmt mein Gesicht in beide Hände.

»Ich liebe dich, Samantha Woods. Scheiße, ich liebe dich so sehr, dass es wehtut. Du raubst mir alles – meine Kraft, meinen Verstand, sogar meinen Atem. Ein Teil von mir hat dich schon geliebt, als du betrunken in dieser Bar gesessen und wüst über dein Leben geschimpft hast. Aber so sehr, wie ich dich heute liebe, könnte ich niemals jemand anderen lieben. Du bist die einzige Konstante in meinem Leben und ich würde eher sterben, als dich zu verlieren.«

Ich kann nicht glauben, was ich da höre. Wie in Trance sehe ich ihn an, präge mir jeden schönen Gesichtszug des Mannes ein, der mich so verdammt verletzen und gleichzeitig zu der glücklichsten Frau auf diesem Planeten machen kann. Weil er die Macht über mich hat. Über mich, meinen Körper und mein zerbrechliches Herz. Er gibt mir auf eine gewisse Weise so wenig, gerade mal genug, um mich zu halten, und verlangt von mir alles nur Erdenkliche – andererseits gibt er mir die Welt und will nichts im Gegenzug dafür von mir zurück haben. *Gott.* Ich glaube ebenfalls sterben zu müssen, sollte ich diesen Mann jemals verlieren.

»Das war das Schönste, das du je zu mir gesagt hast«, flüstere ich gerührt und bemerke die vielen Tränen auf meinen Wangen. Ich lächele darüber, weil es Freudentränen sind, die aus tiefstem Herzen stammen. Meine Hand legt sich auf seine Wange, weshalb er für den Bruchteil einer Sekunde die Augen schließt, um meine Berührung zu genießen.

Dann nimmt er sie in seine und drückt einen Kuss auf meine Fingerknöchel. »Ich brauche deine Liebe, Sam. Ich brauche das Gefühl, von dir geliebt zu werden, muss es aus deinem Mund hören, auch wenn ich es selbst nicht oft über die Lippen bringe. Liebe ängstigt mich nicht, sondern der Gedanke an ihren Verlust«, flüstert er, dann küsst er mein Handgelenk. »Ich habe so viele Fehler. Ich verstehe nicht, warum du mich liebst. Aber es gibt mir Sicherheit, wenn ich es von dir höre. Deswegen verlange ich immer, dass du es aussprichst. Ich muss es hören.«

Die brutale Ehrlichkeit in seinen Worten bringt mein Herz zum Schmelzen. »Ich liebe dich, Alexander. Das habe ich immer und werde ich immer.«

»Das ist gut«, murmelt er vor sich hin und dreht sich dann um, um sein Nachtkästchen zu öffnen. »Darauf verlasse ich mich.« Als er mir ein Schmuckkästchen vor die Nase hält, halte ich prompt die Luft an. »Und du sollst dich auch darauf verlassen können.«

Er öffnet es.

Ich keuche.

Ein silberner Diamantring kommt zum Vorschein.

Oh mein Gott.

Ungläubig sehe ich in sein Gesicht auf. Meine Kehle ist plötzlich staubtrocken und mein Puls rast. »Du … du fragst mich …«

Weil ich den Satz nicht beende, sondern darauf warte, dass er die Frage ausspricht, lächelt er. »Tut mir leid, dass es so unromantisch passiert, aber nach deinem Geständnis möchte ich dir genauso viel Sicherheit geben, wie du sie mir gibst. Also ja, ich frage dich, ob du meine Frau werden möchtest.«

Das verschlägt mir die Sprache. Damit hätte ich in meinen Träumen nicht gerechnet.

Mir wird klar, dass er das bereits geplant haben muss. Er tut es nicht aufgrund meiner Worte. Er hatte den Ring bereits besorgt und nur auf einen passenden Moment gewartet.

Und der jetzige Moment ist perfekt. Viel Romantik haben wir nie gebraucht und das hat sich auch nicht verändert.

»Ich hätte gerne eine Antwort darauf«, meint er amüsiert, obwohl er sie bereits in meinen Augen lesen kann. »Samantha Woods, möchtest du mich zum Mann nehmen?«

»Ja«, hauche ich mit zittriger Stimme und spüre, wie mir erneut Tränen über die Wangen laufen. »Ja, natürlich ... Ich möchte!«

Alexander lächelt bloß, greift nach meiner Hand und steckt den Ring an meinen Ringfinger. Meine Hand zittert wie wild.

»Passt perfekt. Ganz so wie du zu mir.«

Ende.

Impressumsanschrift:
S. H. Roxx
Helmut-Rantschl-Gasse 3
8605 Kapfenberg
Österreich